Richard Yates wurde 1926 in Yonkers, New York, geboren und lebte bis zu seinem Tod 1992 in Alabama. Obwohl seine Werke zu Lebzeiten kaum Beachtung fanden, gehören sie heute zum Wichtigsten, was die amerikanische Literatur des 20. Jahrhunderts zu bieten hat. Sein Debüt *Zeiten des Aufruhrs* wurde 2009 mit Leonardo DiCaprio und Kate Winslet in den Hauptrollen verfilmt.

Ruhestörung in der Presse:

»*Ruhestörung* ist phantastisch erzählt. Wer zu lesen anfängt, sollte für die nächsten Stunden keine Termine haben. Es ist ziemlich sicher, dass er sie vergisst.«
DER SPIEGEL

»Richard Yates zeigt mit *Ruhestörung* seine ganze schriftstellerische Größe.«
Die Welt

»Präzise und ungemein spannend.«
Deutschlandradio Kultur

»Ein tolles Buch.«
stern

Außerdem von Richard Yates lieferbar:

Zeiten des Aufruhrs
Elf Arten der Einsamkeit
Eine besondere Vorsehung
Easter Parade
Eine gute Schule
Verliebte Lügner
Eine strahlende Zukunft
Cold Spring Harbor
Eine letzte Liebschaft

Richard Yates

Ruhestörung

Roman

Aus dem Amerikanischen von
Anette Grube

PENGUIN VERLAG

Die amerikanische Originalausgabe erschien 1975 unter dem Titel
Disturbing the Peace bei Delacorte Press/Seymour Lawrence
in New York, USA.
Der Übersetzung lag die 2007 bei Methuen Publishing, London,
erschienene Ausgabe zugrunde.

MIX
Papier aus verantwortungsvollen Quellen
FSC® C014496

Verlagsgruppe Random House FSC® N001967

PENGUIN VERLAG

1. Auflage 2020

Umschlag: bürosüd
Umschlagmotiv: © Pete Saloutos / Corbis / Getty Images
Druck und Bindung: GGP Media GmbH, Pößneck
Printed in Germany
ISBN 978-3-328-10512-1
www.penguin-verlag.de

Dieses Buch ist auch als E-Book erhältlich.

Für Monica McCall

1. KAPITEL

Im Spätsommer 1960 begann für Janice Wilder alles schiefzugehen. Und das Schlimmste daran war, sagte sie später immer wieder, das Schreckliche daran war, dass es aus heiterem Himmel zu geschehen schien.

Sie war vierunddreißig und Mutter eines zehnjährigen Jungen. Dass ihre Jugend schwand, bekümmerte sie nicht – es war sowieso nie eine unbeschwerte oder abenteuerlustige Jugend gewesen –, und falls ihre Ehe mehr einem Arrangement gleichen sollte als einer aufregenden Liebesaffäre, dann war auch das in Ordnung. Niemandes Leben war vollkommen. Sie mochte den geordneten Ablauf der Tage; sie mochte Bücher, von denen sie sehr viele besaß; und sie mochte die hohe, helle Wohnung mit dem Blick auf die Wolkenkratzer von Midtown Manhattan. Es war weder eine luxuriöse noch eine elegante Wohnung, doch sie war gemütlich – und »gemütlich« war eines von Janice Wilders Lieblingswörtern. Sie mochte auch die Wörter »gesittet« und »vernünftig« und »Anpassung« und »Beziehung«. Kaum etwas brachte sie aus der Ruhe oder jagte ihr Angst ein: Das gelang nur Dingen, die sie nicht verstand – und das manchmal in einem Ausmaß, dass ihr der Atem stockte.

»Das verstehe ich nicht«, sagte sie am Telefon zu ihrem Mann. »Was meinst du damit, dass du nicht nach Hause kommen *kannst?*« Und sie blickte beunruhigt zu ihrem

Sohn, der auf dem Teppich saß, einen Apfel aß und die CBS-Abendnachrichten schaute.

»Was?«, fragte sie. »Ich kann dich nicht hören. Du bist was? ... Warte, ich gehe ins Schlafzimmer.«

Als sie hinter zwei geschlossenen Türen allein am anderen Apparat war, sagte sie: »Also gut, John. Fangen wir von vorn an. Wo bist du? In La Guardia?«

»Gott sei Dank nicht, ich bin endlich weg von diesem Scheißflughafen. Mindestens zwei Stunden bin ich davor herumgelaufen, bis ich ein Taxi gekriegt habe, und dann war der Fahrer so verdammt geschwätzig, und er –«

»Bist du betrunken?«

»Lässt du mich bitte ausreden? *Nein,* ich bin nicht betrunken. Ich habe etwas getrunken, aber ich bin nicht betrunken. Hör mal, weißt du, wie viel ich in Chicago geschlafen habe? Die ganze Woche? So gut wie gar nicht. Ein, zwei Stunden in der Nacht, und letzte Nacht habe ich überhaupt nicht geschlafen. Du glaubst mir nicht, oder? Wenn etwas der Wahrheit entspricht, glaubst du es nicht.«

»Sag mir doch, von wo du anrufst.«

»Ich weiß es nicht. Ich bin in irgendeiner Telefonzelle, und meine Beine machen gleich – Grand Central. Das Biltmore. Nein, warte, das Commodore. Ich bin im Commodore und genehmige mir einen Drink.«

»Aber, Liebling, das ist doch praktisch um die Ecke. Du musst nur –«

»Verdammt noch mal, hörst du mir nicht zu? Ich habe gerade gesagt, dass ich nicht nach Hause kommen *kann.*«

Sie beugte sich, auf der Kante des Doppelbetts sitzend, vor, stützte die Ellbogen auf die Oberschenkel und hielt den Hörer mit beiden Händen fest. »Warum nicht?«, fragte sie.

»Herrgott. Es gibt Hunderte von Gründen. Mehr Gründe als ich – als ich überhaupt aufzählen kann. Zum einen habe ich vergessen, Tommy ein Geschenk mitzubringen.«

»Ach, John, das ist doch absurd. Er ist zehn Jahre alt, er erwartet nicht, dass du ihm jedes Mal ein Geschenk mitbringst, wenn du –«

»Okay, hier ist noch ein Grund. Da war eine Frau in Chicago, eine aus der PR-Abteilung einer Whiskey-Brennerei. Ich habe sie im Palmer House fünfmal gevögelt. Wie findest du das?«

Es war nicht das erste Mal – es hatte viele Frauen gegeben –, aber es war das erste Mal, dass er es ihr hinknallte wie ein halbwüchsiger Angeber, der seine Mutter schockieren will. Sie wollte sagen, wie hättest du denn gern, dass ich es finde?, doch sie traute ihrer Stimme nicht: Sie könnte verletzt klingen, und das wäre ein Fehler, oder sie könnte trocken und tolerant klingen, und das wäre noch schlimmer. Zum Glück wartete er nicht lange auf eine Antwort.

»Und was hältst du davon? Auf dem Rückflug habe ich die ganze Zeit die nette kleine Kreditkarte von der Fluglinie angeschaut. Weißt du, was ich mit der Karte jederzeit machen kann, wenn mir danach ist? Ich kann sagen: Schluss, aus. In einen großen silbernen Vogel steigen und zum Beispiel nach Rio fliegen, in der Sonne liegen und trinken und überhaupt nichts tun, absolut nichts, bis –«

»John, hör auf damit. Sag mir jetzt, warum du nicht nach Hause kommen kannst.«

»Willst du es wirklich wissen, Schatz? Weil ich Angst habe, dass ich euch umbringen werde, deswegen. Euch beide.«

Wie der Sohn der Wilders sah auch Paul Borg sich die CBS-Nachrichten an. Er fluchte, weil das Telefon genau in dem Moment klingelte, als Eric Sevareid gerade dabei war, Senator Kennedys Aussichten, Vizepräsident Nixon zu schlagen, zusammenzufassen.

»Ich geh ran«, rief seine Frau aus der dampfenden Küche.

»Nein, nein, ist schon okay. Ich geh ran.« Seine Mandanten riefen ihn manchmal zu Hause an und wollten dann sofort seine Stimme hören und nicht erst nach ihm fragen müssen. Aber es war kein Mandant. »Oh«, sagte er. »Hallo, Janice.«

»Paul, ich störe dich nur ungern um diese Zeit, aber ich mache mir schreckliche Sorgen um John ...«

Er hörte zu, unterbrach sie ab und an mit Fragen, und diese Fragen veranlassten seine Frau, langsam aus der Küche zu kommen, den Fernseher auszuschalten und sich so nah wie möglich neben das Telefon zu stellen, die Augen weit aufgerissen, der Blick gebannt. Als er sagte, »... Angst, dass er euch umbringen könnte?«, röteten sich ihre Wangen, und sie hob langsam und unsicher ihre Hand und steckte die Finger in den Mund.

»... Natürlich tue ich, was ich kann, Janice. Ich fahre sofort hin und – rede mit ihm, versuche herauszufinden, worin das Problem besteht. Nimm's nicht so schwer, und mach dir keine Sorgen, okay? Ich melde mich so schnell wie möglich bei dir ... Okay, Janice.«

»Mein Gott!«, sagte seine Frau, nachdem er aufgelegt hatte.

»Wo ist meine Krawatte?«

Sie holte sie und zog sein Jackett so heftig aus dem Garderobenschrank, dass der Drahtbügel klappernd zu

Boden fiel. »Hat er wirklich gedroht, sie umzubringen?« Sie strahlte über das ganze Gesicht.

»Ach, um Himmels willen, Natalie. Nein, natürlich hat er nicht ›gedroht‹. Offenbar macht er gerade eine Art nervlicher oder emotionaler – ich erzähle es dir, wenn ich zurück bin.«

Er ließ die Tür hinter sich zufallen, doch sie öffnete sie wieder und folgte ihm ein paar Schritte zum Aufzug. »Paul, was ist mit dem Abendessen?«

»Iss du ruhig, ich hole mir etwas in der Stadt. Und hör mal, komm ja nicht auf die Idee, Janice anzurufen. Ich möchte, dass die Leitung frei ist, damit *ich* sie anrufen kann. Okay?«

Sie wohnten in einem von den neuen großen Gebäuden im nordwestlichen Village; Borg schätzte, dass er nicht mehr als zehn Minuten bis zum Commodore brauchen würde, und als er vom Parkplatz fuhr und dann die Hudson Street entlang Richtung Norden, freute er sich über die Effizienz seines Wagens und seine geschickte, geschmeidige Fahrweise. Er freute sich zudem darüber, dass Janices anfänglich verzweifelte Stimme am Schluss wieder stark und hoffnungsvoll geklungen und dass sie ihn überhaupt angerufen hatte. An einer Ampel warf er rasch einen Blick in den Rückspiegel, um sich zu vergewissern, dass Frisur und Krawatte saßen, und um den nüchternen, reifen Ausdruck seines Gesichts zu bewundern. Erst als hinter ihm gehupt wurde, sah er, dass die Ampel auf Grün geschaltet hatte.

Er entdeckte seinen Mann sofort, als er die Bar im Erdgeschoss betrat. John Wilder saß allein an einem Tisch an der rückwärtigen Wand und starrte in sein Glas, die Stirn auf die Hand gestützt. Doch es war wichtig, das Ganze wie eine zufällige Begegnung aussehen zu lassen, was allerdings nicht schwer sein sollte: Sowohl Johns als auch sein Büro waren ganz in der Nähe; auf dem Weg nach Hause trafen sie sich hier oft auf einen Drink. Um nicht den Verdacht aufkommen zu lassen, es handele sich um eine Verschwörung, schob er eine Hinterbacke auf einen Barhocker und bestellte einen Scotch mit Soda – »viel Soda« – und zählte lautlos bis hundert, bevor er einen weiteren Blick zu Wilder hinüber riskierte. Keine Veränderung. Sein Haar war von nervösen Fingern zerzaust (was an sich schon merkwürdig war, denn normalerweise war er, was seine Frisur anbelangte, penibel bis zur Eitelkeit), und da sein Gesicht im Schatten lag, war unmöglich zu erkennen, ob er betrunken war oder erschöpft oder – was auch immer. Abgesehen vom Kopf sah er aus wie immer: ein kleiner, gelassener, wohlproportionierter Mann in einem gut geschnittenen Geschäftsanzug, das Hemd frisch, die Krawatte dunkel, auf dem Boden neben sich ein teurer Koffer.

Borg wandte sich wieder der Bar zu in der Hoffnung, dass Wilder ihn sehen würde; er zählte noch einmal bis hundert, dann schlenderte er beiläufig, so hoffte er zumindest, mit dem Drink in der Hand durch den Raum und sagte: »Hallo, John. Ich dachte, du bist in Chicago.«

Wilder blickte auf, und er sah schrecklich aus: blass, Schweißperlen auf der Stirn, die Augen scheinbar unfähig zu fokussieren.

»Gerade zurück?«, fragte Borg und zog einen Stuhl zu sich heran, um sich zu ihm zu setzen.

»Seit einer Weile schon. Was machst du um diese Uhrzeit noch hier?« Zumindest schien er zu wissen, wie spät es war.

»Ich bin erst um sieben aus dem Büro rausgekommen. Es war ein fürchterlicher Tag. Besprechungen, Anrufe, manchmal passiert alles gleichzeitig. Du weißt schon.«

Aber Wilder hörte nicht zu. Er leerte gierig sein Glas und sagte: »Wie alt bist du, Paul? Vierzig?«

»Fast einundvierzig.«

»Mist. Ich bin noch nicht mal sechsunddreißig und fühle mich uralt. Kellner! Wo zum Teufel ist der Kellner?« Als er ihn wieder anschaute, war sein Blick klar und aufmerksam. »Sag mir noch etwas. Warum haben wir beide so unscheinbare Frauen geheiratet?«

Borg spürte, wie er vom Kragen aufwärts bis zum Scheitel rot wurde. »Komm schon«, sagte er. »Du weißt, dass das Unsinn ist.«

»Aber es stimmt. Verdammt, in meinem Fall ist es verständlich, ich war schon immer ein Schwächling. Als Kind haben mir immer alle gesagt, ich schaue aus wie Mickey Rooney, und mit so einem Handikap ist es nicht gerade leicht, gut aussehende Mädchen zu kriegen. Ich glaube, ich habe mich für Janice entschieden, weil sie früher diese wunderbaren großen Titten hatte. Wahrscheinlich habe ich gedacht, die kurzen Beine und die breiten Schultern und das Gesicht würde ich irgendwann nicht mehr sehen. Ich wollte mich einfach für immer zwischen diesen Titten vergraben und die Welt draußen vergessen. Herrgott. Aber das ist meine Geschichte, was ist deine? Ich meine, du bist *groß*. Wie konnte es passieren, dass du bei einem Alligator wie Natalie gelandet bist?«

»Okay, das reicht jetzt, John. Du hast zu viel getrunken.«

»Blödsinn. Woher willst du wissen, wie viel ich getrunken habe? Ich habe nicht geschlafen, das ist alles. Überhaupt nicht geschlafen, die ganze Woche in Chicago. Ich habe mich mit bloß liegenden Nerven in meinem Bett im Palmer House herumgewälzt, und meine Gedanken haben sich im Kreis gedreht wie bei einem Verrückten – keine

Ahnung. Ein nettes kleines Frauchen hat sich zeitweise mit mir herumgewälzt, und nicht einmal das hat geholfen. Aber weißt du was? Ich habe viel über mich erfahren. Wenn man nicht schlafen kann, geht einem manchmal ein Licht auf. Mir jedenfalls. Jede Menge Lichter. Und auf der Fahrt vom Flughafen in die Stadt hatte ich einen verdammt geschwätzigen Taxifahrer, und weißt du, was er gesagt hat? Er hat gesagt – O Gott, du bist doch nicht etwa sauer auf mich, oder, Paul? Du bist sauer, weil ich Natalie einen Alligator genannt habe.«

»Ich bin nicht sauer, ich mache mir Sorgen um dich. Du siehst schlecht aus und redest wirres Zeug. Ehrlich gesagt, ich glaube nicht, dass du heute in der Verfassung bist, nach Hause zu gehen.«

Und Wilder stieß einen lauten Seufzer der Erleichterung aus. »Das glaube ich auch nicht, alter Freund. Ich bin überhaupt nicht in der Verfassung. Ich wollte es Janice erklären, aber sie hat es nicht verstanden. Hör mal, kannst du sie anrufen? Du erklärst es ihr.«

»Klar, John. Ich rufe sie später an.«

»Weil sie alles versteht, wenn du es ihr erklärst. Sie hält dich für 'nen gottverdammten Abraham Lincoln.«

»In Ordnung, John.«

»Du hast ein Scheißglück gehabt, ist dir das klar, Paul? Ich meine, ein Rechtsanwalt ist ein Fachmann, so wie ein Arzt oder ein Pfarrer: Man hört dir zu, wenn du was sagst. Du bist kein Scheißhaufen unter den Füßen anderer Leute wie ich. Taxifahrer, Kellner, mein ganzes Leben lang muss ich mich von solchen Typen tyrannisieren lassen.«

»Was hat der Taxifahrer gesagt, John?«

»Ach, der Klugscheißer. Er ist gefahren wie ein Wahnsinniger, und ich habe mich auf dem Rücksitz gewunden und immer wieder gesagt, er soll langsamer fahren, und er hat gemeint: ›Sie sollten zu einem Psychiater gehen, Kumpel, Sie sind ein nervöses Wrack.‹

Und noch was: Du hast Glück, dass du keine Kinder hast. Mein Gott, wenn Tommy nicht wäre, würde ich meine nette kleine Kreditkarte von der Fluglinie nehmen, in einen silbernen Vogel steigen und nach Rio fliegen, in der Sonne liegen, bis ich kein Geld mehr habe, und mir dann das Gehirn rauspusten. Ich meine es ernst.«

»Nein, das tust du nicht. Lass uns doch vernünftig sein, John. Niemand kommt eine Woche lang ohne Schlaf aus. Ich denke, du brauchst medizinische Versorgung. Du musst dich beruhigen und ausruhen. Ich fahre dich ins St. Vincent's.«

»Hör mal, Borg. Du bist ein netter Kerl, und du hast einen harten Tag im Büro hinter dir, und es tut mir leid, dass ich deine Frau einen Alligator genannt habe, weil sie auch nett ist und weil sie wahrscheinlich einen köstlichen Nudelauflauf für dich gemacht hat, aber ich bin kein Idiot und lass mich von dir nicht in irgendeinem Krankenhaus wegsperren.«

»Niemand will dich wegsperren. Du lässt dich wegen Erschöpfung ins St. Vincent's einweisen, sie geben dir ein Schlafmittel, und morgen oder übermorgen kommst du wieder raus, wie neugeboren. Wieder ganz der Alte. Ich sehe keine andere Möglichkeit.«

Es folgte eine Pause. »Lass mich drüber nachdenken.« Und darüber nachdenken hieß, einen weiteren Drink zu bestellen, von dem er die Hälfte in einem Zug trank. »Ich habe eine bessere Idee«, sagte er dann. »Fahr mich in die Varick Street.«

Und Borg zuckte zusammen, weil er von Anfang an befürchtet hatte, John könnte die Varick Street ins Spiel bringen. Ein paar Jahre zuvor hatten sie gemeinsam eine spottbillige Souterrainwohnung gemietet (eine Kellerwohnung eigentlich, wie sie genau genommen verboten gehörte), als heimliche Zufluchtsstätte vor dem Eheleben. Sie ließen sie ausräumen und weiß streichen, richteten sie mit einem Doppelbett ein, einer gut gefüllten Bar, einem gebrauchten Herd, einem gebrauchten Kühlschrank und genügend anderen Dingen, um es sich »nett« zu machen, und einem Telefon mit einer nicht eingetragenen Nummer: Der Zweck des Ganzen war, dass sich einer von beiden, wenn er auf eine verfügbare, willige junge Frau stieß – Wilder nannte sie Fallobst –, unter dem Vorwand einer Geschäftsreise für einen Nachmittag oder auch ein paar Nächte in die Wohnung zurückziehen und den glücklichen, wenn auch etwas nervösen Junggesellen spielen konnte. Doch es hatte besser geklungen, als es tatsächlich war: Es gab nicht allzu viel Fallobst.

»Du willst nicht wirklich in die Varick Street, John.«

»Wer sagt das? Was ist los, willst du dorthin?«

»Nein. Ich war seit Monaten nicht mehr dort. Aber wenn dir die Frau in Chicago nicht zum Schlafen verholfen hat, warum glaubst du dann, eine andere könnte es?«

»Der Versuch lohnt sich vielleicht. Kennst du Rita? Die bei Time and Life die Recherchen macht? Obwohl – wahrscheinlich ist es schon zu spät, sie anzurufen. Was ist mit der Dicken? Wie hieß die doch gleich? Die mit dem Arzt verheiratet ist? Nein, warte, die ist nach Boston gezogen.«

»Komm schon, John. Sei realistisch.«

Und Wilder gab sich geschlagen. »Realistisch, ja. Das ist mein Problem. Ich war noch nie im Leben realistisch. Habe ich dir schon mal erzählt, dass ich Filme drehen wollte? Herrgott noch mal.« Er trank sein Glas aus. »Okay,

Borg, du hast gewonnen. Noch einen Drink, und ich bin realistisch. Kellner!« Er stieß die Hand mit dem Glas so weit in den Gang, wie sein Arm reichte, und wäre vom Stuhl gefallen, hätte er sich nicht mit der anderen Hand am Tisch festgehalten.

»Nicht nötig, dass Sie schreien, Sir«, sagte der Kellner.

»Nicht nötig, dass Sie den kleinen Klugscheißer heraushängen lassen.«

»Hören Sie, Mister, ich muss Sie nicht bedienen.«

»Wirklich? Vielleicht wollen Sie mir dann lieber in den Arsch kriechen, Sie Schleimbeutel?«

»Alles in Ordnung«, sagte Borg und legte einen Haufen Dollarscheine auf den Tisch. »Alles in Ordnung, wir gehen. Komm, John, gib mir deinen Koffer.«

»Willst du damit sagen, dass ich meinen eigenen Koffer nicht tragen kann? Hältst du mich für einen Krüppel?«

Aber der Koffer machte ihm Schwierigkeiten: Er blieb zwischen den Glastüren stecken, und Wilder fluchte so laut, »So eine *Scheiße«*, dass sich die Leute umdrehten und ihn ansahen. Und während sie zur Lexington Avenue gingen, blieb er mehrmals stehen und stellte den Koffer ab, weil er sich ständig damit gegen das Bein stieß und ihm angeblich die Hand wehtat. Einmal brachte er dabei fast eine Frau zu Fall.

Im Wagen schwieg er, als Borg durch den Verkehr quer durch die Stadt kroch, doch als sie auf der Seventh Avenue nach Süden fuhren, begann er sich auf dem Beifahrersitz zu winden und zu krümmen, und er hob eine Hand, als wollte er die Augen abschirmen. »Um Himmels willen, Paul, fahr *vorsichtig*. Fahr *langsamer.«*

»Versuch dich zu entspannen, John. Ich fahre so langsam wie möglich.«

Es war ein betriebsamer Abend in der Notaufnahme des St. Vincent's – Sanitäter und Assistenzärzte beugten sich über Tragen, die auf dem Boden lagen, eine Frau mittleren Alters lag stöhnend auf einer Untersuchungsliege und blutete im Gesicht –, doch Borg fand einen abgetrennten Bereich, in dem ein junger Mann in Weiß hinter einem Schreibtisch saß und offenbar zuständig war.

»Doktor, das ist nicht wirklich ein Notfall, aber mein Freund hier ist vollkommen erschöpft, er hat seit einer Woche nicht mehr geschlafen, und er muss sediert werden. Ehrlich gesagt, glaube ich, dass er so was wie einen Nervenzusammenbruch hat oder –«

Borg konnte sich später nicht mehr daran erinnern, mit welchen Worten er den Satz beendet hatte: Er wusste nur noch, dass der Arzt durch seine dicken Brillengläser zuerst den einen, dann den anderen von ihnen beiden angeblinzelt hatte. Wilder hatte vor Langem schon seinen Hemdkragen geöffnet und seine Krawatte heruntergezogen; jetzt zerrte er beides so heftig nach unten, dass ein Hemdknopf abriss, auf den Boden fiel und davonrollte. Als der Arzt ihn anwies, sich zu setzen, ließ er krachend den Koffer fallen und sank auf den einzig verfügbaren Platz, einen großen, altmodischen Rollstuhl aus lackiertem gelben Holz, in dem er klein und hilflos wirkte, vor allem als er zurückrollte und von einem Pfleger aufgehalten werden musste, der wie aus dem Nichts aufgetaucht war.

»Würden Sie uns bitte allein lassen, Sir?«, forderte der Arzt, und Borg kam seiner Bitte sofort nach. Seine Füße schmerzten. Er war hungrig und müde und wollte nach Hause. Diese Sache wäre bald überstanden. »Ach, ich weiß gar nicht, wie ich dir danken soll, Paul«, würde Janice sagen. »Ich weiß nicht, was wir ohne dich tun würden.«

Die Trennwand war dünn. Er konnte weder die Fragen des Arztes noch Wilders Antworten genau verstehen, doch er nahm an, dass sie die bei einer Aufnahme üblichen Routinefragen abhakten – Name, Alter, Beruf, nächste Angehörige, Krankengeschichte, frühere Perioden der Schlaflosigkeit –, bis auf einmal alles außer Kontrolle geriet.

»Sie haben verdammt noch mal *recht*, wenn Sie meinen, dass ich getrunken habe. Was zum Teufel würden *Sie* tun, wenn Sie nicht schlafen können, Sonnyboy? Bonbons lutschen? Die ›Late Show‹ gucken? An Ihrem Schwanz rumfummeln? Hören Sie! Hören Sie, Sie überausgebildete kleine Rotznase, Sie schwule kleine – Hören Sie, ich habe diese Woche vieles über mich herausgefunden. Dinge, die Sie in hundert *Jahren* nicht verstehen würden ...«

Als Borg den abgetrennten Bereich betrat, splitterte Holz, weil Wilder mit der Ferse seines Schuhs die Fußstütze des Rollstuhls eintrat, und der Pfleger sagte: »Ganz ruhig, Mister, *ganz* ruhig.«

Der Arzt war von seinem mit Papieren übersäten Schreibtisch aufgestanden, und Wilder sagte: »Mein ganzes Leben lang bin ich ein Scheißhaufen unter den Füßen anderer Leute gewesen, und gerade ist mir aufgegangen, dass ich Größe in mir habe. Ich habe Größe in mir, und wenn Sie nicht aufhören, mich so anzuschauen, wenn Sie sich weigern, mich in dieses beschissene Krankenhaus aufzunehmen, dann werde ich Ihnen Ihre beschissene Brille in Ihren beschissenen Hals *schieben*. Ist das klar?«

Dann drehte der Pfleger ihn um und rollte ihn einen Flur entlang, und der Arzt erklärte Borg, dass sie ihn hier nicht aufnehmen könnten. Dass man ihn seiner Ansicht nach nur im Bellevue behandeln könnte und dass sofort ein Krankenwagen bereitgestellt würde. »Ich rufe jetzt dort an«, sagte er. »Sie werden Sie erwarten.«

Und kurz darauf saß Borg mit dem Koffer zwischen den Beinen auf einer schmalen Bank in einem Krankenwagen. Er hatte immer gedacht, dass Patienten auf Tragen mit dem Gesicht nach oben transportiert würden, doch Wilder lag auf dem Bauch und wurde von drei oder vier Sanitätern festgehalten, und er schrie noch immer einen Monolog, der so zusammenhangslos war, dass nur die Wörter »Scheiße« und »Wichser« und »Größe« zu verstehen waren. In dem matten grauen und rosa Licht sah Borg, dass Jackett und Hemd ihm bis zu den Schulterblättern hochgerutscht waren; er zog sie nach unten und fuhr ihm mit der Hand über das feuchte, zitternde Rückgrat, in der Hoffnung, ihn dadurch zu beruhigen. »John«, sagte er, ob Wilder ihn nun hörte oder nicht, »du wolltest dich mal richtig ausruhen, und dazu bekommst du jetzt die Gelegenheit. Entspann dich, es ist alles in Ordnung.« Und genau in dem Moment beschleunigte der Krankenwagen, und das Martinshorn wurde eingeschaltet, das zuerst leise knurrte und sich dann, während sie durch die Stadt rasten, zu einem gellenden Schrei steigerte.

»Au!«, sagte Wilder immer wieder, als würden sie nicht ruhig dahinfahren, sondern über Schwellen und Schlaglöcher holpern. »Au! … Au! … Au! …«

Und das Bellevue – oder vor welchem Teil des labyrinthgleichen Gebäudes sie auch immer angekommen waren – war so verwirrend, dass selbst Borg kurzzeitig die Orientierung verlor. Er stand mit offenem Mund da wie ein Idiot und hielt Wilders Koffer, bis ihm jemand ein Formular mit der Überschrift STADT NEW YORK,

AMT FÜR KRANKENHÄUSER reichte. Man zeigte ihm, wo er unterschreiben und die Telefonnummern notieren sollte, unter denen er privat und geschäftlich zu erreichen war, und wies ihn an, in der Rubrik »Verwandtschaftsverhältnis« die Bezeichnung »befreundet« einzutragen. Er erledigte alles rasch, weil sie ihn nicht zu Wilder lassen wollten, bis er es ausgefüllt hatte, um dann herauszufinden, dass er sowieso nicht zu ihm durfte, weil Wilders Arme fest um den Nacken zweier großer Pfleger geschlungen waren, die ihn, der immer noch schrie, zu einem Aufzug schleppten, vor dem ein dritter Pfleger mit einem Rollstuhl wartete. Sie zwangen ihn nicht nur, sich hineinzusetzen, sondern schnallten ihn auch fest. Als sich die Aufzugstür öffnete, schoben sie ihn hinein, und er sah, dass hinten auf der Rückenlehne des Stuhls das Wort PSYCHO aufgedruckt war.

»Hören Sie«, sprach Borg den nächstbesten Mann in einem weißen Kittel an, den er fand. »Hören Sie: Wie ist hier das Prozedere?«

Der Mann lächelte, zuckte mit den Achseln und sprach rasch in einer Sprache, die nach Italienisch oder Spanisch klang.

»Sind Sie Arzt?«

»Ich? Nein. Arzt da drüben.«

»Ist das Ihr Koffer, Mister?«, fragte eine andere Stimme.

»Nein. Ich meine ja – warten Sie – ich nehme ihn.«

Dann sagte er: »Doktor, entschuldigen Sie, aber ich bin ein bisschen – Wie ist hier das Prozedere?«

Auch dieser Mann war sehr jung, wie der Arzt im St. Vincent's, aber er sah so gut aus, dass er die männliche Hauptrolle in einer Krankenhausromanze hätte übernehmen können. »Das Prozedere? Danke, Schätzchen«, sagte er zu einer Schwester oder einer Schwesternhelferin, die ihm einen Hamburger und einen Becher Kaffee gebracht hatte.

»Gern geschehen.«

»Ich meine«, sagte Borg, »können Sie mir erklären, was mit Mr. Wilder passieren wird?«

»Wilder.« Er stellte den Kaffee ab, nahm ein Klemmbrett und schaute blinzelnd darauf. »Ach ja. Und Sie sind der Mann, der ihn eingewiesen hat, richtig? Mr. Berg?«

»Borg. Ich bin Rechtsanwalt.« Und er zog sein Jackett zurecht als weiteren Beweis seiner Respektabilität. Von dem warmen braunen Geruch des Hamburgers wurde ihm ganz schwach vor Hunger.

»Er wird behandelt wie jeder andere Patient, Mr. Borg«, sagte der Arzt mit vollem Mund. »Zuerst einmal wird dafür gesorgt, dass er schläft.«

»Und wie schnell, glauben Sie, kann er wieder entlassen werden?«

»Schwer zu sagen. Jetzt ist Freitagabend, und es ist das Labor-Day-Wochenende. Die Psychiater werden erst wieder am Dienstag da sein und seinen Fall wahrscheinlich am Mittwoch oder Donnerstag besprechen. Und danach liegt es ganz an ihnen.«

»Mein Gott. Labor Day hatte ich ganz vergessen. Das ist – ich hätte das Formular nie unterschrieben, wenn ich daran gedacht hätte – ich meine, das ist wirklich sehr – unglücklich gelaufen.«

»Ich würde mir deswegen keine Sorgen machen«, sagte der Arzt kauend. Von seinen Lippen fielen Fleisch- und Brotkrumen. »Ich denke, dass Sie das Richtige getan haben. Hören Sie, Sie sind doch Anwalt. Haben Sie mit der Polizei zu tun?«

»Nein. Meine Mandanten sind – Nein, ich habe nicht mit der Polizei zu tun.«

»Gut, okay, macht nichts. Sie haben ja gesehen, in welchem Zustand er sich befindet.« Er wischte sich mit seinem weißen Ärmel über den Mund und hinterließ einen Streifen Ketchup darauf. »Was ist wohl besser? Dass er hier eine Weile in Sicherheit ist oder dass er draußen durch die Straßen läuft, bis ihn die Polizei aufgreift und wegen Ruhestörung einbuchtet?«

2. KAPITEL

Er erwachte schweißgebadet und atmete muffige, stinkende Luft. Der Schein einer nackten Glühbirne blendete ihn, doch er sah, dass er in einer eisernen Koje lag, die an Ketten von der Wand hing wie auf einem Kriegsschiff oder im Gefängnis.

»Alle aufstehen«, rief eine Stimme, und er hörte auch noch andere Laute: Stöhnen und Fluchen, elendes Husten und lautes Räuspern, das Quietschen und Krachen der Betten, die hochgeklappt und an der Wand befestigt wurden. »Na los, na los. Alle aufstehen.«

Als er sich aufsetzte, packte ihn eine Hand an der Schulter und stieß ihn auf den Boden. Er trug einen grauen Baumwollschlafanzug, der ihm viel zu groß war: Seine nackten Füße stolperten über die Hosenbeine, und die Ärmel reichten ihm bis zu den Fingerspitzen. Im Licht der Glühbirnen taumelnd und blinzelnd, rollte er als Erstes die Ärmel auf und entdeckte ein locker sitzendes Plastikarmband, auf dem WILDER JOHN C. stand. Er beugte sich vor, um die Hosenbeine hochzukrempeln, wurde jedoch von hinten getreten, fiel auf die Hände und blickte ängstlich auf in das wütende Gesicht eines Schwarzen, der den gleichen Schlafanzug trug wie er.

»Pass auf deinen Arsch auf, Mann. Das hier ist der *Gang*. Du hast hier nicht herumzustehen und an dir herumzufummeln, steh auf und *setz dich in Bewegung.*«

Er tat es. Über die an die Wand geklappten Betten wurden Gitter aus Maschendraht gezogen, um zu verhindern, dass sie benutzt wurden: Sie waren tatsächlich im Gang untergebracht, dem Platz zum Gehen. Er war gelb, grün, braun und schwarz; er war weder sehr lang noch sehr breit, doch ungeheuer überfüllt mit Männern jeden Alters, von Halbwüchsigen bis zu Greisen, Weißen, Schwarzen und Puerto Ricanern, die eine Hälfte ging in die eine Richtung, die andere in die entgegengesetzte. Die Vielfalt ihrer Gesichter, die sich in das gleißende Licht schoben, dann in den Schatten und wieder ins Licht, war beunruhigend. Manche redeten miteinander, manche führten Selbstgespräche, doch die meisten schwiegen. Er spürte warmen Stein unter den Füßen, bis er auf etwas Glitschiges trat; dann sah er die Auswurfhäufchen auf dem schwarzen Boden vor sich. Einige der gehenden Männer trugen schmutzige Hausschuhe aus Papier, und er beneidete sie darum; andere rauchten, die Zigarettenschachteln in den Brusttaschen ihrer Schlafanzugjacken, und ihm zog sich der Gaumen zusammen. Dann bemerkte er, dass manche keine Schlafanzugjacken, sondern Zwangsjacken trugen, und am liebsten hätte er gewimmert wie ein Kind.

Zu beiden Enden des Flurs befanden sich geschlossene Fenster, die mit Maschendraht gesichert waren. Das Licht draußen war düster – entweder ein früher grauer Morgen oder ein später grauer Nachmittag –, und außer Lüftungsschächten und fensterlosen Mauern war nichts zu sehen.

In der Mitte des Korridors stand ein Pfleger, ein Schwarzer in grüner Krankenhauskluft, und er eilte zu ihm, den Mund voller Fragen – Hören Sie, wo sind meine Kleider?, Wo ist mein Geld?, Wo ist ein Telefon?, Worum geht es hier? –, doch als er vor ihm stand, fühlte er sich klein und schüchtern und wusste nur noch, dass er dringend aufs Klo musste.

»Entschuldigen Sie«, sagte er. »Wo ist die Toilette?«

»Dort drüben.«

Und er folgte dem deutenden Finger zu einer beleuchteten stinkenden Latrine, wo Männer auf Toilettenschüsseln saßen und an einem langen, trogähnlichen Urinal um einen Platz kämpften.

»Das hier«, erklärte ihm ein anderer Pfleger, »ist Ihre Zahnbürste. Sie erkennen Sie daran, dass Ihr Name draufsteht. Sehen Sie den Streifen? Wilder. Wenn Sie fertig sind, stecken Sie sie zurück in die Halterung. Niemand außer Ihnen wird die Zahnbürste benutzen, und Sie werden auch keine fremde Zahnbürste benutzen, verstanden? So kriegt niemand Zahnfleischgeschwüre. Verstanden?«

Einen eigenen Rasierapparat zu besitzen war jedoch niemandem erlaubt. Die Männer standen zu viert oder fünft an und warteten, um sich vor einem beschlagenen Spiegel und unter wachsamen offiziellen Blicken zu rasieren.

»Sobald Sie fertig sind, reinigen Sie den Rasierer und legen ihn auf die Ablage. Sinnlos, daran herumzufummeln, die Klinge geht nicht raus. Der Apparat ist *gesichert* …«

»*Nur* Neuzugänge duschen. Nur Neuzugänge duschen. Sie nicht, Gonzales, kommen Sie da wieder raus …«

In der Gemeinschaftsdusche gab es weder Seife noch eine Möglichkeit, die Wassertemperatur zu regulieren: Die Neuzugänge rutschten auf schmierigen Holzrosten herum, während sie versuchten, sich zu waschen, bis jedem ein Handtuch in die eine und der zerknitterte Schlafanzug in die andere Hand gedrückt wurde.

»Kann ich Hausschuhe haben?«

»Es gibt keine Hausschuhe mehr. Hausschuhe sind aus.«

Und dann hieß es zurück in den Flur, wo es nichts zu tun gab, außer auf und ab zu gehen. Er kam an einer verschlossenen Tür mit einem kleinen Fenster aus Drahtglas vorbei, spähte hinein und sah, dass es eine Gummizelle war. Matten, wie sie Ringer und Bodenturner benutzten, bedeckten die Wände und den Boden. Sie war leer, aber die nächste war besetzt: Ein Mann in einer Zwangsjacke lag darin, mit dem Gesicht nach unten und so reglos, als wäre er tot, ein dunkler Fleck Pisse neben dem Oberschenkel.

»Ist mir doch egal! Ist mir doch *egal!*«

Die beiden Reihen gehender Männer traten beiseite, um einem jungen weißen Mann Platz zu machen, der in der Mitte des Flurs schattenboxend angelaufen kam. Sein Oberkörper war nackt, und die Beine seiner Schlafanzughose hatte er ordentlich auf die Länge einer Preisboxerhose abgerissen; er hüpfte auf und ab, hin und her und verteilte in einem Wirbel gelber Staubflusen Hiebe und Haken.

»Versteht ihr Idioten das denn nicht? Es ist mir *egal!* Ich *will,* dass mein Vater mich so sieht!«

»Okay, Henry, ganz ruhig«, sagte ein Pfleger, näherte sich ihm von hinten und legte ihm die Hand auf die Schulter, doch der Schattenboxer drehte sich rasch um und bezog mit beiden Fäusten vor dem Gesicht ihm gegenüber Stellung.

»Nenn mich nicht Henry, du blöder schwarzer Idiot – nenn mich Doktor, oder ich brech dir jeden verdammten Knochen in deinem –«

»Gar nichts werden Sie tun, Doktor«, sagte ein zweiter Pfleger, und gemeinsam hielten sie ihn an den Armen fest; sie waren beide größer als er und hatten keine Mühe, ihn umzudrehen und den Korridor entlangzuführen. Er wehrte sich nicht gegen ihren Griff, doch seine Schreie wurden lauter, bis es klang, als werde er gleich in Tränen ausbrechen.

»Verdammt noch mal, wenn ich möchte, dass mein Vater mich so sieht, dann geht euch das nichts an, ihr blöden, schwarzen, strohdummen, wichsenden –«

»Ihr Vater kann Sie jetzt sowieso nicht sehen, Doktor. Kommen Sie mit, außer Sie wollen, dass Roscoe Sie mit einer Spritze ruhigstellt.«

»Ja, ja, verpasst mir ruhig eine Spritze, mehr könnt ihr eh nicht. Große Sache! Ihr armseligen, blöden – Wie ist das eigentlich? Geht ihr nach Hause und sagt zu euren Frauen: ›He, Baby, ich hab heute einen Doktor gehabt‹? ›Hab einem richtigen weißen Doktor in den Arsch gespritzt‹? Vergesst bloß nicht, dass ich euch beide anzeigen werde und euren kleinen Kumpel Roscoe gleich mit, weil ihr versucht habt, mich nach Wingdale zu schicken. Ich werde das Krankenhaus verklagen wegen Behandlungs – wegen Behandlungsfehler, und wenn die Tatsachen – wenn die Tatsachen erst einmal auf dem Tisch sind, werdet ihr ...«

Er war jetzt nicht mehr zu sehen und auch nicht zu hören wegen des Gelächters und Gejohles und der Pfiffe, die bei seinem Abgang laut wurden. Ein weiterer grün gekleideter Schwarzer eilte mit einer Spritze den Flur entlang; er blieb unter einer Glühbirne stehen, hielt sie hoch, blinzelte sie an und drückte gerade so fest darauf, dass an der Spitze der Nadel ein Tropfen Flüssigkeit austrat. Dann ging er auf den schreienden Mann zu.

»Na los, pack ihn dir, Roscoe«, rief jemand. »Mach ihn fertig.« Und während sich die Männer wieder in Bewegung setzten, wurde weiter gelacht.

Wilder spürte, wie ihn jemand am Ellbogen berührte und meinte, eine Stimme »Willst du mich küssen?« sagen zu hören.

»Was?«

Ein auffallend gut aussehender junger Schwarzer stand da und lächelte ihn an, auf dem Kopf die zum Turban gewickelte Schlafanzugjacke; er rollte ganz sachte die Schultern, um die Schönheit seines nackten Oberkörpers zur Geltung zu bringen, und hielt seinen halb erigierten Schwanz in der Hand. »Willst du mich küssen?«

»Nein.«

»Ach, das ist schon in Ordnung. Ist schon in Ordnung. Du kannst mich küssen, wenn du möchtest, aber nur wenn du zuerst ›Ich liebe dich‹ sagst.«

Es war Zeit für das Frühstück. An einem Ende des Korridors wurde eine Doppeltür geöffnet, und die beiden Reihen vereinten sich zu einer rempelnden Schar.

»Okay, langsam, *langsam*. Immer nur zwei. Immer nur zwei auf einmal, oder niemand kriegt *nichts* zu essen ...«

Das Gefühl, in der Falle zu sitzen, war im Speisesaal noch schlimmer: Wenn man erst einmal seitwärts und gekrümmt in die schmale Spalte zwischen dem langen Tisch und der nicht verrückbaren, hölzernen Bank mit der hohen Lehne geschubst worden war, kam man nicht mehr heraus. Wilder saß eingezwängt zwischen einem zahnlosen, uralten Mann und einem dicken Jungen, dessen feuchter Mund offen stand, als habe er Schmerzen, weil die Tischkante gegen seinen Bauch drückte. Jeder bekam eine Plastikschale klebrigen Haferbreis mit Dosenmilch und einen Becher lauwarmen Kaffee, und Wilder wurde erst klar, dass er Hunger hatte, als er den Haferbrei mit einem großen Armeelöffel aus Blech in sich hineinschaufelte. Wenn er essen, den Kaffee trinken, eine Zigarette auftreiben und ein Telefon finden konnte, bestand die Möglichkeit, dass die Welt zu ihrem normalen Zustand zurückkehren würde. Doch dann schaffte es der alte Mann nicht, den zitternden Löffel ans Zahnfleisch zu heben, ohne den Haferbrei zu verschütten, und der dicke Junge nahm die Schale in beide Hände, tauchte das Gesicht hinein und schlabberte wie ein Hund, während ihm der Brei über die Brust lief, und an einem anderen Tisch schrie eine schrille Stimme zunehmend panisch: »Lasst mich hier *raus,* lasst mich hier *raus,* lasst mich hier *raus* …«

Als er dem Speisesaal endlich entkommen war, entdeckte er, dass die Männer, die am wenigsten verrückt aussahen, dabei waren, sich vor einer verschlossenen Tür am Ende des Korridors zu versammeln. Neben der Tür saß auf einem hohen Stuhl ein Polizist – nicht ein uniformierter Wachmann des Krankenhauses, sondern ein richtiger New Yorker Polizist mit Abzeichen, herabbaumelndem Schlagstock und Pistole im Holster. Er kaute Kaugummi und sprach mit niemandem, nicht einmal mit den Pflegern, und er trug eine Sonnenbrille, deren Gläser silbern verspiegelt waren: Versuchte man ihm in die Augen zu schauen, dann sah man nur ein doppeltes Abbild des eigenen Gesichts. Dennoch schien es der Platz, an dem man sich am besten aufhielt: der Ort, an dem es am wahrscheinlichsten war, dass rationale Dinge geschahen.

»He da, Shorty. Wie geht's dem alten Shorty heute?« Der Mann, der das sagte, war selbst nicht viel größer als Wilder, und er war hässlich – ein gelbliches Gesicht mit eng zusammenstehenden Augen und einem breiten, humorlosen Lächeln voller schlechter Zähne –, doch in seiner

Schlafanzugtasche steckte eine Schachtel Zigaretten. »Ich habe dich gesehen, als sie dich gestern Abend gebracht haben. *Junge,* du warst vielleicht durchgeknallt.«

»Ja?« Er konnte sich an nichts mehr erinnern, was nach der Fahrt im Krankenwagen, in dem Paul Borg ihm den Rücken gerieben hatte, geschehen war.

»Du hast geschrien und gebrüllt, du warst überhaupt nicht mehr zu bremsen; sie haben dir eine Spritze gegeben, und du hast trotzdem nicht aufgehört. Ich habe mir gedacht, Herrgott noch mal, das muss ein knallharter Bursche sein, das muss ein *großer* Kerl sein. Dann habe ich gesehen, dass du noch kleiner bist als ich, und mich kaputtgelacht. Ich hab mich fast totgelacht.«

»Ja, na ja. Könnte ich eine Zigarette haben?«

»Ich werde dich retten«, sagte der Mann und wandte sich ab.

»Mich retten?«

»Er wird dich nicht retten«, sagte eine andere Stimme. »Er hat noch nie jemand gerettet. Er ist ein Arschloch.«

Dann wurde die Tür geöffnet und ein Schwall kühler Luft kam herein – keine frische Luft, aber kühle Luft, die besser roch, wenn auch nur deshalb, weil sie aus einem breiteren, saubereren Korridor hereinwehte –, und ein lauter, fröhlicher Chor war zu hören: »Charlie!« – »He, Charlie!« – »Wie geht's, Charlie?«

Er war deutlich über eins achtzig und gebaut wie ein Schwergewicht, ein Schwarzer in Grün wie die anderen, doch er beherrschte sie alle, als er seinen Schlüsselbund einsteckte, langsam die Station betrat und einen Wagen mit Medikamenten vor sich herschob. »Guten Morgen ... Guten Morgen«, sagte er mit einer tiefen, wohlklingenden Stimme, und sogar der Polizist sagte, »Morgen, Charlie«, nachdem er sich vergewissert hatte, dass die Tür wieder verschlossen war.

»He, Charlie, kann ich kurz mit Ihnen sprechen?«

»Charlie, hören Sie: Erinnern Sie sich, gestern habe ich Sie was gefragt?«

Sie scharten sich um ihn, näherten sich ihm von allen Seiten, während er seinen Wagen genau in die Mitte des Flurs schob, wo er stehen blieb und den Kopf hob, um sie alle anzusprechen.

»Stärkung, meine Herren!«, rief er in die eine Richtung und »Stärkung, meine Herren!« in die andere. Auf den Tabletts auf seinem Wagen standen viele kleine Gläschen, gefüllt mit etwas, das wie Bourbon oder Ahornsirup aussah: Es war weder das eine noch das andere, aber es schmeckte ein bisschen nach beidem.

»Haben Sie meine Zeitung dabei, Charlie?«, fragte ein Mann mit einem schmutzigen Bündel Zeitungen unter dem Arm.

»Oh, nein, Mr. Schultz, Sie haben noch genügend Zeitungen. Wenn Sie die verbraucht haben, bringe ich Ihnen vielleicht eine neue.« Und er wandte sich an einen Pfleger. »Wie viele Neuzugänge gestern Abend?«

»Acht. Wir haben jetzt einhundertsiebzehn auf der Station.«

Charlie zuckte zusammen und schüttelte den großen Kopf. »Das sind zu viele. Und heute werden noch mehr kommen, morgen auch und am Montag auch. Wir sind dafür nicht eingerichtet.« Mit einem Klimpern seines Schlüsselrings schloss er eine Tür mit dem Schild BETRETEN VERBOTEN auf und ermöglichte so einen kurzen Blick in ein gemütliches kleines Büro – ein Tisch mit Stühlen, ein Regal mit Tassen und eine Kochplatte sowie Utensilien zum Kaffeekochen –, bis er mit zwei Schachteln Pall Mall in der Hand wieder herauskam.

»Also gut, einer nach dem anderen, meine Herren«, sagte er zu der gierigen Meute, die sich um ihn scharte. »Stellen Sie sich bitte von rechts an; einer nach dem anderen und immer nur eine. Sie nicht, Mr. Jefferson, sie haben eine Schachtel in der Tasche. Sie kennen die Regeln: Das hier sind *Stations*zigaretten ...«

Alles wurde etwas besser mit Charlies Ankunft, mit der »Stärkung« und den Stationszigaretten. Das Licht war weniger gleißend, die Schatten waren weniger düster, und es gab neue Entdeckungen zu machen: eine lange Holzbank an einer Wand, weitere Sitzgelegenheiten zwischen den hochgeklappten Betten und sogar ein Platz zum Liegen – vier schmutzige Matratzen auf dem Boden einer Nische am anderen Ende des Flurs, ein gutes Stück weit entfernt von den gehenden Männern. Doch die Gummizellen waren immer noch da, sechs an der Zahl, und in einer lag jetzt die verkrampfte Gestalt des Mannes, der vor dem Frühstück schattengeboxt und geschrien hatte. Er lag da mit vor Empörung geöffnetem Mund, als wollte er auch in seinem Drogenschlaf noch schreien, und in seinem dunklen Haar schimmerte Schweiß.

»Wer hat Dr. Spivack eine Spritze gegeben?«, fragte Charlies tiefe Stimme.

»Roscoe, Charlie. Er hat sich wirklich schlimm aufgeführt.«

»Was ist mit seiner Hose passiert?«

»Hat sie selbst zerrissen, er wollte wie ein Boxer aussehen. Dann hat er angefangen zu brüllen von wegen Behandlungsfehler und so weiter. Es gab keine andere Möglichkeit, mit ihm fertigzuwerden.«

»Das verstehe ich nicht. Ich dachte, er macht sich ganz gut.«

»Er hat gute und schlechte Tage, Charlie.«

»Mhm.« Und Charlie holte erneut seine Schlüssel heraus. »Das Mindeste, was wir tun können, ist, die Tür aufzumachen. Ich möchte nicht, dass er aufwacht und die Tür ist zugesperrt. Er braucht auch einen neuen Schlafanzug.«

»Okay, Charlie.«

»Ah, Charlie, Sie sind ein Fürst«, sagte ein zerbrechlicher lahmer Mann von siebzig Jahren oder mehr. »Ein Fürst unter den Männern. Ich schwöre bei Gott – ich schwöre bei Gott, Sie sind ein Heiliger, Charlie.«

»Mr. Foley, ich danke Ihnen für das Kompliment, aber ich habe die Zigaretten schon verteilt und weiß zufälligerweise, dass Sie eine bekommen haben, weil Sie versucht haben, zwei zu nehmen.«

»Ach, liebe Muttergottes, wie können Sie nur an Zigaretten denken? Ich brauche spirituelle Hilfe, Charlie. Spirituelle Hilfe.«

»Dafür bin ich nicht der Richtige. Warum setzen Sie sich nicht eine Weile hin? Ich muss mich noch um andere Leute kümmern. Sie, Sir, sind Sie einer der Neuen? Wie heißen Sie?«

»Wilder. John Wilder.«

»Haben Sie Ihre Stärkung genommen, Mr. Wilder?«

»Ja, ›Stärkung‹«, sagte der alte Mann. »Wissen Sie, was das ist? Es ist Formaldehyd.«

»Jetzt ist es genug, Mr. Foley, gehen Sie weiter.« Dann sagte er: »Es ist Paraldehyd, Mr. Wilder. Sie bekommen es dreimal am Tag, es ist sehr gut für Sie. Beruhigt Ihre Nerven.«

»Ich verstehe. Und sind Sie der Stationspfleger oder – oder was?«

»Ich bin eine männliche Krankenschwester. Es hat immer einer Dienst. Meine Schicht ist von acht bis fünf.«

»Aha. Also, hören Sie, es ist sehr wichtig, dass ich so bald wie möglich telefonieren ka –«

»Oh, nein, Mr. Wilder, Sie werden hier nicht telefonieren.«

»Also, wie schnell – ich meine, wann kann ich mit einem Arzt sprechen?«

Und da erfuhr er, dass die Psychiater erst am Dienstag wiederkämen, dass es durchaus Donnerstag werden könnte, bis sie mit ihm sprechen würden, und dass danach die Länge seines Aufenthalts von ihrer Entscheidung abhinge. »Deswegen schlage ich vor«, sagte Charlie, »dass Sie versuchen, es sich in der Zwischenzeit hier gemütlich zu machen.«

Er schlenderte träge davon, weitere Bittsteller im Schlepptau, und Wilder stand da und sah ihm eine scheinbar unerträglich lange Zeit nach. »Gemütlich«, sagte er, und dann ging er ihm plötzlich hinterher, lief, trat wieder in Schleim und war selbst überrascht, dass seine Stimme so schrill klang: »Gemütlich in *dieser* Scheißanstalt? Haben Sie komplett den *Verstand* verloren?«

Charlie wandte sich um, mit einem langen, warnend erhobenen Zeigefinger die plappernden Männer hoch überragend. »Mr. Wilder. Ich ermahne Sie jetzt, nicht zu schreien und sich zu beherrschen. Ich möchte es nicht noch einmal sagen müssen.«

Gelb und grün und braun und schwarz; schwarz und braun und grün und gelb. Die einzige Möglichkeit, die Geräusche und Gerüche auszublenden, bestand darin, sich auf die Farben zu konzentrieren und einen Fuß vor den anderen zu setzen. An der Latrine vorbei bis zu der

Stelle, wo der Polizist saß, umkehren, am Speisesaal vorbei bis zum anderen Ende, umkehren. Ein kleiner Mann konnte sich unbemerkt in einer Menge wie dieser bewegen, wenn er den Mund hielt, den Blick nach vorn richtete und die Arme an den Körper presste, um niemanden zu streifen. Er konnte regelmäßig atmen und sich mit sich selbst beraten; er konnte sogar in Tränen ausbrechen, wenn er es lautlos tat, und niemand würde ihn bemerken.

Statt zu weinen, setzte er sich auf den einzigen freien Platz auf einer Bank im Flur, und eine braune Hand legte sich ihm auf den Oberschenkel.

»Es ist in Ordnung.«

»Was?«

»Es ist in Ordnung. Du kannst mich küssen, wenn du möchtest, aber nur wenn du zuerst ›Ich liebe dich‹ sagst.«

Er stand auf und setzte wieder einen Fuß vor den anderen, und er hatte drei Runden durch die Station gedreht, als er eine freie Matratze in der Nische am Ende fand. Sitzen war besser als Gehen, und Liegen war noch besser, auch wenn er dabei tief in dem Geruch nach Schweiß und stinkenden Füßen versank. Er wand sich und brach mit dem Gesicht nach unten zusammen – zum Teufel mit allem –, und er schlief sogar eine Weile oder glaubte es zumindest, bis er die Augen öffnete und sah, dass die Männer, die neben ihm lagen, masturbierten.

Nach dem Mittagessen wurde wieder »Stärkung, meine Herren!« gerufen und eine weitere Runde Stationszigaretten verteilt, und dann reihte er sich neben Dr. Spivack in die Schlange der gehenden Männer ein. Zuerst erkannte er ihn nicht, weil er einen frischen Schlafanzug trug und sich das Haar gekämmt hatte und sein verkniffenes, höhnisches Gesicht keinerlei Anzeichen von Hysterie aufwies.

»Sie sind gestern Abend eingeliefert worden?«

»Ja.«

»Die Hälfte der armen Kerle hier weiß nicht einmal, wo sie sind. Wissen Sie, wo Sie sind?«

»Bellevue.«

»Da müssen Sie schon etwas genauer werden, Kumpel. Das Krankenhaus Bellevue ist eine große öffentliche medizinische Institution. Es ist –«

»Okay, auf der psychiatrischen Station.«

»Und Sie glauben ernsthaft, dass es davon nur eine gibt? Mein Gott, Mann, im Bellevue gibt es einen ganzen psychiatrischen *Gebäudeflügel.* Sieben Stockwerke, eines schlimmer als das darunter, und das hier ist das oberste. Das Schlimmste. Die Station für gewalttätige Männer. Sind Sie blind? Sehen Sie die Clowns in den Zwangsjacken nicht? Sehen Sie den Polizisten nicht? Hier muss immer ein Polizist Dienst schieben, weil ein paar von den Insassen Fälle für die Polizei sind. Verbrecher. Niemand weiß, wer, ich glaube, nicht einmal die Pfleger wissen es. Ich glaube, nicht einmal Charlie weiß es.« Er war so forsch ausgeschritten, dass Wilder stolpern und hasten musste, um mit ihm mitzuhalten, doch jetzt blieb Spivack wie angewurzelt stehen, packte Wilder am Arm, drehte ihn zu sich und hielt ihm einen steifen Zeigefinger vors Gesicht. »Was ist mit Ihnen? Sind Sie ein Fall für die Polizei?«

»Nein. Wie wär's, wenn Sie meinen Arm loslassen?«

Spivack lachte und boxte ihn gegen die Schulter. Es sollte wohl ein kameradschaftlicher Stups sein, doch es tat weh. »War nur Spaß, ich hab Ihrem Gesicht angesehen, dass Sie okay sind. Wissen Sie, wie Sie aussehen? Wie ein kleiner Junge, der in einem Kaufhaus seine Mama verloren hat. Wie heißen Sie?«

Und Dr. Spivack redete mindestens eine Stunde lang, während er Wilder durch die Männer zu beiden Seiten des Korridors hindurch dirigierte. Nur hin und wieder blieb er stehen, um ihm kleine Ratschläge zu geben – »Legen Sie sich niemals dort hin, außer Sie können *wirklich* nicht anders«, sagte er über die Nische mit den Matratzen, »das ist die Abspritz-Ecke« –, und was er erzählte, war überwiegend autobiografisch.

Er stammte aus einer, wie er es nannte, Medizinerfamilie. Alle seine männlichen Vorfahren waren berühmte Ärzte in Deutschland gewesen, bis sein Vater in den dreißiger Jahren mit seiner Familie nach Amerika floh. Sein ältester Bruder war »Spitze: ein erstklassiger Herzspezialist im Cornell Medical Center«, und der zweite hatte es auch geschafft, obwohl er nicht der hellste Kopf der Welt war; er war Radiologe im Mount Sinai – »Wissen Sie, er ist dumm, aber so, dass man es nicht merkt. Und er ist mit dem glorreichsten Stück Arsch verheiratet, das Sie jemals gesehen haben, mit diesem großen blonden Mädchen aus Wisconsin mit Beinen wie – Beinen wie – Beinen, die jeder Beschreibung spotten.« Dann folgte seine Schwester, die mit einem Psychiater verheiratet war – und war das nicht völlig irre? Seine eigene Schwester, Herrgott noch mal, verheiratet mit einem dieser Sigmund-Freud-Freaks? Und dann kam der jüngste Sohn, der Lieblingssohn, seine eigene Wenigkeit.

»Mann, was habe ich alles durchgemacht, als wir hierherkamen. Meine Mutter starb, in der Schule nannten sie mich Jammerjude und schlugen mir ein paarmal die Nase blutig, aber keine Sorge, ich versuche nicht, auf die Tränendrüse zu drücken. Ich hab immer gewusst, ich würde es schaffen, und so war es auch. Sexprobleme hatte ich auch nie. Hab nie gedacht, dass ich schwul bin oder so. Meine Jungfräulichkeit ging mit fünfzehn am Strand von Far Rockaway drauf, und seitdem schwelge ich in Mösen. *Schwelge* darin. Sind Sie verheiratet, Wilder?«

»Ja.«

»Na ja, manchen Leuten scheint das zu reichen, aber ich will verdammt sein, wenn mich irgendeine Frau an die Angel kriegt, bevor ich dafür bereit bin. Was machen Sie beruflich?«

»Ich verkaufe.«

»Ja? Komisch. Sie sehen schlauer aus. Ich dachte immer, Verkäufer sind Knallköpfe. Was verkaufen Sie?«

»Platz.«

Der Arzt wich erstaunt zurück. »Himmel, gibt es denn nichts mehr umsonst auf dieser Welt? Sie verkaufen *Platz?* Was für Platz? Auf der Erde oder im Himmel?«

»Sie wissen schon«, sagte Wilder. »Platz für Anzeigen. In einer Zeitschrift.«

»Ach so, ich verstehe. Platz für Anzeigen. Für welche Zeitschrift?«

»The American Scientist.«

»Im Ernst? Beeindruckend. Die veröffentlichen manchmal ziemlich abstruses, schwieriges Zeug. Wenn Sie das verstehen, müssen Sie ziemlich –«

»Ich verstehe es nicht. Ich verkaufe es nur.«

»Wie können Sie etwas verkaufen, was Sie nicht verstehen?«

»Machen Psychiater das nicht auch so?«

Und das brachte ihm einen weiteren schmerzhaften Stoß und lautes Lachen seitens Spivacks ein. »Sie sind in

Ordnung, Wilder«, sagte er. »Wie auch immer, ich wusste, ich würde es schaffen, und so war es. Glatte Einsen im College und in der Uni, dann habe ich mein Praxisjahr im Johns Hopkins absolviert, und vor zwei Jahren kam ich als Assistenzarzt hierher. Ich bin Internist. Ich dachte, es wäre eine Ehre, im Bellevue zu arbeiten, und meine Familie hat das auch gedacht. Und ich war verdammt gut. Das ist keine Angeberei: Ich bin zufälligerweise ein hervorragender Arzt, das ist alles. Und dann, *wumm!,* das alte Doppelspiel der Verwaltung, und schauen Sie nur, wo ich gelandet bin. Und da soll noch einer was von Ironie des Schicksals faseln, was?«

Wilder hätte gern mehr über das alte Doppelspiel der Verwaltung gehört, hütete sich jedoch davor, nachzufragen; und als Spivack wieder zu sprechen begann, hatte er das Thema gewechselt.

»Wo wir schon bei den Schwulen sind«, sagte er, »ist Ihnen aufgefallen, dass es auf der Station nur so wimmelt von denen? Schwuchteln, Drogensüchtige, abgestürzte Alkoholiker. Und noch etwas: Haben Sie das Rette-mich-Gerede bemerkt? ›Rette mich, Kumpel‹ und so? Angeblich soll es um Zigaretten gehen – sie wollen, dass du ihnen die Kippe aufhebst, wenn du fertig geraucht hast –, aber tatsächlich ist es so was wie ein bescheuertes Gebet, denn sogar Typen, die gar nicht rauchen, sagen es. Sie wollen *errettet* werden. Hier gibt's jede Menge religiöser Irrer. Da ist ein Mann, der glaubt, dass er der Messias ist. Wahrscheinlich ist er da nicht der Einzige – die Wahnvorstellung ist ziemlich weit verbreitet –, aber der Typ ist unglaublich amüsant. Meistens bleibt er für sich, aber hin und wieder zieht er eine Schau ab. Bleiben Sie in der Nähe, Sie werden es erleben. He, und noch was: Ist Ihnen schon aufgefallen, dass sie hier nur Bimbos einstellen? Wissen Sie, warum?«

»Nein. Warum?«

»Was denken Sie denn? Weil sie so ›sanft‹ sind oder so ›freundlich‹? Ja, klar, sie haben auch ein angeborenes Gespür für Rhythmus. Sie haben Angst vor Gespenstern, und sie sind verrückt nach Wassermelonen. Was zum Teufel sind Sie, von gestern? Der Grund ist, dass kein Weißer für das Geld hier *arbeiten* würde. Wissen Sie, was so jemand verdient? Sogar so jemand wie unser Charlie dort? Hm?«

»Entschuldigen Sie, Mr. Wilder«, sagte Charlie und versperrte ihnen den Weg. »Ihr Schlafanzug passt Ihnen nicht richtig, oder?«

»Nein, ich – Nein, er passt nicht.«

»Manchmal sind die Leute vom Nachtdienst nachlässig. Wir haben klein, mittel und groß. Ein Mann von Ihrer Statur braucht einen kleinen. Ich kümmere mich drum.«

»Ja, tun Sie das, Charlie«, sagte Spivack, »und wenn Sie schon dabei sind, kümmern Sie sich auch um Ihren Kumpel Roscoe. Ich möchte, dass der kleine Mistkerl gemeldet wird, ist das klar? Wenn er mir noch mal eine Spritze verpasst, lass ich ihm seine Schwesternzulassung entziehen. Ist das *klar?*«

»In Ordnung. Versuchen Sie, leiser zu sprechen, Doktor.«

»Charlie ist der einzige halbwegs Anständige hier«, sagte Spivack, als sie wieder gingen. »Wissen Sie was? Dieses Scheißgebäude wurde im neunzehnten Jahrhundert gebaut und hat sich seitdem überhaupt nicht verändert. Schauen Sie nur.« Er deutete auf eine Bank. »Und haben Sie die im Speisesaal gesehen? Steinalt! Bringen Sie eine Schwuchtel von Antiquitätenhändler hier rein, und er zahlt Ihnen tausend Dollar für jede. Hören Sie: Kleiner Rat. Hüten Sie sich vor Roscoe. Den ersten Morgen, den ich hier war, hat er mich anderthalb Stunden in meiner eigenen Pisse sitzen lassen. Anderthalb Stunden! Und das auch noch, nachdem ich ihn mehrmals um eine Urinflasche gebeten hatte. Der Dreckskerl hat immer wieder gesagt, ich soll den Abort benutzen, benutzen Sie den Abort, benutzen Sie den Abort.«

»Warum sind Sie nicht gegangen?«

Spivack schlug sich verärgert mit der Hand gegen die Stirn. »Sie haben nicht kapiert, worum es geht, Wilder! Sache ist, wenn ein Patient einen Pfleger um eine Urinflasche bittet, dann muss er sie kriegen. Ach, Herrgott, ich dachte, Sie hätten einen winzigen Funken Verstand im Kopf, aber Sie sind genauso bescheuert wie alle anderen bescheuerten – Hören Sie: Verziehen Sie sich eine Weile, okay? Morgen besuchen mich mein Vater und meine Schwester, und ich muss zufälligerweise über ein paar Dinge nachdenken.«

Er war wieder allein, doch bald schon bekam er seinen Schlafanzug in der Größe »klein«, und das heiterte ihn auf; dann schloss er sich einer Gruppe Männer an, die in einer Gummizelle mit offen stehender Tür hockten. Der Mann mit den Zeitungen war darunter – einen Teil seiner Sammlung hatte er zur Lektüre auf dem Boden ausgebreitet –, und unter den anderen waren zwei Jungen, einer weiß, der andere schwarz, die an der rückwärtigen Wand saßen und in ein Gespräch vertieft waren.

»Wir waren da also alle auf dem leeren Grundstück hinter dem Schild von Breyer's Eiscreme, verstehst du«, sagte der weiße Junge, »und ich hätte nach Hause gehen sollen, als die anderen gegangen sind; das war mein Fehler. Wie auch immer, es ist dunkel geworden, und ich und dieser Kovarsky haben hinter dem Schild gesessen und geredet und Zigaretten geraucht, und dann hat er –«

»Moment mal, Ralph, das ist mir zu schnell. Wer ist Kovarsky?«

»Das hab ich dir doch erzählt. Dieser große Junge aus meinem Viertel, alle haben Angst vor ihm. Ich meine, er ist, du weißt schon, wirklich groß und er macht gern große Sprüche und er ist vorbestraft. Einbruchsdiebstahl. Er ist neunzehn. Jedenfalls sagt er zu mir, dass ich dableiben soll, wenn die anderen nach Hause gehen, und ich habe okay gesagt. Ich meine, ich weiß, dass es dumm war, aber ich war irgendwie – ich weiß nicht, irgendwie –«

»Geschmeichelt, was?«, sagte der schwarze Junge. »Verständlich. Und dann?«

»Dann gibt er mir Zigaretten und erzählt schmutzige Sachen über Mädchen, nennt alle Namen von den Mädchen in der Abschlussklasse, mit denen er geschlafen hat, und so Zeug. Du weißt schon.«

»Ja, Scheiße, ich kenn diese Typen. Wie alt bist du, Ralph?«

»Fünfzehn. Ich meine, jetzt bin ich fünfzehn, damals war ich vierzehn. Jedenfalls rückt er plötzlich näher und macht seine Hose auf und sagt zu mir – du weißt schon. Ich soll es ihm machen. Ihm einen blasen.«

»O Gott.«

»Und ich sage Nein und steh schnell auf und lauf um das Schild, und er packt mich und sagt, dass er mir den Arm brechen wird. Aber ich hab keine Angst – ich weiß, dass er nichts tun kann, weil er ja vorbestraft ist –, doch dann sagt er: ›Okay, Kleiner, du hast die Wahl: Sei nett zu mir, und ich werd niemand was sagen. Geh nach Hause, und ich schwöre bei Gott, dass du keine ruhige Minute mehr haben wirst.‹«

»Oje«, sagte der schwarze Junge.

»Ich geh also nach Hause, und am nächsten Tag fallen alle Kinder in der Schule über mich her. Du weißt schon. ›He, Ralph, hat's geschmeckt?‹ So Sachen. Schmutziges Zeug. Oder sie fassen sich vorn an die Hose und sagen: ›Na, wie wär's? Gehst du mit mir hinter das Breyer's-Schild, Ralph?‹ Und die vor dem Süßigkeitenladen rufen mich plötzlich Heißlippe Volpe. Das ist mein Familienname, Volpe. Auch die älteren Kinder, die kleinen und die großen. Sogar die *Mädchen.* Weil, verstehst du, was er getan hat, dieser Kovarsky, er hat allen erzählt, dass ich ihm einen blasen *wollte.*«

Der andere Junge blickte verwirrt drein. »Warum hast du ihnen nicht die Wahrheit erzählt?«

»Das hab ich doch! Ich hab's ihnen erzählt, immer wieder, und alle haben nur gelacht. Es stand mein Wort gegen seins, verstehst du? Und dieser Kovarsky ist so ein brutaler Kerl, wer glaubt mir da schon?«

»Mhm. Mann, das ist eine schlimme Geschichte.«

»Und dann hört mein Vater davon.«

»Dein Vater? Dein Vater hat dir auch nicht geglaubt?«

»Er hat es von den anderen Vätern erfahren, verstehst du. Er sagt: ›Ralph, ich möchte, dass du mir genau erzählst, was hinter dem Schild passiert ist.‹ Und ich erzähl's ihm, und er sagt: ›*Ich* hab was andres gehört.‹ Und ich sage: ›Ich *schwör's!* Ich *schwör's!*‹ Und er sitzt da und schaut mich an, als wär ich – als wär ich – ich weiß nicht. Und seitdem, seitdem …« Ralph konnte den Satz nicht beenden; er wandte das völlig ausdruckslose Gesicht der Matte an der

Wand zu und fummelte an seinen Pickeln herum. Seine Fingernägel waren blutig gebissen.

»Mann«, sagte der schwarze Junge. »Das ist wirklich eine schlimme Geschichte. He, hör mal, ich hab eine Idee. Wir machen ein Spiel. Wir spielen Film. Weißt du, wie man Film spielt, Ralph?« Ralph antwortete nicht. »Was ist mit Ihnen, Mann? Wie heißen Sie?«

»John.«

»Ich bin Francis, John; das ist Ralph. Haben Sie Lust, Film zu spielen? Es ist ganz leicht. Ich sag was, und ihr müsst herausfinden, aus welchem Film es ist. Ich sag euch ein Beispiel. ›Ehrlich gesagt, meine Liebe, das ist mir egal.‹ Welcher Film?«

»Also, ich glaube nicht, dass ich –«

»Sie wissen's nicht? Scheiße, Mann, das ist *Vom Winde verweht.* Clark Gable sagt es zu Vivien Leigh. Wollen Sie noch ein Beispiel?«

»Okay.«

»Hier ist noch eins. Moment.« Francis kniff vor Konzentration die Augen zusammen. »Hast du noch ein Beispiel, Ralph?«

»Nein.«

»Sie, John?«

»Noch nicht.«

»Moment. Uns fällt schon noch was ein. Es gibt jede Menge gute Filme.« Aber seine niedergeschlagene, nachdenkliche Miene ließ darauf schließen, dass es doch nicht so viele waren. »Manche Filme mag ich nicht«, sagte er. »*Psycho* mag ich nicht. Mit Anthony Perkins. Das ist ein schlechter Film, wenn ihr versteht, was ich meine.«

»Mhm.«

»Ja.«

»Mal nachdenken.« Er dachte eine Weile nach und sagte dann: »Scheiße, ich habe keine Lust mehr. Mögen Sie Musik, John?«

»Klar. Was für Musik?«

»Egal was. Mögen Sie das hier?« Er ging wie ein Gewichtheber in die Hocke und begann, sich auf die angespannten Oberschenkel zu schlagen, als wären sie Bongos; als er zu einem Rhythmus gefunden hatte, warf er den Kopf nach hinten und schloss die Augen, während er sang oder vielmehr wehklagte und etwas heulte, was ebenso ultraprogressiver Jazz wie afrikanischer Stammesgesang hätte sein können. Ralph schien es zu gefallen: Seine Augen umwölkten sich, und er wackelte im Rhythmus des Trommelns mit dem Kopf.

»He«, sagte der Mann mit den Zeitungen. »Seht euch das an.« Er hatte aus der *New York Post* fein säuberlich die Überschrift einer Sportmeldung herausgerissen: KANN MARIS THE BABE TOPPEN? »Seht ihr?«, fragte er. »Passt auf. Einen Moment.« Aus seinem zerfledderten Bündel holte er ein halbes Dutzend weiterer Zeitungsartikel hervor, die er vor neugierigen Blicken abschirmte. »Moment«, murmelte er, während er gewissenhaft ausriss und glatt strich und zusammenstellte, und dann: »Seht mal, seht her.«

Er legte ein großes Foto von Marilyn Monroe vor sie. Die Überschrift darüber lautete: KANN pARIS dieses BABE sTOPPEN? Und darunter stand als Legende in vielen verschiedenen Schrifttypen: Müdes Blut?/Alles muss raus!/Ike äußert »Besorgnis«, weil/Tausende fliehen aus der Hitze der Stadt/FBI unterstützt Staat/Örtliche Polizei tut alles für/Air France.

»Also, das ist – toll.«

»Ach, das ist nicht sehr gut. Ich mach was Besseres. Augenblick.«

Francis' Musik war lauter geworden und schien ihn in Trance versetzt zu haben. Das Singen strengte ihn so an, dass er zweimal ausspucken musste, er fing die Spucke jedoch jedes Mal mit einem fliegenden Handrücken ab, ohne einen Takt auszulassen.

»Mr. Wilder?«, rief Charlie aus dem Flur. Er hielt Spivack am Oberarm fest, entweder um ihn zurückzuhalten oder aus Sympathie, und Spivack blickte finster aus zusammengekniffenen Augen und atmete so schwer durch die Nase, dass sein Kopf bei jedem Atemzug leicht wackelte. »Mr. Wilder, Dr. Spivack würde gern mit Ihnen zu Abend essen.«

»Okay, Sie können mit mir essen, Wilder«, sagte Spivack, als sie sich vor dem Speisesaal anstellten, »aber keine Fragen mehr; kein verdammtes *Gequassel* mehr, ist das klar?«

Am Sonntagmorgen wurde Wilder mit einer Spritze ruhiggestellt.

Es passierte so schnell, dass er sich später nie mehr richtig daran erinnern konnte: Es gab kein kohärentes Zusammenspiel von Hilflosigkeit, Groll und Ärger, das sich zu Wut steigerte. Er frühstückte und schluckte seine Stärkung hinunter und rauchte seine Stationszigarette; er stand allein vor einem der grauen Fenster, schaute hinaus ins Nichts und hörte, wie jemand immer wieder »Scheiße!… Scheiße!« schrie, bevor ihm klar wurde, dass er seine eigene Stimme hörte. Er trat vom Fenster zurück, hob einen schmutzigen Fuß, rammte die Sohle in den Maschendraht und verbeulte ihn, und der Anblick der so entstandenen Delle war so belebend, dass er das Bein zurückzog und wieder und wieder zutrat und die Delle immer tiefer machte, während er *»Scheiße! Scheiße! Scheiße!«* schrie, bis seine raue Kehle brannte. Der anderen Stimmen in seiner Nähe war er sich kaum bewusst – *»Pass* auf, Freundchen«; »Ruhig, *ruhig«* –, und erst als ihn zwei Pfleger an den Armen packten, begriff er, dass er in Schwierigkeiten steckte. »He, Charlie!«, rief jemand. »Charlie!«

Und da kam er, schlurfte mit gerunzelter Stirn den Flur entlang. Unter einer Glühbirne blieb er stehen und blickte so lange auf die Nadel der hochgehaltenen Spritze, bis ein Tropfen an ihrer Spitze schimmerte; dann zerrten die Pfleger Wilders Hose herunter, und Charlie stieß ihm die Spritze in eine Pobacke. »Ich habe Sie gewarnt, Mr. Wilder«, sagte er. »Ich habe Ihnen gesagt, dass Sie Ihr Temperament im Zaum halten sollen.« Die Tür einer Gummizelle wurde so weit geöffnet, dass Wilder hindurchgeworfen werden konnte; sie knallte zu, und er hörte, wie abgeschlossen wurde. Er hatte Mühe zu atmen, und es kostete ihn große Anstrengung, die Schlafanzughose hochzuziehen und zuzubinden und auf allen vieren über den weichen Boden zu kriechen; dann begann das Medikament zu wirken – schwere Wellen von Schlaf, so tief, als würde er ertrinken –, und das Letzte, was ihm bewusst war, als er sich wieder und wieder umdrehte und strampelte und versank, war, dass nichts in seinem Leben so schlimm gewesen war wie das. Das war das Schlimmste.

»... Wilder? He, bewegen Sie Ihren faulen Arsch, Mann.«

Es hätte zehn Minuten oder zehn Stunden später sein können.

»Wilder?«

»Mhm? … Was? …«

»Raus hier, Mann. Sie haben Besuch.«

Besuch.

Er torkelte durch den Korridor, als wäre er betrunken, stieß mit anderen Männern zusammen, stützte sich an der Mauer auf der einen Seite ab, dann auf der anderen. Als er sein Gleichgewicht endlich gefunden hatte, musste er wieder stehen bleiben, um verstohlen mit den Fingern der einen Hand zu überprüfen, ob sein Hosenschlitz geschlossen war, während er sich mit der anderen Hand das Haar aus den Augen zerrte.

Der Speisesaal war zu einem Besuchsraum umfunktioniert worden – die Tische aus dem Weg geschoben, die Bänke zu gesprächsgeeigneten Gruppierungen zusammengestellt –, und er stand eine Weile blinzelnd in der Tür, bevor er seine Frau und Paul Borg sah. Er versuchte, nicht zu schwanken, als er sich zu ihnen setzte und Hallo sagte.

»Oh, es muss schrecklich für dich sein, John«, sagte Janice und legte ihm die Hand aufs Knie. »Diese *Anstalt.*« Sie blickte besorgt und liebevoll drein – sie trug sogar das Kleid, das sie sein Lieblingskleid nannte, es war blau und braun gemustert und brachte ihre Brüste zur Geltung –, und ganz kurz sah er die Frau vor sich, die vor langer Zeit alle anderen ausgestochen hatte.

»Ja. Wie geht es dir? Wie geht es Tommy?«

»Uns geht es gut. Aber wir vermissen dich.«

»Was hast du ihm erzählt?«

»Ich habe ihm erzählt, dass dich die Geschäfte in Chicago aufgehalten haben.«

»Ja, nur das Problem ist, dass kein Mensch weiß, wann ich hier rauskomme. Bis Dienstag kriege ich nicht einmal einen Arzt zu Gesicht, und Gott allein weiß, was danach passieren wird. Es könnten zwei Wochen werden, vier Wochen, sechs Wochen, ich meine, was willst du ihm *sagen?*«

»Psst.« Sie drückte leicht sein Knie. »Warum überlässt du Tommy nicht mir? Um ihn brauchst du dir keine Sorgen machen, versprochen. Konzentrier dich darauf, dich auszuruhen und gesund zu werden.«

»Und ich kann ihn nicht mal anrufen, weil es hier kein Telefon gibt. Hör mal, du musst am Dienstag im Büro anrufen. Sag George, dass ich Grippe habe oder so.«

»Natürlich, Liebling. Kein Problem.«

Paul Borg hatte in der Zwischenzeit die anderen Patienten so in Augenschein genommen, als versuchte er, bei jedem einzelnen den Grad an Irrsinn zu bestimmen; dann blickte er Wilder einen Augenblick lang ebenso kühl prüfend an, bis sie beide den Blick senkten, und da erst sah Wilder die Stange Zigaretten auf Borgs Schoß.

»Herrgott, sind die für mich? Kann ich sie haben?«

»... Eins verstehe ich immer noch nicht«, sagte Borg, »und zwar diese ärgerliche Sache mit dem Labor-Day-Wochenende.«

»Ja.«

»Ein Krankenhaus dieser Größe, eine öffentliche Einrichtung; da kann man doch vernünftigerweise erwarten, dass zumindest ein Teil des Psychiatriepersonals an den Feiertagen Dienst hat.«

»Ja. Das stimmt.« Mit einer Zigarette im Mund, einer Schachtel in der Tasche und der Stange unter dem Arm war er bereit, allen alles zu verzeihen.

Als die Besuchszeit endete, gingen sie zu der drängelnden, überhitzten Schar vor der Stationstür. Borg schüttelte ihm die Hand, und Janice umarmte und küsste ihn zum Abschied. »John?«, fragte sie. »Weißt du, was ich mir überlegt habe, was wir tun könnten? Wenn du nach Hause kommst? Ich habe mir gedacht, dass wir mit Tommy in unser Landhäuschen fahren – er kann ein paar Tage Schule schwänzen – und einfach nur ausspannen und zusammen sind und kurz Urlaub machen. Vielleicht eine ganze Woche. Wie klingt das?«

»Klingt gut. Ich – Ja, das klingt gut.«

Und die Tür wurde hinter ihnen verschlossen.

»He, rette mich, Kumpel, okay?«

»Rette mich, Mann.«

»Rette mich …«

Er stand im Mittelpunkt der Aufmerksamkeit, als er Zigaretten verteilte, bis Charlie sagte, »Mr. Wilder? Würden Sie bitte mitkommen?«, und ihn in das Zimmer führte, das zu betreten verboten war. »Die Stange wird nicht lange vorhalten, wenn Sie sie mit sich herumtragen«, sagte er. »Wenn jemand eine Stange kriegt, heben wir sie normalerweise für ihn hier drin auf. Ich werde Ihren Namen draufschreiben.« Und während er schrieb, sagte er: »War das Ihre Frau, Mr. Wilder?«

»Ja.«

»Sie sieht sehr nett aus und ist sehr gut angezogen. Haben Sie Kinder? … Einen Sohn, das ist gut. Ich selbst habe drei kleine Mädchen«, sagte er, als sie wieder im Flur waren. »Sieben, acht und neun Jahre alt. Sie sind das Glück meines Lebens.«

»Na gut, wie gefällt Ihnen *das,* Charlie?«, wollte Spivack wissen, der ihnen anscheinend gefolgt war. »Erklären Sie mir *das,* wenn Sie so verdammt schlau sind.«

»Was soll ich Ihnen erklären, Doktor?«

»Na was wohl? Mein Vater und meine Schwester. Ich habe ihnen jede Chance gegeben. Ich habe eine geschlagene Stunde an dieser gottverdammten Tür gewartet, und *keiner* von beiden ist aufgetaucht. Wissen Sie, was *ich* glaube?« Er blickte so wild drein wie am Vortag, als seine Schattenboxerei es nötig gemacht hatte, ihn ruhigzustellen. Charlie legte ihm den Arm um die Schultern, als wollte er ihn zu einem privaten Gespräch von Wilder wegführen, doch er gab nicht nach. »Wissen Sie, was *ich* glaube? Dieser wichsende Spion von Ehemann hat sie beide völlig unter Kontrolle. Er hat sie *beide* überzeugt, dass ich ein gefährlicher Irrer bin, und sie haben mich abgeschrieben! Sie werden mich hier drin verschimmeln lassen!«

»Ach, es gibt bestimmt jede Menge Gründe, warum sie heute nicht kommen konnten, Doktor. Ihr Vater wird auch nicht jünger, und es ist eine lange Fahrt für ihn, die ganze Strecke von White Plains hierher. Und Ihre Schwester muss sich um ihre Familie kümmern, sie ist wahrscheinlich –«

»Charlie, Sie sind ein großer, dicker, schokoladenbrauner Süßer, aber von der menschlichen Natur haben Sie verdammt noch mal keine Ahnung. Sogar so ein kleines dummes Arschloch wie *Wilder* versteht mehr davon als Sie. Geben Sie mir Ihren Stift.«

»Ich glaube nicht, dass ich Ihnen irgendetwas geben werde, Doktor, solange Sie sich nicht bei Mr. Wilder und mir entschuldigt haben. Für Ihre Kraftausdrücke.«

»Ach, Herrgott noch mal. Kraftausdrücke. Entschuldigen. Na gut, in Ordnung, ich entschuldige mich. Versuchen wir es so. Pfleger, würden Sie bitte so freundlich sein und mir Ihren wertvollen Neunundzwanzig-Cent-Kugelschreiber für etwa zwölf Sekunden leihen?« Er riss einen schmutzigen Zettel aus der Schlafanzugtasche, hielt ihn an die

Wand und schrieb ein paar Zahlen darauf. »Hier. Hören Sie gut zu. Das ist die Telefonnummer meiner Schwester. Wenn Sie heute Abend mit der Arbeit fertig sind, möchte ich, dass Sie diese Nummer anrufen und ihr folgende Botschaft übermitteln. Sagen Sie ihr –«

Doch Charlie schüttelte den Kopf. »Sie wissen doch, dass ich so was nicht machen kann.«

Spivack wich drei Schritte zurück und blieb stehen – die Beine gegrätscht, die Fäuste geballt, die Augen funkelnd. »Was zum Teufel *können* Sie eigentlich machen? Lächeln? Predigen? Dafür sorgen, dass sich jeder Arsch wohlfühlt? Was zum Teufel *können* Sie machen, Sie dicker, dummer, wichsender –«

»Doktor!«

»Ja, ›Doktor‹. Scheiße. Warum bringen Sie es nicht einfach hinter sich und verpassen mir eine Spritze?«

»Daran habe ich durchaus gedacht«, sagte Charlie, »aber ich glaube, dass Sie Spielchen mit mir treiben. Und wie Sie wissen, mache ich da nicht mit. Außerdem haben Sie mich schon zu viel Zeit gekostet. Sie sind nicht der einzige Patient hier.« Er wandte sich ab und ging zu einer der schlurfenden Männerreihen, wo er bald von anderen auf ihn einredenden Männern umgeben war, denen er eine Gunst erweisen sollte. Spivack sackte gegen die Wand, und Wilder nutzte die Gelegenheit zur Flucht.

Er versteckte sich rasch im Abort. Er hatte jetzt einen Kamm in der Tasche – ein weiteres Geschenk von Paul Borg –, und er befeuchtete sich das Haar und brachte es in die übliche, sorgfältig legere Form: ein akkurater Scheitel links, das kurze Haar vorn seitlich über die Stirn gekämmt, das längere Haar an den Seiten zurück und nach unten. Nach Jahren des Experimentierens hatte er sich entschlossen, die Frisur des Schauspielers Alan Ladd zu kopieren, und sie schien gut zu passen. Als er sich jetzt in dem matten, weiß und rot gefleckten Spiegel aus unterschiedlichen Winkeln betrachtete, musste er anerkennen, dass er ein gesundes, männliches, verlässliches Gesicht hatte. Der Ausdruck war vielleicht bekümmert, doch nicht offen neurotisch und gewiss nicht geisteskrank. Es war einfach absurd, dass er hier war, auf der Station für gewalttätige Männer, und diese Absurdität veranlasste ihn dazu, den Kopf mit einem spöttischen, amüsierten kleinen Lächeln nach hinten zu werfen.

»He, was zum Teufel tust du da, Mann?«, fragte eine Stimme hinter ihm. »Machst du dich schön für dich selbst?«

»…Ich meine, was meine Schwester anbelangt, kann ich es noch verstehen«, sagte Spivack und reihte sich neben ihm in die Schlange für das Abendessen ein. »Sie lässt sich jede Nacht von diesem schlüpfrigen Schwachkopf *ficken*. Er steckt seinen alten Schwanz in sie rein und schiebt ihn rum, bis sie schreit, und vermutlich kann man es ihr nicht vorwerfen, dass sie diese ganze Sigmund-Freud-Scheiße glaubt, die er ihr tagsüber auftischt. Aber mein Vater, das ist was anderes. *Und* meine Brüder. Das sind intelligente Männer! Sie sind Mediziner! Sie wissen, dass ich nur aufgrund einer idiotischen, getürkten Anklage hier eingeliefert – Ach, egal. Gehen wir unsere leckeren Käsemakkaroni essen.«

Unter den neuen Patienten, die am Montag – oder war es Dienstag? – eingeliefert wurden, war ein grauhaariger Schwarzer, der im Gesicht und am Kopf so schwer verletzt war, dass ein blutbefleckter Verband seine Augen bedeckte. Sie konnten einen Blinden nicht über den Flur laufen lassen, deswegen durfte er den ganzen Tag in seiner aufgeklappten Koje liegen bleiben, während die Reihe der Männer auf dieser Seite des Korridors einen Umweg um ihn machte. Wilder war bereits zweimal an ihm vorbeigegangen, als er merkte, dass seine Handgelenke und Knöchel mit breiten Gurten an das Bett gefesselt waren. Er wand sich ständig hin und her, stöhnte und murmelte vor sich hin; mehrmals kämpfte er sich in eine halb sitzende Position und schrie.

»Delirium tremens«, erklärte Spivack.

»Woher wissen Sie das?«

»Sieht man doch. Als Mediziner erkennt man das sofort. Die Säufer hier haben es ständig. Haben Sie gehört, was er gerade geschrien hat? Als Charlie zu ihm hingegangen ist?«

»Nein.«

»›Ah! Ah! Ich hab Luzidationen! Ich hab Luzidationen!‹ Das haben Sie nicht gehört? Er meint Halluzinationen. Seit fünfundzwanzig Jahren trinkt er jeden Tag einen Liter Whiskey, und sein Hirn hat sich in Scheiße verwandelt. Trinken Sie, Wilder?«

»Ein bisschen.«

»Wie viel? Vier, fünf, sechs Drinks am Tag?«

»Keine Ahnung.«

»Acht? Zehn? Fünfzehn? Mehr? Hm?«

»Hören Sie, Spivack: Erstens, ich glaube nicht, dass Sie das irgendetwas –«

»Wow! Junge! Da haben wir aber einen wunden Punkt getroffen. *Das* ist also Ihr Problem. Das passt: Sie sehen aus wie ein Trinker. Komisch, dass mir das nicht früher aufgefallen ist.«

»Ja, komisch«, sagte Wilder. »Arschloch.«

Spivack reagierte, indem er triumphierend den Mittelfinger hoch in die Luft streckte und »Das Arschloch sind

Sie« sagte, als er sich abwandte und sich in die Reihe der Gehenden einfädelte.

Den Rest des Tages – Dienstag? – gingen sie einander aus dem Weg. Wilder versuchte, seine Bekanntschaft mit Ralph und Francis zu erneuern, doch Ralph schien ihn nicht wiederzuerkennen, und Francis hatte keine Lust, Film zu spielen, auch nicht als Wilder ihm ein gutes Zitat anbot: »He, aus welchem Film ist das: ›Spiel's noch mal, Sam‹?«

Er half dem Zeitungsmann, Ausschnitte auszulegen, die jedoch nichts Sinnvolles ergaben, und danach blieb er für sich, ging durch den Korridor, betrachtete sein doppeltes Abbild in der Sonnenbrille des Polizisten, rauchte Zigaretten und rettete Männer und fragte sich voll stiller Panik, ob er vielleicht wirklich den Verstand verloren hatte.

Irgendwann am nächsten Nachmittag hörte er den blinden Mann »Oh! Oh! Oh!« sagen und sah, dass sich Spivack über seine Koje beugte.

»Was ist los, Sambo?«, fragte Spivack leise. »Hast du wieder die alten Luzidationen? Möchtest du einen Drink? Also, ich fürchte, da wird nichts draus, Sambo, weil wir hier keinen Whiskey kriegen.«

»… Oh! Oh! Oh! …«

»Nein, hier drin kriegen wir nichts außer Peraldehyd und Zwangsjacken und Spritzen in den Arsch und –«

»Warum hören Sie nicht auf mit dieser Scheiße?«, fragte Wilder.

Spivack richtete sich auf und drehte sich unter Zurschaustellung größter Überraschtheit um. »Also, ich fass es nicht.« Er ließ den Blick von Wilders Augen bis zu seinen nackten Füßen und wieder zurück schweifen. »Wer hält mir denn da eine Predigt? Ich dachte, ich hätte jede Art von gequirlter Scheiße von jeder Art von Schwachkopf gehört, und jetzt will mir ein Zwerg von einem betrunkenen kleinen Vertreter etwas über ›Freundlichkeit‹ erzählen, über ›Mitgefühl‹, über –«

»Sie sind ein arroganter, unverschämter, hochnäsiger Scheißkerl, Spivack. Ein Wichser …« Wilder ging rückwärts und ließ Spivack auf sich zukommen, doch es war kein Rückzug; er wich bis dorthin aus, wo der Korridor breiter wurde und die Männer sich nicht so drängten und er Position beziehen konnte.

»Und was glauben Sie, was *Sie* sind? Ein Pfadfinder? Ein schwuler Sozialarbeiter? Ein Heiliger? Jesus Christus höchstpersönlich? Hm?«

Sie blieben beide stehen, einen knappen Meter voneinander entfernt, starrten sich wütend an und waren zu allem bereit. Keiner von beiden nahm Kampfstellung ein – ihre Arme hingen herunter –, doch Wilder drückte die Brust raus und sagte: »Wie wär's mit einem Schlag aufs Maul, Spivack?«

»Von Ihnen? Von einem komischen widerlichen kleinen Alkoholiker? Scheiße, ich würde in fünf Sekunden den Boden mit Ihnen aufwischen, und das wissen Sie.«

»Da wäre ich mir an Ihrer Stelle nicht so verdammt sicher, Spivack.«

»Wollen wir's versuchen? Schauen, was passiert?«

Dann schwang die BETRETEN-VERBOTEN-Tür auf, und gab den Blick auf Charlie frei, der sie freundlich und einladend anlächelte. »Meine Herren«, sagte er. »Würden Sie hereinkommen und eine Tasse Kaffee mit mir trinken?«

Mit herzlicher Geschäftigkeit arrangierte er Stühle und maß Instantkaffee ab, während das Wasser auf der Kochplatte brodelte. Ihre roten, schwer atmenden Gesichter und zitternden Glieder schien er nicht wahrzunehmen. »Zu dieser Tageszeit trinke ich gern einen kleinen Kaffee«, sagte er, »und hin und wieder ist es nett, Gesellschaft zu haben. Wenn Sie nichts dagegen haben, mache ich die Tür zu. Es wird zwar ein bisschen eng, aber ich möchte nicht den Eindruck erwecken, dass jeder hier rein kann. Milch und Zucker, Mr. Wilder?«

»Ja, bitte.«

»Es ist nur Milchpulver natürlich, aber sehr schmackhaft. Und Sie, Doktor?«

»Nein, danke. Schwarz.«

Während sie in diesem ungewohnten Luxus dasaßen und Kaffee tranken und rauchten, redete zuerst nur Charlie. Wilder wartete darauf, dass sich sein Monolog in eine Strafpredigt verwandelte (»... Ich möchte keine Streitereien zwischen Ihnen beiden mehr erleben ...«), aber dem war nicht so, und bald konnten sie sich entspannen. Sie wechselten sogar leise lächelnd verstohlene komplizenhafte Blicke, ganz so als wären sie böse kleine Jungs, die einen Mordskrach veranstaltet hatten, ohne erwischt worden zu sein.

»Also, ich bin wirklich froh, dass die Feiertage vorbei sind«, sagte Charlie. »Diese langen Wochenenden sind immer schwierig. Wir sind schrecklich überbelegt; wir haben nicht genügend Personal; gut, dass die Psychiater wieder da sind. Bemühen Sie sich nicht, Doktor, was *Sie* von den Psychiatern halten, ist mir bekannt, darüber müssen wir nicht mehr diskutieren. Von meinem Standpunkt aus jedenfalls ist es gut, dass sie wieder da sind, weil sie Entscheidungen treffen. Ein paar von den Männern hier müssen nach Hause zu ihren Familien, nicht wahr? Andere müssen in Kliniken für Alkoholiker oder Drogenabhängige, manche nach Wingdale oder Rockland oder wohin auch immer, und manche – das ist kein Geheimnis –, manche müssen vor Gericht. Und diese Entscheidungen müssen getroffen werden, richtig?«

Spivack runzelte die Stirn und drückte gewissenhaft seine Zigarette aus. »Charlie«, sagte er, »werden Sie mir die Wahrheit sagen?«

»Ich werde mein Bestes tun.«

»Wer genau war es – welcher Ihrer großen Entscheidungsträger –, der Ihnen gesagt hat, dass ich an paranoider Schizophrenie leide?«

Und Charlie lehnte sich zurück, lachte herzlich und stützte einen seiner großen weißen Schuhe an der Tischkante ab. »Ach, Doktor, Sie amüsieren mich. *Keiner* von denen hat es mir gesagt, das waren Sie selbst! Sie kamen aus einer Sitzung – wann war es, vor zwei oder drei Wochen? – und haben gesagt: ›Hüten Sie sich vor mir, Charlie, ich leide unter paranoider Schizophrenie.‹ Sie selbst haben es mir gesagt!«

Aber Spivack fand das gar nicht amüsant.

Als Charlie aufgehört hatte zu lachen, stellte er beide Füße auf den Boden und neigte sich mit ernster Miene nach vorn. »Aber eins weiß ich, Doktor. Verstehen Sie mich nicht falsch, ich will Sie nicht kritisieren, aber ich glaube, dass Sie jedes Mal, wenn Sie zu den Psychiatern müssen, mit einer negativen Einstellung zu ihnen gehen. Ich nehme an, Sie erzählen ihnen, dass Sie sie verklagen wollen und so, was natürlich verständlich ist. Sie sind auch Arzt, und Sie sind hier in einer schwierigen Lage. Ich will Ihnen nur einen Vorschlag machen: Warum überraschen Sie sie das nächste Mal nicht? Gehen Sie rein und beantworten Sie ihre Fragen, machen Sie einen guten Eindruck, zeigen Sie ein bisschen Sinn für Humor, zeigen

Sie ihnen den freundlichen, vernünftigen, sympathischen Mann, der Sie die meiste Zeit sind, den Mann, der sich mit mir oder mit Mr. Wilder hier unterhält.«

»Ja, ja, okay«, sagte Spivack. »Ich werde ganz charmant sein. Hier, ich habe vergessen, Ihnen den Stift zurückzugeben.« Er nahm ihn aus der Schlafanzugtasche und schob ihn über den Tisch. »Einen Umschlag haben Sie vermutlich gerade nicht zur Hand, oder, Charlie?«

»Einen Umschlag? Nein.«

»Macht nichts. Selbst wenn ich einen hätte, bräuchte ich immer noch eine Briefmarke. Ich habe nämlich einen Brief an meine Schwester geschrieben. Wollen Sie ihn lesen?«

»Lieber nicht, Doktor, wenn es Ihnen nichts ausmacht. Ich lese nicht gern die persönliche –«

Die Tür erzitterte, weil jemand dagegenschlug, und eine Stimme rief: »Charlie! Da liegt Kacke auf dem Boden! Irgendein Scheißkerl hat auf den Boden *gekackt* …«

»Entschuldigen Sie, meine Herren«, sagte Charlie und schob sie rasch auf den Korridor hinaus. »Ich muss hier zusperren. Es war mir ein Vergnügen.«

Würden sie ihren Streit jetzt wieder aufnehmen? Offenbar nicht. Spivack ging missmutig, aber nicht zornig neben ihm her und versuchte bald, schüchtern und vorsichtig ein Gespräch zu beginnen. »*Der* da ist ein Fall für Wingdale«, sagte er, als sie an einem muskulösen, dumpf dreinblickenden Puerto Ricaner vorbeikamen, der Arbeitskleidung trug: Schnürstiefel, Jeanshemd, grüne Twillhose mit breiten, altmodischen Hosenträgern. »Wenn sie sie so anziehen, heißt das Wingdale. Und, o Gott, schauen Sie sich das an.«

Ein sehr alter weißer Mann stand da und weinte wie ein Kind – »Uäh! Uäh! Uäh!« –, und nun näherte sich ihm ein Pfleger mit einer Zwangsjacke. Der Mann wandte sich ab und versuchte täppisch, zu entkommen; in dem Handgemenge rutschte seine Schlafanzughose herunter und entblößte Genitalien, die so geschrumpft und klein waren, dass sie von einem Kind hätten sein können, und er bedeckte sie mit den Händen, entweder aus Scham oder aus Angst.

»Hallo, Adonis«, sagte Spivack im Vorbeigehen.

»Rette mich, Kumpel«, sagten die schlurfenden Männer und meinten ihre Zigaretten, »rette mich …«

»Ja, ja, wir werden euch retten. He, sehen Sie, Wilder: Keine Menschenseele in der Abspritz-Ecke. Sollen wir uns setzen?« Und sie sanken auf die fleckigen Matratzen. »Wollen Sie meinen Brief lesen? Ich habe wie ein Ochse daran gearbeitet, irgendjemand sollte ihn verdammt noch mal lesen.«

»Okay, klar.« Er nahm das verschmierte, mehrmals gefaltete Blatt Papier und glättete es.

> Meine liebe Zicke von einer Schwester,
> solltest Du gerade träge im *New Yorker* blättern und an einem super-duper-extratrockenen Martini nippen, wenn Du diesen Brief bekommst, oder dabei sein, ein schrecklich süßes Cocktailkleid auszuziehen, um in ein wahnsinnig sexy Abendkleid zu schlüpfen, oder kurz davor stehen, Dir den Hals mit einem wunderbar eleganten Pariser Duft zu betupfen als Vorbereitung auf eine lange, heiße Liebesnacht mit Deinem Mann, dann mach Dir nicht die Mühe, ihn zu lesen. Wirf ihn zwischen die verwelkten Gardenien und leeren Flaschen Liebfrauenmilch und die edlen Einladungen zu Partys, zu denen Du nicht hinzugehen beschlossen hast.

Solltest Du jedoch gerade in Jeans und auf den Knien liegend den Küchenboden schrubben oder einen Topf, der so schlimm mit dem *Bœuf Bourguignon* vom letzten Samstag verkrustet ist, dass Deine Finger ins Spülwasser bluten, oder noch besser, wenn Du stöhnend und Gestank verbreitend auf dem ›Örtchen‹ sitzt, wie Dein Mann es, soweit ich weiß, nennt, dann lies ihn, Baby. Es ist wichtig. Es ist das wahre Leben.

1. Ruf Dad an
2. Ruf Eric und Mark an
3. Sag Deinem Mann, dass er ein eingebildeter, aufgeblasener kleiner Idiot ist
4. HOL MICH HIER RAUS

HENRY

»Wie finden Sie ihn?«, fragte er.

»Also, er ist recht lustig, doch der allgemeine Ton scheint mir ein wenig –«

»Feindselig, richtig? Das ist das Lieblingswort aller Psychiater.«

»Das war es nicht, was ich sagen wollte. Ich fürchte nur, dass er vielleicht ein bisschen kontraproduktiv sein könnte. Mir scheint es nicht sehr wahrscheinlich, dass er seinen Zweck erfüllen wird.«

Spivack seufzte und stopfte ihn zurück in die Schlafanzugtasche. »Vermutlich haben Sie recht. Es war sowieso eine rein rhetorische Frage. Ich habe weder einen Umschlag noch eine Briefmarke.«

Am Donnerstagmorgen wurde Wilder gerufen. Er stand neben dem Polizisten vor der Tür und fuhr sich immer wieder mit einem Kamm durchs Haar, während Spivack ihm in letzter Minute Ratschläge gab.

»Es ist ein Verhör. Sie stellen Ihnen Fragen – Fangfragen, wie sie vor Gericht nie zugelassen würden –, und wenn Sie antworten, hören sie Ihnen nicht zu: Sie hören Sie an. Sie lassen alles, was Sie sagen, an sich vorbeiziehen und in der Luft hängen, während sie es studieren. Es geht ihnen nämlich nicht um den Inhalt, sondern um die Form. Man kann ihnen beim Denken praktisch zuschauen. ›Mhm, interessant. Warum diese Fehlleistung? Warum diese Wortwahl?‹ Und sie beobachten Sie wie Falken. Nicht nur Ihr Gesicht – es ist sehr wichtig, keine Miene zu verziehen und ihnen direkt in die Augen zu blicken –, sondern alles. Winden Sie sich auf Ihrem Stuhl, schlagen Sie die Beine übereinander, fassen Sie sich mit der Hand an den Kopf oder irgend so was, und Sie sind tot.«

»Okay, Wilder«, sagte ein Pfleger. »Gehen wir.«

Die Anzahl der Männer in weißen Kitteln, die im Besprechungszimmer saßen, mochte weniger als ein Dutzend betragen, aber es schien, als wären es doppelt so viele. Sie saßen wie Schüler in Reihen hintereinander auf Stühlen mit zurückklappbaren Schreibbrettern, Wilder ihnen allein gegenüber, auf einem normalen Stuhl, die feuchten Hände auf den Oberschenkeln, als wäre er der Lehrer. Niemand lächelte. Ein kahlköpfiger stämmiger Mann in der ersten Reihe räusperte sich und fragte: »Also. Wo liegt das Problem?«

Es dauerte wahrscheinlich eine Viertelstunde. Erst tat er sein Bestes, um ihnen von seiner Geschäftsreise nach Chicago zu erzählen, von der Schlaflosigkeit und dem vielen

Alkohol in jener Woche, von Paul Borg und St. Vincent's und den Ereignissen, die ihn hierhergebracht hatten, an die er sich kaum mehr erinnern konnte.

Dann folgten die Fragen: War Wilder schon früher einmal in einer Nervenklinik gewesen? Hatte er schon einmal psychologische Hilfe gesucht? Hatte er sich schon einmal um Behandlung wegen Alkoholismus bemüht? War er wegen des Trinkens jemals in Schwierigkeiten geraten? Mit einem Arbeitgeber? Mit seiner Familie? Mit der Polizei?

Nein, sagte er immer wieder, Nein, Nein, Nein – und verzog dabei keine Miene, saß still da und gestikulierte nicht. Doch nach der Befragung starrten sie ihn schweigend an; sie schienen zu erwarten, dass er zu seiner Verteidigung ein Resümee zog, und von diesem Punkt an ging alles schief. Eine Hand schnellte an seine schweißnasse Stirn und blieb dort kleben. »Schauen Sie«, sagte er. »Hören Sie. Ich weiß, wenn ich sage, ›Ich bin nicht verrückt‹, werde ich Sie wahrscheinlich nur davon überzeugen, dass ich es bin. Dennoch ist das – ist das meine Meinung.« Die Hand fiel zurück auf seinen Oberschenkel, und ihm wurde bewusst, dass er sich wand, weil der Stuhl knarzte. »Ich glaube *nicht,* dass ich verrückt bin oder geisteskrank oder emotional gestört oder was auch immer, ich meine, wie auch immer Sie es nennen.« Sein Mund war so trocken, dass er jede Bewegung der Zunge, der Zähne und der Lippen spürte, während sie sich angestrengt mühten, Worte zu formen. »Ich weiß, dass ich mich am letzten Freitag erratisch verhalten habe oder wie immer Sie das nennen, irrational, aber das war letzten Freitag. Nach zwei Nächten Schlaf und den ersten Dosen Formaldehyd, ich meine, Sie wissen schon, Paraldehyd, war ich wieder in Ordnung, glaube ich, und jetzt geht es mir gut. Es gibt also – um Himmels willen, hört mir überhaupt jemand zu?« Die spastische Hand flog wieder an seinen Kopf und zerzauste das Haar, und er schloss die Augen, um die Gesichter nicht mehr sehen zu müssen.

»Warum glauben Sie, dass Ihnen niemand zuhört?«

»Weil ich eingesperrt bin in einem gottverdammten – weil es reicht, hier zu sein, um den Verstand zu – ich weiß es nicht.« Er öffnete die Augen, doch gegen seine Hand war er machtlos. »Schauen Sie. Hören Sie: Ich glaube nicht, dass ich noch hierbleiben muss, und ich glaube, ich sollte entlassen werden. Mehr habe ich nicht zu sagen.«

Wieder hatte er das Gefühl, in einem Klassenzimmer zu sitzen – diesmal schämten sich die Schüler, weil ihr Lehrer einen Narren aus sich gemacht hatte –, und daher verzog sich sein Gesicht zu einer bedauernden kleinen Grimasse, und er sagte, was Lehrer in solchen Momenten gerne sagen: »Gibt es noch – Fragen?«

»Okay, Wilder«, sagte der Pfleger. Er wurde zurückgebracht und wieder eingesperrt, und am liebsten hätte er mit der Faust gegen die Wand geschlagen oder geschrien oder mit seinem schmutzigen Fuß gegen das Fenster getreten. Stattdessen setzte er einen Fuß vor den anderen und rauchte und versprach anderen Männern, sie zu retten.

»Wie ist es gelaufen?«, erkundigte sich Spivack.

»Scheiße, keine Ahnung.«

»Schmieriger Haufen von Idioten, oder? Da kriegt man glatt 'ne Gänsehaut. Und wenn man an die *Macht* denkt, die diese fischäugigen Wichser über das Leben eines Menschen haben – ich meine, denken Sie an das FBI, an die CIA, an die Geheimpolizei der Nazis …«

Doch eine Stunde später winkte ihn Charlie beiseite zu einem leisen, privaten Gespräch nahe der BETRETEN-VERBOTEN-Tür. »Sie haben sich sehr gut verkauft da drin, Mr. Wilder.«

»Ich habe was? Wirklich? Woher wissen Sie das?«

»Ach, das ist unwichtig. Zufälligerweise weiß ich eben, dass Sie sich sehr gut geschlagen haben. Und ich weiß auch, dass Sie nach dem Mittagessen auf die Rehabilitationsstation verlegt werden. Dort ist es sehr angenehm, sehr sauber, dort behalten sie einen Patienten selten länger als vierundzwanzig Stunden. Sie werden beraten, Ihre Papiere werden fertig gemacht, Sie bekommen Ihre Kleider zurück und können gehen. Aber ich habe heute viel zu tun, und vielleicht sehe ich Sie nicht mehr, deswegen möchte ich mich verabschieden und Ihnen alles Gute wünschen« – er hielt ihm die große Hand hin –, »und noch etwas. Ich finde es sehr nett von Ihnen, dass Sie so freundlich zu Dr. Spivack waren, dass Sie mit ihm geredet und mit ihm gegessen haben. Der Doktor hatte hier keinen echten Freund, bis Sie gekommen sind. Er ist ein guter Mensch, wie Sie wissen, das einzige Problem ist, dass er ein bisschen – verwirrt ist. Also. Viel Glück, Sir.«

»Danke. Danke, Charlie.«

Und er sah ihm hinterher, wie er zu dem schönen Jungen mit dem Turban hinüberging, um sich um ihn zu kümmern. »Gail! Gail, wie oft habe ich dir schon gesagt, dass du den Schlafanzug vom Kopf nehmen sollst? Und steck deinen Penis zurück in die Hose, wo er hingehört. Niemand will ihn sehen.«

Nach dem Mittagessen wurden sechs oder acht Männer zum Eingang gerufen, unter ihnen Wilder.

»Na, so was«, sagte Spivack und kam näher. »Wie haben Sie denn das angestellt? Haben Sie die bestochen? Erpresst? Sind Sie herumgekrochen und haben ihre Ärsche geküsst? He, warten Sie. Ich hab was für Sie.« Und er kramte in seiner Schlafanzugtasche, an der Charlies Kugelschreiber steckte.

»Was ist das? Noch ein Brief?«

»Nein, Arschgesicht. Meine Adresse und Telefonnummer. Wenn ich jemals hier rauskomme, lade ich Sie vielleicht zu einem Drink ein.«

»Das ist aber sehr – Natürlich, danke.«

»Hier ist der Stift: Geben Sie mir Ihre?«

Und Wilder tat es. »Ich freue mich darauf, Spivack«, sagte er.

»Ja, na ja, freuen Sie sich nicht zu früh. Womöglich habe ich Sie in eineinhalb Stunden schon wieder vergessen. Wie auch immer, halten Sie die Ohren steif, Wilder.«

»Ich werde mich bemühen. Sie auch.«

Die Tür wurde geöffnet, nicht um sie hinauszulassen, sondern um eine ältere Krankenschwester hereinzulassen, der ein Dutzend sehr junger Frauen in frischen blau-weiß gestreiften Schwesterntrachten und weißen Strümpfen folgte.

»Mein Gott«, sagte Spivack. »Schwesternschülerinnen. Wunderschöne kleine Schwesternschülerinnen auf einer Ausbildungstour.« Er trat zurück in den Korridor und breitete die Arme aus wie ein Zeremonienmeister. »Mädchen, ich bin entzückt, euch zu sehen. Es ist absoluter Unsinn, euch hierherauf zu schicken, weil ihr nach eurer Ausbildung nie wieder einen Fuß in diese Station setzen werdet, aber vielleicht lernt ihr trotzdem was. Ist schon in Ordnung, Schwester«, sagte er zu ihrer Anführerin, die völlig fassungslos zu sein schien. »Ich bin Anstaltsarzt hier, ich werde mich um die Sache kümmern. Mädchen, was ihr hier seht, ist ein Relikt aus dem neunzehnten Jahrhundert. Was ihr hier seht, ist keine ›psychiatrische Station‹, es ist ein Tollhaus …«

Einige von den jungen Frauen blickten verwirrt drein, andere ängstlich, doch die meisten kicherten hinter vorgehaltener Hand, um zu zeigen, dass sie Spivack »niedlich« fanden.

»Wachtmeister«, sagte die Schwester zu dem Polizisten, »wer ist der verantwortliche Pfleger auf dieser Station?«

»Das ist Charlie, Ma'am. Ich darf die Tür nicht aus den Augen lassen, aber ich schicke jemand los, um ihn zu holen – einen Moment. He, äh –«

»… Wir haben hier psychopathische Kriminelle, Mädchen, und wir haben Männer in fortgeschrittenem Stadium des Irrsinns, verursacht durch Geschlechtskrankheiten und Alkohol und Drogen, wir haben mindestens einen Messias, und wir haben Männer, die überhaupt nicht hierhergehören. Nehmen wir meinen eigenen Fall: Ich bin das, was man einen politischen Gefangenen nennen könnte. Damit meine ich Krankenhauspolitik, Gesundheitspolitik. Ich nehme nicht an, dass sie euch Mädchen etwas über Gesundheitspolitik beibringen, aber ich bin fest davon überzeugt, dass sie es sollten, denn glaubt mir, es ist ein sehr reales, sehr trügerisches …«

»Doktor!« Charlie kam, umringt von einer Schar lachender Männer, den Korridor entlang. »Doktor, ich möchte, dass Sie diese jungen Damen in Ruhe lassen …«

Die Tür wurde erneut geöffnet, diesmal, um Wilders Gruppe hinauszulassen, und hinter ihnen wieder verschlossen.

Die Rehabilitationsstation war tatsächlich sehr nett und sauber: richtige Betten und Stühle aus Chrom und Kunstleder, gute Duschen mit Seife und einem Shampoo, das garantiert Läuse vernichtete. Es wurde leise und meist höflich gesprochen, niemand wollte Ärger machen.

Die »Beratung« am nächsten Tag bedeutete, dass er in einen Raum voller unaufgeräumter Schreibmaschinentische geführt wurde – es hätte ein Büro im Arbeitsamt sein können – und sich neben einen blassen Mann setzen musste, der wie ein unterbezahlter Buchhalter aussah, doch angeblich ein Sozialarbeiter war.

»… und Sie werden sich nach Ihrer Entlassung um eine Psychotherapie bemühen, nicht wahr?«

»Ich weiß nicht, ich habe noch nicht wirklich darüber nachgedacht.«

Der Mann hörte auf zu tippen, schloss die Augen und fuhr sich mit den bleichen Fingern übers Gesicht. »Wissen Sie was? Manche von Ihnen verstehe ich einfach nicht. Sie sind ein erwachsener Mann mit einer guten Anstellung und Verantwortung für eine Familie. Sie verbringen eine Woche unfreiwillig als Patient in der bestgesicherten Anstalt der Stadt und Sie haben ›noch nicht wirklich darüber nachgedacht‹?«

»Okay. Ich werde mich drum bemühen.«

»Das tun Sie verdammt noch mal besser auch. Also. Können Sie sich private Betreuung leisten oder wollen Sie einen Antrag auf ambulante Behandlung hier stellen?«

»Private Betreuung.«

»Was ist mit dem Trinken? Werden Sie aufhören?«

»Ehrlich gesagt, ich glaube, das geht Sie nichts – Also, wenn Sie da gerade ein Formular ausfüllen, schreiben Sie einfach ›Ja‹. Dann ist die Sache erledigt.«

»Sie sind aber wirklich ein ganz Schlauer, nicht wahr? Ich weiß nicht, ich weiß nicht. Manche von Ihnen.« Er tippte zu Ende, riss das Formular aus der Maschine und nahm das Kohlepapier heraus; dann heftete er die Blätter zusammen und stempelte sie an mehreren Stellen, und die Sache schien erledigt.

»Kann ich jetzt meine Kleider haben?«

»Sie machen wohl Witze. Sie glauben doch nicht im Ernst, dass die Stadt New York Sie hier einfach rausspazieren lässt in Anbetracht der Art und Weise, wie Sie hier reingekommen sind? Sie können nur«, sagte er, »unter Aufsicht von Mr. Paul Borg entlassen werden, erst nachdem er persönlich mit mir gesprochen hat und *nur* wenn er einverstanden ist, diese Papiere zu unterschreiben.« Er griff nach dem Telefon. »Gehen Sie jetzt zurück und warten Sie. Ich kann Ihr Gesicht nicht mehr ertragen.«

Es dauerte nicht sehr lange. Paul Borg betrat die Rehabilitationsstation ängstlich lächelnd, ein hektografiertes Blatt in der Hand. Er habe die Entlassungspapiere unterschrieben, sagte er; dieser Zettel sei für die Kleider. »Hier steht Zimmer 3-F. Weißt du, wo das ist?«

Sie fanden es erst, nachdem sie die falschen Korridore entlanggegangen und mit falschen Aufzügen gefahren waren und sich bei Leuten danach erkundigt hatten, die kein Englisch sprachen; und als Wilder angezogen war (ein unglaubliches Wohlgefühl: seine eigenen Kleider und Schuhe, seine Armbanduhr und seine Brieftasche voller Geld), sagte er: »Hör mal, Paul. Ich muss noch was erledigen. Ich muss in die Kantine oder den Geschenkeladen oder wie immer es auch heißt.«

»Warum?«

»Egal. Komm schon. Es muss irgendwo im Erdgeschoss sein.« So war es, und Wilder kaufte eine Stange Pall Mall. Mit seinem eigenen Stift schrieb er »Für Charlie. Vielen Dank« und setzte seinen Namen darunter. »Gut«, sagte er. »Wo ist der Aufzug zur Psychostation?«

»John, was soll das?«

»Egal. Es ist wichtig.«

»Station für gewalttätige Männer?«, fragte der Aufzugführer verwirrt. »So eine Station gibt es nicht.«

»Vielleicht ist es nicht die offizielle Bezeichnung«, sagte Wilder, »aber es ist die Männerstation im siebten Stock.«

»Da darf ich Sie nicht hinaufbringen. Heute ist kein Besuchstag.«

»Ich bin kein Besucher, ich bin ein – Hören Sie. Bringen Sie die hinauf auf die Station, geben Sie sie dem Polizisten an der Tür und sagen Sie ihm, dass sie für Charlie ist. Können Sie das für mich tun?«

»Oh, klar, okay.« Und die Tür schloss sich.

»Der Mistkerl wird sie selbst behalten«, sagte Wilder, »oder er gibt sie dem Polizisten, und *der* behält sie. Ich hätte darauf bestehen sollen, selbst hinaufzufahren. Ich hätte es *verlangen* sollen.«

»John, es ist nicht wichtig. Verstehst du nicht, dass es nicht wichtig ist?«

»Es ist wichtig. Manche Dinge sind einfach wichtig.«

Schließlich aber fanden sie den Weg durch die Korridore und Wartezimmer und Türen an die unerwartet frische Luft der First Avenue, und Wilder sagte: »Wow.« Dann sagte er: »Mein Gott.«

Es war ein schöner Nachmittag im September, und nichts hatte je so gut gerochen. Hohe Gebäude ragten in den dunkelblauen Himmel, und zwischen ihnen flatterten und segelten Tauben umher; saubere Autos und Taxis fuhren vorbei und transportierten vernünftige, freie Menschen, die den vernünftigen, freien Angelegenheiten der Welt nachgingen.

»Mein Wagen steht um die Ecke«, sagte Borg, während sie gingen. »Du wirst gleich zu Hause sein. John? Was ist denn jetzt wieder?«

Er war stehen geblieben, um einen zerknüllten Zettel zu lesen, den er aus seiner Tasche geholt hatte: DR. MED. HENRY J. SPIVACK, darunter eine Adresse und Telefonnummer. »Nichts«, sagte er und ließ den Zettel aus der Hand auf die schmutzige Straße flattern. »Nichts. Es ist nicht wichtig.«

3. KAPITEL

Das »Landhäuschen« der Wilders war ein Bretterbungalow, der auf einem halben Hektar Grundbesitz stand, fünfzig Meilen flussaufwärts am Westufer des Hudson gelegen. Er befand sich in unmittelbarer Nähe von vielen anderen Bungalows, die jedoch aufgrund des dichten Gebüschs und der Bäume, die ihn auf drei Seiten abschirmten, sowie eines hohen rustikalen Zauns auf der vierten Seite nicht zu sehen waren – das gab ihnen die Abgeschiedenheit, die sie schätzten, und in der Nähe befand sich ein kleiner See, in dem man schwimmen konnte.

Doch das Beste und Belebendste an ihrem Landhäuschen war, dorthin zu gelangen: Zuerst fuhr man über die George Washington Bridge, und dann kam die lange, idyllische Fahrt auf der Schnellstraße. Es war so wie bei gewissen anderen familiären Vergnügungen: Die Vorfreude war größer als das tatsächliche Ereignis.

»... Ich glaube, das ist meine liebste Zeit im Jahr«, sagte Janice, »wenn es anfängt, wieder kühl und frisch zu werden. Ach, wahrscheinlich ist es in ein paar Wochen noch schöner, wenn sich das Laub richtig verfärbt – all das viele unterschiedliche Gelb, Orange, Rot und Braun –, aber trotzdem, jetzt ist es auch wunderschön.«

»Mhm«, sagte er. Seit er am Tag zuvor aus dem Bellevue nach Hause gekommen war, redete sie sehr viel – meist einzig und allein zu dem Zweck, das Schweigen zu füllen –, und er wusste, dass sie vor allem deswegen so viel redete, weil er selbst so wenig sagte: Er hatte überwiegend Bourbon getrunken und aus dem Fenster geblickt oder verwirrt blinzelnd dagesessen und die dicht mit Büchern bepackten Regale betrachtet. »Ja«, sagte er jetzt und tat sein Bestes, »es wird bestimmt toll, einfach nur auf einer Decke im Gras zu liegen.«

Tommy, der auf dem Rücksitz saß, schwieg seit sie von zu Hause losgefahren waren. Er knallte methodisch einen neuen Baseball in die eingeölte Fläche seines Handschuhs. Er trug eine Kappe der New York Yankees. Die Yankees lagen weit vorn im Rennen um die amerikanische Meisterschaft, und Tommy mochte Gewinner.

»Was meinst du, Champ?«, fragte ihn Wilder. »Sollen wir zuerst schwimmen gehen und dann ein paar Bälle werfen oder erst ein paar Bälle werfen und dann schwimmen gehen?« Er bereute es sofort, ihn »Champ« genannt zu haben. Spitznamen wie diesen oder auch »Sportsfreund« benutzte er nur in familiär angespannten Zeiten, wenn es geboten schien, herzlich zu sein (zum Beispiel frühmorgens, wenn er wusste, dass der Junge am Abend zuvor wach gelegen und seine streitenden Eltern gehört hatte), und es war offensichtlich, dass Tommy es auch wusste.

»Weiß nicht«, sagte Tommy. »Mir egal.« Und die Reifen glitten rasch über den makellosen Belag der Straße.

Sie warfen schließlich zuerst ein paar Bälle, während Janice, die einen großen Strohhut trug, in der Sonne kniete und hockte und das Unkraut in ihren Gemüsebeeten jätete.

Es war kein gutes Spiel – kein angenehmes, schweißtreibendes An- und Entspannen der Muskeln bei jedem Wurf oder Fang, keine sauberen Flüge des Balls, die mit einem befriedigenden *Pock* im Handschuh endeten, kein unbeschwertes Gelächter, keine Glückwünsche (»He! …«; »Guter Fang! …«). Mehr als die Hälfte von Tommys Würfen war unkoordiniert, und sein Vater rannte atemlos über die Wiese oder kroch auf allen vieren ins Gebüsch, wo ihm Zweige ins Gesicht schlugen und er mit seiner sauberen Freizeithose über die Erde rutschte. Einmal stach ihm eine Kiefernadel ins Auge.

Dann begannen seine eigenen Würfe danebenzugehen, und Tommy musste laufen, aber zumindest gab ihm das Gelegenheit, wieder zu Atem zu kommen. »Versuchen wir's – versuchen wir's mit ein paar flachen Würfen«, rief er und hoffte, dass es dann für sie beide einfacher wäre, doch flache Bälle waren auf diesem holprigen Boden alles andere als leicht: Der Ball sprang und flog in verrückte Richtungen; sie rannten und stürzten, und Tommy verlor seine Yankee-Kappe.

»Habt ihr beide nicht langsam genug?«, fragte Janice und lächelte sie aus den Beeten heraus an. »Wollt ihr nicht mal schwimmen gehen?«

»Wie – wie wär's, Tom? Willst du – willst du aufhören?«

»Weiß nicht. Mir egal.«

Auch am See lief es nicht besser, aber das war zu erwarten gewesen. Janice war eine ausgezeichnete Schwimmerin und auch Tommy schwamm für sein Alter gut, doch Wilder hatte zeit seines Lebens Angst vor dem Wasser gehabt – und Angst davor, es zuzugeben. In seiner Kindheit und Jugend hatte er sein Möglichstes getan, sich vor dem Schwimmen zu drücken; wenn es unumgänglich war, ließ er es als eine Art Wasserclown über sich ergehen, schlug um sich und ruderte wie ein Hund, schluckte hilflos Wasser und atmete es ein; er hatte Angst davor, den Kopf unterzutauchen, sprang aber auf lächerlich ungeschickte Weise von Sprungbrettern, um Lacher zu ernten, die er nicht hörte, weil er sich blind und zu Tode verängstigt an die Oberfläche zurückkämpfte. Es war eins der ersten Dinge gewesen, die Janice über ihn erfuhr, noch bevor sie heirateten, und sie hatten sich deswegen gestritten (»Aber das ist albern, John, jeder kann schwimmen lernen.« »Okay, okay, dann bin ich eben albern. Können wir das Thema damit beenden?«). Solange Tommy ein Baby war und sogar noch, bis er fünf oder sechs war, hatte dies keine große Rolle gespielt: Er konnte mit dem Jungen, der sich auf seinen Schultern wand und kreischte, ins Wasser waten, und er liebte den vertrauensvollen Druck der kleinen Oberschenkel um seinen Hals und den Griff der Hände in seinem Haar – besonders schön war es in der schweren Brandung des Ozeans, wo sowieso niemand richtig schwamm und es nur darum ging, in die Brecher zu springen und zu schreien –, doch in den letzten Jahren hatte Janice Tommy hier am See das Schwimmen beigebracht. Sie war taktvoll vorgegangen: Sollte er sie jemals gefragt haben, warum nicht Daddy es ihm zeigte, hatte sie wahrscheinlich geantwortet, dass Daddy zu beschäftigt oder zu müde war oder dass Daddy nicht so gern schwamm, wie er andere Dinge tat – zum Beispiel mit ihm Baseball spielen.

Am See war viel los heute – auch die Leute aus den benachbarten Bungalows nutzten die letzten Sommertage –, und so fiel es nicht auf, dass er zurückblieb und sich umständlich um ein sorgfältiges Arrangement von Decke und Handtüchern, Schuhen und Armbanduhren kümmerte, während seine Frau und sein Sohn zu dem weißen Floß hinausschwammen, das stets unerreichbar weit entfernt schien. In einer so dichten Menge würde es wahrscheinlich niemandem auffallen, dass er watete, bis ihm das Wasser bis zur Nase reichte, und erst dann mit angehaltenem Atem begann, verzweifelt Wasser zu treten und herumzufuchteln, bis er endlich eine Hand ausstrecken und eine von den nassen Ketten packen konnte, mit denen das Floß an Blechfässern vertäut war. Sobald er sich an einer Kette festhalten konnte, war alles in Ordnung; er konnte sich ausruhen, nach einer geeigneten Stelle suchen und sich hochziehen, Wasser verspritzen und sich das Haar zurückklatschen mit einem Keuchen der Erleichterung, das der siegreiche Seufzer eines Athleten hätte sein können.

»Hallo«, sagte Janice, als sie und Tommy Platz für ihn machten. Er wusste nicht, ob sie ihn auf dem Weg hierher beobachtet hatten.

»Es ist ein bisschen kühl, findest du nicht auch?«, fragte sie. »Sieh nur, ich habe überall Gänsehaut.« Er sah hin, und es stimmte. Sie senkte die Stimme. »Und es ist so *voll*. Ich glaube nicht, dass ich jemals so viele Leute hier gesehen habe, du etwa?«

Nein, hatte er nicht.

Noch hatte er je zuvor etwas so Hübsches wie die schlanke junge Frau gesehen, die in diesem Augenblick allein zwischen den eng nebeneinanderliegenden Körpern auf dem Floß hindurchging und »Entschuldigung« murmelte, sobald sie zur Seite rutschten. Sie trug ihren Bikini mit einer niedlichen Mischung aus Schüchternheit und Stolz, und als sie kerzengerade am vorderen Ende des Sprungbretts stand, schien sie nicht zu bemerken, dass alle sie beobachteten. Sie machte drei anmutige, gleichmäßige Schritte, dann hob sie die Arme und einen traumhaften Oberschenkel, der Oberschenkel senkte sich wieder, das Brett erbebte unter ihrem kraftvollen Sprung, und sie schwebte durch die Luft und tauchte ins Wasser ein, nahezu ohne einen einzigen Spritzer.

Er rechnete damit, dass ihr zwei überaus muskulöse Arme zurück auf das Floß helfen würden, doch dem war nicht so: Sie war tatsächlich allein. Sie kletterte hinauf, setzte sich und schüttelte ihr langes schwarzes Haar, ohne mit jemandem zu sprechen. Abgesehen von einem jungen Paar, das mit sich selbst beschäftigt war, befanden sich nur Kinder und Erwachsene mittleren Alters oder älter auf dem Floß: kahle Köpfe, welkes Fleisch und Krampfadern.

»Lass uns zurückschwimmen«, sagte Janice. »Ich möchte was anziehen und mich aufwärmen, du nicht?«

»Okay. Schwimmt ihr beiden schon mal vor. Ich komme gleich nach.«

Er beobachtete, wie sie gemeinsam ans Ufer kraulten, er beobachtete, wie sie ihre Sachen einsammelten und zwischen den Büschen verschwanden; dann wandte er seine ganze Aufmerksamkeit der jungen Frau zu, die aufgestanden war, um zu einem weiteren Sprung anzusetzen. Wenn sie zurückkäme, würde er sie ansprechen. Er würde ihr nicht auf das Floß helfen – das könnte alles verderben –, aber es wäre bestimmt einfach, sich neben sie zu setzen, während sie sich abtrocknete (wenn sie saßen, würde sie nicht bemerken, wie klein er war; und später, wenn sie aufstanden, stellte sich vielleicht heraus, dass sie in Wirklichkeit gar nicht so groß war), und als sie sich jetzt konzentriert dem Sprungbrett näherte, gestattete er sich, in Gedanken eine glückliche Probe ihres Gesprächs durchzuführen.

»Wissen Sie, Sie können das wirklich sehr gut.«

»Ja?« (Sie schüttelte ihr Haar und blickte ihm nicht direkt in die Augen.) »Danke.«

»Wohnen Sie in der Gegend?«

»Nein, ich besuche meine Eltern. Sie haben ein kleines …«

»Gehen Sie noch zur Schule?«

»Nein, ich habe im Juni Holyoke abgeschlossen und arbeite jetzt für eine Werbeagentur in der Stadt.«

»Ach ja? Für welche? Ich bin nämlich zufälligerweise in derselben Branche tätig.«

»Wirklich? Also, das ist …«

Sie hatte jetzt die drei Tanzschritte gemacht, den wunderschönen Oberschenkel gehoben und war gesprungen, und sein geheimer Dialog raste weiter.

»Vielleicht könnten wir uns mal zum Mittagessen treffen.«

»Also, eigentlich, ich – ja, das wäre vielleicht nett.«

Und später: »Ach, das war so ein Spaß, John. Ich meine, ich habe schon von Spesenkonten gehört, aber nie wirklich …«

Und noch später, nach ihrem ersten nach Brandy schmeckenden Kuss in einem Taxi in der Stadt: »*Welche* Straße? Varick Street? Wohnst du da?«

»Also, eigentlich nicht, es ist nur eine kleine Wohnung, die dir vielleicht gefallen wird …«

Die von ihrem Sprung aufgewirbelten Luftblasen hatten sich längst aufgelöst, und er wartete darauf, dass sie aus dem Wasser wieder auftauchte, doch das passierte nicht. Er stand auf (Wen interessierte es schon, wie klein er war?) und hielt in alle Richtungen nach ihr Ausschau wie ein wachsamer, gewissenhafter Bademeister. Erst nach einem scheinbar langen Zeitraum entdeckte er sie, bereits in weiter Entfernung davonschwimmend, ihre schlanken Arme durchschnitten das Wasser so geschmeidig wie die von Janice, während sie aufs Ufer und die Bäume zusteuerte, um nach Hause zu gehen. Und dann saß er zusammengesunken da, bis sich sein Herz und der Schmerz der Enttäuschung in seinen zusammengebissenen Kiefern beruhigt hatten und er nichts weiter tun konnte, als ins kalte Wasser einzutauchen und sich an Land zu kämpfen.

Gut war, dass genügend Bourbon im Küchenregal stand. Kaum hatte er sich angezogen, holte er das Eis heraus und goss sich einen doppelten Whiskey ein, der eigentlich ein dreifacher war.

»Möchtest du einen Drink?«, fragte er Janice.

»Nein, danke.« Sie saß auf einem hohen Küchenstuhl, ein Sieb im Schoß, brach Stangenbohnen für das Abendessen und blickte nicht auf. »Ist es nicht ein bisschen früh dafür?«

»Mir scheint es spät genug.«

Und erst nachdem er nach draußen gegangen war und die ersten gierigen Schlucke genommen hatte, wurde ihm klar, warum er so zornig war. Nicht wegen der jungen Frau auf dem Floß (zum Teufel mit der jungen Frau auf dem Floß) oder weil Janice gefragt hatte, ob es nicht ein bisschen früh für Alkohol sei, oder weil das leise Knacken der Stangenbohnen ein Geräusch war, das ihn schon immer irritiert hatte, sondern wegen des Stuhls, auf dem sie saß, die Tennisschuhe auf die mittlere Sprosse gestellt: Er sah genauso aus wie der Stuhl des Polizisten vor der Tür im Bellevue.

»Scheißkerl«, sagte er laut und ballte die Hand in der Hosentasche zu einer zitternden Faust, als er durch den Garten schlenderte. »Scheißkerl.« Denn das war das Merkwürdige, das Neurotische, das Verrückte: Er war noch immer wütend. Sollte sich irrationaler Zorn nicht auflösen, sobald man seine Ursache erkannt hatte? Wusste das nicht alle Welt? Warum war es dann nicht so? Nichts wollte er jetzt so sehr, wie in die Küche zurückgehen und sagen: »Janice, steh von dem Stuhl auf.«

»Wie bitte, Liebling?«

»Du hast mich schon gehört. Heb deinen Arsch von dem Scheiß*stuhl.*«

Sie würde ihn so verdattert ansehen, als hätte er sie geschlagen; vielleicht fiele ihr das Sieb vom Schoß, und wenn nicht, würde er danach greifen und es krachend gegen die Wand werfen, dass die Bohnen durch die Küche flögen.

»Ich schwöre bei Gott, wenn du nicht aufstehst, *stoße* ich dich runter! Ist das *klar?*«

»John«, würde sie sagen, aufstehen und erschrocken vor ihm zurückweichen, »John, was ist – John, bist du –?«

Dann würde er den Stuhl packen, ihn hochheben und ihn mit aller Macht auf den Boden schleudern, dass die gesplitterten Beine und Sprossen über den Boden schlitterten, und wenn sie an der Wand kauerte, würde ihr Anblick einen donnernden Zorn in ihm auslösen: »Wofür hältst du dich, für eine Polizistin? Eine Polizistin in einem Irrenhaus? Hm? Hältst du dich für eine breitarschige Kampflesbe von Polizistin, die die Irren in Schach hält? Hm? Hm?«

Zu diesem Zeitpunkt stünde Tommy weinend in der Küchentür, die Hand hilflos am Hosenschlitz (so wie der alte Mann in Bellevue seine geschrumpften Genitalien bedeckt hatte), und in seinem Zorn würde er sich auch gegen Tommy wenden. »Ja, ja, ja, schau gut zu, Junge, und vergiss es nicht. Merk dir: Ich bin dein Vater. Das ist deine Mutter. Ich bin ein amtlich beglaubigter Irrer, und sie ist eine Polizistin, hast du verstanden? Eine *Polizistin!* Eine *Polizistin!*«

Nichts davon geschah tatsächlich, jedoch nur weil er in der Stille des Gartens blieb, es schwer atmend vor sich hin flüsterte, einen Arm fest um den Stamm eines großen raschelnden Baums geschlungen.

Am nächsten Morgen war es schön, aber zu kühl, um zu schwimmen, deswegen tat er, was er auf der Autobahn als ein bestimmt tolles Erlebnis prophezeit hatte: Er lag einfach auf einer Decke im Gras.

Eine ganze Weile vor Mittag stand er ungefähr alle zwanzig Minuten einmal auf, streckte sich, blickte freundlich lächelnd zu Janice im Gemüsegarten hinüber für den Fall, dass sie zufällig aufschaute, und ging dann ins Haus, um sich schnell einen Whiskey einzuschenken, den er an der Küchenspüle wie Medizin hinunterschluckte. Mehr als einmal, wenn das Dröhnen von Tommys Transistorradio in einem anderen Raum zu garantieren schien, dass niemand ihn sah, trank er sogar zwei oder drei.

Nach dem Mittagessen schlief er, und als er spätnachmittags wieder erwacht war, setzte er sich schwerfällig auf die Bettkante und rief nach Janice, und sie kam und setzte sich neben ihn.

»Hör mal«, sagte er, »ich weiß, dass du noch ein paar Tage hierbleiben wolltest, aber ich möchte morgen nach Hause fahren. Ich muss einfach wieder ins Büro.«

»Das ist wohl kaum eine Frage des Müssens, Liebling«, sagte sie. »George Taylor kann warten.«

»Natürlich kann er warten. Es geht auch nicht um ihn, sondern um mich. Ich glaube einfach, dass es mir umso besser gehen wird, je schneller ich wieder mein normales Arbeitsleben aufnehme, das ist alles.«

Er wusste, er konnte von ihr nicht erwarten, dass sie »Du wirst es am besten wissen« oder etwas Ähnliches sagte, aber zumindest stritt sie nicht mit ihm. Sie betrachtete eine Weile die vom Laub gefleckten Rechtecke Sonnenschein auf den Dielen, dann tätschelte sie ihm das Knie und sagte: »In Ordnung.«

Er war in der Küche und goss sich den ersten von den, wie er sich schwor, höchstens zwei Drinks vor dem Abendessen ein, als er hörte, wie sie Tommy den geänderten Plan mitteilte. »Schatz, Daddy und ich haben beschlossen, morgen schon nach Hause zu fahren. Das macht dir doch nichts aus, oder?«

Und Tommy sagte, er wisse es nicht und es sei ihm egal.

»Hallo, Fremder«, sagte George Taylor, ging schwerfällig um seinen großen Schreibtisch herum und streckte ihm die Hand entgegen. »Janice hat gesagt, dass es noch eine Woche dauern könnte.«

»Du weißt doch, wie es mit der Grippe ist, manchmal dauert es länger, manchmal ist es schnell wieder vorbei.« Und Wilder ließ zu, dass seine Fingerknöchel in einem Willkommen-in-der-Arbeit-Händedruck nahezu zerquetscht wurden.

»Du hast großartige Arbeit in Chicago geleistet. Ich habe ein paar gute Rückmeldungen erhalten.«

»Ja, das ist – gut.« Aber es war auch merkwürdig: Er erinnerte sich fast an nichts mehr von dem, was in Chicago passiert war.

»Ich möchte heute ein paar Sachen mit dir besprechen, und dann gibt es auch noch neue Entwicklungen. Hast du Zeit zum Mittagessen?« Er saß jetzt wieder an seinem Schreibtisch und drückte auf einen der vielen Knöpfe an seinem komplizierten Telefon. »Schätzchen«, sagte er, »Mr. Wilder und ich brauchen einen Tisch für zwei bei Rattazzi, um halb eins. Genau.«

Und so standen sie um halb eins vor dem Oberkellner im ersten Stock des Rattazzi, der sie mit »meine Herren« ansprach wie Charlie in Bellevue. Hier wurden die Martinis in Gläsern mit Stiel serviert, doch der Stiel war nur drei Zentimeter lang und die Schale so tief wie ein Wasserglas. George Taylor hatte seinen ersten noch nicht ausgetrunken, als klar war, dass er es zu langweilig fand, die Chicago-Geschäfte und die neuen Entwicklungen zu besprechen. Seine Stimme verlor sich in unvollständigen Sätzen und sein Blick schweifte wehmütig über die besetzten Tische; allein schon bei dem Gedanken an den *American Scientist,* an Anzeigen, an Geschäfte und an Geld schien er sich zu langweilen – und wer wollte es ihm verübeln?

Er war sechsundfünfzig und korpulent und hatte kräftiges rotes Haar, das gerade zu ergrauen begann. Als Vizepräsident war er für den Verkauf von Anzeigenseiten zuständig und so weit aufgestiegen, wie es ihm in der Firmenhierarchie möglich war. Sein ausgezeichnetes Gehalt und die Dividende der Firmenaktien machten nicht einmal die Hälfte seines Einkommens aus; der Rest stammte aus schlauen Investitionen. Er wohnte in einem exklusiven Ort in Rockland County; seine Kinder waren erwachsen und er hatte drei Enkelkinder. Ein anderer Mann hätte obsessiv Golf gespielt oder antike Schrotflinten gesammelt oder wäre segeln gegangen, doch George Taylors Hobby waren junge Frauen. Wie viele Mittagessen hatte Wilder schon damit verbracht, Taylor dabei zuzuhören, wie er von Frauen erzählte, denen es nicht möglich war, von ihm zu lassen, die ihm nachstellten, ihn anflehten und um seine Gunst kämpften. Mindestens eine war dabei gewesen, die die ganze Nacht in seinen Armen geweint hatte, nachdem sie sich offiziell mit einem Juraabsolventen aus Harvard verlobt hatte.

»Herrgott, ich könnte einen zweiten vertragen, du auch, John?«, fragte Taylor jetzt und hob sein leeres Glas.

»Ja, ich auch.«

Und die zweite Runde entlockte ihm einen bekenntnishaften Monolog. »... O Gott, wenn du nur wüsstest, was mit Sandy los ist. Das ist mal ein kleines Problempaket, ein richtig süßes kleines Nest voller Klapperschlangen.« Sandy war eine lachende, vollbusige Frau und ein halbes Jahr lang seine Sekretärin gewesen. »Es war schon schlimm genug, als sie für mich gearbeitet hat, aber seit ich sie hinausbefördert habe, ist es noch schlimmer geworden. Ich habe dir doch erzählt, dass ich ihr eine Stelle bei Drake and Cornfield beschafft habe, oder? Diese neue Werbeagentur in der Fifty-ninth Street? Du weißt schon, einer dieser lockeren kleinen Läden, wo alle immer ›kreativ‹ sagen. Die jungen Dinger lassen sie barfuß durchs Büro laufen, es gibt eine Menge heller Köpfe, die auf Sex aus sind. Ich dachte, sie passt dort rein. Aber, verdammte Scheiße, John, sie weiß nicht, wann Schluss ist. Das Schlimmste aber ist, dass *ich* nicht weiß, wann Schluss ist. Drei, vier Abende in der Woche, mein halber Urlaub – Herrgott. Verrücktes Kind. Zweiundzwanzig Jahre alt und denkt nur an Sex. Nur an Sex. Sie sagt, dass sie Jungs ihres Alters nicht ausstehen kann. Und dass ich sie befriedige. Letzte Woche hat meine Frau gefragt: ›Schlafanzug? Warum trägst du einen Schlafanzug?‹ Willst du wissen, warum? Weil mein Rücken voller Kratzer war, wo Sandy sich in mich verkrallt hat. Ein wirklich verrücktes Kind. Sie wollte nicht mehr in ihrer Wohnung bleiben. Sie hat mit einem anderen Mädchen zusammengewohnt, aber das war ihr nicht privat genug, wenn ich da war, deswegen habe ich ihr eine Absteige ganz für sie allein besorgt – sie zahlt die Miete und alles, da ist sie ganz pingelig –, aber wenn ich jetzt nicht fast jeden verdammten Nachmittag bei ihr auftauche, ruft sie mich an. Und vor ungefähr einem Monat hat sie gesagt: ›Fahr mich nach Philadelphia.‹ Und ich habe gesagt: ›Warum sollte ich dich nach Philadelphia fahren?‹ Und sie: ›Weil ich dir einen blasen will, wenn du mit achtzig Meilen die Stunde über den Jersey Turnpike bretterst.‹«

»Und hat sie es getan?«

»Und ob sie es getan hat. Achtzig Meilen die Stunde. Mann.«

Es folgte eine dritte Runde Drinks, und schließlich kam das Essen, aber bis sie darin herumzustochern begannen war es kalt; dann tranken sie Kaffee, und vor ihnen erstreckte sich ein Nachmittag, der versprach, lang und trostlos zu werden. Taylor murmelte etwas davon, die gottverdammte Verkaufskonferenz für den Dezember organisieren zu müssen; auf Wilders Schreibtisch lag ein unübersichtlicher Haufen Quittungen aus Chicago, die er irgendwie würde ordnen müssen, und danach müsste er telefonieren, um die Besuchstermine für diese Woche zu vereinbaren.

Das Büro war besser als das Bellevue. Die Wände waren weiß und die Beleuchtung war indirekt; es befanden sich sowohl Männer als auch Frauen hier; alle trugen anständige Kleidung und niemand bat darum, gerettet zu werden, oder schrie oder masturbierte oder trat gegen ein Fenster.

Nichtsdestoweniger waren in jedem Gesicht im Verlauf des Tages zunehmend Zeichen der Verzweiflung zu erkennen, und als die Uhr fünf schlug, war dies so wie das Signal für den Polizisten, die große Tür zu öffnen.

»Hallo«, sagte er, als er die Tür zu seiner Wohnung aufschloss und endlich nicht nur dem Büro, sondern auch der Haft in der laut dröhnenden U-Bahn entkommen war.

»Hallo«, sagte Janice, und Tommy wandte den Blick vom Fernseher ab, um ihm mit dem Mund voll Apfel zuzunicken.

Nachdem er sein Jackett und seine Krawatte abgelegt hatte, ging er dorthin, wo sie den Bourbon und das Eis aufbewahrten, und Janice folgte ihm auf den Fersen. »Soll ich dir einen Drink machen?«, fragte er sie.

»Nur einen ganz kleinen. Ungefähr ein Drittel von dem, was du trinkst.«

Während sie zu Abend aßen klingelte das Telefon, und als Janice zurückkam, verkündete sie, dass Paul später auf einen Drink vorbeikommen wollte. »Du hast doch nichts dagegen, oder?«

»Natürlich nicht.« Und er nahm an, dass es stimmte; doch wenn Tommy nicht gewesen wäre, der auf der anderen Seite des Tisches ernst ein Schweinekotelett zerteilte, hätte er vielleicht das Gegenteil behauptet. Er wusste, was Borg heute Abend bei ihnen wollte: Er würde einen seriösen Therapeuten empfehlen, und Janice würde dasitzen, verständnisvoll nicken und ihrem Mann vielleicht sogar die Hand halten.

Woher wusste Borg, dass sie zurück waren? Doch das war eine dumme, leicht zu beantwortende Frage: Janice hatte ihn heute angerufen und ihm berichtet, dass John sich das ganze Wochenende über »komisch« verhalten und die meiste Zeit in einem alkoholinduzierten Stupor verbracht hatte. Die beiden hatten bei dieser Geschichte schließlich von Anfang an unter einer Decke gesteckt. (Als er im Bellevue durch den Korridor schlurfte, hatte er nicht lange gebraucht, um zu dem Schluss zu kommen, dass Borg an jenem Abend nicht zufällig in der Bar des Commodore aufgetaucht war.)

Borg kam erst eine ganze Weile nachdem Tommy ins Bett gegangen war; sein Hemdkragen war geöffnet, und er trug einen lässig weiten Pullover, als wollte er beweisen, dass es um nichts Ernstes ging. Er wollte nur einen kleinen Scotch, danke – mit viel Soda.

Und als Erstes sprachen sie, wie sie es schon seit einem Jahr oder noch länger taten, über Politik. Herrgott, alle wussten, dass jeder besser wäre als Nixon, sagte Wilder, aber Kennedy traue er einfach nicht. Ein reicher Mann, glamourös, ein Senator, der sich nie gegen McCarthy ausgesprochen hatte, auch als man es gefahrlos hätte tun können, ein Kandidat, der die Vorwahlen gekauft und den Parteitag manipuliert hatte – und er fasste diesen Vortrag zusammen, indem er wie schon so oft verkündete, dass er ein unverbesserlicher Anhänger Adlai Stevensons war.

»Ja, gut, John«, sagte Paul Borg, »ich glaube, wir sind uns einig, dass Stevenson ein Grieche war. Kennedy ist ein Römer. Und in diesem Land brauchen wir jetzt Römer.« Auch Borg hatte das schon mehrmals gesagt, und da es so sauber formuliert war, vermutete Wilder, dass er es irgendwo gelesen hatte.

An jedem anderen Abend hätte Janice »Ja, genau« gesagt, als hörte sie es zum ersten Mal, und erklärt, dass Stevenson für sie immer etwas Weiches und Unentschlossenes gehabt hätte; doch sie hielt den Mund und verschwand in der Küche, um Kaffee zu kochen. Heute Abend gab es Wichtigeres, über das er sich mit Borg einigen musste.

Doch auch nachdem sie gegangen war, dauerte es eine Weile, bis die erste Salve abgefeuert wurde. »John«, begann er und stopfte seine Pfeife mit einem gewissenhaften Zeigefinger (normalerweise rauchte er Zigaretten; die Pfeife war Momenten wie diesen vorbehalten; vermutlich brachte er sie auch bei schwierigen Mandanten zum Einsatz). »John, hast du schon über eine Psychotherapie nachgedacht?« Und allein dieses Wort genügte, dass Janice leise ins Zimmer zurückkehrte, das Gesicht abgewandt, während sie das Tablett mit den zitternden Tassen und Untertassen auf dem Beistelltisch abstellte.

Die Frage hing in der Luft, und er ließ sie auf seine Antwort warten, entschlossen, nicht laut zu werden. Tommys Zimmer befand sich zwar hinter zwei geschlossenen Türen am Ende des Flurs, dennoch sollte er keine Gelegenheit bekommen, ihn zu hören.

Ob er darüber nachgedacht hatte? Ja, das hatte er. Genau einmal, an seinem letzten Tag im Bellevue, als ihn dieser schmierige kleine Buchhalter gezwungen hatte, es zu tun als Bedingung für seine Entlassung unter Borgs Aufsicht. »Wenn du als mein Aufseher, oder wie immer sie es nennen, sprichst, dann komm nicht zu mir. Geh zu ihm. Und nimm Janice mit. Ich bin sicher, euch dreien wird schon was einfallen, auch wenn ihr mich vorher wieder einsperren müsst.«

Janice kämpfte sichtbar gegen den Impuls an, »John, das ist nicht *fair*« auszurufen; stattdessen nippte sie an ihrem Kaffee, um klarzustellen, dass das hier ein gesittetes Gespräch bleiben würde, koste es, was es wolle.

Und Borg runzelte die Stirn hinter den Schwaden gesunden Menschenverstands, die von der Pfeife zwischen seinen Zähnen aufstiegen. Sie kämen keinen Schritt weiter, sagte er, wenn er auf dem Bellevue herumritt. Weder er noch Janice hätten ihn jemals »einsperren« wollen, wie sie beide mehrmals klargemacht hätten. Dass John sie jetzt als Verschwörer angreife, sei schlichtweg –

»›Feindselig‹, stimmt's? ›Paranoid‹?«

»Das sind deine Worte, nicht meine. Schauen wir uns mal die Ereignisse an, die dich ins Bellevue gebracht haben. Du hattest einen Nervenzusammenbruch in Chicago; als du zurückgekommen bist, hast du dich vollkommen irrational verhalten. Und ehrlich gesagt« – er senkte den Blick –, »auch wenn das erst im Rückblick klar wird, aber ehrlich gesagt, gab es in den letzten Monaten so einige Anzeichen dafür, dass sich etwas in der Art zusammenbraut.«

»Anzeichen? Was für Anzeichen?«

»Exzessives Trinken zum Beispiel; zwanghaftes Trinken. Gereiztheit: Du bist ausgerastet wegen der kleinsten – wegen nichts. Und du warst launisch, verdrossen. Manchmal, wenn Natalie und ich hier waren oder du bei uns, hast du den ganzen Abend nichts gesagt.«

Wilder hätte beinahe erwidert: Vielleicht habe ich mich ja gelangweilt. Stattdessen holte er sich einen neuen Drink und saß schweigend da, während Borg erklärte, wie viel Gutes ein versierter Psychiater ihm tun könnte. Oh, nicht ein doktrinärer Freudianer der alten Schule – und ganz gewiss nicht einer dieser neuen unterqualifizierten »hippen« Leute –, sondern ein vernünftiger, angesehener Therapeut, der zweimal in der Woche mit ihm sprechen und »arbeiten« würde.

Borg zog ein steifes kleines Notizbuch aus der Hosentasche, riss eine Seite heraus und legte sie auf den Tisch: Dr. Jules Blomberg, mit einer Praxis in den East Sixties. Dieser Mann hatte einem Mandanten von Borg aus einer nahezu selbstmörderischen Depression geholfen; er hatte einem fettleibigen Freund dieses Mandanten geholfen, fünfzig Kilo abzunehmen. Er war überaus geachtet auf seinem Gebiet: Seine Artikel wurden in den besten wissenschaftlichen Zeitschriften publiziert; er hatte Vorträge an vielen Universitäten gehalten …

»Und natürlich hast du ihm alles über mich erzählt, ja? Und gleich einen Termin ausgemacht?«

»Ich habe ihm ein bisschen was über dich erzählt, ja. Der Termin ist ganz und gar deine Sache.«

Ganz und gar seine Sache. Während er darüber nachdachte, war eine Zeit lang kein Geräusch zu hören außer dem Klimpern der Eiswürfel in seinem Glas. Zum Teufel. Vielleicht nutzte es ja wirklich etwas; vielleicht »funktionierte« es tatsächlich; und wenn nicht, konnte er jederzeit aufhören.

»Okay«, sagte er. »Ich werde hingehen.« Und er legte beide Füße auf den Tisch, um seiner Kapitulation eine dramatische Note zu verleihen.

Janice jedoch war immer noch angespannt, und Paul Borg entfachte mächtige Flammen, als er versuchte, seine Pfeife zum dritten oder vierten Mal anzuzünden. Er wusste nicht genau, wie man dieses Ding rauchte; vielleicht würde er seine Anstrengungen bald einstellen. »Die Sache hat nur einen Haken, John«, sagte er endlich. »Dr. Blomberg hat mir zu verstehen gegeben, dass er nur mit dir arbeiten wird, wenn du mit dem Trinken aufhörst.«

»Tja«, sagte er und stand auf. »Das ist natürlich ein ganz anderes Paar Schuhe. Dann ist Dr. Blomberg wohl aus dem Spiel. Dann hat Dr. Blomberg einfach Pech gehabt. Und du auch, Freundchen« – er deutete auf Borg und dann auf seine Frau – »und du ebenfalls. Vielleicht bin ich geisteskrank und vielleicht brauche ich ›Hilfe‹, aber ich war nie ein Trinker, bin es nicht und werde es nie sein.« Und um es zu beweisen, ging er geradewegs zur Bourbonflasche und goss sich einen großen Drink ein. Noch nie an diesem Abend war er so nahe daran gewesen, die Beherrschung zu verlieren, wie jetzt, aber er tat es nicht, nicht nur aus Angst, Tommy zu wecken, sondern weil er kurz insgeheim Charlie vor sich sah, der im Korridor mit erhobener Spritze auf ihn zukam (»In Ordnung, Mr. Wilder, ich habe Sie gewarnt …«).

»Wir sind schon so lange befreundet, John«, sagte Borg, »und ich habe mir oft gedacht, dass du Alkohol nicht gut verträgst. Wie oft haben wir zusammen getrunken, es Drink für Drink miteinander aufgenommen, und wenn ich angefangen habe, mich beschwipst zu fühlen, warst du – na ja, betrunken.«

»Ansichtssache. Voreingenommenheit. Du trinkst jeden Tag, stimmt's? Genau wie ich?«

»Ja, jeden Tag. Mittags trinke ich nicht, aber nach der Arbeit genehmige ich mir ein paar Drinks und gewöhnlich auch nach dem Abendessen.«

»Und das heißt«, sagte Wilder, »das heißt, dass du um halb vier, vier anfängst, danach zu gieren. Du gierst so sehr danach, dass du den Alkohol sogar schmeckst, richtig?«

»Nein, so ist es überhaupt nicht. Um diese Tageszeit bin ich immer müde, manchmal bin ich um fünf sowohl nervös als auch müde. Dann trinke ich etwas und bin nicht mehr nervös oder müde. So einfach ist das. Natürlich brauche ich Alkohol, John. Aber im Unterschied zu dir vertrage ich ihn. Ich denke, es ist nur eine Frage der Körperchemie.«

»Wie schön für dich«, sagte Wilder. »Ist das nicht toll.«

Dann hörten sie einen schüchternen Ruf aus dem Zimmer des Jungen. Janice ging hastig zu Tommy, während Wilder sein Glas in einem Zug leerte, und als sie zurückkam, sagte sie: »Er will mit dir sprechen, John.«

»Mein Gott. Er *kann* nichts gehört haben. Kein einziges Mal während dieses ganzen schauderhaften… – Ich bin nicht laut geworden!«

»Nein, das ist es nicht. Er ist nur aufgewacht und sagt, dass er mit dir sprechen will.«

Als er den Flur entlangging, stellte er fest, dass er nicht sicher auf den Beinen war: Er schwankte und stieß mit der Schulter gegen die Wand.

Tommy saß bei eingeschaltetem Licht im Bett, umgeben von Yankee-Wimpeln und Kennedy-Plakaten. Sein Schlafanzug war zerknittert, sein glattes Haar stand in alle Richtungen ab und er sah jünger aus als zehn. Er sah aus, als wäre er sechs oder sieben Jahre alt.

»Hallo«, sagte Wilder und setzte sich aufs Bett. Er saß so nahe bei ihm, dass Tommy die Arme um ihn schlingen konnte, wenn er es wollte, und er wollte es. Seine Wärme und sein säuerlicher Kleinjungengeruch brachten ihn fast zum Weinen. »Was ist los, Tom? Willst du nur schmusen oder willst du über irgendetwas reden?«

Ein paar Augenblicke lang schien es, als wollte er nur schmusen; dann sagte er: »Daddy?«

»Ja?«

»Du warst doch eine Woche in Chicago, oder?«

»Genau.«

»Und dann bist du wegen der Arbeit noch eine Woche geblieben.«

»Genau.«

»Ja, aber warum war dann seit Samstag vor einer Woche dein Koffer in Moms Schrank?«

»Und was haben Sie geantwortet?«, fragte Dr. Jules Blomberg ein paar Tage später.

»Was hätte ich denn antworten *können?*«

»Mm.« Dr. Blomberg war ungefähr in Johns Alter oder etwas jünger, dicklich und nahezu kahl; er trug eine Brille mit rosa getönten Gläsern, die seine Augen vergrößerten, und sein Sprechzimmer war sehr gut eingerichtet: geschmackvolle Gemälde an den Wänden und geschmackvolle abstrakte Skulpturen auf niedrigen Podesten auf dem Teppich verteilt. Es gab auch eine Couch, auf die zu legen Wilder sich geweigert hatte, sowie zwei tiefe Ledersessel, in denen sie sich jetzt gegenübersaßen, von Mann zu Mann. Über Dr. Blomberg selbst wusste er darüber hinaus bislang nur, dass er sich keine Notizen machte und die Angewohnheit hatte, »Mm« zu sagen.

»Wenn ich jetzt daran zurückdenke, glaube ich, dass ich es ihm vielleicht irgendwie hätte erklären können, aber damals war es mir nicht möglich. Zum einen hatte ich ziemlich viel getrunken und mein Kopf war – Ich weiß nicht. Jedenfalls habe ich ihn festgehalten und gesagt – Ich habe gesagt, dass das eine schwierige Frage sei, ich ihm aber versprechen würde, sie bald zu beantworten, und vermutlich habe ich irgendwas davon gequasselt, dass ich meine Versprechen immer halte. Ich wusste, dass ich schnell aus dem Zimmer raus musste, sonst hätte ich angefangen zu heulen, und ich habe ihn zugedeckt und das Licht ausgemacht, und ich glaube, er ist gleich eingeschlafen. Aber das Entscheidende ist, Doktor, dass das der Moment gewesen ist, in dem ich beschlossen habe, zu Ihnen zu kommen.«

»Mm. Und mit dem Trinken aufzuhören.«

»Ja. Das auch.«

Und die nächsten fünfundzwanzig Minuten widmete Dr. Blomberg sich diesem Thema und verdiente dabei fünfundzwanzig Dollar. Zunächst sprach er eine professionelle Empfehlung für die Anonymen Alkoholiker aus: Sie seien die verlässlichste, aufgeklärteste und beste Möglichkeit, das Problem anzugehen; dann wählte er auf einem avocadofarbenen Telefon eine Nummer und fragte nach Mr. Costello.

»... Gut, danke, und Ihnen, Sir? Gut. Mr. Costello, ich habe einen neuen Patienten, der sich dem Programm anschließen möchte, und ich wollte Sie fragen, ob Sie ihn betreuen wollen.... Ich möchte Ihnen keine Umstände machen, aber ich würde sagen, je eher, desto besser. Morgen, vielleicht heute Abend, wenn Sie Zeit haben.... Nein, ich glaube, es wäre besser, wenn Sie ihn nicht zu Hause aufsuchen würden – er hat ein kleines Kind – ich dachte, Sie könnten ihn vielleicht allein zu einer Tasse Kaffee treffen ...«

Ganz in der Nähe der Praxis befand sich ein gnadenlos helles Café (neben einer dunklen Bar, in der Wilder schnell zwei Whiskeys getrunken hatte, um sich für die Begegnung mit Blomberg zu stärken, und in der er sich noch ein paar mehr genehmigen wollte, sobald Blomberg ihn entlassen hatte); es wurde vereinbart, dass Mr. Costello ihn nach der Sitzung dort träfe; dann verdiente Blomberg noch ein paar Dollar mit Entschuldigungen und Dankesbezeugungen – »… es tut mir wirklich leid, Sie so kurzfristig aufzuschrecken, Sir. Ich bin Ihnen überaus dankbar …« – sowie mit Schweigen, während er Mr. Costello gestattete, darauf zu beharren, dass es überhaupt keine Umstände machte, dass er der Bitte gern nachkam.

Als der Hörer wieder auf der Gabel lag, blickte Blomberg, noch glühend von den Freundlichkeiten, auf die Uhr, befand, dass nicht mehr genügend Zeit blieb, um ein neues Thema anzuschneiden, und sprach einen ungeklärten Punkt an, der Wilders Arbeit beim *American Scientist* betraf: Was genau habe Wilder damit gemeint, dass er »Spezialist für Produktgruppen« sei?

»Oh. Sehen Sie, die meisten Anzeigenvertreter nehmen jeden Kunden, den sie kriegen können. Ich wurde von einer anderen Zeitschrift abgeworben, weil ich ihr zwei neue Produktbereiche erschlossen hatte, die der *Scientist* bis dahin außer Acht gelassen hatte – ausländische Autos und Qualitätsspirituosen. Beide sehr lukrativ.«

»Mm. Sie sind demnach der ›Spezialist‹ für diese beiden ›Produktgruppen‹. Und ich nehme an, dass das Spirituosensegment mit einem großen Alkoholkonsum einhergeht als Teil Ihrer – Arbeit.«

»Nein, so einfach ist es nicht, Doktor. Die Spirituosenindustrie nimmt es sehr ernst mit dem ›Maßhalten‹. In Chicago fand eine Whiskeybrenner-Konferenz statt, bei der es natürlich auch Partys gab, aber die waren nicht das Problem. Richtig getrunken habe ich, wenn ich allein war.«

»Ja. Gut. Ich fürchte, unsere Zeit ist um, Mr. Wilder.«

Das Café war nahezu leer, als zögen alle die Bar vor, nach der auch er sich sehnte, doch er musste nicht lange warten, bis sein Betreuer mit einer Aktentasche eintrat.

»John Wilder? Bill Costello.« Er war adrett gekleidet, hatte rötliche Haut und spärliches weißes Haar, das so ordentlich frisiert war wie das von Harry Truman, und lächelte breit mit sehr sauberen falschen Zähnen, und sein Händedruck schien unter Beweis stellen zu wollen, wie gut der Verzicht auf Alkohol für den Griff eines Mannes sein konnte. »Ich möchte Ihnen gratulieren«, sagte er, nachdem er sich Wilder gegenüber gesetzt und beide Nadelstreifen-Ellbogen auf den Plastiktisch gestützt hatte. »Nicht nur zu Ihrer Entscheidung für die AA, sondern auch, dass Sie sich in die Obhut von Dr. Blomberg begeben haben. In dieser Stadt gibt es so viele Psychiater, und ich weiß, ich muss Ihnen nicht erzählen, dass die meisten von ihnen Quacksalber sind. Sie behandeln Leute wie Sie und mich jahrelang, ignorieren unser Problem und lassen zu, dass wir uns ins Irrenhaus oder ins Grab trinken. Schwarz, bitte«, sagte er zu der Kellnerin. »Dr. Blomberg ist eine der seltenen, sehr seltenen Ausnahmen. Ich halte sehr viel von diesem jungen Mann.«

»Waren Sie bei ihm in Behandlung?«

»Ich? Nein, ich bin leider zu alt, um in den Genuss dieses Privilegs gekommen zu sein. Ich glaube, Jules Blomberg war noch Student, als ich – als ich zum ersten Mal bei den AA war. Gut. Zur Sache. Wann haben Sie zum letzten Mal etwas getrunken, John?«

»Vor ungefähr einer Stunde, bevor ich zum Doktor gegangen bin.«

»Einen für unterwegs, was?« Und Bill Costello löffelte mehr Zucker in seinen Kaffee, als Wilder es jemals jemanden hatte tun sehen. »›Einen für unterwegs.‹ Ah, wie oft wir das sagen, Leute wie wir. Und am nächsten Tag schlagen wir die Zeitung auf, KIND VON BETRUNKENEM

ÜBERFAHREN, und wir denken, so etwas kann mir nicht passieren. Stimmt's?«

»Wie lange sind Sie – ich meine, wann haben *Sie* das letzte Mal was getrunken?«

»Nächsten Monat werden es neun Jahre. Sechzehnter Oktober neunzehnhunderteinundfünfzig. Verstehen Sie mich nicht falsch, John, ich will nicht angeben. Ich bin zutiefst dankbar dafür, dass ich nüchtern bin, aber das ist kein Grund zum Angeben. Wenn man mir auf Partys etwas zu trinken anbietet, bitte ich um eine Cola oder irgend so ein verdammtes Gesöff. Wenn sie mich fragen, warum, dann sage ich, dass ich nicht trinke, und wenn man mir keine Ruhe lässt, sage ich, dass ich Alkoholiker bin. Nicht ›Exalkoholiker‹ oder ›trockener Alkoholiker‹, denn so etwas gibt es nicht. Bei den AA versprechen wir nie etwas, weder uns selbst noch anderen, außer dass wir einen weiteren Tag nüchtern bleiben. Vierundzwanzig Stunden. Deswegen ist es so wichtig, dass Sie am Anfang möglichst jeden Abend zu einem Treffen gehen. Aber, John, ich kann Ihnen das Programm nicht auf einmal erklären, Sie werden es selbst kennenlernen. Ich will Ihnen nur ein paar Dinge dalassen.« Und er holte eine Handvoll bunter Broschüren aus seiner Aktentasche (eine mit der Überschrift: »Wer, *ich?«*), die er auf dem Tisch ausbreitete. »Die können Sie in Ihre Tasche stecken. Das hier ist wichtiger: Es ist ein Verzeichnis aller Treffen in der ganzen Stadt. Datum, Uhrzeit, Adressen. Jeden Abend finden vier oder fünf statt – in Turnhallen, Kirchenkellern, Lofts – alle möglichen Orte.« Dann blitzten seine falschen Zähne in einem aufmunternden und herausfordernden Lächeln auf. »Wollen Sie heute Abend zu einem gehen? Mit mir?«

Und Wilder stammelte eine Entschuldigung und log, dass er Gäste zum Abendessen erwarte.

»Morgen Abend? Nein, warten Sie, verdammt. Morgen Abend kann *ich* nicht.«

»Das ist in Ordnung. Ich werde allein gehen.«

»Gut. Das ist ein gutes Zeichen. Viele Anfänger scheuen sich, allein zum ersten Treffen zu gehen. Wir werden ein anderes Mal gemeinsam losziehen. Und hier«, sagte er und griff erneut in seine Tasche. »Das ist kein Geschenk, John, es ist nur eine Leihgabe. Mir ist egal, wie lange Sie es behalten, aber ich will es zurück; es ist mir ein wertvoller Besitz. Wenn Sie einmal dabei sind, werden Sie verstehen, warum, und Sie werden sich ein eigenes Exemplar kaufen. Wir nennen es das Große Buch – unser ultimatives Standardwerk.« Es war schwarz wie eine Bibel und schwer. »Versuchen Sie nicht, es auf einen Rutsch durchzulesen, nehmen Sie sich ein Kapitel nach dem anderen vor. Lassen Sie es wirken. Und noch etwas. Ich habe meine private und meine Büronummer auf der Rückseite des Verzeichnisses notiert. Theoretisch ist Ihr Betreuer immer telefonisch erreichbar, für den Fall, dass Sie das Gefühl haben, Sie werden schwach oder können sich nicht mehr beherrschen. Er kommt zu Ihnen oder trifft sich mit Ihnen irgendwo und spricht mit Ihnen. Das Problem in meinem Fall ist, dass ich viel unterwegs bin. Machen wir's so: Wenn ich die Stadt verlasse, sage ich Dr. Blomberg Bescheid und gebe ihm die Nummer eines anderen Betreuers, und den Mann informiere ich natürlich auch. In Ordnung? Gut. Es war mir ein Vergnügen.« Er warf eine großzügige Menge Münzen auf den Tisch und begleitete Wilder hinaus auf die Straße. »Sie müssen nach Downtown? Ich gehe mit Ihnen bis zur Lexington. Was machen Sie beruflich, John?«

»Ich verkaufe Anzeigenplatz. Was machen Sie?«

»Ach, man könnte sagen, dass ich im Showbusiness bin. Fernsehen.«

»Sind Sie Schauspieler?«

»Nein, ich schreibe. Ich habe viele Jahre Drehbücher für Hollywood geschrieben, davor fürs Radio. Jetzt verbringe ich die eine Hälfte der Zeit hier und die andere an der Westküste. Ich bin einer von drei Drehbuchautoren für ›Fragen wir Daddy‹.«

»Ich habe davon gehört, aber leider nie eine Folge –«

»Sie Glückspilz.« Unter einer Straßenlampe folgten ein weiterer kraftvoller Händedruck und ein letztes Aufblitzen des Gebisses. »Ich wünsche nicht einmal meinem schlimmsten Feind, dass er sich diesen Blödsinn anschauen muss. Viel Glück, John!« Und Bill Costello eilte davon.

Für seinen ersten Besuch wählte Wilder ein Treffen aus, das nicht allzu weit von zu Hause entfernt stattfand und erst anfing, als Tommy schon eine Weile schlief. Doch es fand im Keller einer Kirche statt – und er hatte unangenehme Erinnerungen an Kirchen –, und zuerst wusste er nicht, wie er sich am unauffälligsten verhielt: Sollte er auf dem Gehweg stehen bleiben, während die anderen Besucher eintrafen, oder sollte er hineingehen und die beiden ratternden Kaffeemaschinen betrachten, die neben zwei hausgemachten Kuchen (Schokolade und Kokosnuss) an der rückwärtigen Wand platziert waren?

»Die meisten kennen mich«, begann der Mann auf dem Podium endlich, während Wilder auf seinem Klappstuhl in der letzten Reihe unruhig herumrutschte, »aber ich sehe ein paar neue Gesichter, deswegen mache ich es heute mal auf die klassische Art. Ich heiße Herb und bin Alkoholiker.«

Und es folgte geradezu donnernd die Antwort: »Hallo, Herb!«

»Ich denke, das wird heute Abend ein gutes Treffen werden – wir haben zwei sehr gute Redner –, doch zuerst möchte ich Warren bitten, uns die Sieben Prinzipien vorzulesen.«

»Ich heiße Warren und bin Alkoholiker.«

»Hallo, Warren!«

Die Sieben Prinzipien schienen kein Ende zu nehmen, während die Luft sich mit Zigarettenrauch und lautem Husten füllte, und dann wurde eine hausbackene junge Frau mit einer kaum hörbaren Stimme (»Hallo, Mary!«) aufgerufen, um die Zwölf Schritte vorzulesen.

»Unser erster Redner ist kein Fremder für uns«, sagte Herb, »aber er ist so bescheiden, dass er sich bestimmt nicht richtig vorstellen wird. Bob ist ein überaus erfolgreicher Managementberater, und zwar so erfolgreich, wie ich heute erfahren habe – nicht von ihm, übrigens –, dass er zum Präsidenten des Verbands der Managementberater von New York gewählt wurde. Seine Vorträge sind immer anregend, provozierend und – den Rest überlasse ich ihm.«

Bob sprang auf das Podium wie ein Mann, der jeden Morgen vor dem Frühstück eine Meile läuft, zog das maßgeschneiderte Jackett auf seinem kräftigen Oberkörper zurecht, hieß sich einen Alkoholiker und konnte es kaum erwarten, dass die »Hallo, Bob!«-Rufe verstummten und er zum Angriff übergehen konnte.

»Ich weiß, ›Managementberater‹ klingt gut und solide«, sagte er, »aber es ist nicht allzu lange her, da konnte ich mich noch nicht einmal selbst managen – oder mich beraten, ohne einen dreifachen Scotch in der Hand zu haben, und wir wissen alle, was diese Art von Beratung nützt. Ja, ich denke, dass es mich im Krieg ziemlich schlimm erwischt hat, ich bekam ein paar Kratzer ab – Guadalcanal, Tarawa, Iwo Jima –, aber das ist verdammt noch mal keine Entschuldigung: Millionen Menschen hat es im Krieg schlimm erwischt. Wie auch immer, als ich von den Marines entlassen wurde, fiel es mir sehr schwer, mich im zivilen Leben wieder zurechtzufinden – euch muss ich nicht sagen, was ich damit meine. Ich wurde bei einer Business-Akademie angenommen und gleich wieder rausgeschmissen wegen der Trinkerei; ich hatte ein paar Jobs und verlor sie wegen der Trinkerei. Dann habe ich – habe ich meine Frau verloren wegen der Trinkerei. Eine wunderbare Frau. Wegen unserer kleinen Tochter ist sie so lange wie möglich bei mir geblieben, aber irgendwann konnte sie nicht mehr – konnte sie es einfach nicht mehr länger aushalten.« Und danach, sagte er mit einem angemessenen Zittern in der Stimme, habe er die Talsohle erreicht.

Doch in der zweiten Hälfte von Bobs Geschichte ging es nur noch aufwärts: Er hatte sich mithilfe eines wunderbaren Betreuers den AA angeschlossen; bald nahm er sein Studium wieder auf und bewährte sich, nebenher hatte er einen Job, um sein Kind zu unterstützen; nach dem Abschluss verhalfen ihm ein paar Glücksfälle zu seiner jetzigen Stellung. Seine Exfrau hatte einen sympathischen Mann geheiratet – einen Mann, der sich sehr glücklich schätzen konnte –, seine Tochter hatte sich wunderbar entwickelt und war jetzt eine hübsche Halbwüchsige, mit der ihn eine wunderbare Beziehung verband; er hatte auch wieder geheiratet – und zwar die wunderbarste Frau der Welt.

»Oh, ich kann wirklich dankbar sein«, schloss er. »Und ich bin es die ganze Zeit. Doch tief in meinem Inneren weiß ich, dass es nur eine wahrhaft wunderbare Sache gibt in meinem Leben, und das ist meine Freundschaft mit euch wunderbaren Leuten – diese wunderbare Organisation der AA, diese wunderbare, wunderbare Gemeinschaft. Danke.«

Und er erhielt einen wunderbaren Applaus.

Die letzte Rednerin für heute, sagte Herb, sei eine sehr elegante Dame, eine viel beschäftigte Hausfrau und Mutter, die trotz ihrer vielen gesellschaftlichen und wohltätigen Verpflichtungen die Zeit finde, an mehreren Abenden in der Woche den weiten Weg von Westport zu einem AA-Treffen auf sich zu nehmen; ihre Teilnahme sei immer ein Vergnügen, und er sei überzeugt davon, dass sie Gefallen an ihrem Vortrag finden würden.

Sie war Mitte vierzig und hübsch, mit einem kantigen Kinn, und sie trug ein adrettes, modisches Kleid mit einem weiten schwingenden Rock. »Ich bin Eleanor«, sagte sie, »und ich bin eine sehr, sehr dankbare Alkoholikerin.«

Sie erzählte, dass sie zu ihren schlimmsten Zeiten als Alkoholikerin jeden Nachmittag um fünf Uhr nicht nur einen, sondern drei Martinis gebraucht habe: einen als Unterstützung bei den Vorbereitungen für das Abendessen, einen für den Fall, dass das Telefon klingelte – »Ich hatte schreckliche Angst, einfach *schreckliche* Angst davor, ohne einen Drink telefonieren zu müssen« –, und den dritten für die Abendtoilette der Kinder, die sie beaufsichtigen musste. Zum Essen trank sie natürlich immer Wein und danach Brandy, bis ihr klar wurde, dass der Alkohol sie zu seiner Sklavin gemacht hatte. Und in dem Teil ihres

Vortrags, bei dem es um die glückliche Zeit bei den AA ging, gebrauchte sie häufig den Ausdruck »meine Nüchternheit«.

»Ich wette hundert zu eins, dass diese alte Schachtel noch nie im Leben betrunken war«, sagte der Mann neben Wilder, stieß ihn in die Rippen und blies ihm Whiskeyschwaden ins Gesicht. »Blöde Society-Tante, die alte Jungfer. Fährt von Westport in ihrem beschissenen Lincoln Continental hierher in die Stadt. Ihr einziger Spaß im Leben. Warten Sie nur, bis sie uns den Scheißkuchen serviert.«

Aber so lange wartete Wilder nicht. Kleine Körbe wurden herumgereicht, um Dollarscheine einzusammeln, dann wurden die Namen von Mitgliedern vorgelesen, die in diversen Krankenhäusern lagen und sich freuen würden, wenn sie Postkarten und Blumen bekämen; schließlich standen alle auf, um das Vaterunser zu beten, und er war frei.

Er ging in die dunkelste Bar des Viertels und trank, bis er sicher war, dass Janice zu Hause fest schlief – und als er sich in ein Taxi setzte, war er auch sicher, dass es nicht seine Schuld wäre, wenn in der Morgenzeitung stünde: KIND VON BETRUNKENEM ÜBERFAHREN.

»Bevor wir anfangen –«, sagte Dr. Blomberg bei ihrer nächsten Sitzung, »ich habe heute mit Mr. Costello gesprochen. Er musste nach Los Angeles und weiß noch nicht, wie lange er weg sein wird, aber er hat mich gebeten, Ihnen diesen Namen und die Nummer zu geben für den Fall, dass Sie –«

»Ja, ja, okay. Danke.«

»Waren Sie bei den Treffen?«

»Bei zwei. Das erste war grässlich...« Er versuchte mehrmals und ohne offenkundigen Erfolg zu erklären, warum. »Aber das zweite war besser. In den West Seventies; der Saal war früher mal ein Kino, das hat mir irgendwie gefallen. Ein ehemaliger Polizist war da, der gefeuert worden ist, weil er getrunken hat. Jetzt arbeitet er als Wachmann in einer Bank, aber er weiß, dass er auch die Stelle wieder verlieren wird, wenn er noch mal zur Flasche greift. Dann hat noch eine Frau gesprochen, die auf den Strich gegangen ist, bis ihr Betreuer ihr geholfen hat, eine Stelle als Friseuse zu finden.«

»Und Sie haben nicht getrunken?«

»Nein.« Das war gelogen – auch nach dem zweiten, besseren Treffen hatte er in der Küche heimlich drei warme Bourbons getrunken, bevor er ins Bett ging –, aber es schien sinnvoll, in Anbetracht von Blombergs Honorar. »Ich würde allerdings wirklich lieber über andere Dinge reden, Doktor. Ich habe immer geglaubt, dass man einem Therapeuten die Dinge erzählen soll, die einen beschäftigen. Auf dem Weg von der Arbeit hierher habe ich zum Beispiel an die Bücher gedacht, die wir zu Hause haben. Es müssen an die vier- oder fünftausend sein – ich übertreibe nicht –, und vielleicht zwanzig davon sind von mir. Der Rest ist von meiner Frau. Ich lese nämlich nicht. Ich bin ein sehr, sehr langsamer Leser. Das ist wahrscheinlich der Hauptgrund, warum ich mir immer Filme angesehen habe. Ich muss so gut wie jeden verdammten Film gesehen haben, der seit ungefähr neunzehnhundertsechsunddreißig gedreht worden ist – aber ich will eigentlich gar nicht über Filme reden. Ich werde früh genug auf die Filme zurückkommen, okay? Jedenfalls hat mich meine Frau vor ein paar Jahren in einen Schnelllesekurs geschickt und es war hoffnungslos. Die anderen Leute konnten auch schlecht lesen, aber sie schienen sich nicht so dafür zu schämen wie ich. Alle machten Fortschritte, nur ich nicht. Nach der Hälfte bin ich aus dem Kurs ausgestiegen, ich habe ungefähr fünfhundert Dollar verloren. Vermutlich nennen Leute wie Sie so was eine Blockade.«

»Mm. Und ich stelle mir vor, dass Sie deswegen in der Schule Schwierigkeiten hatten.«

Schule. Bei diesem Wort rutschte er in seinem Sessel hin und her und fasste sich an die Stirn, bis ihm Spivacks Warnung vor solchen Gesten einfiel, aber egal: Er bezahlte diesen Mann. »Die Schule«, sagte er. »Wollen Sie wirklich dieses Fass aufmachen? Meine bescheuerte Kindheit? Meine verrückten Eltern und das ganze Zeug?«

»Ihre verrückten Eltern?«

»Nicht in *Ihrem* Sinn verrückt – sie mussten nie weggesperrt werden oder so –, aber sie waren vollkommen durchgeknallt. Nannten sich während der Wirtschaftskrise ›Geschäftsleute‹, was lediglich bedeutete, dass mein Vater als Buchhalter in einem Büro angestellt war und meine Mutter als Sekretärin in einem anderen. Solange ich zurückdenken kann, haben sie mir Vorträge über ›Management‹ und ›Freies Unternehmertum‹ und ›Risikokapital‹ gehalten. Und sie hatten einen Traum: Meine Mutter kannte ein paar Geheimrezepte für irgendwelche Süßigkeiten – sie hatte sie von ihrer Familie in Nebraska –, und sie waren überzeugt, dass es nicht mehr als ein bisschen Glück und ein bisschen Risikokapital brauchte, um ihr eigenes Geschäft zu eröffnen. ›Marjorie Wilders Pralinen‹. Sehr edel, sehr teuer, Pralinen mit Snob-Appeal. Und sehen Sie schon, wo ich ins Spiel kommen sollte? Ihr einziges Kind? Ihr Sohn und Erbe? Ich sollte das Geschäft von der Pike auf lernen; sie wollten mich darauf vorbereiten, den Laden zu übernehmen; ich sollte der verdammte Kronprinz sein. Wenn sie in Pension gingen, wären wir alle Millionäre, und nach ihrem Tod hätten sie ein lebendes Denkmal: Marjorie Wilders Pralinen, Inc.; John C. Wilder, Geschäftsführer. Verstehen Sie, was ich mit verrückt meine?«

»Nicht genau.«

»Das habe ich mir schon gedacht. Egal. Die Schule. Angefangen habe ich in einer städtischen Schule, was meine Eltern fast zu Tode gedemütigt hat. Eine Privatschule konnten sie sich nicht leisten, also haben sie was noch Besseres gefunden. Sagt Ihnen Grace Church was? Die Episkopalkirche in der East Eleventh? Sie ist ziemlich bekannt – zumindest war sie es früher –, und besonders toll an ihr war der Knabenchor. Der Kirche war eine kleine Schule für Jungen angeschlossen: Wenn man singen konnte, war der Schulbesuch nicht nur kostenlos, man bekam sogar Geld. Jedem Kind im Chor wurden fünf Dollar in der Woche ausbezahlt, den Solisten zehn, und ich war bald der Sopransolist. Im Unterricht war ich natürlich nicht gut, aber in dieser Schule spielte das keine Rolle. Sie ließen mich durchkommen, weil ich in der Kirche so ein Ass war. Nicht nur sonntags, sondern auch in den großen Gottesdiensten an Weihnachten und Ostern, wenn die Leute von überall kamen, um das *Magnificat* oder den *Messias* zu hören. Ich stand in der Mitte der ersten Reihe und hob mit diesen langen, komplizierten Solos ab, und ich konnte verdammt noch mal *spüren,* wie alle Frauen völlig ausrasteten wegen mir. Verstehen Sie? Der kleine Mickey Rooney mit der Engelsstimme? Herrgott noch mal.«

»Leider ist unsere Zeit um, Mr. Wilder.«

Die Zeit war immer um, zweimal in der Woche, und dann stolperte er stets zur Lexington Avenue, den Kopf voller Dinge, die er wünschte, gesagt zu haben, und die er auf der U-Bahnfahrt nach Hause vor sich hin murmelte; und auch Blombergs erste Frage in der nächsten Sitzung war immer dieselbe: War er bei den AA-Treffen gewesen?

»Jaja. Gestern Abend war ich bei einem Treffen im Village. Eine junge Frau war da, die auf dem Sarah Lawrence College mit dem Trinken angefangen hat. Sie hatte eine Affäre mit einem Lehrer, und als er mit ihr Schluss gemacht hat, hat sie versucht, sich umzubringen, und wurde ins Bellevue gebracht. Komisch, bei all den Treffen, bei denen ich gewesen bin, ist sie bisher die einzige ehemalige Bellevue-Patienten, die ich getroffen habe – oder vielmehr gehört.« Er erwähnte nicht, dass er versucht hatte, die Frau nach dem Treffen anzubaggern, im Hinterkopf die Varick Street (sie war schlank und ungepflegt und hatte große leidende Augen), oder wie sie nahezu körperlich vor ihm zurückgeschreckt war, als er vorschlug, dass sie »irgendwo eine Tasse Kaffee trinken gehen« könnten, und auf dem Gehweg davonhastete.

»Aber hören Sie, Doktor, machen wir weiter, wo wir aufgehört haben, okay?«

Die Rekapitulation der Schulzeit nahm samt Abschweifungen eine weitere Therapiesitzung in Anspruch. »Ach, ich war immer ein Versager in der Schule, Solist oder nicht. Ich war ein frommer kleiner Idiot. Ich habe nicht nur das Singen geliebt, sondern das ganze verdammte religiöse Zeug – die Rituale, die Gewänder, die Gebete, die Glasfenster –, und ich glaube, ich war so ungefähr das einzige Kind dort, dem das gefiel. Auf der Chorempore wurde viel gefurzt und es wurden schmutzige Witze geflüstert und schmutzige Bilder herumgezeigt, manchmal wurden auch kleine Whiskeyflaschen herumgereicht, und jeder wurde aufgefordert, was davon zu trinken. Worauf ich hinauswill, ist, dass die anderen Kinder einfach schon früh das hatten, wofür ich Jahre gebraucht habe: einen gesunden Skeptizismus. Das alte Wanamaker's-Kaufhaus hat uns immer während der Vorweihnachtszeit angeheuert, um jeden Nachmittag für sie Weihnachtslieder zu singen, und natürlich hat sich niemand beschwert, weil jeder von uns ein paar Dollar mehr dafür gekriegt hat, aber können Sie sich vorstellen, wie viel Kohle der verdammte Laden der verdammten Kirche tatsächlich gezahlt haben muss? Was für ein Schwachsinn ist das denn?

... Viele von uns hatten Pech, wenn sie in den Stimmbruch kamen – manche Stimmen haben sich für den Chor nicht ›richtig‹ verändert, und wenn doch, dann gab es nur wenige Stellen für Tenöre und Baritone; sie konnten nicht jeden behalten. Meine Stimme veränderte sich richtig – sie hatte zwar keine Soloqualitäten mehr, aber sie blieb gut genug –, und sie haben mich als Tenor eingesetzt und bis zur zwölften Klasse dabehalten. Dann ging ich zur Armee. Haben wir noch Zeit?«

»Noch ein paar Minuten.«

»Denn wenn ich erst einmal mit der Armee angefangen habe, mache ich ewig weiter. Aber sie ist sowieso nicht so wichtig – nicht annähernd so wichtig wie das, was danach kam. Ich will Ihnen nur eins sagen. Bei der Musterung musste jeder einen IQ-Test machen. Sie haben es nicht so genannt, sie nannten es Allgemeine Eignungsuntersuchung, aber jeder wusste, worum es ging. Man musste es auf hundertzehn Punkte bringen, um sich für die Offiziersausbildung zu qualifizieren – oder jeden anderen halbwegs anständigen Job –, und ich brachte es auf hundert. Deswegen habe ich gefragt, ob ich den Test wiederholen kann, und irgendjemand hat gesagt, dass ich mich auf meinem ›nächsten Posten‹ dafür bewerben könnte, und das war die Grundausbildung in einer Kaserne in North Carolina. Und ich habe mich beworben. Nur ein halbes Dutzend von uns hat den Test gemacht, und ein netter, lässiger Leutnant hatte Aufsicht. Er ließ uns zuschauen, während er korrigierte, und als er zu meinem kam, hat er gesagt, ich hätte hundertneun Punkte. Und dann hat er gemeint: ›Komisch, Sie haben keine einzige Frage falsch beantwortet, aber Sie haben ungefähr die Hälfte ausgelassen.‹ Ich habe gesagt: ›Ja, aber, Sir, wenn ich sie richtig beantwortet habe, dann heißt das doch –.‹ Und er: ›Es heißt hundertneun. Sie lesen wohl einfach nur sehr langsam, das ist alles.‹«

Eine oder zwei Wochen später hatte er einen Streit mit Janice – oder ein Gespräch, das einem Streit näherkam als alle Auseinandersetzungen, die sie schon lange vor Bellevue gehabt hatten.

Es war nach dem Abendessen, nachdem sie die Teller gespült und Tommy ins Bett gesteckt hatten. Wilder saß auf dem Sofa, betrachtete die zahllosen Bücher und fragte sich, wie jemand, ganz gleich mit welchem IQ, so viel lesen konnte, als sie sich neben ihn setzte.

»John, weißt du was? Ich bin sehr stolz auf dich seit – wie lange auch immer es jetzt schon geht.« Und sie rutschte auf den Polstern näher an ihn heran. »Enorm stolz.«

»Ja, aber warten wir mit dem enormen Stolz noch eine Weile. Es geht noch nicht so lange.«

»Aber wenn du nur sehen könntest, wie du dich verändert hast. Du siehst so viel besser aus; du scheinst so viel selbstsicherer zu sein, so viel zuversichtlicher. Du bist ein anderer Mensch.«

»Was ist dann deiner Meinung nach der Grund dafür, dass Tommy sich in meiner Nähe immer noch so komisch benimmt? Ich glaube nicht, dass er mir in die Augen geschaut hat seit – unserem kleinen Gespräch über den Koffer.«

»Ach, John, beschäftigt dich das immer noch? Das ist doch längst Geschichte. Ich habe schon vor Wochen mit ihm darüber geredet.«

»Du hast *was?* Verdammt noch mal, Janice, ich habe ihm versprochen, dass *ich* es ihm erzähle, und das habe ich dir auch *gesagt.* Wie kannst du dir anmaßen« – voller Zorn sprang er auf, und Janice rannte los, um die Tür zum Flur zu schließen, das alte Ritual, um zu verhindern, dass Tommy sie von ihrer schlimmsten Seite erlebte – »wie kannst du dir nur anmaßen, mein Versprechen zu brechen!«

»Bitte, sprich leise«, flehte sie, und er hielt sich daran, biss die Zähne zusammen und atmete laut durch die Nase – die Bellevue-Methode der Selbstbeherrschung –, doch der Klang seines letzten Satzes gefiel ihm so sehr, dass er ihn noch einmal wiederholte, ganz leise: »Wie kannst du dir anmaßen, mein Versprechen zu brechen.«

»Ich habe es nicht als ›Bruch‹ deines Versprechens gesehen. Ich dachte, du wärst erleichtert.«

»Du dachtest, ich wäre erleichtert.« Es sollte verächtlich klingen, und er verlieh dem Nachdruck, indem er mit gesenkten Schultern und in den Hosentaschen geballten Fäusten auf und ab schritt; dennoch musste er zugeben, dass sie nicht unrecht hatte. Er *war* erleichtert, aber das würde er sie verdammt noch mal nicht wissen lassen.

Sie saß jetzt wieder auf dem Sofa, nicht hingekuschelt, sondern aufrecht in ihrer »Wir führen ein gesittetes Gespräch«-Haltung.

»Ich habe ihn gefragt, ob er weiß, was ein Nervenzusammenbruch ist, und er hat gesagt, er glaubt, ja, aber ich habe ihm angesehen, dass er es nicht wusste. Und ich habe gesagt, dass einige Menschen manchmal so hart arbeiten und dann so müde werden, dass ihre Nerven die Anspannung nicht mehr aushalten und sie in ein Krankenhaus müssen, um sich auszuruhen. Und er schien es zu verstehen. Du darfst nicht vergessen, dass er fast elf ist, John. Und ich habe gesagt –«

»Jajaja – ich kann es mir vorstellen. Du hast gesagt: ›Ist es nicht wunderbar, dass Daddy sich nicht mehr besinnungslos betrinkt?‹«

»John, ich habe nie erwähnt, dass du –«

»Gut, danke«, sagte er. »Danke für nichts.« Er griff nach seinem Jackett und seinem Regenmantel und ging zur Tür, wo er in dramatischer Pose mit einer Hand auf dem Türknauf stehen blieb. »Ich gehe. Vielleicht zu einem Treffen, vielleicht um mich zu besaufen. Wenn ich bis morgen früh nicht zurück bin, rufst du besser die Polizei – oder Paul Borg, das kommt ja aufs Gleiche raus. In der Zwischenzeit kannst du deinen enormen Stolz nehmen und ihn dir in den – in den –«

Er ließ die Tür hinter sich ins Schloss fallen, bevor er den Satz beendete. Dann war er draußen auf der Straße und schritt schnell aus, in Richtung Downtown, ohne zu wissen, wohin genau er ging. Irgendwo trank er etwas – nur ein Glas – und suchte in Bill Costellos Verzeichnis nach einem Treffen, das er um diese Uhrzeit noch aufsuchen könnte. Es gab eines in der West Houston Street.

Es fand in einem Loft im vierten Stock statt, und der Sprecher erklärte rasch, was dieses Treffen von den meisten anderen unterschied. »Wir haben hier keine festgelegte Folge von Rednern«, sagte er. »Wir machen es aus dem Stegreif. Wir rufen einfach irgendjemanden im Raum auf, kurz etwas zu sagen. Wenn Ihnen nicht danach ist, respektieren wir das. Zu meiner Linken sehe ich einen jungen Mann, der schon ein paarmal hier war, vielleicht möchte er ein paar Worte sagen, nur scheint er etwas außer Atem zu sein. Wie wär's, Carl?«

Ein untersetzter junger Mann mit angespannten Gesichtszügen, der nicht älter als zwanzig sein konnte, ging nach vorn, sagte, sein Name sei Carl und er sei ein Alkoholiker.

»Hallo, Carl!«

»Und Sie haben recht, Tony, ich bin außer Atem. Bin in Brooklyn in die falsche U-Bahn gestiegen und musste Broadway Ecke Delancey Street wieder aussteigen und bin dann – ich bin die ganze Strecke gelaufen.«

»Warum warten Sie nicht einen Moment, Carl?«, sagte Tony. »Bis Sie wieder zu Atem gekommen sind.«

»Okay.« Dann fuhr er fort: »Wahrscheinlich vertue ich mich immer mit den U-Bahnen, weil ich nicht in New York aufgewachsen bin. Ich bin aus Kansas. Ich habe dort eine sehr behütete Jugend verbracht; damit meine ich, dass ich meistens in Erziehungsheimen gewohnt habe. Das war nicht schlecht; ich bekam drei Mahlzeiten am Tag, hatte immer saubere Kleidung und ein sauberes Bett und jede Menge Zigaretten, und ich habe ein Handwerk gelernt. Ich bin Friseur. Dann wurde ich entlassen und fing an zu trinken. Wenn es nur um mich gehen würde, wäre es nicht so schlimm, ich verdiene gutes Geld; ich bin ein guter Friseur, auch wenn ich betrunken bin; aber es geht nicht nur um mich. Seit einem Jahr oder so, elf Monate, wohne ich mit einer Frau in Brooklyn zusammen. Und das Problem ist – das Problem ist, dass es nicht funktioniert. Ich bin nicht – sie ist nicht – es funktioniert überhaupt nicht.« Er schwieg ein paar Sekunden. »O Gott, ich weiß, dass ich euch keinen Scheiß erzählen kann. Ich werde nicht behaupten, dass ich mit dem Trinken aufgehört habe, weil es nicht stimmt.« Und jetzt war seine Stimme kaum mehr zu hören. »Ich habe Angst. Ich habe Angst, dass sie mich verlassen wird. Deswegen gehe ich zu den Treffen. Und wenn ich wie heute Abend in die falsche U-Bahn steige, dann glaube ich, dass es die Mühe lohnt, den ganzen Weg zu laufen – weil ich – weil –, wenn es schon für nichts anderes gut ist, so kann ich doch eine Stunde lang – wenigstens eine *Stunde* – mit Leuten wie euch zusammen und nüchtern sein. Danke.«

Es gab viel Applaus, aber Carl nahm ihn nicht zur Kenntnis; er kehrte rasch zu seinem Stuhl zurück und setzte sich so hin, wie er es wahrscheinlich in den Erziehungsheimen gelernt hatte: Sitz still, die Hände auf den Knien, den Blick geradeaus, und lächle nicht, vor allem wenn du möglicherweise gerade etwas Dummes oder etwas Schlaues gesagt hast und nicht für eine Schwuchtel gehalten werden willst.

»Ich möchte mich an Carl wenden«, sagte der nächste Redner, ein tattriger alter Mann mit nur noch wenigen Zähnen. »Ich möchte sagen: ›Carl, es ist unwichtig, wie viele falsche U-Bahnen Sie nehmen. Es ist egal, wie weit Sie laufen müssen, solange Sie immer wieder kommen, Junge, solange Sie immer wieder kommen. Sie sind auf dem richtigen Weg.‹«

Es folgten vier oder fünf weitere Redner, und dann übernahm Tony. »Am Ende unseres heutigen Treffens haben wir noch etwas Besonderes«, sagte er. »Es gibt einen Geburtstag zu feiern. Ich persönlich habe die meisten AA-Geburtstage immer für albern gehalten: Jemand kriegt einen Kuchen mit sechs, acht, zwölf Kerzen, damit jeder weiß, wie viele Jahre er trocken ist, man nennt seinen Nachnamen, um ihn zu ehren, und er hält eine kleine Rede, und man sitzt da und denkt: Wozu braucht *dieser* Typ denn die AA? Will er angeben, oder was? Aber ein *erster* Geburtstag, das ist was anderes. Das ist was Besonderes. Das ist ein Erfolg. Die ersten zwölf Monate – verdammt, ihr wisst, was ich meine.« Er nickte in Richtung eines Vorhangs, der einen Teil des Podiums abtrennte, und hervor trat ein breit lächelnder, rosagesichtiger Mann, der einen rosaroten Kuchen trug und die Flamme der einzigen Kerze darauf mit der Hand abschirmte. Dann sagte Tony: »Ich bitte Mr. Sylvester Cummings, vorzutreten.«

Ein hagerer Schwarzer mittleren Alters in einem billigen blauen Anzug stand auf und ging unter Jubelrufen und Beifallspfiffen zum Podium. Er schüttelte Tony die Hand und dankte dem Mann, der ihm die Torte überreichte, doch als ein paar Zuschauer einen stümperhaften Chor anstimmten und »Hap-py birth-day to –« singen wollten, hob er die Hand und sagte: »Nein, nein, bitte, spart euch das Geburtstagslied. Ich weiß es zu schätzen, aber das ist ein Kinderlied. Ich bin siebenundvierzig Jahre alt. Sogar meine eigenen Kinder sind keine Kinder mehr; sie sind erwachsen und aus dem Haus.« Er stand da und blickte eine Weile auf seinen Kuchen hinunter. »Ich kann es kaum fassen«, sagte er. »Ein ganzes Jahr. Ich weiß nur eins ganz sicher, ohne eure Hilfe hätte ich es nicht geschafft – ohne

Tony und euch alle. Wenn ich daran denke, wie ich früher war – mehr Jahre als ich zählen will –, manchmal erinnere ich mich nur noch daran, wie ich jeden Morgen aufgewacht bin, auf den Knien, die Arme um die alte Toilettenschüssel geschlungen, und mir den Magen aus dem Leib gekotzt habe, und ich habe zu mir gesagt: ›Sylvester, du betest. Du betest an dem Altar der einzigen Religion, an die du jemals wirklich geglaubt hast.‹«

Dafür erntete er einen Lacher, doch er verzog keine Miene. »Ich war nie sehr gläubig. Auch hier bei den Treffen, wenn das Vaterunser gebetet wird, bewege ich nur die Lippen und hoffe, dass niemand es merkt. Und Kuchen mag ich auch nicht besonders – vielleicht könnt ihr mir mit dem hier helfen.« Er blickte erneut auf den Kuchen in einer langen nachdenklichen Pause. »Aber an etwas habe ich in diesem letzten Jahr gelernt zu glauben. Ich habe gelernt, daran zu glauben, dass ich lieber – dass ich lieber eine einzige Kerze anzünde, statt die Dunkelheit zu verfluchen.« Dann blies er die Kerze aus und erhielt Standing Ovations.

Das reichte, um Wilder dazu zu veranlassen, geradewegs nach Hause zu gehen, ohne unterwegs auch nur ein Bier zu trinken; es reichte, um ihn dazu zu bringen, seine Frau zu wecken und sich bei ihr zu entschuldigen.

»Oh, ich weiß, Liebling«, sagte sie. »Ich weiß …«

Er hatte Dr. Blomberg versprochen, dass er sich nicht lange mit der Armee aufhalten wollte, und er tat es auch nicht. Die Armee überzeugte ihn davon, dass er nicht besonders schlau war, und trieb ihm alle religiösen Anwandlungen aus; Kampfgeschehen erlebte er nur gegen Ende des Kriegs in Europa, und sein letztes Jahr dort verbrachte er in den verschimmelten »Zeltstädten« von Frankreich, wo es nichts anderes zu tun gab, als auf die quälend selten ausgegebenen dreitägigen Urlaubsscheine zu warten und in der Zwischenzeit jeden Abend ins Kino zu gehen. »Ich habe Ihnen ja gesagt, wir werden noch einmal auf die Filme zurückkommen.«

»Mm.«

»Das Komische ist: In zivilen Kinos halten die Leute selbst beim größten Schwachsinn still – nie hört man jemand bei einer Liebesszene oder so laut lachen –, aber beim Militär hatte die Kinoleinwand nichts Magisches mehr, und wir wurden alle zu sehr lauten und brutalen Filmkritikern. Einen fehlerhaften Plot oder eine falsche ›Botschaft‹ rochen wir eine Meile gegen den Wind; wir haben mit den Beinen gestampft und gelacht und Obszönitäten gebrüllt, wenn etwas billig war oder trivial oder an den Haaren herbeigezogen oder sentimental, und ich dachte, Mann, diese Typen sind wie ich: Wir sind *alle* mit Filmen groß geworden, und erst jetzt merken wir allmählich, was für ein Schwindel die meisten sind. Und jetzt kommt der springende Punkt, Doktor: Damals habe ich beschlossen, dass ich Filme machen will. *Gute* Filme. Ich wusste genau, dass Regisseur nichts für mich ist – dazu braucht man einen höheren IQ als hundertneun –, aber Produzent: der Mann, der die Idee hinter einer Geschichte versteht, der das Geld beschafft, die Schauspieler anheuert, das Ganze zusammensetzt. Das wollte ich werden.

Meinen Eltern konnte ich davon natürlich nichts erzählen, oder zumindest habe ich das gedacht. Als ich nach Hause kam, wohnten sie noch immer in der alten Wohnung, sie hatten noch die gleichen alten Jobs und beide sahen unglaublich alt aus – sie müssen Mitte fünfzig gewesen sein –, doch das verdammte Pralinenunternehmen beschäftigte sie mehr denn je. Mein Vater verbrachte seine ganze Freizeit damit, Risikokapital aufzutreiben, und das Lustige ist, er schaffte es sogar. Alle sprachen von einem Nachkriegsboom, es war genau der richtige Zeitpunkt für ein erstklassiges, gut vermarktetes Luxusprodukt. Er nahm mich mit zu einem Bankier. ›Das ist mein Sohn John. Er ist zwanzig Jahre alt, Infanterieveteran, gerade aus Europa zurückgekehrt, hat die Ardennenoffensive mitgemacht. Nächsten Monat geht er nach Yale, er wird von Anfang an bei unserem Unternehmen dabei sein.‹

Als wir wieder draußen waren, sagte ich: ›Dad, könntest du bitte das mit den Ardennen weglassen? Du weißt, dass ich an der Offensive nicht teilgenommen habe.‹

Er sagte: ›Sie haben dir einen Orden dafür verliehen, oder?‹

Und das ist es, was ich meine, Doktor, ich habe ihm immer, immer wieder gesagt, dass sie den Orden allem und jedem verliehen haben, der sich in einem Umkreis von hundert Meilen um die Ardennen aufgehalten hat. Deswegen habe ich gesagt: ›Hör mal, dir mag das ja egal sein, mir aber nicht. Verstehst du das?‹

Und der kleine Mistkerl ging einfach weiter – er war klein, kleiner noch als ich, mit einem Gesicht wie eine Walnuss und einem altmodischen hellgrauen Hut, den er sich immer tief ins Gesicht, fast bis in die Augen zog – er ging einfach weiter und sagte, ich müsste noch viel über die Geschäftswelt lernen.

Aber ich bin nach Yale gegangen. Es war das College, das sie für mich ausgesucht hatten, und sie haben sich darum gekümmert, dass mir sofort nach Kriegsende die Bewerbungsunterlagen zugesandt wurden, damit ich dem großen Ansturm der GI-Bill-geförderten Studenten zuvorkam. Ich weiß immer noch nicht, wieso sie mich genommen haben, und ich habe mir fast in die Hose gemacht vor Angst, dass sie mich wieder rauswerfen. Das Lesepensum hat mich nahezu umgebracht – ich habe die ganze Nacht über den Büchern gehangen, während alle anderen ausgingen, tranken und vögelten, aber ich habe das erste Jahr geschafft, und in dieser Zeit haben meine Eltern ihr Geschäft aufgemacht. Sie hatten eine kleine Fabrik in Stamford mit ungefähr sechs Angestellten. Irgendeinem Designer haben sie einen Haufen Geld dafür gezahlt, dass er ihnen die eleganteste Schachtel entwarf, die Sie jemals gesehen haben. Und jeden Tag haben sie ihre göttlichen Pralinen produziert, und für mich hielten sie einen Ferienjob bereit: Ich sollte den älteren Mann begleiten, der ›die Palette‹ bei den Großhändlern in ganz New York vorstellte.

›Probieren Sie eine – probieren Sie einfach‹, sagte der Mann. ›Bedienen Sie sich.‹ Und ich saß neben ihm in meinem Anzug von J. Press und habe gegrinst wie ein Clown und mich gefragt, was ich mit dem Rest meines Lebens anfangen sollte.

Es hat auch nicht lange gedauert; mein zweites Jahr war eine Katastrophe. Das erste Semester habe ich gerade noch geschafft, aber so ungefähr im April habe ich aufgegeben. Ich bin nur noch ins Kino gegangen, habe nicht mehr gelernt, habe es gar nicht mehr versucht, und im Juni wurde ich rausgeworfen.

O mein Gott, was für eine Tragödie! Sie haben geglaubt, ich hätte es mit Absicht getan, nur um ihre Pläne zu durchkreuzen. Sie schleppten ganze Armladungen von Broschüren von anderen Colleges nach Hause, und ich habe sie alle weggeworfen. Mann, das bereue ich heute noch – es muss jede Menge Colleges geben, die Leseförderkurse anbieten –, aber beim Gedanken an College, welches auch immer, wurde mir schlecht. Außerdem wusste ich, dass der einzige Grund, weswegen ich studieren sollte, Marjorie Wilders beschissene Pralinen waren. Streit, Vorwürfe, Geschrei, Tränen. Schließlich habe ich gesagt, ›Ich schulde euch *gar* nichts‹, und bin gegangen.

Ich habe mir ein Zimmer in der Stadt gesucht und mich auf die Anzeige einer Firma namens »Industriefilm« gemeldet: ›Lernen Sie alles über die Produktion von Filmen.‹ Sie haben mir fünfunddreißig Dollar die Woche dafür gezahlt, dass ich Scheinwerfer hin und her trage und Kabel schleppe und Sandwiches für die Schauspieler und Kameramänner hole, und das wäre auch in Ordnung gewesen, wenn sie wenigstens halbwegs anständige Filme gedreht hätten, auch wenn es Werbefilme waren, aber das haben sie nicht. Ich erinnere mich an einen Film, den sie als Reklame für die Datenaufbewahrungssysteme von Meade gedreht haben. Der Titel war *Irgendwo muss es doch sein* – und zu sehen waren zwanzig Minuten überhaupt nicht komischer Slapstick darüber, was in einem Büro passiert, wenn ein wichtiges Dokument nicht zu finden ist. Chefs, die in die Luft gehen, Sekretärinnen, die weinen, Aktenschränke, deren Inhalt auf den Boden ausgeleert werden; und dann kommt der Mann von Meade, und alles wird gut. Er findet das Dokument und sagt: ›Datenaufbewahrung ist mein Geschäft.‹ Dann das Verkaufsgespräch. Ende.

Und das Schlimmste war, dass die Leute von Industriefilm glücklich und zufrieden waren – keiner hat auch nur im Traum daran gedacht, richtige Filme zu machen, nicht einmal die Frauen. Ich war mit einer von ihnen mittagessen und wollte mit ihr über Film reden, und sie hat mich angeschaut, als wäre ich ein dummer kleiner Junge: ›Du meinst *Unterhaltungs*filme? *Spiel*filme?‹ Sie hat sich auch nicht für eine Schauspielerin gehalten, das war ihr vollkommen egal. Dann hat sich herausgestellt, dass sie mit dem Geschäftsführer der Firma liiert war; sobald seine Scheidung durch wäre, wollte sie aufhören zu arbeiten und sich mit ihm in Forest Hills niederlassen.

Mann, hätte ich doch nur den Mumm gehabt, nach Hollywood zu trampen und mich in den Studios herumzutreiben, bis mich jemand als Aushilfe oder auch als Botenjungen eingestellt hätte, dann wäre ich jetzt vielleicht Produzent. Aber ich habe es nicht gemacht. Vielleicht war ich nicht bereit, ganz mit meinen Eltern zu brechen, keine Ahnung. Jedenfalls habe ich es nicht gemacht.

Dann hat mir jemand erzählt, dass die *Herald Tribune* Anzeigenvertreter sucht, gutes Geld dafür zahlt und kein Theater macht um Hochschulabschlüsse. Ich habe ihnen gesagt, dass ich drei Jahre in Yale war, obwohl es ja eigentlich nur zwei waren, und so habe ich angefangen. So habe ich auch Janice kennengelernt – sie hat dort gearbeitet. Innerhalb eines Jahres waren wir verheiratet, und dann haben wir unseren Jungen bekommen. Da habe ich schon für eine Fachzeitschrift gearbeitet, *Chain Store Age;* dann war ich bei einer Zeitschrift namens *Vanguard* und dann beim *American Scientist,* und irgendwo unterwegs hat sich die Idee, Filmproduzent zu werden, in Luft aufgelöst. Keine Sorge, Doktor, ich behaupte nicht, dass meine Familie mich davon abgehalten hat. Sie werden nicht von mir hören, dass ich meiner Frau die Schuld an all dem gebe, was sich nicht meinen Eltern in die Schuhe schieben lässt, oder irgend so einen neurotischen Schwachsinn. Ich hatte einfach keinen Ehrgeiz mehr, das ist alles. Im Lauf der

Jahre ist er hin und wieder aufgeflammt – meistens wenn ich getrunken hatte –, aber er ist weg. Einzig und allein meine Schuld. Wollen Sie wissen, wie es mit meinen Eltern weitergegangen ist?«

»Mm.« Und der Doktor blickte auf die Uhr.

»Nach der Geburt des Babys haben wir uns halbherzig wieder versöhnt, aber in der Zwischenzeit hatten sie jemanden gefunden, den Sie wahrscheinlich einen Ersatzsohn nennen würden: einen anderen Ivy-League-Studenten, nur dass der sein Studium abgeschlossen hatte. Er hat das Geschäft tatsächlich übernommen und weiter ausgebaut, so wie sie es sich immer von mir gewünscht hatten. Als sie in den Ruhestand gingen, waren sie steinreich. Mein Vater ist vor vier Jahren gestorben und meine Mutter ist in einem Pflegeheim – sie hatte eine Gehirnblutung und ist jetzt ziemlich hinüber –, aber man kann verdammt noch mal keinen amerikanischen Supermarkt mehr betreten, ohne mit einem dieser großkotzigen Drehgestelle zusammenzustoßen: ›Marjorie Wilders Pralinen‹. Sechs Dollar die Schachtel. Wie finden Sie *das?«*

»Mm. Ja. Ich fürchte, unsere Zeit ist –«

»Nicht so hastig, Doktor.«

»Mm?« Blomberg blinzelte hinter seinen rosa getönten Brillengläsern.

»Wissen Sie was? Sie sind der einzige stumme Lügenkünstler, dem ich je begegnet bin. Ich erzähle Ihnen meine ganze gottverdammte Lebensgeschichte, und Sie sitzen da und sagen überhaupt nichts und stecken dafür jede Woche hundert Dollar von meinem Geld ein. Wissen Sie, wie man das nennt? Diebstahl.«

Sie waren beide aufgestanden. »Draußen wartet der nächste Patient auf mich, Mr. Wilder.«

»Soll er warten. Mich haben Sie auch oft genug warten lassen. Ich habe noch eine Frage: Wann werden *Sie* anfangen zu reden, verdammt noch mal? Wann wird die berühmte ›Arbeit‹ anfangen und die ›Hilfe‹ und die ›Therapie‹? Hm?«

»Mr. Wilder, ich weiß nicht, warum Sie jetzt so feindselig sind, aber vielleicht können wir am Donnerstag darüber sprechen.«

Hier schien ein Satz Spivacks aus dem Bellevue angebracht: »Freuen Sie sich nicht zu früh.«

»Wollen Sie unseren Termin am Donnerstag absagen?«

»Es könnte sein«, sagte Wilder, der jetzt zitternd in der Tür stand, »dass ›unsere Zeit um ist‹, und zwar in mehr als nur einer Hinsicht.«

»Wollen Sie Ihre Besuche bei mir einstellen?«

»Finden Sie es doch selbst heraus. Ich stelle mir gern vor, wie Sie hier zweimal die Woche allein rumsitzen und meinem schönen Geld nachtrauern. Bis dann, Rotauge.«

Als er in der U-Bahn nach Hause rumpelte, dachte er darüber nach, wie er seine letzte Ansprache hätte ausschmücken können. Er hätte sagen können: »... wie Sie hier zweimal in der Woche allein rumsitzen mit dem Finger im Mund oder im Arsch – was natürlich davon abhängt, ob Sie eine orale oder anale Fixierung haben ...« Aber dann begann er sich zu fragen, ob Blomberg das avocadogrüne, das rotzgrüne, Telefon nehmen und Paul Borg anrufen und ihm von seinem Ausbruch erzählen würde. Na und? Und wenn schon?

»Liebling?«, sagte Janice, als sie an diesem Abend allein waren, und zuerst dachte er, sie wollte mit ihm über Blomberg und Borg reden, aber das war es nicht. »Ich habe mir ein paar AA-Broschüren angeschaut – du hast doch nichts dagegen, oder?«

»Natürlich nicht.«

»Darin steht, dass es oft hilfreich ist, wenn die Ehepartner mitkommen zu den Treffen, und ich habe mich gefragt – ich meine, ich würde dich wirklich gern begleiten. Besonders wenn du zu dem Treffen gehst, von dem du mir erzählt hast, wo der Mann gesagt hat, dass er lieber eine einzige Kerze anzündet, statt die Dunkelheit zu verfluchen.«

»Also, ich weiß nicht, ich – okay. Klar.«

Sie stiegen gerade die Treppe zum Loft hinauf, als ihm bewusst wurde, wie hoch die Wahrscheinlichkeit war, dass er an diesem Abend aufgerufen werden könnte zu sprechen; und tatsächlich: Gegen Ende des Treffens deutete Tonys Finger geradewegs auf sein Gesicht.

»Dort hinten sehe ich einen Mann, der in letzter Zeit ein paarmal bei uns war. Möchten Sie ein paar Worte sagen, Sir?«

Das Blut rauschte ihm in den Ohren, als er zum Podium ging, und die Stimme, die sich durch die Rauchschwaden hindurch an die Gruppe wandte, klang überhaupt nicht wie die seine. »Mein Name ist John, und ich bin Alkoholiker.«

»Hallo, John!«

»Ich bin noch nicht sehr lange dabei, aber ich war schon bei Treffen in der ganzen Stadt, und das hier ist das beste, das ich gefunden habe. Das Problem ist, dass ich heute zum ersten Mal aufgerufen wurde zu sprechen, und das ist mir ein bisschen peinlich, weil gerade heute Abend meine Frau als Gast hier ist – aber egal, sie hat schon oft erlebt, wie ich einen Idioten aus mir mache.«

Ein paar Leute lachten – nicht viele –, und er fragte sich, ob die Andeutung, eine intakte Ehe zu führen, oder die Entscheidung, einen »Gast« mitzubringen, hier als schlechtes Benehmen aufgefasst wurden.

»Ich bin Anzeigenvertreter, und ich habe vermutlich immer geglaubt, dass es zum Leben eines Vertreters gehört, trinkfest zu sein. Tja, von dieser Vorstellung habe ich mich vor einer Weile verabschiedet, als ich eine Woche im Bellevue eingesperrt war …« Er wusste nicht, wie er aufhören sollte: Er hörte sich sagen, »ich habe noch immer Angst« und »dankbar« und »mit eurer Hilfe«, bis er den Weg durch einen unbeholfenen letzten Satz fand, der es ihm erlaubte, »Danke« zu sagen. Er wusste weder, ob der Applaus lauwarm oder herzlich war, noch, ob er andauerte, bis er wieder auf seinem Stuhl saß, wo Janice ihm demonstrativ die Hand drückte.

»Du warst wunderbar«, sagte sie, als sie draußen auf der Straße waren.

»Quatsch. Diese ganze Selbstmitleidsscheiße über das Bellevue, diese ganze falsche Bescheidenheit. Ich bin mir wie ein Idiot vorgekommen.«

»Ich finde, du hast es sehr gut gemacht. Außerdem ist es nicht wichtig. Es ist schließlich kein Showbusiness.«

Beinahe wäre er stehen geblieben, hätte sie zu sich gedreht und sie angeschrien, dass es sehr wohl Showbusiness sei – das ganze verdammte »Programm« sei Showbusiness, von Bill Costello bis zu Sylvester Cummings; und auch Psychotherapie sei Showbusiness, mit einem einzigen unaufmerksamen rotäugigen Zuhörer –, aber es war nicht der Abend für einen weiteren Streit.

»Ach, lass uns ein bisschen herumschlendern«, sagte sie. »Ich liebe diesen alten Teil der Stadt, ich glaube, ich war seit Jahren nicht mehr hier. Erinnerst du dich noch an die vielen Spaziergänge, die wir hier gemacht haben, bevor wir geheiratet haben?«

»Ja.«

»Houston und Canal und Delancey, und frühmorgens sind wir zum Fulton Fischmarkt, über die Brooklyn Bridge.«

»Mm.«

»Komisch«, sagte sie an einer Kreuzung. »Das sollte doch die Seventh Avenue sein, aber auf dem Schild steht etwas anderes. Ich kann es nicht lesen.«

»Ich glaube, es ist die Varick Street. Ein paar Blocks weiter wird sie zur Seventh Avenue.«

»Du bist wirklich bemerkenswert, John.« Und sie klammerte sich auf liebevolle, nahezu kokette Weise an seinen Arm, als sie um die Ecke bogen. »Du kennst *alle* Straßen.«

Nein, nicht alle; aber ein paar kannte er zufälligerweise. Und bereits als sie noch gut einen Block von der geheimen Souterrainwohnung entfernt waren, sah er Licht durch deren saubere, geschlossene Jalousie strömen. Was immer Paul Borg heute Abend dort unten tat, mit welcher Frau auch immer, die Dunkelheit verfluchte er ganz bestimmt nicht.

»Schon die *Times* gesehen?«, fragte George Taylor und schob eine Hinterbacke auf Wilders Schreibtisch. »Schlechte Nachrichten.«

Wie bei allem anderen, was dieser Tage die Arbeit betraf, dauerte es eine Weile, bis er folgen konnte. Er hörte Taylor sagen, »McCabe hat Northeast verloren«, und sah zu, wie sich sein Mund durch viele andere Wörter zusätzlicher Information arbeitete. Er sagte, »Verdammt«, weil es angebracht schien, und dann senkte er den Kopf und tat so, als würde er darüber nachdenken, während er zusammenzusetzen versuchte, was Taylor ihm erzählt hatte. Sein Gehirn schien mit Sand gefüllt.

Northeast Distillers war eine gigantische Spirituosenfabrik, die über die ebenso gigantische Werbeagentur McCabe-Derrickson jahrelang jeden zweiten Monat den Anzeigenplatz auf der farbigen Rückseite des *American Scientist* hatte kaufen lassen. Dadurch waren sie zu einer der Hauptsäulen von Wilders Einkommen geworden, und deswegen war es in der Tat eine schlechte Nachricht. »Und wie heißt die neue Agentur gleich wieder? Hartwell und wer?«

»Hartwell und Partner. Nie von ihnen gehört. Gibt's vielleicht gerade mal ein halbes Jahr, einer dieser dämlichen kleinen ›Kreativ‹-Läden. Du setzt dich besser ans Telefon und versuchst, eine Präsentation auf die Beine zu stellen.« Und Taylor glitt schwerfällig und mit der Miene eines verwirrten alten Mannes vom Schreibtisch. »Ich verstehe es einfach nicht – dass eine seriöse, konservative Firma wie Northeast einfach so wechselt. Das ist verrückt«, sagte er, als er sich abwandte. »Jetzt, wo Kennedy gewählt ist, wollen sie alle so 'ne Art Swinger werden.«

In der Telefonzentrale von Hartwell und Partner herrschte Verwirrung, als er nach der für Northeast zuständigen Person fragte; er sprach mit mehreren ungeduldigen Stimmen, bevor er an den richtigen Mann geriet. Der hieß Frank Lacy und klang, als wäre er noch keine dreißig.

»Eine ›Präsentation‹?«, fragte Frank Lacy, als wäre schon das Wort aus der Mode gekommen – und vielleicht war es ja auch so. »Eigentlich sehe ich keinen Hinderungsgrund, Mr. Wilder. Es geht ziemlich hektisch zu bei uns, aber wir können Sie bestimmt irgendwo dazwischenschieben. Einen Moment. Wie wäre es Mittwoch um zehn?«

Und so machte er sich auf den Weg in den neununddreißigsten Stock eines Wolkenkratzers aus Stahl und Glas, die Aktentasche mit der Präsentation in der schweißfeuchten Hand.

WIR SIND NICHT NEUGIERIG

So lautete die Überschrift auf dem großen Flipchart aus Karton, das er auf den Haupttisch im Besprechungszimmer stellte, nachdem er nervös eine paar einführende Bemerkungen gemacht hatte. Darunter stand:

> Deswegen fragt der *American Scientist* seine Leser nie, was sie trinken, wie viel sie trinken oder wann sie trinken. Uns zu erkundigen, ob sie jagen, angeln, Tennis oder Golf spielen, geht in Ordnung, doch die traute Zweisamkeit eines Mannes mit seinem Lieblingsdrink ist seine Privatangelegenheit.

Sein Publikum bestand aus fünf oder sechs jungen Männern und drei oder vier Frauen, die alle halb zusammengesunken auf tiefen Sofas und in Sesseln saßen; sie schienen nicht gelangweilt, aber gebannt waren sie auch nicht, und das veranlasste ihn dazu, eine kleine Ansprache aus dem Stegreif zu riskieren. »Eigentlich sollte ich Ihnen das alles laut vorlesen«, sagte er, »und ich sollte wahrscheinlich sogar jede einzelne Zeile mit dem Finger nachfahren, doch das erspare ich Ihnen. Der *Scientist* ist wirklich eine tolle Zeitschrift, aber ich habe nie herausgefunden, warum er Leute anstellt, die diese Flipcharts schreiben. Zumindest glaube ich nicht, dass so etwas wie ›die traute Zweisamkeit eines Mannes mit seinem Lieblingsdrink‹ über meine Lippen kommen würde.«

Es war kein großer Lacher, und ganz so wie Sylvester Cummings vermied er es, ihn mit einem Lächeln zu verderben, aber die Reaktion war freundlich genug, dass er sich entspannt, sogar ein wenig unbeschwert fühlte, während er sich durch die übrigen Blätter des Flipcharts hindurcharbeitete.

> Dennoch erscheint es einleuchtend, dass die 600 000 Leser des *American Scientist* eine ebenso exzellente Zielgruppe für alkoholische Getränke sind wie für teure Autos, Fotoapparate, Stereoanlagen und Europareisen.

> Um zu diesem Ergebnis zu gelangen, bedurfte es schlicht ein wenig logischen Denkens. Als Erstes entwickelten wir ein Profil des Hauptkonsumenten alkoholischer Getränke. Dann verglichen wir dieses mit dem Profil des *American-Scientist*-Lesers. Und hier haben Sie Merkmal für Merkmal die Ergebnisse dieses Vergleichs:

Auf der letzten Seite wurde dann enthüllt, dass Hauptkonsument und Leser in jeglicher Hinsicht identisch waren. Es dauerte länger, diese Seite zu lesen als die anderen, wodurch er Zeit hatte, kurz die Bilder an den Wänden zu betrachten – die den Bildern in Dr. Blombergs Praxis sehr ähnlich waren, wenn man davon absah, dass eines von ihnen ein gerahmter Comicstrip zu sein schien – und die Leute, vor allem die Frauen. Eine trug ihr hellbraunes Haar wie Jackie Kennedy und hatte ein Gesicht, das ihm das Herz schmelzen ließ, doch die paar Sekunden Lustempfindens waren vorbei, als er ihre langen schlanken Beine sah: Sie war verdammt noch mal zu groß.

»Gut, so viel zum Flipchart«, sagte er. »Ich habe noch ein paar andere Sachen, die ich Ihnen gern hierlassen würde. Dieses schwere Ding« – er kam sich vor wie Bill Costello, der das Große Buch überreichte – »ist ein sehr gründlicher demografischer Überblick mit dem Titel *Der Abonnent im Selbstporträt*. Ich hoffe, Sie haben Zeit, es sich anzusehen. Und ich möchte noch ein paar Punkte zusammenfassen, die unseren Durchschnittsleser betreffen. Er ist vierzig Jahre alt. Er verdient mehr als zwanzigtausend Dollar im Jahr, und seine Arbeit ist von so komplizierter technischer Natur, dass Sie und ich sie nie verstehen würden. Er liest die Zeitschrift nicht im Büro; er liest sie zu Hause, und er widmet jeder Ausgabe vier Stunden. Ich weiß nicht, was Sie tun, wenn Sie sich zu Hause vier Stunden lang einer Zeitschrift widmen, aber ich – also, ja, ich verbringe sie in trauter Zweisamkeit mit meinem Lieblingsdrink.«

Es war an der Zeit, die Bühne zu verlassen. »Wie Sie wissen, hat Northeast Distillers sechs unserer Rückseiten gebucht. Die anderen sechs sind noch zu haben, und ich glaube, dass Sie eine gute Entscheidung treffen, wenn Sie sie so schnell wie möglich auch nehmen. Ich danke Ihnen vielmals.« Er schüttelte Frank Lacy und einigen anderen die Hand; dann ging er so rasch wie möglich in Richtung Empfang.

»Das war nett«, sagte eine Frau, die neben ihm ging. Es war die Frau mit dem aparten Gesicht und den langen Beinen. Sie reichte ihm bis zu den Ohren.

»Na ja«, sagte er, »danke. Mir graut immer vor diesen verdammten Präsentationen.«

»Deswegen war es ja so nett. Ich meine, man hat gesehen, dass Sie es hassen, aber Sie haben es trotzdem gut gemacht. Ich glaube, alle waren beeindruckt.« Sie waren jetzt am Empfang angekommen und allein, abgesehen von der Angestellten, die sich dort über das Telefon beugte und leise und mit verführerischer Stimme ein Gespräch führte, das nicht geschäftlich sein konnte. »Haben Sie unsere Terrasse gesehen?«, fragte seine junge Begleiterin. »Sie ist das einzig Nette an unserem Büro.«

Sie führte ihn hinaus auf eine breite, windgepeitschte Prärie aus weißen Kieselsteinen. Ein paar gusseiserne Tische, Stühle und ein paar Steinbänke standen zwischen Gestrüpp in Töpfen, doch sie lotste ihn sofort zu einer niedrigen Balustrade, von der aus man einen freien Blick auf die Stadt hatte. Die Aussicht war spektakulär; als er hinunterblickte, hatte er Todesangst.

»Wir haben im Sommer fast unsere ganze Zeit hier draußen verbracht«, sagte sie, »aber jetzt gefällt es mir fast noch besser.« Es schien ihr nichts auszumachen, dass der kalte Wind ihre Jackie-Kennedy-Frisur zerzauste, und er hatte sich bereits halb verliebt in die Art, in der sie stolz und schlank über die Steine schritt – sie bewegte sich wie eine Tänzerin –, und in ihre großen braunen Augen und ihren lebhaften Mund.

»Arbeiten Sie schon lange hier?«

»Seit ich letzten Juni mit dem Studium fertig geworden bin. Ich dachte, es könnte vielleicht Spaß machen, weil man ein bisschen was von allem tun darf, aber es ist – ich weiß nicht. Sie wissen schon.« Sie rümpfte verächtlich die Nase. »Es ist und bleibt Werbung.«

Er fragte sie nach ihrem Namen – Pamela Hendricks –, und nachdem er seine flatternde Krawatte wieder in das Jackett zurückgesteckt und versucht hatte, sein wehendes Haar zu glätten, lud er sie zum Mittagessen ein, was sie vollkommen zu überraschen schien.

»Also, nein, eigentlich, leider …« Und der Glanz in ihren Augen erlosch so rasch, dass er nicht zu sagen wagte: Wie wär's mit morgen? Wahrscheinlich war sie sowieso mit Frank Lacy zusammen (Frank Lacy war ein ungeschlachter, breitschultriger Idiot mit einem kräftigen Kinn, und jetzt fiel ihm ein, dass sie während der Präsentation so nah beisammen gesessen hatten, dass sich ihre Oberschenkel berührten); womöglich hatte sie ihn nur auf die Terrasse geführt, um Frank Lacy eifersüchtig zu machen.

»Na gut. Vielleicht kann ich Sie ja mal anrufen.«

»In Ordnung.«

Dann waren sie wieder am Empfang und verabschiedeten sich mit einem Händedruck, und die Fahrt mit dem Aufzug neununddreißig Stockwerke nach unten gab ihm das Gefühl, in die Wirklichkeit zurückzukehren.

Nicht einmal eine Woche später klingelte das Telefon in seinem Büro, er nahm ab und hörte: »John Wilder? Frank Lacy, Hartwell und Partner. Hören Sie: Sind die sechs Rückseiten noch zu haben?«

»Das sind sie.«

»Gut. Wir wollen sie. Ich schicke Ihnen heute Nachmittag einen Vertrag rüber.«

»Also, das ist – das ist toll.«

»Großartig!«, sagte George Taylor. »Bei Gott, John, ich wusste, wenn jemand den Auftrag an Land ziehen kann, dann du. Verdammt, wenn ich nicht schon verabredet wäre, würde ich dich zum Mittagessen einladen.«

Und das Wort »Mittagessen« klang ihm noch freudig in den Ohren, als er an seinen eigenen Schreibtisch zurückkehrte, von wo aus er Hartwell und Partner anrief und darum bat, Pamela Hendricks sprechen zu dürfen.

»Oh«, sagte sie. »Hallo. Ich gratuliere.«

»Wie kommt es, dass Sie schon Bescheid wissen?«

»Ach, das spricht sich rum.« Was wahrscheinlich hieß, dass Frank Lacy es erwähnt hatte, während sie nebeneinander im Bett lagen und sie seine massive Brust kraulte.

»Ich wollte Sie fragen, ob Sie heute mit mir zum Mittagessen gehen.«

»Das ist sehr nett von Ihnen, aber eigentlich, leider, bin ich –«

Und diesmal unterbrach er sie mitten im Satz mit der ganzen Autorität eines Mannes, der nichts zu verlieren hat: »Okay. Wie wäre es dann nach der Arbeit mit einem Drink?«

Es folgte eine kurze Pause. »In Ordnung. Sehr gern.«

Aber es mussten noch zwei weitere Anrufe getätigt werden.

»... Janice, heute Nachmittag kommt der Mann von Jaguar aus London, George möchte, dass ich mit ihm zum Abendessen gehe. Es ist keine große Sache; wahrscheinlich sind wir bis zehn fertig, dann gehe ich noch zu einem AA-Treffen ... Okay ... Dann bis morgen früh.«

Der zweite Anruf war nicht ganz so einfach. »Mr. Paul Borg, bitte ... Paul? Hier ist John. Hör mal: Ich wollte nur wissen, ob du heute Abend in die Varick Street gehst ... Okay, gut. Ist alles sauber? Saubere Laken? Saubere Handtücher? ... Wie meinst du das, wie's mir geht? Mir geht's gut. Wie geht es *dir?* ...«

Er ging mit Pamela ins Plaza in der Hoffnung, sie zu beeindrucken, aber sie war offenbar schon oft hier gewesen. Der erste Drink schmeckte so gut, dass er die meiste Zeit ihr das Wort überließ, während er die Wirkung des Alkohols genoss, neben ihr saß und ihr Profil betrachtete. Die Spitze ihrer kleinen Nase hüpfte bei jeder Silbe, die mit einem P, einem B oder einem M begann, ganz leicht auf und ab, was ihm als ganz reizend erschien.

Sie erzählte von ihrer Alma Mater, einem kleinen innovativen College in Vermont namens Marlowe, von dem er noch nie etwas gehört hatte – »Ich meine, es ist irgendwie so ähnlich wie Bennington, nur noch mehr so, und es ist koedukativ« –, und über ihren Vater in Boston und ihren Bruder, der ein »absolutes Genie« am Klavier war, und ihm dämmerte, dass sie aus einer reichen Familie kam, vielleicht sogar einer sehr reichen.

»Was macht Ihr Vater?«

»Ach, er ist Banker. Investmentbanker. Jedenfalls …«

Und beim zweiten oder dritten Drink erklärte sie, warum sie mittags nie Zeit hatte: »Ich habe – also, ich habe mich den Sommer über mit Frank ›getroffen‹ – Frank Lacy –, bis ihm sein Eheberater nahegelegt hat, die Sache zu beenden, und das hat er getan. Aber wir essen mittags noch immer zusammen, um zu beweisen, dass wir Freunde sind. Ich weiß, es klingt albern.«

»Und Sie sind noch immer verrückt nach ihm.«

Sie schüttelte den Kopf und presste die Lippen fest zusammen. »Nein. Nicht wirklich, überhaupt nicht mehr. Ich meine, ein Mann, der seinen Eheberater die Entscheidungen für sich treffen lässt, ist kein – na ja, was ist das schon für ein Mann? Sie sind auch verheiratet, oder?«

»Ja, ja, ich bin verheiratet.«

»Also, würden *Sie* sich von einem Eheberater einreden lassen – ach, egal. Es ist zu kompliziert.«

Während sie Steaks aßen und Wein tranken, beklagte sie sich darüber, dass die meisten anderen Studenten in Marlowe so »schrecklich kreativ« gewesen waren – »und ich meine ›kreativ‹ nicht im albernen Sinn der Werbung, verstehen Sie mich nicht falsch« –, und sie deutete mit dem Messer direkt auf seinen Hals, um sicherzugehen, dass er es nicht tat. Sie meinte Poesie und Malerei und Bildhauerei und Musik und Tanz; sie meinte Theater – »Alles von Sophokles bis zu diesem, wie heißt er noch gleich, Sie wissen schon, Beckett – das ganze Zeug. Ich war immer die dämlichste und untalentierteste Spießerin der Welt. Und bin es noch.«

Als Kaffee und Brandy serviert wurden, war sie schließlich verstummt und hatte begonnen, ihn wie durch einen romantischen Nebel hindurch zu betrachten; und dann, im Taxi, schlang er endlich den Arm um sie.

»Welche Straße?«, fragte sie. »Wo ist das?«

»Nur ein kleines Apartment, das dir vielleicht gefallen wird.«

»Du bist süß, John.« Und sie hielt ihm die Lippen hin für den rituellen ersten Kuss und ließ es zu, dass er eine Hand auf ihre Brust legte, während sie die lange Fahrt die Seventh Avenue entlang begannen.

Sie war großartig. Zumindest war es das Wort, das ihm immer wieder über die Lippen kam, als sie sich auf dem Bett im Souterrain aneinanderklammerten, sich herumwälzten und ineinander verhakten, während unter ihnen die U-Bahn ratterte: »Oh, du bist großartig … o Baby, du bist … o Gott, du bist großartig … Du bist großartig …« Sie sagte nichts, aber ihr Keuchen und Stöhnen und der lange helle Schrei am Ende legten durchaus nahe – nun ja, dass auch er nicht schlecht gewesen war.

Danach lagen sie lange schweigend nebeneinander, während er über die bemerkenswerte Erkenntnis nachdachte, dass er nie zuvor so viel Lust mit einer Frau empfunden hatte, obwohl er doch schon sechsunddreißig Jahre alt war. Fast hätte er es ausgesprochen: Weißt du was? Ich bin sechsunddreißig Jahre alt, und das war absolut das Beste, was ich jemals – doch er beherrschte sich. Sie hätte über solch ein Eingeständnis womöglich gelacht oder ihn bedauert, nach all den verdammten »kreativen« Jungs in Marlowe und dem heißen Sommer mit Frank Lacy. Stattdessen fragte er: »Pamela? Wie alt bist du?«

»Ich werde im Februar einundzwanzig.«

Sie löste sich von ihm, stand auf und ging nackt über den Linoleumboden. Sie erinnerte ihn an die junge Frau auf dem Floß an jenem Wochenende, nachdem er aus dem Bellevue entlassen worden war. Wie konnte eine Frau von ihrer Größe nur solche Beine haben?

»Die erste Tür ist nur die Toilette«, rief er ihr nach. »Das Waschbecken ist in der Küche.«

»Oh«, rief sie, »ich verstehe. Wie in einem französischen Apartment.«

In Frankreich war sie also auch schon gewesen – wahrscheinlich im übrigen Europa auch, in den vielen langen Ferien ihrer Kindheit –, und als er zum Getränkeschrank ging, ließ er es zu, dass sich sein Kopf mit Bildern füllte, die ihn verrückt machten: Pamela, die bei einem Champagnerfrühstück im Bois de Boulogne scheu ihre Beine für einen schmierigen Adeligen spreizte; Pamela, die sich im schmutzigen Stroh delirierend an den Rücken eines grunzenden spanischen Bauern klammerte; Pamela, die an einem Adriastrand lag und einem italienischen Autorennfahrer erschöpft und schwer atmend »Ti amo« ins Ohr hauchte …

Doch bald war sie wieder bei ihm. Er hatte zwei Drinks gemacht und sich die Hose angezogen; sie trug einen alten Regenmantel von Paul Borg, den sie im Schrank gefunden hatte, und sie saßen dicht nebeneinander auf der Bettkante. »Das ist eine gemütliche kleine Wohnung«, sagte sie. »Es ist mir kaum aufgefallen, als wir hereingekommen sind, weil ich so – du weißt schon – heiß war« – und er musste an sich halten, um nicht zu sagen: Heiß? Ehrlich? Auf *mich?* –, »aber es ist wirklich irgendwie nett.«

»Es ist keine tolle Wohnung, aber sie erfüllt ihren – ich meine, ich mag sie auch.« Er stieß mit dem Rand seines klimpernden Glases gegen ihres. »Tja. Ich nehme an, das ist das, was man traute Zweisamkeit eines Mannes mit seinem Lieblingsgetränk nennen könnte.«

»Mm«, sagte sie und klang dabei ganz wie Dr. Blomberg, und auf diese Weise erfuhr er, dass lahme Witze bei Pamela Hendricks nicht ankamen. Zwanzig Jahre alt oder nicht, nur etwas wirklich Komisches brachte sie zum Lachen. Und noch etwas: Kein einziges Mal an diesem Abend fragte sie, »Wie ist deine Frau denn so?« oder erkundigte sich, ob er Kinder hatte, oder versuchte herauszufinden, wie viele Frauen er schon in die Varick Street mitgenommen hatte, und das allein schon unterschied sie von all den anderen.

Nach einer Weile begann sie, in Paul Borgs Regenmantel das Zimmer abzuschreiten, und griff dabei ihr Lieblingsthema wieder auf: dass sie die dämlichste und untalentierteste Spießerin der Welt war.

»Eins allerdings ist komisch«, sagte sie, als er sich einen neuen Drink eingoss, »ich weiß, dass ich weder schauspielern kann noch sehr fotogen bin, und ganz bestimmt kann ich nicht schreiben und wüsste auch nicht, was ich tun sollte, wenn mir jemand eine Kamera in die Hand drückt, aber ich hatte schon immer das Gefühl, dass ich Talent dazu habe, Filme zu machen. Gute Filme.«

Sein Drink war fertig, doch er ließ einen Extraschuss Whiskey über die Eiswürfel laufen, bevor er in ihre großen todernsten Augen blickte.

»Ich auch«, sagte er.

4. KAPITEL

Die Luft ist sehr dünn in den Bergen von Vermont und einem Stadtmenschen erscheint dort alles unwirklich. Die vielen Bäume sind überwältigend, die Braun- und Grüntöne der Erde unglaublich vielfältig und der Himmel ist zu weit.

»Gleich nach dieser Kurve«, sagte Pamela Hendricks. »Da müsste ein Schild kommen.«

Er fuhr einen gelben Leihwagen von Avis, der so wuchtig war und so mühelos dahinglitt, dass er sich wie von selbst fuhr; der Rücksitz war beladen mit Gepäckstücken und Bourbonflaschen. »Es ist wirklich seltsam«, sagte er zu ihr. »Nichts erscheint mir real. Ich kann einfach nicht glauben, dass es wirklich passiert.«

»Das solltest du aber«, sagte sie, »weil es so ist. Fahr jetzt ein bisschen langsamer, sonst übersehen wir das Schild. Nein, warte, da ist es –«

Auf dem Schild stand: MARLOWE COLLEGE, 5 Meilen.

Es war wieder Spätsommer, und das letzte halbe Jahr war die glücklichste Zeit seines Lebens gewesen. Nach den ersten Winterwochen, an Abenden, an denen er angeblich zu AA-Treffen ging, nahm er sie nicht mehr mit in die Varick Street; stattdessen trafen sie sich in Pamelas eigener »Luxuswohnung« in den East Eighties, deren Miete von ihrem Vater bezahlt wurde. Immer überkam ihn auf dem Weg dorthin die Angst, dass sie ihm nicht öffnen würde – oder schlimmer noch, dass an der Tür ein anderer Mann erschien, der größer war als er –, doch sie war immer allein, manchmal noch in ihrer Arbeitskleidung, manchmal frisch gebadet und in einen weiten Frotteebademantel gehüllt, manchmal in einem Nachthemd, dessen einziger Zweck darin bestand, abgestreift zu werden und gewichtslos zu Boden zu fallen, wenn sie zum Bett stolperten.

Am Anfang sprachen sie viel über Filme, und einer ihrer denkwürdigsten Abende war der, an dem er ihr die gesamte Handlung von *The Champ* mit Wallace Beery und Jackie Cooper referierte, ein Film, den er gesehen hatte, als er sieben Jahre alt war.

»Gott, was für ein Gedächtnis du hast«, sagte sie, und als er zum Ende kam, standen ihr die Tränen in den Augen.

»Ach, es war ja nicht der erste Film, den ich gesehen habe«, sagte er. »Damals musste man schon mit sieben eine ganze Menge Filme kennen. Aber es war der erste, der mich wirklich beeindruckt hat. Er hat mich umgehauen. Die letzte Szene, als der alte Beery an einem Herzinfarkt stirbt, nachdem er den Meistertitel zurückgewonnen hat, und die Eltern den Jungen, der unbedingt den Champ sehen will, aus der Garderobe drängen – das war einfach zu viel. Ich habe nicht geweint, in diesem Alter darf man auf keinen Fall weinen, aber meine Kehle war wie zugeschnürt, als ich aus dem Kino ging, und kaum lag ich im Bett, habe ich hemmungslos geheult.«

Er erzählte ihr von anderen Filmen, die er gesehen hatte, noch bevor sie geboren wurde, aber nicht alle gefielen ihr. Manche davon hatte sie im Fernsehen gesehen und sie hielt sie für Schund, andere, die sie im Museum of Modern

Art gesehen hatte, fand sie prätentiös. Als er *Aufstand in Sidi Hakim* für sie beschrieb und ihn den »vielleicht besten Film für *Jungs,* der je gedreht wurde« nannte, wurde sie vor Langeweile ganz unruhig. »Und du willst sagen, dass sie eine Parade abhalten, nachdem Sam Jaffe getötet worden ist, und einen Orden für ihn an die Regimentsflagge stecken und einen Schauspieler als Rudyard Kipling verkleiden, der sein Gedicht vorträgt? Selbst wenn ich ein *Junge* wäre, hätte ich da lachen müssen.«

»Das hättest du nicht, wenn du gesehen hättest, wie durch das Gedicht Sam Jaffes Geist heraufbeschworen wird, der eine britische Galauniform trägt und salutiert.«

»Ich glaube, ich hätte gekotzt.«

Ein anderes Mal sinnierte sie lange über die Frage, warum aus großen Romanen – sogar aus guten Romanen – so selten halbwegs anständige Filme wurden. »Ich meine, mit Dickens haben sie es nicht schlecht gemacht, vor allem die Engländer, aber ich glaube, das liegt daran, dass er so visuell geschrieben hat.«

»Mm.«

»Aber wenn man an die jämmerlichen Misserfolge denkt: *Madame Bovary* mit der Frau von diesem Typen, Jennifer irgendwas ...«

»Mm«, sagte er bei jedem Beispiel, das sie erwähnte, und »Ja«, obwohl er so gut wie keins der Bücher gelesen hatte. Das Letzte, was er sie herausfinden lassen würde, wäre, dass er Schwierigkeiten mit dem Lesen hatte.

»Und wenn man bedenkt, was diese Hollywood-Leute *Verdammt in alle Ewigkeit* angetan haben!«

»Ja.« Tatsächlich hatte er diesen Film gemocht und hätte deswegen sogar auch das Buch gelesen, wäre es nicht fast tausend Seiten lang gewesen.

»Und hast du jemals den Mist gesehen, den sie aus *Der große Gatsby* gemacht haben? Mit Alan Ladd?«

Jetzt aber mal halblang. Von Alan Ladd hatte er sich nicht nur abgeschaut, wie er sich das Haar kämmen musste, sondern auch, wie er die Schultern zu halten und wie er zu gehen hatte und wie ein kleiner Mann eine Frau ansehen musste, ohne Zweifel an seinen fleischlichen Gelüsten aufkommen zu lassen.

»Das war ein regelrechter *Verrat* an dem Buch«, sagte sie. »Sie haben einen billigen kleinen Gangsterstreifen daraus gemacht.«

»Also, Filme sind keine Bücher, es sind zwei verschiedene Ausführungen, das ist alles. Außerdem musst du zugeben, dass Alan Ladd in *Mein großer Freund Shane* ziemlich gut war.

»Oh, mein Gott. *Mein großer Freund Shane.* Wie *Zwölf Uhr mittags.* Western für Erwachsene. Weißt du, was ein Western für Erwachsene ist? Ein Widerspruch in sich.«

»Okay. Hör mal. Was ist der allerbeste amerikanische Film, den du jemals gesehen hast?«

»Der allerbeste? Ich weiß nicht. Wahrscheinlich *Cit* –«

»Genau. *Citizen Kane.* Und kannst du dir vorstellen, was für ein Buch das gewesen wäre? Ein großes Stück Mist. Ein dilettantischer, sensationslüsterner Roman von irgendeinem unfähigen Harold Robbins über das Leben von William Randolph Hearst. Verstehst du, was ich meine?«

Sie biss sich auf die Lippen, nickte bedächtig, und zum ersten Mal an diesem Abend glühte ihr Gesicht vor Bewunderung.

»Die Europäer wissen das schon seit Jahren«, fuhr er rasch fort. »Filme sind Filme – obwohl ich sagen muss, dass ein paar deiner europäischen Lieblinge dieses Konzept in letzter Zeit leider verhunzt haben: deine Fellinis und Antonionis und welcher kunstbeflissene Idiot auch immer *Hiroshima, mon amour* gemacht hat, und dein – dein unantastbarer Ingmar Bergman.«

Ihre Zähne lösten sich von ihren Lippen, und sie kniff die Augen zusammen, bereit, wieder zu streiten. »Was ist mit Bergman?«

»Zum einen genau das – dass er unantastbar ist. Jeder New Yorker Filmkritiker, der den Mut aufbringt, Bergman als überschätzt zu bezeichnen, würde sofort rausgeschmissen werden. Aber das Wichtigste ist noch schlimmer.«

»Und das wäre?«

»Dass er keinen Sinn für Humor hat. Denk mal drüber nach. Der Mann hat keinen Sinn für Humor.«

Sie dachte darüber nach, kraulte seine Brust und verkündete, dass er vermutlich recht habe.

Ihr erster richtiger Streit jedoch hatte nichts mit Film zu tun. Er fand kurz nach der gescheiterten Invasion auf Kuba statt, die in der Presse bald darauf als Invasion in der Schweinebucht bekannt wurde.

»Was hältst du jetzt von deinem Wunderknaben, Baby?«, fragte er sie, nachdem er in ihre Wohnung spaziert war, sich einen Drink gemacht und sich gesetzt hatte, um ihn genüsslich zu sich zu nehmen.

»Er wurde schlecht beraten.« Sie war vollständig angezogen und schritt mit vor der Brust verschränkten Armen auf dem Teppich auf und ab. »Es war nicht sein Fehler.«

»Wer, glaubst du, hat denn den armen bedauernswerten Kerlen *befohlen,* dort reinzugehen und sich umbringen zu lassen? Hm? Und hat dann auch noch *gelogen!* Und Adlai Stevenson hat er vor aller Welt als Einfaltspinsel dastehen lassen. Das ist doch die unfähigste, arroganteste, feigste –«

»Hör mal, John. Wenn du hier nur herumschimpfen und Leute schlechtmachen willst, dann habe ich keine –«

»Wer macht denn hier Leute schlecht? Ich spreche über Politik, das ist alles.«

»Nein, das tust du nicht. Du glaubst, dass du es tust, aber du tust es nicht. Weißt du, warum du Kennedy nicht magst? Weil er groß ist.«

»Dass ich nicht lache.«

»Es stimmt. Er ist groß, sieht gut aus, ist ein Kriegsheld, er hat eine schöne Frau *und* steht im Ruf, ein Playboy zu sein. Er ist alles, was du nicht bist, und das erträgst du nicht. Das ist ekelhaft. Ich glaube, ich möchte nicht, dass du heute Abend hierbleibst.«

Sie hätte ihm genauso gut das Knie in den Schritt stoßen können, aber er versuchte es mit einem jungenhaften, versöhnlichen Lächeln und schwenkte die Eiswürfel. »Ist es in Ordnung, wenn ich austrinke?«

»Mir wäre es lieber, du würdest sofort gehen. Du siehst aus, als hättest du den ganzen Tag getrunken. Warum gehst du nicht einfach, bevor du einen noch größeren Idioten aus dir machst?«

An der Tür fragte er sich, ob er »Kann ich dich anrufen?« fragen sollte, aber dann wäre es zu leicht für sie, mit Nein zu antworten. Stattdessen warf er sich den Regenmantel schwungvoll über die Schulter und sagte: »Na dann. Habe die Ehre.« Im Aufzug fiel ihm ein, dass »Habe die Ehre« ein völlig veralteter Ausdruck war; wahrscheinlich hatte sie ihn noch nie gehört, und es musste ihr wie betrunkenes Kauderwelsch vorgekommen sein – wenn sie denn überhaupt zugehört hatte.

In der ersten Bar ging es laut und irisch zu, sie war mit Kleeblättern und dem aus grünen Pappbuchstaben geformten Spruch ERIN GO BRAGH geschmückt sowie einem gerahmten Foto von Präsident Kennedy, der von der Hüfte an aufwärts abgebildet war und in der Tat sehr groß wirkte. Sechs oder acht Jahre zuvor hätte das Bild sehr wohl Senator Joseph McCarthy zeigen können. Nach zwei schnellen Drinks ging er wieder und fand eine dunkle, wohltuend unpolitische Cocktailbar mit tiefen Ledersesseln und schwarz gerahmten Spiegeln, in der nur das Klirren schwerer Gläser und leise Töne aus der Jukebox zu hören waren. Was zum Teufel sollte er tun? Sie anzurufen kam nicht infrage, und sei es auch nur, weil er inzwischen so viel getrunken hatte, dass er alles nur schlimmer machen würde.

»Ich habe mein Baby verloren«, flüsterte er in sein Glas, und er hätte angefangen zu weinen, wenn dies eine Bar gewesen wäre, die weinende Säufer tolerierte. Er musste Pläne machen.

Er würde sie zwei Wochen lang nicht anrufen – nein, eine Woche. Dann würde er, vorausgesetzt, sie war einverstanden, vor ihrer Tür auftauchen mit einem verschämten, stocknüchternen Lächeln, dem kaum eine Frau widerstehen konnte. Wenn sie ihm etwas zu trinken anböte, würde er sagen, »Nein, danke, noch nicht«, und mit ein bisschen Glück hätte er sie zurückgewonnen.

Das Eigenartige war, dass die Woche schnell zu vergehen schien. Am schlimmsten war es im Büro – jedes Mal, wenn sein Telefon klingelte, dachte er, es wäre Pamela –, aber es ließ sich aushalten, ebenso wie das Leben zu Hause. An Abenden mit AA-Treffen ging er ins Kino statt in Bars oder bevor er in eine Bar ging, und er versuchte, nichts außer Bier zu trinken. Am letzten Tag der Woche war er ängstlich und aufgeregt: Zwei Münzen fielen ihm auf den Boden der Telefonzelle, bevor er es schaffte, sie in den Schlitz zu stecken, und seine Finger zitterten, als er wählte.

»Oh«, sagte sie.

»Kann ich – ist es okay, wenn ich heute Abend vorbeikomme?«

»Ja, klar. Komm, wann immer du willst. Ich meine – wann immer du kannst.«

Und das tat er, mit einem Strauß Rosen, der sie zum Lachen brachte.

»Warum hast du so lange nicht angerufen?«

»Ich dachte, du wärst sauer auf mich.«

»Das war *letzte* Woche.«

Er fragte nicht, ob sie sich in dieser Woche mit jemandem »getroffen« oder »verabredet« hatte, und kaum lagen sie im Bett, schien es auch nicht mehr wichtig zu sein.

Und nicht sehr viele Nächte später, in einem seiner weitschweifigen autobiografischen Monologe, erzählte er ihr vom Bellevue. Er versuchte, es kurz zu machen, doch sie ließ ihn nicht: Sie erkundigte sich nach immer mehr Einzelheiten, setzte sich auf, lehnte sich in die Kissen und rauchte eine nach der anderen, und als er stockend zu Ende gesprochen hatte, sagte sie: »Mein Gott. Ist dir klar, was für einen tollen Filmstoff das abgeben würde?«

Er begann darüber nachzudenken, als er aufstand, um zwei kalte Biere zu holen. »Das sehe ich nicht so«, sagte er. »Es wäre wie ein Skandalbericht der *New York Post* über ›Die schrecklichen Bedingungen in psychiatrischen Einrichtungen‹.«

»Nein, das wäre es nicht«, widersprach sie. »Nicht, wenn man es richtig macht. Es wäre überhaupt nicht so. Stell dir die Stimmung vor, die Charaktere, die Situationen.

Es könnte – also, ich weiß, das ist ein Klischee, aber es könnte wie ein Mikrokosmos der ganzen Welt sein. Du bist wahrscheinlich einer der wenigen Patienten, die sich so lebhaft an alles erinnern können, weil du die ganze Zeit kerngesund gewesen bist. Weißt du was, John? So wie du es erzählt hast, glaube ich, dass du es von Anfang an auf kinematografische Weise betrachtet hast. Sogar schon als du es *erlebt* hast.«

»Ich weiß nicht. Ja, jetzt, wo ich drüber nachdenke, stimmt es vermutlich, in gewisser Weise.«

»Natürlich stimmt es. Es ist wie geschaffen für die Leinwand. Und hast du schon mal daran gedacht, dass du vielleicht der einzige Mann in Amerika bist, der es richtig machen könnte?«

»Wie meinst du das, ›machen‹? Kein Geld, kein Talent.«

»Aber du hast gesagt, dass du immer derjenige sein wolltest, der das Geld auftreibt und die Schauspieler *anheuert*. Ist es nicht so?«

»Ja, schon, Baby, aber seien wir realistisch. Ich bin schließlich nur Vertreter, und ich muss eine Familie ernähren, und ich –«

»John, ich lasse nicht zu, dass du diese wunderbare Idee verwirfst, nur weil du dich heute Abend dumm und kleinbürgerlich fühlst. Sei still und trink dein Bier und lass mich nachdenken.«

Und bald schon entwickelte sie die mutigen Anfänge ihres Plans: Es könnte gerade so möglich sein, sagte sie, diesen Film mit einem sehr, sehr kleinen Budget zu realisieren. Das Drehbuch wäre überhaupt kein Problem. Von Marlowe her kannte sie einen wunderbar talentierten Schriftsteller namens Jerry – Jerry Porter. Schon während des Studiums war es ihm gelungen, eine Geschichte im *Atlantic* zu publizieren, doch dann hatte er beschlossen, lieber »beim Film« zu arbeiten, und ein paar tolle Drehbücher geschrieben. Auf eines davon hatte ein guter Produzent eine Option erworben, und beinahe hätte er es auch gekauft. Sie wollte ihn heute Abend noch anrufen – sie war überzeugt davon, dass er interessiert sein würde –, und dann müsste John sich nur mit ihm treffen, und sie könnten sofort mit dem Drehbuch anfangen. Und Jerry hatte einen Freund namens Julian Feld, auch Marlowe-Absolvent, drei oder vier Jahre älter, der Regisseur war – »ein *Magier* mit der Kamera«. Julian hatte ein Jahr in Frankreich verbracht und bei Truffaut studiert; er hatte in Hollywood in einer Second Unit gearbeitet und mehrere Dokumentarfilme über die Bürgerrechte in den Südstaaten gemacht, aber ihres Wissens war er nun wieder in New York und hatte Zeit. Sowohl Jerry als auch Julian hatten Geld – sie stammten aus ungeheuer reichen Familien – und würden vielleicht auch helfen, das Projekt zu finanzieren; zumindest wären sie bereit, ohne Bezahlung zu arbeiten. Dasselbe galt für einen anderen jungen Marlowe-Absolventen, den sie kannte, der sich – als Maler und Bühnenbildner – der Kulissen annehmen konnte, wie auch für die meisten Schauspieler. In Marlowe hatte es mehr gute Schauspieler gegeben, als er sich vorstellen konnte.

»Moment, Liebes. Collegestudenten mit Kindergesichtern können keine Bellevue-Patienten spielen. Und was ist mit den Negern und Puerto Ricanern?«

»Das ist kein Problem. Julian kann sie auftreiben. Er kennt jede Menge.«

»Du meinst, ein paar seiner besten Freunde sind Neger und Puerto Ricaner?«

Aber sie schien ihn überhaupt nicht zu hören, als sie ihre triumphale Schlussfolgerung zog: Wenn sie es schafften, bis Mitte des Sommers das Drehbuch fertigzustellen, die Besetzungsfrage zu klären und die Proben hinter sich zu bringen, dann könnten sie alle nach Marlowe fahren und dort in einer der großen Scheunen drehen. Man denke nur an das Geld, das sie sparen würden! Natürlich müssten sie die Erlaubnis des Dekans einholen, aber das Projekt sei genau das, was Dekan Walcott liebte – ein experimenteller Film, auf seinem Campus gedreht.

»Wie spät ist es?«, fragte sie. »Oh, gut, noch früh genug. Ich rufe jetzt sofort Jerry an.«

Jerry Porter erwies sich als ein dünner junger Mann mit einem nervösen jungenhaften Gesicht und einem schmalen Schnurrbart, in dem Schaum kleben blieb, wenn er Bier trank, und er war tatsächlich an dem Projekt interessiert. Während der nächsten fünf bis sechs Wochen traf Wilder sich regelmäßig mit ihm und erzählte ihm alles von Bellevue, an das er sich erinnerte – wie es dort ausgesehen, wie es sich angehört, wie es sich angefühlt hatte, über Charlie und Spivack und all die anderen. Jerry runzelte die Stirn, hörte zu, machte sich Notizen und stellte Fragen, und als das Drehbuch Gestalt annahm, machte er Wilder mit Julian Feld, dem Regisseur, bekannt.

»Ich glaube, Sie haben hier einen Stoff für einen guten kleinen Film, Mr. Wilder«, sagte Julian, genau wie Pamela es vorausgesehen hatte. »Ich würde gern mit Ihnen zusammenarbeiten.« Er war von gedrungenem Körperbau und wirkte mürrisch und trug Arbeitshemden, bei denen er gerade so viele Knöpfe offen ließ, dass man meinen konnte, sein Körper sei von den Nasenlöchern bis zu den Knöcheln von einem dunklen Fell überzogen. Er lebte in einem Loft im East Village, das bald zum Schauplatz für die Besetzung der Rollen und die vorläufigen Proben wurde.

»Ist es nicht wunderbar«, sagte Pamela, »wie alles klappt?«

»Bitte gerade mal keine Telefonanrufe durchstellen, Schätzchen«, sagte George Taylor. »Also. Was kann ich für dich tun, John?«

»Einen Gefallen. Hör mal: Ich weiß, dass ich im Juli Urlaub eingetragen habe, und den will ich auch nehmen, aber ich brauche noch einmal zusätzlich zwei Wochen Ende August. Du musst eine Geschäftsreise für mich erfinden.«

Alle Freundlichkeit war mit einem Schlag aus Taylors Gesicht verschwunden; er sah ihn an, als würden sie sich kaum kennen. »Eine Geschäftsreise erfinden?«

»Herrgott, George, du weißt, dass ich mein Soll mehr als erfüllt habe. Ich muss dir nicht sagen, wie viel Geld ich der Zeitschrift in den letzten zwei Jahren eingebracht habe. Und ich – Es gibt da eine Frau.«

Mehr brauchte es nicht. Wie sah sie aus? Wie alt war sie? Wie hatten sie sich kennengelernt? »Also gut, mal sehen«, sagte er schließlich und kam zur Sache. »Zwei Wochen im August? Ganz unter uns: Ich kann mir vorstellen, dass das – im Bereich des Möglichen ist.«

Ihm graute vor dem echten Urlaub, dem »auf dem Land«, bis Janice sagte, dass es nur vernünftig wäre, wenn er an vier oder fünf Abenden in der Woche zu einem AA-Treffen in die Stadt zurückfuhr. Während sie an ihrem letzten Nachmittag gemeinsam auf dem Floß saßen, rückte er so beiläufig wie möglich mit der Lüge über den August heraus.

»Zwei ganze Wochen in Boston?«, fragte sie. »Er hat dich doch noch nie so lange nach Boston geschickt.«

»Er ›schickt‹ mich nicht, Janice, wir haben es zusammen ausgearbeitet. Ja, eigentlich war es vor allem meine Idee. Wir haben eine Menge Ärger mit Northeast Distillers, verstehst du …« Während er sprach, blickte er hinunter zu ihren schweren, massigen Oberschenkeln auf den nassen Brettern und dann in den Ausschnitt ihres Badeanzugs. Was musste er damals jung und unreif gewesen sein, dass er geglaubt hatte, dies sei die richtige Frau für ihn. Sein ganzes Leben lang?

»He, schau mal, Mom«, rief Tommy. »Schau.« Er lief über das Floß (er war mager, aber hoch aufgeschossen, und er wurde kräftiger; zumindest würde er nie ein Zwerg sein wie sein Vater), sprang tollpatschig drei-, viermal auf dem Sprungbrett in die Höhe, warf sich in die Luft und klatschte mit ausgebreiteten Armen und Beinen spritzend ins Wasser.

»Wunderbar, Schatz«, rief Janice, als sein nasser Kopf wieder aus dem Wasser auftauchte, und Wilder sagte: »Ziemlich gut, Tom.«

»Das Management wurde ausgewechselt«, fuhr er fort, »und es ist gut möglich, dass sie von McCabe-Derrickson weggehen und eine dieser neuen, kleinen Agenturen nehmen – und in diesem Fall werden sie vielleicht nicht mehr im *Scientist* inserieren. In der ersten Woche findet die Konferenz der Spirituosenfabrikanten statt, und da werde ich wie üblich Hände schütteln gehen, aber die zweite Woche ist wichtig: Da werde ich alles tun müssen, um Northeast davon zu überzeugen, die Agentur nicht zu wechseln – oder wenn doch, trotzdem Anzeigen im *Scientist* zu schalten.«

»Ich fürchte, ich kann dir nicht folgen. Ich habe deine Arbeit nie richtig verstanden.«

»Um es einfach auszudrücken: Wenn sie uns fallen lassen, bedeutet das für mich persönlich einen Einkommensverlust von über sechstausend Dollar im Jahr.«

»Sechstausend im *Jahr?*«

Das allerdings verstand sie, und nach einem langen, respektvollen Schweigen sagte sie nur noch mahnend: Er würde doch aufpassen, nicht wahr? Er würde doch auch dort versuchen, zu den Treffen zu gehen?

»Aber natürlich. In Boston gibt es wahrscheinlich genauso viele AA-Treffen wie hier. Mach dir keine Sorgen.«

»Wie du siehst, sieht es hier gar nicht wie auf einem Campus aus«, sagte Pamela. »Mehr wie ein Bauerndorf in Neuengland, was ziemlich lustig ist, wenn man bedenkt, dass es das allerteuerste College in ganz Amerika ist. Als mein Vater gefragt hat, warum es so ärmlich aussieht, haben sie gesagt, das meiste Geld gehe eben für das Lehrpersonal drauf – die Dozenten werden unwahrscheinlich gut bezahlt.«

»Aha.«

»Das da sind Unterrichtsräume und Wohnheime«, sagte sie, als er mit dem Wagen zwischen zwei weißen Holzgebäuden hindurchfuhr. »Weiter vorn ist es hübscher, wo die Mensa ist und – warte! Halt an! Da ist Peter!« Sie sprang aus dem Wagen und lief los, um einen dürren Jungen zu umarmen, der eine verwaschene Jeans und einen anscheinend neuen Bart trug, den er unsicher befingerte, als sie sie einander vorstellte.

»Peter ist der wunderbare Bühnenbildner, von dem ich dir erzählt habe. Das ist John Wilder.«

Wilder erwartete, dass der Junge locker die Hand ausstrecken und »He, Mann« nuscheln oder an ihm vorbei zum

Wagen blinzeln und »Schöner Schlitten« sagen würde – er sah aus wie der Typ, der so etwas tat –, doch stattdessen schüttelte er ihm fest die Hand und sagte, »Guten Tag, Sir«, so wie man es jungen Leute zu Wilders Zeit beigebracht hatte.

»Wo sind die anderen?«, fragte Pamela. »Sind alle da? Sind Jerry und Julian da?«

»Sie sind alle in der P-Scheune, Pammy. Könnt ihr mich mitnehmen?«

»Die P-Scheune ist die Peabody-Scheune«, erklärte sie, als sich der Junge schüchtern auf den Beifahrersitz zwängte, »und die C-Scheune steht für Carlton – dort hast du den Set aufgebaut, stimmt's, Peter? – und die L-Scheune ist –«

»Besteht das ganze College aus Scheunen?«

»Sei nicht albern, ich habe dir doch die Unterrichtsräume und die Wohnheime schon gezeigt. Die Scheunen sind für – *Aktivitäten.*«

Jerry und Julian saßen im großen Tor der P-Scheune, als warteten sie darauf, für die Filmseiten einer wichtigen Zeitschrift fotografiert zu werden, doch sie standen rasch auf, als Wilder vorfuhr.

»Kommt rein«, sagte Julian, und sie ließen Pamela und Wilder als Erste das Gebäude betreten, das wie eine primitive Kathedrale aus Holz wirkte. Das Innere lag größtenteils im Schatten, doch von den hohen schmalen Fenstern fielen schräge Schäfte Sonnenlicht voller Staubpartikel auf den Boden und bildeten gelbe Rechtecke. Der Geruch nach Marihuana hing in dem schwereren, seriöseren Geruch nach altem Holz, und Wilder musste warten, bis sich seine Augen an das Dämmerlicht gewöhnt hatten, erst dann sah er die Männer, die auf Bettrollen und Rucksäcken an der Wand saßen. Er erkannte die Schauspieler aus Julians Loft und nahm an, dass die Leute, die er nicht kannte, Kameramänner und Techniker waren.

»Also«, sagte der große Schwarze, der Charlie spielen sollte, »hier ist unser Mann.« Und einige von den anderen grüßten knapp und höflich: »Hallo, Mr. Wilder. Hallo, Miss Hendricks …«

Jemand reichte Wilder einen Styroporbecher mit Rotwein, und er sagte: »Danke, das ist gut, aber warten Sie – wir haben besseres Zeug im Auto.«

Draußen im Sonnenschein des späten Nachmittags, im lauten Rascheln der hohen Bäume, musste er feststellen, dass er zitterte. Er holte den Whiskey aus dem Wagen, doch auf dem Rückweg blieb er kurz vor dem Scheunentor stehen, um sich zu sammeln, seine weichen Knie zu stärken und seinen Herzschlag zu beruhigen. Zum ersten Mal seit langer, langer Zeit war er ein vollkommen freier Mann. Er stand auf dem Rasen des allerteuersten College in ganz Amerika. Er würde gleich zu der Frau zurückkehren, die er liebte, und zu einer Scheune voller Menschen, für die er »unser Mann« war. Es war ein bisschen zu viel, als dass es sein Verstand und seine Sinne auf einmal hätten verarbeiten können.

»Super!«, rief jemand angesichts des Whiskeys, und jemand anders sagte: »Bloß haben wir kein Eis.«

»Wer braucht schon Eis?«

»In der Snackbar gibt es Eis«, sagte Pamela.

»Die Snackbar ist geschlossen, Pam. Die Mensa auch.«

»Wo sollen wir dann was zu *essen* herkriegen?«

»Wir werden vermutlich zu Dirty Ed gehen müssen, oder wir lassen was springen und gehen ins Old Colonial.«

Sie blickte geknickt drein, allerdings nur einen Moment lang. »Aber das ist jetzt nicht wichtig. Niemand hat Hunger. Hör mal, Julian: Ihr habt heute eure letzte Probe abgehalten, oder? Und du fängst morgen an zu drehen?«

»Richtig.«

»Dann finde ich, dass wir jetzt das Drehbuch ein letztes Mal durchgehen sollten«, sagte sie und trat in die Mitte der Scheune, um sich an alle zu wenden, und Wilder bemerkte etwas Aggressives am Sitz ihrer engen weißen Hose. Einen Augenblick lang wirkte sie wie ein rechthaberisches, reiches kleines Mädchen, das den anderen Kindern vorschrieb, wie sie spielen sollten. Er war verliebt in sie, aber er hatte schon festgestellt, dass sie manchmal nicht sehr liebenswert war. »Jerry kann die Kameraanweisungen vorlesen«, sagte sie, »und die Schauspieler ihre Texte. So können wir alle –«

Mindestens drei Männer stöhnten, und den anderen war anzusehen, dass sie es für keine gute Idee hielten.

»Nein«, sagte Wilder, »komm, Pamela, sie haben den ganzen Tag gearbeitet.«

Sie wandte sich ihm mit glänzenden Augen zu. »Können wir nicht wenigstens eine Besprechung abhalten?«

»Wie meinst du das, eine ›Besprechung‹?«

»Wir holen Stühle«, sagte sie, »und alle setzen sich und Julian übernimmt den Vorsitz und wir *diskutieren*. Wenn jemand ein Problem hat, können wir es jetzt lösen. Ich meine, es ist unsere letzte Chance – wir fangen morgen an zu *drehen.*«

Und wahrscheinlich weil sie so hilflos wirkte – und weil sie die einzige Frau war –, erklärten sich alle einverstanden. Lichter wurden eingeschaltet, Klappstühle wurden aus den hintersten Winkeln der Scheune geholt und in einem unregelmäßigen Halbkreis aufgestellt, und eine Art »Besprechung« wurde eröffnet.

»Okay«, sagte Julian. »Hat irgendjemand ein Problem oder so?«

Niemand meldete sich, was verlegenes Lächeln in der Runde auslöste, bis der Mann, der Charlie spielte, aufstand. »Etwas an meiner Rolle stört mich schon die ganze Zeit«, sagte er, »und mir ist jetzt erst klar geworden, was es ist. Charlie ist der einzige Neger in dem Drehbuch – abgesehen von dem kleinen schwulen Jungen –, der einzige Neger, der das spricht, was Weiße perfektes Englisch nennen. Alle anderen klingen wie das Klischee eines bodenständigen Niggers, und dagegen habe ich was. Aus Gründen der Hautfarbe.«

Julian wandte sich an Jerry und Jerry blickte verwirrt drein. »Na ja, Clay«, sagte er, blinzelte und schob sich mit einem nervösen Finger die Stirnlocke hinters Ohr, »mir scheint, dass Charlie ziemlich genau so spricht wie du.«

»Scheiße. Mann, ich bin Schauspieler. Das ist mein Beruf. Ich musste in die Schule gehen, um dieses perfekte Englisch zu *lernen*. Ich habe *Othello* mit Weißen gespielt, die sich aus dem gleichen Grund einen britischen Akzent aneignen mussten. Darum geht es nicht. Es geht darum, dass der Knabe Charlie *Krankenpfleger* ist. Wo hat *er* es gelernt und warum? Was ist *seine* Ausrede?«

»Tja«, sagte Jerry, »vielleicht kann uns Mr. Wilder da weiterhelfen.«

Und Wilder hatte Angst. Alle Schwarzen in der Scheune sahen ihn an. »Also erst mal, Clay – ich fürchte, ich habe Ihren Nachnamen vergessen –«

»Oh, Sie fürchten? Also, ich fürchte, ich habe Ihren *Vornamen* vergessen, Mr. Wilder.«

»John.«

»Braddock.«

»Also erst mal, Mr. Braddock, bin ich nicht Ihrer Meinung, dass Charlie perfektes Englisch spricht. Er spricht ein neutrales Englisch oder vielmehr ein neutrales Amerikanisch – so wie Telefonvermittler oder Radiosprecher reden. Klar, er ist nur ein Krankenpfleger, aber er ist seit vielen Jahren jeden Tag für diese Irren verantwortlich, und vielleicht spricht er so, weil es für ihn die beste Möglichkeit ist – seine Autorität aufrechtzuerhalten. Erscheint Ihnen das sinnvoll?«

»Einigermaßen«, sagte Clay Braddock. »Ja, das ist einigermaßen sinnvoll.«

Und als über andere Dinge gesprochen wurde, griff Pamela nach Wilders Arm – ein bisschen zu kraftvoll, dachte er – und flüsterte: »Das war wunderbar. Weißt du, was du gerade getan hast? Du hast praktisch den ganzen Film gerettet.«

»Ich habe kein Problem«, sagte der Mann, der Spivack spielte – oder »Klinger«, wie er im Drehbuch hieß. »Ganz im Gegenteil, ich bin ganz verliebt in meine Rolle. Ich möchte nur die Gelegenheit nutzen, um Ihnen zu danken, Mr. Wilder. In New York hatte ich keine Gelegenheit dazu. Es ist eine absolut erstklassige Rolle, und sie ist perfekt für mich.« Er war ganz in Weiß gekleidet, als wäre er auf dem Weg zum Tennisplatz – weißes Hemd und weiße Shorts, weiße Socken und Turnschuhe. »Ich meine das nicht nur in einem professionellen Sinn, das ist ja selbstverständlich, sondern auch in einem persönlichen. Ich mache seit drei Jahren eine Analyse – eine tiefenpsychologisch fundierte Psychotherapie –, und ich kann mir keine Erfahrung vorstellen, die kathartischer wäre. Klinger könnte mein Durchbruch sein: dieses gallebittere, sarkastische, egomanische Geschöpf, das allein schon das Wort ›Psychiater‹

hasst – oh, und übrigens, ich finde es großartig, dass wir nie erfahren, warum er überhaupt dort ist – und die subtile Andeutung inzestuöser Gefühle für seine Schwester. Das alles ist einfach perfekt. Perfekt.«

»Ja, das ist schön«, sagte Wilder, ohne ihn anzusehen. »Aber ich glaube, dass Sie vor allem Jerry danken sollten.«

»Oh, das habe ich, das habe ich – weil er die Rolle so wunderbar geschrieben hat und weil er sie mit mir besetzt hat. Aber ich empfinde eine enorme Dankbarkeit auch Ihnen gegenüber, weil Sie es waren, der die Rolle *geschaffen* hat. Oh, Sie wirken verlegen. Habe ich Sie in Verlegenheit gebracht?«

»Ich erkläre die Besprechung hiermit für beendet«, sagte Julian, und die Stühle scharrten laut über den Boden.

Wilder fand eine Stelle im Schatten, wo er und Pamela sitzen und warmen Whiskey trinken konnten, doch bald schon gesellte sich Julian zu ihnen, Jerry und Peter im Schlepptau.

»Wollt ihr den Set sehen?«, fragte er. »Peter hat sich dafür halb totgearbeitet. Ich dachte, ihr wollt vielleicht zumindest einen Blick darauf werfen.«

Sie fuhren zu fünft in zwei Autos über den dunkel werdenden Campus zur C-Scheune, wo Julian eine Menge Lichter einschaltete. Zuerst sah Wilder nur ein Labyrinth aus kahlen Stellwänden, doch Julian führte sie rasch durch die erste Öffnung. »Wenn Sie hier durchgehen, werden Sie sehen, was wir gemacht haben – oder versucht haben zu machen. Wir drehen natürlich in Schwarz-Weiß, deswegen sind die Farben unwichtig. Hier ist Ihr Korridor. Ich weiß, Sie werden sagen, dass er zu kurz ist, aber keine Sorge. Wenn man die Kamera richtig einsetzt, wirken zehn Meter wie zwanzig. Das Gleiche gilt für die Schlafkojen.

Wir haben nur acht davon, aber ich kann es aussehen lassen, als wären es fünf- oder sechsmal so viele. Peter hat die Kojen aus dem Heim für zurückgebliebene Kinder geholt, das sie hier in der Gegend gerade abreißen; dann hat er Scharniere drangemacht und bei einem Alteisenhändler Ketten und Gitter besorgt. Sehen Sie.« Er knallte zwei Kojen gegen die Wand, befestigte sie und zog das Gitter davor. »Sieht es richtig aus? Klingt es richtig?«

»Sehr gut, gut.«

»Und hier ist Ihre Gummizelle. Die Polsterung war wieder so einer von Peters Einfällen. Er hat die Matten aus der Turnhalle ausgeliehen. Sieht es okay aus?«

»Sieht gut aus.« Doch Peter und Pamela waren nicht da, und er begann sich zu fragen, wo sie steckten.

»Und hier ist ein Fenster. Bleiben Sie stehen, ich gehe auf die andere Seite und beleuchte es, dann sagen Sie mir, ob das Licht stimmt.«

Es stimmte: entweder ein früher grauer Morgen oder ein später grauer Nachmittag.

»... und zum Speisesaal. Wenn Sie hier durch gehen ...«

»Gut«, sagte er immer wieder. »Woher haben Sie die Bänke?«

»Peter hat sie aus der Bibliothek ausgeliehen. Und hier ist die Tür mit dem Stuhl für den Polizisten, und hier ist Charlies Tür mit dem BETRETEN-VERBOTEN-Schild ...«

Es war alles gut, aber wo war Pamela?

»... Ach, und hier«, sagte Julian. »Kommen Sie. Hier ist Ihre Abspritz-Ecke.«

Es war ein perfekter Nachbau der widerlichen Wandnische; und dort waren sie, Pamela und Peter, sie saßen im Schneidersitz auf einer schmutzigen Matratze und rauchten gemeinsam einen Joint.

»Was ist los?«, fragte er sie. »Willst du den Set nicht sehen?«

»Ich bin zu müde«, sagte sie. »Außerdem muss ich ihn nicht sehen – ich weiß, dass Peter alles wunderbar umgesetzt hat.«

»Ja, das stimmt. Das hat er.«

»Und außerdem sterbe ich vor Hunger. Können wir jetzt nicht irgendwo abendessen gehen?«

Wilder fuhr sie zu einem Restaurant, in dem Kellner in historischen Kostümen aus der Revolutionszeit zähe, teure Steaks servierten.

»Oh, he, Pam«, sagte Jerry mit vollem Mund. »Hab ganz vergessen, es dir zu sagen. Rate mal, wer hier ist.«

»Wer?«

»Gott.«

»Nein!«

»Doch. Der alte Gottvater höchstpersönlich. Er war im Sommer in England, hat sich gelangweilt und ist früher als geplant nach Hause gekommen. Er hat sich in seinem alten Arbeitszimmer verkrochen. Ich habe ihm von unserem Film erzählt. Er hat gesagt, er würde John gern kennenlernen. Und vor allem will er dich wiedersehen.«

»Wirklich? Oh, ich würde ihn *wahnsinnig* gern sehen. Meinst du, dass es schon zu spät ist?«

»Ich glaube nicht, dass es ihm was ausmacht. Ich rufe ihn an.«

Wilder gelang es endlich, ein sehniges Stück Fleisch herunterzuschlucken, an dem er beinahe erstickt wäre. »Erzählt mir mal jemand, was hier los ist? Wer um Himmels willen ist ›Gott‹?«

»Ach, der absolut wunderbarste Mann, den ich kenne«, erklärte Pamela. »Und wahrscheinlich der gelassenste, gebildetste und schönste noch dazu. Er ist Professor für Philosophie. Er heißt Nathan Epstein und ist Witwer, und er ist ungefähr – ich weiß nicht, sechzig? Wir haben ihn ›Gott‹ und ›Gottvater‹ genannt, weil wir ihn so verehrt haben. Du wirst sehen, warum.«

»Weiß er, dass ihr ihn ›Gott‹ genannt habt?«

»Natürlich nicht, es wäre ihm schrecklich peinlich. Das war nur ein alberner Einfall von uns im ersten Jahr.«

»Da wäre ich mir nicht so sicher, Pam«, sagte Peter. »Nicht nur unser Jahrgang hat ihn so genannt. Ich kann mir vorstellen, dass das schon so geht, seit er hier angefangen hat – seit zehn, zwölf Jahren.«

Jerry kehrte vom Telefonieren zurück und verkündete, dass Mr. Epstein sich freuen würde, sie in einer halben Stunde zu empfangen.

Sein Haus am Rand des Campus war sehr klein, der Inbegriff einer einsamen Gelehrtenklause, und auch er war klein, wie sich herausstellte, als er die Tür öffnete – er war ungefähr so groß wie Wilder. Sein dichtes weißes Haar war zerzaust, und er trug einen Pullover, der so alt und fadenscheinig war, dass er Gefahr lief, ihm jederzeit vom Körper zu fallen, doch sein Gesicht war weise – er sah in etwa so aus, wie ein Werbegrafiker sich einen Richter am Obersten Gerichtshof vorstellte.

»Pamela!«, sagte er und öffnete die Arme, damit sie sich hineinschmiegen konnte. »Meine kleine Nietzsche-Expertin. Habe ich euch jemals erzählt«, fragte er die anderen über ihre Schulter hinweg, »dass diese junge Dame eine der besten Hausarbeiten über Nietzsche geschrieben hat, die ich je gelesen habe? Und Jerry, Julian, Peter.« Er schaffte es, ihnen die Hand zu geben, ohne Pamela loszulassen. »Wie nett, dass ihr noch gekommen seid. Und Sie sind Mr. Wilde, richtig? Oder heißen Sie Wilder?«

»Wilder. Freut mich, Sie kennenzulernen, Mr. Epstein.«

Erst jetzt entließ er Pamela aus seinen Armen, und sie schien sich nur widerstrebend von ihm zu lösen. »Ich habe so viel von Ihrem Filmprojekt gehört, und ich muss sagen, es klingt faszinierend. Wollt ihr nicht alle rüber in das andere Zimmer kommen? Wir können Kaffee und einen kleinen Brandy trinken.«

Das andere Zimmer war die Bibliothek oder das Arbeitszimmer. Alle vier Wände waren mit Büchern bedeckt – noch mehr Bücher, als Janice besaß, und sie waren noch beeindruckender, weil nur sehr wenige der Einbände bunt waren; die meisten waren dunkel und alt. Auf dem Schreibtisch türmten sich Manuskripte, standen eine Reiseschreibmaschine und ein Gestell mit benutzt aussehenden Pfeifen (im Gegensatz zu Paul Borg wusste Mr. Epstein, wie man Pfeife rauchte), und es gab genügend Stühle, sodass alle sich setzen konnten, während er die Brandyflasche und Gläser holte. Zimmer wie diese und Männer wie dieser brachten Wilder stets dazu, seinen schmerzhaften Rauswurf aus dem College immer wieder aufs Neue zu bedauern.

»Nun, Jerry«, sagte Epstein, »ich bin überzeugt, dass das Drehbuchschreiben eine Herausforderung darstellt, aber ich hoffe doch inständig, dass Sie bald wieder zur Literatur zurückkehren werden. Die *Atlantic*-Geschichte war wirklich bemerkenswert. Und Peter: Ich muss sagen, dass ich ein bisschen enttäuscht von Ihnen bin. Sie entwerfen einen Filmset, wo Sie doch malen könnten. Joe Barrett hat mir erzählt – Ach, egal, was er erzählt hat, Sie wissen sicher, was für ein talentierter Maler Sie sind.«

»Ich werde wieder malen, Mr. Epstein, das läuft mir nicht davon. Ich bin nur einfach verrückt nach diesem Film. Julian hat mich davon überzeugt.«

»Ja, ich kann mir vorstellen, dass unser Freund Julian jeden von allem überzeugen kann. Und Sie, Sir«, sagte er und ging mit seiner Brandyflasche zu Wilder. »Wären Sie so freundlich und erzählten mir etwas über Ihren – Ihren Film? Soweit ich weiß, spielt er auf einer psychiatrischen Station. Bellevue, nicht wahr?«

»So ist es. Ich hatte dieses ganze Material zur Hand, und Filme haben mir schon immer gefallen. Die Bellevue-Geschichte schien mir dafür geeignet, einen guten experimentellen Film daraus zu machen, das ist alles.«

»Mm. Sind Sie Psychologe, Mr. Wilder?«

Erst jetzt wurde ihm klar, dass Epstein die Wahrheit nicht kannte. Die jungen Leute hatten es ihm nicht gesagt; und warum sollten sie auch? Warum sollten sie es erzählen? Aber noch bevor ihm bewusst wurde, was er tat, erzählte er es schon selbst: »Nein. Ich war als Patient im Bellevue.«

»Oh?«

»Ja, aber nur für eine Woche«, fügte er eilig hinzu, »und das auch nur, weil es ein verlängertes Wochenende war, und ich –« Entsetzt über seine eigene Stimme fragte er sich, warum er nicht einfach behauptet hatte, Sozialarbeiter oder Angestellter der Krankenhausverwaltung zu sein. Hätte es den jungen Leuten etwas ausgemacht? Warum musste er gleich mit der Wahrheit herausrücken? Glaubte er, dass er in Epsteins Augen dadurch interessanter wurde? Aber was war »interessant« daran, Patient in einer psychiatrischen Anstalt gewesen zu sein? »Wie auch immer, ich war dort«, schloss er und fragte sich, ob er Pamela und die anderen in Verlegenheit gebracht hatte.

»Du meine Güte«, sagte Epstein. »Und jetzt versuchen Sie, diese unglückliche Episode in ein Kunstwerk zu verwandeln. Ich halte das für sehr – interessant.« Dann nahm er eine Pfeife aus dem Gestell, und während er sie stopfte, fragte er: »Julian? Darf ich vorbeikommen und euch beim Filmen zuschauen?«

»Natürlich. Wir würden uns freuen, Mr. Epstein. Ich besorge Ihnen auch eine Kopie des Drehbuchs.«

Epstein war zufrieden, und in der nächsten halben Stunde, in der er rauchte und mit seiner Pfeife herumgestikulierte, blieb Wilder vom Gespräch völlig ausgeschlossen. Sie schwelgten in Erinnerungen – der alte Professor ließ schmunzelnd die glücklichen Tage mit vier seiner Lieblingsstudenten Revue passieren –, bis es an der Zeit war, aufzustehen und sich zu verabschieden.

»Nun, Mr. Wilder«, sagte er dann, »wenn Sie einen guten Film machen wollen, dann sind Sie hier am richtigen Ort. Marlowe hat etwas ganz Einzigartiges, etwas – oh, Stimulierendes, Belebendes. Das ist mir gleich aufgefallen, als ich hier anfing, und dann habe ich beschlossen, nie mehr woanders zu arbeiten. Hier herrscht eine intensiv kreative Atmosphäre, die zu definieren oder zu erklären mir nie gelungen ist. Ich will nicht überspannt klingen, aber Marlowe zieht einen in den Bann.« Und er hielt inne, um selbstironisch zu lachen. »Ach, ich weiß, wenn ich das meinen New Yorker Freunden erzähle, nennen sie das ›sentimentalen Quatsch‹, dennoch, ich glaube, dass es stimmt.«

Auf dem Weg zu ihrem Zimmer in einem der Wohnheime überließ er es Pamela zu reden (»Ist er nicht wunderbar? …«), und er biss beim Fahren die Zähne zusammen, weil ihm ganz schwach war vor Verlangen nach einem

Drink. Er goss sich ein großes Glas ein, kaum dass sie die Tür hinter sich geschlossen hatten, und schon bevor sie ihre Kleider aufgehängt und geduscht hatte, war er ein bisschen betrunken. Er wollte sie fragen, ob es ihr peinlich gewesen war, dass er zu Epstein gesagt hatte, er sei als Patient im Bellevue gewesen; er wollte über seinen seltsamen Zwang sprechen, den Leuten das Schlimmste über sich zu erzählen – darüber, dass er nicht wusste, ob das, was schwach und hässlich in ihm war, auch als »interessant« angesehen werden konnte –, aber er fand keine Worte dafür. Und je mehr er trank, umso mehr trat dieses Thema in den Hintergrund, bis es vollständig überlagert wurde von irrationalen, widerlichen Bildern der Eifersucht.

»Kommst du denn überhaupt nicht ins Bett?«, rief sie vom Bett aus.

»Gleich.« Er hatte sich mittlerweile bis auf die Boxershorts ausgezogen, schritt mit einem Glas in der Hand über den kalten Fußboden und kehrte immer wieder zu der Flasche auf dem Tisch zurück. »Zuerst habe ich noch ein paar Fragen«, sagte er. »Was habt ihr, du und Peter, heute Abend in der Abspritz-Ecke gemacht?«

»Was? John, ich weiß überhaupt nicht, wovon du –«

»Doch, das weißt du. Du und dieser kleine Scheißmaler mit dem verträumten Blick, dieser Scheißbühnenbildner. Ihr habt Pot geraucht und euch gegenseitig betatscht. Wie oft hast du's schon mit *ihm* getrieben? Hm?«

»Ich weigere mich, dir überhaupt zuzuhören.«

»Oh, doch, Liebling, das wirst du. Und was ist mit Jerry? So ein süßer, empfindsamer Schriftsteller. Und Julian? Was zum Teufel glaubst du eigentlich – willst du mich für *dumm* verkaufen? Nun gut, mit diesen Jungs kannst du es vielleicht versuchen, Baby, aber nicht mit dem alten Professor. Jaja, ›Meine kleine Nietzsche-Expertin‹. Gottvater. Was für eine Scheiße. Wie oft hat dir *dieser* schmutzige alte Dreckskerl schon ins Höschen gelangt? Hm? Hm?«

Und da stolperte er über etwas (einen Papierkorb? einen Koffer?) und prallte mit der Schulter auf den grausam harten Boden. Dann kam sie zu ihm und half ihm auf die Beine – es war nicht leicht; ihre vereinten Kräfte waren dazu nötig –, und sie taumelten und torkelten gemeinsam ins Bett.

»Oh, John«, sagte sie, »du bist ein betrunkener, widerwärtiger, obszöner Scheißkerl, und du bist halb verrückt, aber ich liebe dich.«

Und was blieb ihm danach anderes übrig – alle Leidenschaft aufgezehrt, alle Eifersucht erschöpft –, was konnte er anderes tun, als »Oh, Baby« zu murmeln und in ihren Armen in einen tiefen Schlaf zu sinken?

5. KAPITEL

»... Das ist mir *egal!* Das ist mir *egal!* Versteht ihr Idioten das denn nicht? Es ist mir *egal!* Ich *will,* dass mein Vater mich so sieht!«

»Okay, Henry, ganz ruhig ...«

»Nenn mich nicht *Henry,* du blöder schwarzer Idiot – nenn mich Doktor oder ich breche dir jeden verdammten Knochen in deinem –«

»Gar nichts werden Sie tun, Doktor ...«

»Cut!«, rief Julian. »Okay, einen Moment bitte. Wo liegt das Problem, John?«

»Es ist nicht wirklich ein Problem«, sagte Wilder. »Ich finde nur, dass die Pfleger härter mit Klinger umspringen sollten. Sie mögen ihn nicht; er ist ein Unruhestifter; er nennt sie Bimbos und Briketts, und sie sind müde, weil sie die ganze Nacht gearbeitet haben. Ich will, dass sie ihn *richtig* packen und ihn anbrüllen und herumstoßen, bevor sie ihm die Spritze verpassen.«

»Oh, *ja«,* sagte der Mann, der Klinger spielte. »ja, das ist absolut richtig.«

Mr. Epstein kam gegen Ende des dritten Nachmittags vorbei und schlich auf Zehenspitzen und mit dem Zeigefinger auf den Lippen zu Wilder und Pamela, die auf der Rampe des Sets standen. Er sah eine Weile den Schauspielern zu, blickte auf die Kameras, Tonaufnahmegeräte, Scheinwerfer, Kabel und Drähte, und als Julian das nächste Mal unterbrach, fragte er: »Könnten wir drei kurz rausgehen?«

Er führte sie hinaus auf die üppige, sonnenbeschienene Wiese. »Ich habe das Drehbuch gelesen und finde es hervorragend«, sagte er, »und ich habe großes Vertrauen in Julians Regie, vorausgesetzt die Schauspieler und Techniker sind kompetent. Aber ich muss sagen, Mr. Wilder – und ich will Sie keinesfalls in Verlegenheit bringen –, ich muss sagen, dass Sie es sind, den ich von all den Beteiligten an diesem Projekt am meisten bewundere.« Er hielt inne und ließ die im Nachmittagswind raschelnden Bäume das Schweigen füllen. »Solch eine Erfahrung durchzumachen und gleichzeitig alles so scharf zu beobachten, trotz des zutiefst unglücklichen Zustands, in dem Sie sich befunden haben müssen, und es dann in aller Demut zu rekapitulieren, es abzubilden, Ordnung im Chaos zu finden – das halte ich für bemerkenswert.«

Noch nie hatte jemand so zu Wilder gesprochen; es schnürte ihm die Kehle zu, und seine Augen brannten. »Danke, Sir«, sagte er, und Pamela drückte seinen Arm, um dem Kompliment Nachdruck zu verleihen.

»Habe ich Ihnen nicht gesagt, dass er etwas Besonderes ist?«, sagte sie zu Epstein.

Als Epstein aufbrach, um nach Hause zurückzukehren, wollte er ihm nachlaufen – er wollte sich zu ihm in seine wunderbare Bibliothek setzen und weiter über Chaos und Ordnung reden –, doch Pamela lotste ihn zurück in die Scheune. Das Tagespensum war geschafft, und die meisten Mitglieder der Truppe entspannten sich bei einem Glas Wein und diskutierten aufgeregt über den Film.

»... Ich sehe Charlie als eine Art Christusfigur«, sagte ein junger Mann. »Er ist ungeheuer stark und ungeheuer sanftmütig; er versucht wirklich, die Männer zu ›retten‹, und er –«

»Nein, nein, nein«, sagte ein anderer Mann. »*Klinger* ist die Christusfigur – der *gekreuzigte* Christus …«

»Quatsch«, sagte Julian. »Seit wann braucht jeder Film eine Christusfigur? Es ist ein Film über ein Irrenhaus, und das wird er auch bleiben. Wenn jemand mehr darin sehen will, bitte sehr – das bleibt jedem selbst überlassen. Vielleicht ist es ein Mikrokosmos der Gesellschaft – das lasse ich noch gelten –, aber nicht einmal *das* werde ich ihnen aufs Brot schmieren. Um Himmels willen, lasst die Geschichte für sich selbst sprechen.«

»Mann«, sagte Clay Braddock, »da hast du was Wahres gesagt.«

Und John Wilder – der bewundernswerteste Mann des Projekts – saß da, nippte an seinem Whiskey und lächelte zufrieden allen zu. Ordnung im Chaos finden – aber natürlich, das war es, was er sein Leben lang gewollt hatte.

»Dein Vater? Dein Vater hat dir auch nicht geglaubt?«

»Er hat es von den anderen Vätern gehört, verstehst du. Er sagt: ›Ralph, ich möchte, dass du mir genau erzählst, was hinter dem Schild passiert ist.‹ Und ich erzähl's ihm, und er sagt: ›*Ich* hab was anderes gehört.‹ Und ich sage: ›Ich *schwör's!* Ich *schwör's!*‹ Und er sitzt da und schaut mich an, als wär ich – als wär ich – ich weiß nicht. Und seitdem, seitdem …«

»Einen Moment – entschuldige, Julian.«

»Cut! Was ist, John?«

»Ich finde nur, dass diese Szene etwas subtiler rübergebracht werden müsste. So wie sie jetzt ist, glauben wir alle *Ralphs* Version – eine erbärmliche Geschichte, brutal und voller Missverständnisse –, und das ist so weit ja auch in Ordnung. Aber wie wäre es, wenn wir sie so darstellen, dass niemand genau weiß, ob er sie glauben soll oder nicht? Ich will keinen Lügner aus Ralph machen – nichts derart Offensichtliches –, aber ich möchte, dass er als ein sehr komplizierter, verängstigter Junge rüberkommt. Er hat die Geschichte so oft erzählt, dass vielleicht nicht einmal *er* mehr weiß, ob sie stimmt oder nicht. Ich möchte, dass die Zuschauer zwischen den Zeilen lesen. Vermutlich hätte ich gern ein wenig mehr, wie heißt es, Ambiguität in der Szene. Versteht ihr, worauf ich hinauswill?«

Julian verstand es – »Genau, John« –, und der Junge, der Ralph spielte, verstand es auch, nachdem er darüber nachgedacht hatte. Er und der junge Schwarze kamen von der High School of Music and Art; sie waren zwei der besten Schauspieler im Team, und als sie die Szene ein zweites Mal spielten, war sie genau so, wie Wilder sie gewollt hatte.

»Mann. Das ist wirklich eine schlimme Geschichte. He, hör mal, ich hab eine Idee. Wir machen ein Spiel. Wir spielen Film. Weißt du, wie man Film spielt, Ralph? …«

Pamela wartete außerhalb der Reichweite der Tonaufnahmegeräte auf ihn, und sie sagte: »Das war perfekt.«

»Ich weiß nicht, ob es ›perfekt‹ war, aber ich glaube, es war besser.«

»Du hast so gute Einfälle«, sagte sie. »Du hast wirklich ein großes Talent für diese Dinge.«

»Hast du Lust, mit mir einen Spaziergang zu machen?« Es war ein warmer Nachmittag am sechsten oder siebten Drehtag. Er wollte mit ihr über die Wiese und in den Wald gehen, wo sie sich vielleicht auf einer moosbewachsenen, duftenden Lichtung ausruhen könnten und sie ihm vielleicht mehr über sein großes Talent erzählen würde.

»Einen Spaziergang?«, fragte sie. »Nein, jetzt nicht. Ich möchte hier keine Minute versäumen.«

Ein wenig später rief Julian eine zehnminütige Pause aus, und es erschien ihm der richtige Zeitpunkt dafür zu sein, eine Idee vorzuschlagen, die ihn seit Tagen beschäftigte.

»Hör mal«, sagte er. »Ich weiß, was du über Christussymbolismus denkst, Julian, aber Spivack – oder Klinger – erzählt von einem Mann, der sich für den Messias hält und hin und wieder eine Show abzieht. Und wenn wir den Mann schon erwähnen, warum begegnen wir ihm dann nicht? Wenn er eine Show abzieht, warum sehen wir sie nicht?«

»Mm«, sagte Julian. »Was würde er tun?« Alle hörten jetzt zu.

»Ich weiß es nicht. Vielleicht rezitiert er in voller Lautstärke die Bergpredigt, bis sie ihn mit einer Spritze ruhigstellen, oder er könnte – ja, er könnte versuchen, sich zu kreuzigen. Das wäre besser, weil es visueller ist. Nimm einen schlanken jungen Mann, der sich bis auf so was wie ein Lendentuch auszieht, und lass ihn auf die Lehne einer Bank an der Wand steigen und Kreuzigungshaltung einnehmen, bis die Pfleger kommen und ihn runterzerren. Verstehst du, was ich meine?«

Alle warteten darauf, dass Julian als Erster einen Kommentar dazu abgab, doch er ließ sich Zeit und runzelte die Stirn. »Ich weiß nicht, John«, sagte er schließlich. »Das wäre vielleicht ein bisschen zu eindeutig.«

»Oh, das finde ich überhaupt nicht«, sagte der Mann, der Klinger spielte. »Es könnte wunderbar sein, wenn man es richtig macht.«

»Um ehrlich zu sein«, sagte Jerry, »habe ich auch schon an so was gedacht, als ich das Drehbuch geschrieben habe. Das Problem war, dass ich nicht wusste, wo ich ihn unterbringen sollte.«

»Ihr müsst es visualisieren«, sagte ein Schauspieler. »Die Zuschauer sind die ganze Zeit auf der Station eingesperrt und sehen nur Hässliches und Dreck, und dann plötzlich – wumm! – das klassische Bild des –«

»Und die Ironie!«, rief jemand anders. »Eine Kreuzigung in einer Irrenanstalt. Ich finde es fantastisch. Fantastisch.«

Julian machte ein paar Schritte in die eine Richtung und ein paar Schritte in die andere. »Es gefällt mir nicht«, sagte er. »Es ist kitschig.«

»Kitschig!«, rief Pamela. »Oh, Julian, du begreifst nicht, worum es *geht.* Es ist die wunderbarste Idee, die wir bislang gehabt haben. Es könnte als objektives Korrelat fungieren für die ganze –«

»Ach, objektives Korrelat, so ein Quatsch. Tut mir leid, Pam, aber ich sehe es einfach nicht.«

Andere schrille Stimmen wurden laut, die sich gegen ihn wandten, und als feststand, dass sich die Mehrheitsmeinung durchsetzen und Julian nachgeben würde, stahl Wilder sich hinaus. Er hatte seinen Vorschlag gemacht und verspürte nicht das Bedürfnis, ihn zu verteidigen; er wollte jetzt allein sein, und er wollte ins Freie.

Er nahm einen Becher Whiskey mit, doch nach den ersten paar Schlucken schmeckte er ihm nicht mehr; er stellte ihn vorsichtig neben der Scheune ins Gras und ging los.

Nie zuvor hatte er eine so schöne Landschaft gesehen, aber es war nicht die Landschaft allein, die sein Herz höherschlagen ließ; es war auch der schwindelerregende Zugewinn an Selbstwertgefühl während dieser unglaublichen letzten Woche. Epstein hatte gesagt, dass er der bewundernswerteste Mann hier sei, Pamela »Das ist perfekt« und »Es ist die wunderbarste Idee, die wir bislang gehabt haben«, und Julian hatte sich ihm wieder und wieder untergeordnet – all dies und mehr ging ihm durch den Kopf. Er war dazu geboren, Ordnung im Chaos zu finden, und die vielen verschwendeten Jahre waren ein Fehler gewesen. John Wilder fand endlich zu sich selbst – *das* war die Realität –, und in ihm vibrierten ein Stolz und eine Freude, wie er sie nicht mehr erlebt hatte, seit er elf Jahre alt und der Sopransolist in Grace Church gewesen war.

Glo-o-o-ria in excelsis De-e-o …

Ordnung im Chaos finden; Ordnung im Chaos finden. Er fühlte sich erhaben, als er über die Wiese ging; er fühlte sich groß.

Die Erde unter seinen Füßen war matschig, und er blieb immer wieder an kleinen Unebenheiten hängen; stolpernd verfiel er in einen Rhythmus, bis ihm etwas in den Ohren zu klingen begann, ein Singsang oder eine Werbemelodie. Auch als er stehen blieb, einen Arm um einen Baumstamm schlang und sich abstützte, verstummte es nicht.

Wenn du einen Mann triffst, der sein halbes Leben
In einem Leben verbracht hat, das ihm nicht gefällt,
  das er nicht versteht
Wenn er einen Baum umarmt und in die Knie geht
Das wird die

Er ließ den Baum los – der eine Spur Harz auf seinem Hemdsärmel hinterließ –, ging weiter und hatte das Gefühl, als würden ihn Hunderte von Nadeln sanft in die Haut stechen. Auch sein Sehvermögen war gestört: Farblose Flecken hingen und tanzten vor seinen Augen. Dennoch setzte sich der Vers fort, so real, als würde jemand neben ihm – Epstein? – die Worte leise flüstern:

Wenn er Ordnung im Chaos finden will
Und seine Passion auf die Leinwand bannen will
Wenn er rechtzeitig zu mir kommt und sagt

»Hallo, Mr. Wilder«, grüßte ihn einer von den unwichtigeren Marlowe-Schauspielern auf dem Weg zum Drehort.

»Hallo. He, warten – warten Sie.«

Der Junge blieb stehen und bedachte ihn mit einem langen merkwürdigen Blick.

»Können Sie mir sagen, wie ich zu Dr. Epsteins Haus komme?«

»Natürlich. Sie gehen schon in die richtige Richtung. Sehen Sie den Weg da? Er führt direkt zu ihm – es sind nur ungefähr zweihundert Meter. Alles in Ordnung, Mr. Wilder? Sie sehen so –«

»Wie sehe ich aus?«

»Ich weiß nicht.« Und der Junge senkte den Blick wie ein Mädchen. »Nicht irgendwie komisch. Nur – egal. Übrigens ist es ein großartiger Film, Mr. Wilder. Wirklich großartig.«

Er ging in die richtige Richtung – jeder konnte zweihundert Meter gehen, auch mit Knien wie aus Wackelpudding –, und jetzt hörte er deutlich Epsteins Stimme:

Wenn er rechtzeitig zu mir kommt und sagt da da
da zehn Cent
Das wird die

Er wollte nicht aufblicken, weil er wusste, dass der Himmel nicht mehr blau, sondern rot und gelb war, und er wollte nicht zurückblicken, weil Pamela und all die jungen Männer unter den Bäumen standen und ihn drängten, weiterzugehen – geh, John, geh weiter –, und daher blickte er hinunter auf seine marschierenden Füße. Das waren die Füße, die ihn durch Jahre über Jahre des Irrtums und der Lüge getragen hatten; jetzt endlich traten sie in den Staub der richtigen Straße – der wahren Straße, der geraden, einsamen Straße der Selbstfindung.

»Hallo, Mr. Wilder«, sagte Epstein, als er die weiße Tür öffnete.

Er trat ein und sackte gegen die Flurwand und war kaum mehr fähig zu stehen. Er starrte in Epsteins gelassenes, weises Gesicht, und Epstein sah ihn eingehend und aufmunternd an, als hätte er seit Jahren auf diese Begegnung gewartet.

Mach schon, John, sagten die jungen Leute hinter ihm, mach schon. Sag es.

Aber er war vor Unschlüssigkeit wie gelähmt. Wenn er sagen würde, was so unmissverständlich von ihm erwartet wurde, wäre vielleicht alles vorbei. Er wäre er selbst, aber vielleicht wäre er auch –

»Ja, Sir?«

Dann sagte er es: »Haben Sie vielleicht zehn Cent für mich, Bruder?«

Und Epstein schien gar nicht überrascht zu sein. »Zehn Cent? Aber selbstverständlich, nur allzu gern. Wollen Sie nicht hereinkommen, während ich –«

»Nein – nein, danke. Ich warte hier.«

Epstein ging für kurze Zeit in sein Arbeitszimmer und kehrte dann zurück. »Eine dünne, aber sehr glänzende Zehn-Cent-Münze«, sagte er, und als er sie ihm reichte, blickte er Wilder direkt in die Augen; dann lächelte er und hielt ihm die rechte Hand zu einem zeremoniellen Händedruck hin.

Wenn es das Geldstück nicht geschafft hatte, dann würde es der Händedruck schaffen, und wieder zögerte Wilder. Mach schon, John, lass es zu.

Epsteins Lächeln wich einem besorgten Blick, doch er hielt ihm weiter die Hand hin, und Wilder schüttelte sie.

»Geht es Ihnen – gut, Mr. Wilder?«

»Ja. Mir geht es gut.« Er hatte endlich die Hand des Mannes genommen, und weil er das Gefühl hatte, jetzt sollte ein Donnerschlag der Erkenntnis folgen, gab er einen solchen von sich oder zumindest einen Laut tief in seiner Kehle wie der Schlag einer großen bronzenen Glocke.

Epstein blickte verwirrt drein. »Leider verstehe ich nicht – soll ich Ihnen ein Glas kaltes Wasser holen? Wir haben hier ganz wunderbares frisches Quellwasser.«

»Nein. Kein Wasser. Nichts.« Er schaffte es erst, sich aus seiner zusammengesackten Haltung an der Wand aufzurichten, als er die feuchte Faust um das Zehn-Cent-Stück ballte und sie tief in die Tasche seiner zerknitterten Sommerhose steckte. Es war eine Prüfung und er hatte sie noch nicht bestanden. An dieser Sache war noch mehr dran; es musste mehr dran sein. »Danke«, sagte er. Sein Mund war fast zu trocken, um zu sprechen. »Es tut mir leid, wenn ich –«

Er drehte sich um, folgte dem kurzen Weg zur Straße und spürte dabei Epsteins Blick im Rücken.

Er achtete darauf, denselben Weg zurückzugehen, den er gekommen war, und hielt dabei die Münze in seiner Tasche fest, die voller Kleingeld war. Es musste noch mehr an der Sache sein, und plötzlich, wie um es zu bestätigen, veränderte sich das Wetter. Der Himmel verdunkelte sich rasch, während er lief und stolperte; dann folgten ein kurzer greller Blitz, ein Grollen und ein krachender Donnerschlag, wie er ihn erwartet hatte, als er Epstein die Hand schüttelte. Ein plötzlicher nasser Wind peitschte heftig die Bäume, kehrte ihr Laub blass nach außen, ein kalter prasselnder Regen setzte ein und jagte ihn in den nächsten Unterschlupf – eine Telefonzelle, die auf einem Betonfundament in der Wiese neben der Straße stand. Jetzt wurde ihm der Zweck des Zehn-Cent-Stücks klar, und er wusste, dass auch Epstein es verstanden hatte.

Wenn du einen Mann in einer Telefonzelle warten siehst
Mit einem Zehn-Cent-Stück, das er nicht recht zu gebrauchen weiß …

Das Licht in der Decke schaltete sich ein, als er die Falttür schloss, doch er musste sich erst auf der kleinen Bank ausruhen und warten, bis sich sein Herzschlag und das Pochen in seinem Kopf beruhigt hatten. Dann schob er sehr gewissenhaft die Münze klimpernd in den Schlitz.

Das wird die Wiederkunft
Das wird die Wiederkunft
Das wird die Wiederkunft des …

Er wählte, sorgsam darauf achtend, nach sieben präzise abgezählten Ziffern aufzuhören, und er hörte es zehnmal läuten, bevor er auflegte und die Münze herausfallen ließ. Falsch; doch wenn er es noch einmal versuchte, würde es vielleicht die richtige Nummer sein. Moment, riet ihm Epsteins Stimme. Warte und sei mutig, John. Du hast Zeit. Er schloss die Augen, und sieben deutlich erkennbare Ziffern tauchten vor seinen Lidern auf; er wählte sie rasch, aber gewissenhaft, und nach dem siebten Klingeln hob jemand ab.

»Hallo?«, fragte eine weibliche Stimme.

»Hallo. Hier spricht – sind Sie meine Mutter?«

»Ich fürchte, Sie haben die falsche Nummer gewählt.«

»Nein, das habe ich nicht. Bitte, bleiben Sie am Telefon. Hören Sie. Ich tue mein Bestes, um das alles zusammenzusetzen, und ich habe nur zehn Cent.«

»Junger Mann?«

»Ja. Ich bin noch da, aber meine Zeit ist gleich abgelaufen. Bitte, warten Sie einfach.«

»Ich würde Ihnen ja gern helfen, aber Sie haben die falsche –«

»Bitte. Warten Sie. Ich weiß, Sie halten mich für verrückt, aber ich bin es nicht. Es ist mir sehr, sehr ernst, und es ist wichtig. Warten Sie. Ich weiß die richtige Frage gleich.«

»Junger Mann?«

»Ja. Ich bin da. Bitte, legen Sie nicht auf.«

Sie legte auf, und das Zehn-Cent-Stück war weg, aber das war unwichtig: Er hatte jede Menge davon. Das einzig Wichtige war, es immer wieder zu versuchen, bis …

Jemand klopfte gegen die Glasscheibe, und er blickte sich um und sah ein junges Mädchen vor der Zelle stehen. Es musste aufgehört haben zu regnen, denn ihr Haar und ihre Kleidung waren trocken. Sie versuchte, die Tür der

Telefonzelle zu öffnen, und er stand von der Bank auf, um ihr zu helfen.

»John? Weißt du, wie lange du dort drin warst?«

»Nein.«

»Und du hast mit niemandem *gesprochen,* du hast immer nur Geld reingeworfen und gewählt und – John, alles in Ordnung?«

»Wer bist du? Bist du irgendeine bescheuerte Maria Magdalena?«

»Ob ich *was* bin?«

»Moment.« Er schloss die Augen und drückte mit Daumen und Zeigefinger seinen Nasenrücken zusammen. »Wer bist du dann? Bist du Ginny Baldwin?« Ginny Baldwin war das erste Mädchen, das er je geliebt hatte; wenn sie Ja sagte, dann hieß das zumindest, dass er wieder siebzehn war, sein ganzes Leben noch vor sich und all seine schrecklichen Fehler noch nicht begangen hatte.

»John, hör auf damit. Du *kennst* mich doch, um Himmels willen.«

»Nein, ich kenne dich nicht. Wie spät ist es?«

»Es ist fast sechs.«

»Sechs Uhr morgens oder sechs Uhr –«

»John, wenn du dich hier über mich lustig machst, werde ich dir das nie verzeihen. Entweder ist es das, oder du bist – o Gott. Komm mit, wir gehen nach Hause.«

Und er ließ sich über die Wiese davonführen. »Dann war alles Einbildung«, sagte er und versuchte, mit ihr Schritt zu halten.

»Was hast du gesagt?«

»Ich habe gesagt, dass nichts davon real war.«

»Nichts *wovon?*«

»Egal.«

»John, weißt du jetzt, wer ich bin? Weißt du, wo wir sind und was wir hier machen?«

»Nein, ich – nein.«

»Dann hör mir gut zu. Ich bin Pamela Hendricks. Es ist August neunzehnhunderteinundsechzig, und wir sind im Marlowe College, Vermont.«

»Vermont?« Er fing an zu weinen, weil das, was sie sagte, real klang; und wenn es real und alles andere ein Traum gewesen war, dann hatte er einen kolossalen Narren aus sich gemacht und alle in Marlowe wussten es oder würden es bald erfahren. Er spürte, wie sie ihn anstarrten, als er an ihnen vorüberging, und versuchte, seine Tränen hinter den Händen zu verbergen – verächtliche und spöttische Blicke von genau den Leuten, die ihn unterwegs und vor Epsteins Tür weitergedrängt hatten; auch Epstein würde über ihn lachen.

Im nach Holz riechenden Zimmer des Wohnheims angekommen, verhielt Pamela sich wie eine effiziente Krankenschwester. Erst wies sie ihn an, sich auszuziehen und ins Bett zu legen; dann setzte sie sich auf einen knarzenden Stuhl neben das Bett.

»John«, sagte sie, nachdem er aufgehört hatte zu weinen; es konnte sowohl Mittag als auch Mitternacht sein. »Bist du wach?«

»Ja.«

»Wenn ich dich für ein paar Minuten allein lasse, versprichst du mir dann, dass du das Zimmer nicht verlässt?«

»Ja. Und jetzt versprich du *mir* etwas.«

»Okay, Liebling.« Sie strich mit kühlen Fingern über seine Stirn wie eine junge Mutter, die herausfinden will, ob ihr Kind Fieber hat.

»Was immer auch passiert, versprich mir, dass du mich nicht wegbringen lässt.«

»Natürlich. Ich verspreche es, Baby. Ich lasse dich von niemandem wegbringen.«

Es schienen Stunden zu vergehen – war er wach oder schlief er? –, bis leise an die Tür geklopft wurde und Epsteins Stimme sagte: »Mr. Wilder?«

»Einen Moment.« Er lief zum Schrank, griff nach seiner Hose und zog sie an, bevor er den Professor hereinließ. »Was kann ich – für Sie tun?«, fragte er.

»Nichts, danke.« Epstein setzte sich auf einen Stuhl an der Wand. »Ehrlich gesagt, Mr. Wilder, bin ich nur gekommen, weil ich mir Sorgen um Sie mache.«

»Ach, wirklich? Also, das ist sehr komisch, denn ich mache mir Sorgen um *Sie*. Ich meine, ich bin vielleicht ein Hochstapler, aber Sie sind schlimmer. Wissen Sie, dass alle Studenten im College Sie Gott nennen? Sie nennen Sie Gottvater.«

Epsteins Schmunzeln brachte ihn auf die Palme. »Also, erstens glaube ich das nie und nimmer, und zweitens sehe ich nicht, was das zu tun hätte mit –«

»Nein? Es hat alles mit allem zu tun. Hören Sie. Hören Sie mir zu. Hören Philosophieprofessoren jemals zu oder reden sie nur? Erst mal machen auf diesem Campus zu viele religiöse Witze die Runde in den letzten – wie lange auch immer. ›Gott der Vater, Gott der Sohn, Gott der Heilige Terror‹ – solche Sachen. Erzählen Sie mir, dass Sie nichts davon gehört haben, und ich nenne Sie einen Lügner. Und wenn ich schon dabei bin, werde ich Ihnen auch noch ein paar andere Namen geben, Epstein. Ich werde Sie einen scheinheiligen alten Betrüger nennen, und mir ist es egal, *wie* viele Bücher Sie in Ihrer berühmten Bibliothek haben. Wenn ich Sie besser kennen würde, könnte ich Sie wahrscheinlich auch einen perversen alten Dreckskerl nennen. Ihnen gefällt's hier also, was? Oh, ›Marlowe zieht einen in den Bann‹ – alle diese süßen kleinen Mädchen, die jeden Herbst wieder hierherkommen und ganz wild darauf sind, ihren alten Lehrer auf jede nur erdenkliche Weise zu beeindrucken – ich habe Sie durchschaut, Epstein. Warten Sie. Lassen Sie mich ausreden.«

Und er redete aus, auch wenn er lange dafür brauchte. Irgendwann sagte Epstein, »Ich fürchte, ich muss jetzt gehen«, und die Tür fiel hinter ihm ins Schloss, doch Wilder sprach weiter ins leere Zimmer hinein – zuerst rauchte er alle Zigaretten und versuchte vergeblich, den Whiskey zu finden, dann ging er zum Waschbecken und trank Wasser aus der Hand wie ein Mann, der kurz davor stand, zu verdursten. Er belegte Epstein mit jedem Schimpfnamen, der ihm einfiel, er gab dem Professor die Schuld an allem, was in seinem Leben schiefgelaufen war, er forderte ihn auf, sich gegen diese Vorwürfe zur Wehr zu setzen, und er sprach und sprach, bis er aufs Bett fiel.

Etwas später hörte er Stimmen vor der Tür. Er hörte Epstein sprechen und Pamela weinen, und er hörte die leisen höflichen Stimmen von zwei oder drei Männern, die er nicht zuordnen konnte.

Als ihm zwei kräftige Arme endlich aufhalfen, schien ihm dies ein ebensolcher Akt großer Freundlichkeit zu sein wie die Spritze in seinen Hintern. Danach war er wieder voll angezogen, und mehrere Leute halfen ihm, sich auf den Rücksitz eines großen Wagens zu setzen, und während ihn das Auto davonfuhr, herrschte Stille. Er weinte ein bisschen während der Fahrt; dann überließ er sich den schweren Wogen des Schlafes, die so hoch waren, dass er meinte, darin zu ertrinken.

Als er erwachte, bemerkte er als Erstes, dass er nicht mehr im Marlowe College war. Es roch anders, und die Frau, die neben ihm saß, war nicht Pamela. Sie war alt, hatte bläulich weißes Haar, trug eine Schwesterntracht und las in einem Taschenbuch.

»Miss?«

Sie legte das Buch weg und sah auf die Uhr, bevor sie antwortete. »Ja, Sir?«

»Können Sie mir sagen, wo ich bin?«

»Im Elizabeth Fanning Hospital.«

»Wo ist das?«

»Middlebury, Vermont. Wie geht es Ihnen denn heute, Mr. Wilder?«

»Ich fühle mich – ich kann meinen Arm nicht bewegen –«

»Halten Sie den Arm still, Sir, sonst ziehen Sie den Zugang raus.« Und sie stand rasch auf, um sicherzustellen, dass er sich nicht mehr bewegte. Seine Hand war mit Pflaster an ein mit Gaze umwickeltes Brett geklebt, von dem ein durchsichtiger Plastikschlauch zu einer Flasche über seinem Kopf verlief. Die Aluminiumgitter zu beiden Seiten seines Betts waren hochgeklappt, als habe jemand befürchtet, dass er herausfallen könnte.

»Was ist passiert?«

»Ich weiß es nicht, Sir. Ich habe nur die Frühschicht. Versuchen Sie sich jetzt zu entspannen. Ich will mir notieren, wann Sie aufgewacht sind. Dann messe ich Ihre Temperatur und Ihren Blutdruck und mache noch so ein paar Kleinigkeiten. Ich glaube nicht, dass wir den Tropf noch lange brauchen; mal sehen, was der Arzt dazu sagt. Ich glaube, das Schlimmste haben wir überstanden, Mr. Wilder, ich denke, Sie sind bald wieder auf den Beinen.«

»Was sind das für Papiere?«

»Oh, das sind nur Rechnungen für die Krankenpflege. Sie werden rund um die Uhr überwacht, wissen Sie, private Pflege, und das summiert sich, aber deswegen würde ich mir jetzt keine Sorgen machen. Sie sind doch krankenversichert, oder?«

»Vermutlich.«

»Na, sehen Sie. Ich sage Ihnen was, Mr. Wilder, was mich anbelangt, sind Sie ein vorbildlicher Patient. Ich bin natürlich nur morgens da und kann nicht für die anderen Schwestern sprechen, aber das wenige, was ich gesehen habe, war ausgezeichnet. Einfach ausgezeichnet. Morgen für Morgen überhaupt kein Problem. Sie haben viel geredet, aber das hat es interessant gemacht.«

»Wirklich? Was habe ich gesagt?«

»Ach, alles Mögliche. Ich konnte Ihnen nicht immer folgen, aber es war interessant.«

Er musste über dem Klang ihrer Stimme eingeschlafen sein, denn als er die Augen wieder öffnete, stand eine andere Schwester – viel jünger und mit Brille – im Zimmer.

»Sie haben Besuch, Mr. Wilder.«

Und da war sie, so frisch und schön wie immer, in einem hellen Sommerkleid und so versessen darauf, seine Hand zu umklammern, als sie sich setzte, dass ein paar von den Rechnungen für die private Pflege vom Nachttisch zu Boden fielen.

»Oh, du siehst so viel *besser* aus«, sagte sie, und dann tat sie ihr Bestes, um ihn auf den neuesten Stand zu bringen. Zuerst einmal, die Dreharbeiten waren abgeschlossen –

war das nicht wunderbar? Julian musste in New York nur noch ein paar Außenaufnahmen vom Bellevue machen, dann den Film schneiden – das würde natürlich einige Zeit in Anspruch nehmen – und ihn mit Musik unterlegen lassen (sie persönlich glaubte, dass er *ohne Musik* wirkungsvoller wäre, aber Julian wollte Blockflöten und Gitarren), und sie hätten einen echten Film »im Kasten«. »Aber alle machen sich schreckliche Sorgen um dich«, schloss sie. »Ich konnte sie gerade noch davon abhalten, sonst wären *alle* gekommen.«

»Sag mir eins. Ich kriege es immer noch nicht ganz auf die Reihe.« Eigentlich hätte er die nächste Frage nicht stellen sollen, aber er tat es trotzdem, um sie zu testen. »Warum bin ich hier? Was genau ist passiert?«

»Du weißt es wirklich nicht?« Sie senkte die Stimme. »Du hattest einen Nervenzusammenbruch, Baby. Ein Monster von einem Nervenzusammenbruch.« Und er hörte sehr genau zu, während sie ihre Version rekapitulierte, um herauszufinden, ob sie wusste, dass er sich für Christus gehalten hatte. Offenbar nicht, und sie ahnte es auch nicht.

»... und das Letzte, was du gesagt hast, als ich ging, um Jerry oder Julian oder irgendjemanden zu suchen, das Letzte, was du gesagt hast, war: ›Lass mich nicht wegbringen.‹ Erinnerst du dich?«

Er sagte Ja, ganz vage, und er hörte weiter zu, so aufmerksam wie ein Polizeikommissar, so aufmerksam wie ein Psychiater, während ihre unbeschwerte, schöne Stimme eilig weitersprach.

»... und als ich zurückkam, saß Mr. Epstein auf der Treppe vor unserer Tür, rauchte seine Pfeife und blickte so gelassen drein wie ein – ich weiß nicht, wie ein Priester oder so. Er sagte, dass er im Krankenhaus angerufen und gebeten habe, dich holen zu lassen. Ich habe gesagt: ›Aber ich habe ihm *versprochen* –‹ Und er hat den Arm um mich gelegt und gesagt: ›Pamela, meine Verantwortung ist wichtiger als Ihr Versprechen.‹ War das nicht süß?«

»Sehr süß.«

»Und er hat gesagt, er wisse, dass du ein guter, empfindsamer Mensch bist, aber solche Sachen würden nun mal passieren, den Besten von uns, und je älter ich würde, umso besser würde ich es verstehen.«

»Und mehr hat er nicht über mich gesagt? ›Gut‹ und ›empfindsam‹?«

»Ach, ich glaube, er hat noch mehr gesagt – nur positive Dinge. Er mag dich wirklich sehr, John, mach dir deswegen keine Sorgen. Ach, und noch was Komisches: Als die Leute vom Krankenhaus dich zum Wagen geführt haben, hast du dich sehr gerade aufgerichtet, als wolltest du eine Rede halten, und gesagt: ›Ich habe mich noch nie auf die Freundlichkeit von Fremden verlassen.‹«

»Das habe ich wirklich gesagt?«

»Ja, warum?«

»Weil es aus einem Stück ist. Es ist der letzte Satz, den die weibliche Hauptfigur in *Endstation Sehnsucht* spricht, nur ist es, wie sagt man – paraphrasiert. Die Frau sagt es, als die Leute aus der Anstalt sie abholen, allerdings sagt sie es so: ›Ich habe mich immer auf die Freundlichkeit von Fremden verlassen.‹«

»Das ist ja ein Ding, John. Mr. Epstein hat auch gedacht, dass es das ist, nur war er sich nicht ganz sicher – und er ist der gebildetste, belesenste Mensch, den ich kenne.«

Am Abend saß er aufrecht im Bett und aß von einem Tablett; am nächsten Tag bekam er Hausschuhe und durfte auf einem Stuhl sitzen, als Pamela ihn besuchte; und als ihre Besuchszeit zu Ende ging, durfte er mit ihr langsam den Flur entlanggehen.

»Einen Augenblick, Mr. Wilder! Weiter dürfen Sie nicht. Es tut mir leid, aber das ist eine geschlossene Station.«

Es musste am nächsten Morgen gewesen sein, als der Psychiater zu ihm kam – ein sehr junger Mann, dessen gestreifte Boxershorts deutlich durch die weiße durchscheinende Nylonhose seiner Arbeitskleidung zu sehen waren. »Wie geht es Ihnen?«, fragte er.

»Ganz gut, denke ich, aber hören Sie, Doktor. Ich habe mehr Fragen, als sie wahrscheinlich auf einmal beantworten können. Haben Sie jemals mit einem Mann zu tun gehabt, der sich für Christus gehalten hat? Denn das – das ist mir passiert. Auf dem Höhepunkt meines – meines Zusammenbruchs – habe ich geglaubt, dass ich mich in eine Art Messias verwandelt habe, in den wiedergekehrten Christus.«

»Mm.« Der Arzt hob eine Hinterbacke auf das Fensterbrett und begann mit der Schnur der Jalousie zu spielen.

»Und ich weiß, dass das ziemlich schlimm ist – es ist *verrückt* –, und ich weiß, Sie werden mir raten, in New York zu einem Psychiater zu gehen, aber das ist unmöglich.« Er war außer Atem, sein Mund war trocken, und er spürte, wie sich seine Gesichtszüge zu einer verkniffenen, streitsüchtigen Grimasse verzerrten, als wäre aus der lebenslangen Kombination von Mickey Rooney und Alan Ladd ein James Cagney auf dem Totenbett hervorgegangen. »Die Sache ist die, dass eine Psychoanalyse bei mir nichts bringt, Doktor. Ich habe es versucht, und ich weiß es. Es schlägt bei mir einfach nicht an. Vielleicht ist es meine Schuld, aber das ist egal. Entscheidend ist, dass es einfach nicht *funktioniert*. Können Sie das verstehen?«

»Ich glaube schon.« Der Arzt studierte die Kordel der Jalousie, als handele es sich um ein ungewöhnlich interessantes Stück Schnur. »Wissen Sie, Mr. Wilder, ich selbst halte auch nicht besonders viel von dieser Art Behandlung, und zwar weil ich voreingenommen bin. Ich bin von einem Pionier einer neuen Schule der Psychiatrie ausgebildet worden. Medikamentöse Therapie. Chemische Substanzen. Tabletten. Die gewöhnlichen Tranquilizer aus den Fünfzigerjahren waren nur der Anfang. Jetzt haben wir eine breite Palette von Medikamenten – Antidepressiva, Mittel zur psychischen Aktivierung, Neuroleptika –, Drogen, die Sie aufputschen oder beruhigen, auf jede nur erdenkliche subtile, medizinisch kontrollierte Weise. Und es werden jeden Tag mehr …«

Ob Wilder schon einmal etwas von Myron T. Brink gehört habe? Das hätte er bestimmt, wenn er der Zeitschrift *Time* Beachtung geschenkt hätte, die Dr. Brinks Bild vor Kurzem auf ihrer Titelseite abgebildet hatte. Das war der Mann, den er zuvor erwähnt hatte, der Pionier, der medikamentöse Therapien entwickelt hatte und der für ihn als Studenten eine Quelle der Inspiration gewesen war. Brink reiste jetzt viel um die Welt und stellte seine neue Art der Psychiatrie dem Ausland vor – erst letzten Monat war er von der Republik Südafrika ausgezeichnet worden, weil er den Anteil psychisch kranker Menschen an der Bevölkerung des Landes drastisch hatte reduzieren können, und das war nur die letzte von vielen Ehrungen gewesen –, doch er hatte noch eine kleine Praxis in New York, in der Upper East Side. Wenn er fort war, wurden seine Patienten von dem einen oder anderen seiner drei Mitarbeiter behandelt, alle drei kompetente Männer. Und ein kleiner Vorteil, mit Dr. Brink zusammenzuarbeiten, lag auch in seinem sehr vernünftigen Honorar. Ob Wilder interessiert war?

»Natürlich kann ich Ihnen nicht versprechen, dass er Sie nehmen wird«, schloss der Doktor, »aber wir können es versuchen. Ich werde ihm heute noch schreiben. Gut. Wollen Sie mir etwas über sich selbst erzählen, Mr. Wilder? Abgesehen davon, dass Sie sich für Christus gehalten haben.«

Konnte es wirklich sein, dass dieser freundliche junge Mann ein Psychiater war, ganz gleich, welcher Schule er angehörte? Das fragte sich Wilder immer wieder, als er die einfachen Fragen beantwortete und seine Stimme Kraft und Selbstvertrauen gewann. Es war alles ein bisschen zu schön, um wahr zu sein, so wie die Fahrt mit Pamela nach Marlowe, so wie Pamela selbst. Vielleicht hatte sich sein Schicksal nach all den Jahren doch noch gewendet. Und warum auch nicht? War es nicht an der Zeit? War er nicht lange genug bei den Versagern dieser Welt in die Lehre gegangen?

»Weißt du was?«, sagte Pamela eines Morgens atemlos. »Du wirst heute Nachmittag entlassen. Gut, dass ich alle deine Sachen mitgebracht habe. Ich habe jeden Tag dein ganzes Gepäck dabeigehabt, nur für den Fall.«

»Wie kommen wir nach Hause? Mit dem Wagen?«

»Um Gottes willen, nein, da würden wir ja ewig brauchen. Es ist ein Leihwagen, erinnerst du dich? Wir fahren zum Flughafen von Middlebury und fliegen nach Hause. Komm, wir gehen ein wenig im Flur auf und ab, oder vielleicht lassen sie uns auch nach draußen und in den Garten. Habe ich dir gesagt, dass es ein wunderschöner Tag ist? Es ist ein absolut *herrlicher* Tag.«

Erst jetzt, als er von dem herrlichen Tag erfuhr, fiel ihm seine Frau ein. Er hatte versprochen, nach zwei Wochen aus Boston zurückzukehren, und jetzt waren fast drei Wochen vergangen.

Es war noch früh, als sie am Flughafen ankamen – Tommy musste in der Schule sein –, und er fühlte sich wie ein kleiner schuldbewusster Junge, als er die Tür einer Telefonzelle hinter sich schloss.

»…Janice? Hör mal, ich bin in ein paar Stunden zu Hause, ich bin jetzt am Flughafen von Boston. Ich war krank, ich war im Krankenhaus und konnte dich bis jetzt nicht anrufen.«

»Ist schon in Ordnung«, sagte sie. »Wir haben nicht mit dir gerechnet.«

»Wie meinst du das, ihr habt nicht mit mir gerechnet?«

»Glaubst du nicht, dass Tommy und ich inzwischen gelernt haben, nicht allzu viel von dir zu erwarten?«

Schweiß rann ihm unter dem Sommerhemd über die Rippen. »Das finde ich nicht fair. Ist es dir egal, dass ich im Krankenhaus war?«

»Nein. Hoffentlich geht es dir jetzt besser. Es muss dir besser gehen, sonst hätten sie dich nicht rausgelassen.«

»Janice, ich –«

»Schon gut, John. Wir reden, wenn du da bist.«

6. KAPITEL

»Ach, ja«, sagte Myron T. Brink. »Sie sind der Patient, von dem mir mein junger Freund in Vermont erzählt hat, nicht wahr? Gut. Sehen wir uns mal Ihre Akte an.« Der muskulöse, grauhaarige und gut gekleidete Mann lehnte sich in seinem ledernen Clubsessel zurück, eine offene Mappe auf dem Schoß. Weitere Mappen lagen geschlossen in ordentlichen Stapeln links und rechts von ihm auf dem Teppich, was den Eindruck erweckte, die Aufgabe eines weltberühmten Psychiaters bestehe vor allem in methodischer Aktenarbeit. »In Ordnung, Mr. Wilder«, sagte er schließlich. »Ich glaube, wir kommen miteinander ins Geschäft. Zuerst will ich Ihnen noch ein paar Routinefragen stellen, dann werde ich Ihnen Medikamente verschreiben und Sie nach Hause schicken. Klingt das fair?«

An diesem Tag ging Wilder mit vier klappernden Tablettenfläschchen in der Jackentasche nach Hause, und er war gerade dabei, sie im Medizinschränkchen zu verstauen, als ihm klar wurde, dass er sie hier nicht aufbewahren konnte: Er müsste sie in seinem Schreibtisch im Büro oder in Pamelas Wohnung lagern. Im hellen Licht des Badezimmers betrachtete er jedes Fläschchen und versuchte, sich die Etiketten der verdammten Dinger einzuprägen. Brink hatte ihm versichert, dass es unwichtig war, zu wissen, wie sie hießen – es waren alberne Namen, die sich pharmazeutische Firmen ausgedacht hatten, aber sie waren so verwirrend wie Wörter einer Fremdsprache. Wie sollte er Hilafon von Haldol oder Plithium von Plutol unterscheiden? Das eine war ein Tranquilizer, das wusste er, und ein anderes war ein Antidepressivum, und wieder ein anderes war etwas, was Brink ein Neuroleptikum genannt hatte: gut für jemanden, der sich von einem Nervenzusammenbruch erholte. Doch auch wenn Brink ihm jedes Mittel genau erklärt hatte, bevor er es ihm überreichte, so hatte er die Botschaft jetzt vergessen. Und wenn ihn schon die Namen verwirrten, was war dann mit der Dosierung? »100 mg, dreimal täglich« stand auf einem Etikett, und auf einem anderen: »8 mg, eine Kapsel vor dem Schlafengehen.« Erwarteten die wirklich von einem zerstreuten Patienten, dass er sich genau an so etwas hielt?

»Essen ist fertig«, rief Janice, und er wusste, dass es Zeit war, das Grübeln sein zu lassen und sich stattdessen die Hände zu waschen.

»Heute Abend gibt es Tommys Lieblingsgericht«, sagte sie, als sie am Tisch saßen. »Mein ganz spezieller Hackbraten, Ofenkartoffeln mit Quark und einen schlichten gemischten Salat. Das war auch mal eins deiner Lieblingsgerichte, John. Ist es das noch?«

»Ja, sicher. Vor allem der Hackbraten. Kriege ich noch eine Scheibe?«

»Aber natürlich, der Herr«, sagte sie. »Ich fühle mich geehrt. Ich weiß allerdings, was dein allerliebstes Gericht ist, und wenn du ganz brav bist, werde ich es am Sonntag machen.«

»Was denn?«

»Roastbeef natürlich. Gutes Roastbeef mit Yorkshire-Pudding und Rosenkohl. Wie konntest du das vergessen?«

»Richtig. Toll, Janice, ich freue mich jetzt schon darauf.«

Geschah das alles wirklich? Saß sie tatsächlich da und aß Hackbraten und betupfte sich den Mund mit einer Serviette, und saß Tommy wirklich ihm gegenüber am Tisch? Wie konnte eine derart unglückliche Familie jeden Abend so ein Theater veranstalten, und wie lange würde es gut gehen?

»Wie war's in der Schule heute, Tommy?«

»Okay«, sagte der Junge kauend, dann schluckte er. »Es ist erst die zweite Woche.«

»Magst du deine neuen Lehrer?«

»Sie sind okay. Am meisten mag ich Mr. Caldwell, er unterrichtet Mathe. Der ist lustig. Wirklich, wie ein Komiker im Fernsehen oder so. Und die älteren Jungs haben gesagt, dass er das nicht nur am Anfang so macht, er bleibt das ganze Jahr über so.«

»Sehr gut. Und ich hoffe, dass *du* auch so bleibst.«

»Wie denn, Dad?«

»Der Junge mit den guten Noten. Was hast du denn gedacht, was ich meine? Bist du nicht der Junge, der das letzte Schuljahr mit einem Durchschnitt von zwei abgeschlossen hat?«

»Ich weiß nicht, ist wohl so.«

»Fast mit einem Durchschnitt von zwei *plus*«, sagte Janice, und während des gesamten Essens machten sie so weiter.

»Gibt es Nachtisch, Mom?«

»Aber natürlich. Was möchtest du lieber haben – Pekannuss-Sahne-Eiscreme oder Kokoskuchen?«

Es war unglaublich.

»Du bist ein Eskapist, Wilder«, hatte sein alter Lateinlehrer in der Grace Church School einmal gesagt, und er erinnerte sich jetzt daran, als er mit der U-Bahn flüchtete, angeblich zu einem AA-Treffen, tatsächlich aber, um seine

Geliebte zu besuchen. »Du bist ein lupenreiner Eskapist. Ich sehe, wie du deinen armen müden Körper Tag für Tag in dieses Klassenzimmer schleppst und dann wie ein Athlet zur Tür spurtest, sobald die Glocke läutet, und ich weiß Bescheid. Was ist los mit dir, Junge? Willst du dein ganzes Leben lang ein Eskapist bleiben?«

»Ich glaube nicht, Sir.«

»Was? Sprich lauter, ich kann dich nicht hören. Das ist noch so etwas, ein sicheres Zeichen für einen eskapistischen Charakter. Wenn du willst, kannst du laut genug sein – ich habe dich die großen Sopransoli im Chor singen hören –, aber wann immer es deinen Zwecken dient, bist du mucksmäuschenstill. Ich wünsche, dass du jetzt den Mund so weit aufmachst wie in der Kirche und wiederholst, was du gerade gesagt hast.«

»Ich habe gesagt, ich glaube nicht, Sir.«

»Du glaubst was nicht?«

»Dass ich mein Leben lang ein Eskapist bleiben will.«

»Dann reiß dich am Riemen. Weißt du, was sie bei den Marines sagen?« Wilder hatte den Namen des alten Mannes längst vergessen, doch seinen Vortrag, die Wolke schwachen Mundgeruchs, die um seinen Schreibtisch hing, das Zittern seiner faltigen Hände und die Büroklammer, die er als Krawattennadel benutzte, würde er nie vergessen. »Weißt du, was die Marines sagen? Sie sagen: ›Reiß dich am Riemen oder steig aus.‹ Und das gilt auch für dich, Junge, solange du in meinem Klassenzimmer sitzt und diese komische kleine Schule mein Gehalt zahlt. Ist das klar?«

Nun, am Riemen gerissen hatte er sich nie wirklich – die Welt hatte ihm das erspart –, aber aussteigen müssen auch nicht, wenn man von seinem Rauswurf aus Yale einmal absah. Es hatte immer einen Mittelweg gegeben, und stets hatte er ihn gewählt; und jetzt, während die laute, trostlose U-Bahn die Grand Central Station hinter sich ließ, konnte er nichts tun, außer zu warten und die Bellevue-Gesichter der Fahrgäste in der Sitzreihe auf der anderen Seite des Ganges zu betrachten, und er nahm an, dass der alte Lateinlehrer recht gehabt hatte: Er war zu einem Eskapisten herangewachsen, und er würde sein Leben lang ein Eskapist bleiben.

Doch als er an Pamelas Station ausstieg, hatte er dieses dunkle Thema aus seinen Gedanken verbannt. Es war kein Abend für quälende Introspektion.

»Hallo«, sagte sie. »Möchtest du was trinken?«

»Heute Abend nicht, ich will's ruhig angehen lassen.«

»Du? Nichts trinken? Wirklich?«

Wirklich. Und zwar weil Dr. Brink ihm einen Schrecken eingejagt hatte, als er ganz am Ende ihres Gesprächs fragte: »Trinken Sie viel, Mr. Wilder? Also, solange Sie das hier einnehmen« – und er hielt ein Tablettenfläschchen hoch, dessen Aussehen Wilder schon vergessen hatte, als er wieder auf der Straße stand –, »würde ich an Ihrer Stelle mit dem Trinken ganz aufhören. Das ist Ihr Neuroleptikum, verstehen Sie, und es verträgt sich nicht mit Alkohol. Denken Sie daran, es verträgt sich überhaupt nicht mit Alkohol.«

»Ich war heute bei meinem neuen Arzt«, sagte er, als sie es sich auf ihrem weichen blauen Sofa bequem gemacht hatten und er sie so nahe zu sich herangezogen hatte, dass ihr Kopf an seiner Brust zu liegen kam.

»Ja? Wie ist er?«

»Sehr beschäftigt. Wahrscheinlich muss er seine Patiententermine zwischen Flügen nach Südafrika oder China oder weiß Gott wohin abwickeln. Nein, er ist nett. Und es ist angenehm, mit jemandem zu tun zu haben, der nicht erwartet, dass man die ganze Zeit *redet*. Ich kann dir gar nicht sagen, wie angenehm das ist.«

»Mm.«

War sie nur müde oder kam nun das, was er seit seinem Aufenthalt im Elizabeth Fanning Hospital befürchtete – dass sie es satthatte, über seine labile psychische Verfassung zu sprechen? Es hatte keinen Sinn, ein Risiko einzugehen, deswegen wechselte er das Thema. »Wie war dein Tag?«

»Ach, in Ordnung. Im Büro war es wie immer, Frank Lacy hat mich den ganzen Tag *angehimmelt*. O Gott, wie sehr mir der Mann mittlerweile zuwider ist. Warum wirft er mich nicht raus, und die Sache ist erledigt?«

»Du kannst jederzeit kündigen.«

»Nein, das werde ich nicht. Es ist kein schlechter Job, und es wäre schrecklich lästig, wenn ich mir einen neuen suchen müsste. Außerdem macht der Job meinen Vater glücklich. Ach, John, beinahe hätte ich es vergessen – *Julian* hat heute angerufen.«

»Hat er schon angefangen, den Film zu schneiden?«

»Nein, und so wie er geklungen hat, habe ich den furchtbaren Verdacht, dass er es verschieben will. Wir müssen an ihm dranbleiben. Er wollte natürlich wissen, wie es dir geht, und er hat uns beide für nächste Woche zu einer Party bei sich eingeladen. Jerry wird selbstverständlich auch kommen und Peter und noch ein paar andere von der Marlowe-Truppe. Es ist dir doch recht, oder?«

»Natürlich. Es sind nette Kinder.«

Es folgte eine lange, zunehmend drückende Stille, bevor sie sagte: »John? Weißt du was? Ich wünschte, du würdest meine Freunde nicht ›Kinder‹ nennen. Sie sind schließlich erwachsen. Hätte es dir in diesem Alter gefallen, Kind genannt zu werden? Nachdem du in der Armee gewesen warst?«

Schließlich erklärte er sich einverstanden, mit ihr etwas zu trinken (»Mit viel Soda«, sagte er, wie Paul Borg), weil es die einzige Möglichkeit schien, dem Abend etwas Romantik zu verleihen. Es sah sogar so aus – auch wenn er kaum wagte, es sich einzugestehen –, dass nur ein Drink ihn davor bewahrte, im Bett zu versagen. Was war bloß los mit ihm heute Abend?

»O Gott, das war toll«, sagte sie, als sie erschöpft in die Kissen sanken. »Und weißt du was, John? Darauf habe ich den ganzen Tag in dem schrecklichen Büro gewartet. Nur darauf.«

»Mm. Ich auch.« Aber er lag lange Zeit da und starrte ins Dunkel – genausogut hätte er mit Janice im Bett liegen können – und wollte sich davonschleichen, um sich einen Drink zu machen. Oh, nur einen *ganz* kleinen, Doktor; ich verspreche es, den kleinsten Drink, den Sie je gesehen haben. War es denn wirklich so wichtig, wo dies doch der allererste Abend war, an dem die Tabletten in seinem Blut ihre Wirkung entfalteten?

»Liebling?«, rief sie. »Wo bist du? Gehst du schon? Ist es Zeit zum Gehen?«

»Noch nicht. Ich komme noch mal zu dir, bevor ich gehe.«

Im Halbdunkel des Wohnzimmers ging er schnurstracks zu ihrer schimmernden kleinen Bar und dann in die Küche, um frisches Eis zu holen. Ist ja gut, sagte er sich wie eine Mutter, die ihr Kind beruhigt. Ist ja gut ... ist ja gut ... ist ja gut ...

Der Blick auf die Stadt aus Pamelas Wohnzimmerfenster war umwerfend, genauso großartig wie von der mit weißen Kieseln bestreuten Terrasse ihres Büros aus, und er beobachtete das subtile Spiel von Hell und Dunkel, während er nippte und atmete und nippte und atmete. Er ließ sich Zeit, denn es war überaus wichtig, dass diese Zeremonie möglichst lange dauerte.

Hätte man Julians Loft aller Dekoration beraubt und verdunkelt, dann hätte es als Schauplatz für die Feier von Sylvester Cummings erster Kerze dienen können; doch am Abend der Party schmerzte die vielfarbige Helligkeit in den Augen, die ungeheuer laut aufgedrehte Musik rockte und rollte von einer Wand zur anderen, und überall drängten sich lachende Menschen, von denen auf den ersten Blick keiner einen Tag älter als fünfundzwanzig war.

»Pammy!«, schrie Julian von der provisorischen Schwelle zu seinem Schlafzimmer aus. »Und John! Toll, dich zu sehen, Mann! Du siehst großartig aus! Geht's dir besser?«

»Mir geht's gut, danke.«

Julian wirkte ein wenig betrunken oder high, als er ihre Regenmäntel nahm und sie auf den Haufen auf dem Bett warf – oder vielleicht war er nur berauscht, weil er der Gastgeber war. »Jerry und ich glauben, *wir* sind schuld daran, dass du ins Krankenhaus musstest«, sagte er, »auf jeden Fall sind wir mitschuldig – wir alle, meine ich. Das waren ein, zwei hektische Wochen. Aber es hat Spaß gemacht, oder? Ich meine, es hätte Spaß gemacht, wenn du nicht krank geworden wärst.«

»Ja, ja, es hat Spaß gemacht.«

»Julian«, sagte Pamela, »jetzt ist vielleicht nicht der richtige Zeitpunkt, um darüber zu sprechen, aber wann wirst du den Film fertig machen?«

»Pammy, ich hab's dir doch schon am Telefon gesagt. Ich habe so viele Sachen am Laufen, dass ich wirklich nicht weiß, wann ich dazu kommen werde – und bei den anderen Sachen verdiene ich Geld. Und ein *bisschen* Geld brauche auch ich, oder? Aber mach dir keine Gedanken, *Bellevue* steht ganz oben auf meiner Prioritätenliste. Aber warum redest du von der Arbeit? Das ist eine Party! Ich möchte, dass ihr beide euch heute Abend amüsiert. Mischt euch unter die Leute! Entspannt euch! Ich weiß, dass du kein Gras rauchst, John, aber es gibt jede Menge Wein, kaltes Bier ist in der Badewanne, und die starken Sachen stehen in der Ecke neben Chester Pratt. Okay?«

»Okay, Julian.«

Sie fanden einen Platz auf dem Boden neben der Wanne mit Bier, und bald schon kam Jerry zu ihnen und setzte sich neben Pamela. Er rollte einen Joint und rauchte ihn mit ihr, und eine Weile unterhielten sie sich leise.

»Ich glaube nicht, dass ich ihn überhaupt kennenlernen möchte, wenn es dieser schrecklich dürre Mann ist«, sagte sie. »Ist er immer so betrunken?«

»Er ist erstaunlich. Ich habe noch nie erlebt, dass jemand so viel trinken kann. Ich habe ihn fünf- oder sechsmal gesehen und jedes Mal war er besinnungslos besoffen. Sogar an dem Abend, als ich zu seiner Lesung nach Princeton gefahren bin.«

»Wann schreibt er dann?«

»Keine Ahnung. Aber er schreibt. Herrgott, was für ein Buch!«

»Woher kennt ihr euch, Jerry? Das hast du nicht erzählt.«

»Ich habe ihm geschrieben, dass ich sein Buch für den Film adaptieren will, und er hat geantwortet.«

»Von wem sprecht ihr?«, fragte Wilder.

»Von Chester Pratt«, sagte sie. »Er hat *Verbrennt all eure Städte* geschrieben und er steht dort drüben.«

»Kommt«, sagte Jerry, stand auf und hielt ihr die Hand hin. »Ich werde euch miteinander bekannt machen. Man lernt nicht jeden Tag einen bedeutenden Schriftsteller kennen.«

Ausnahmsweise jagte ihm dieser große Mann keine Angst ein – auch wenn er berühmt war, auch wenn Pamela sagte, es sei »so schön«, ihn kennenzulernen, und ihn »Sir« nannte. Der bedeutende Schriftsteller war wirklich groß, aber zerbrechlich dünn, und sein vom Alkohol verzerrtes Gesicht war eher das eines schwachen, traurigen Jungen als das eines Mannes.

»Was für ein Buch ist *Verbrennt all eure Städte?«,* fragte er sie, als sie wieder neben der Badewanne saßen.

»Ich habe es mal für einen guten Roman gehalten, jetzt bin ich mir da nicht mehr so sicher. Hast du jemals so ein Wrack gesehen?«

»Pammy! Oh, Pammy, schön, dich zu sehen!«

»Pam!«

Eine atemlose Gruppe Marlowe-Mädchen stürzte sich jetzt auf sie – Mädchen, die sie seit dem Abschluss nicht mehr gesehen hatte, Mädchen in allen Formen und Größen, in allen Variationen von eleganter und legerer Kleidung, alle mit ihren lächelnden »Bekannten« im Schlepptau – und obwohl es ihr gelang, freundlich zu sein, konnte sie es mit ihrer Begeisterung eindeutig nicht aufnehmen.

»... und Ruth, Grace, Polly, das ist John Wilder.«

Sie waren hocherfreut, ihn kennenzulernen; sie hatten schon so viel von ihm gehört; und kaum waren sie wieder weg, fragte sie: »John? Wirke ich auf dich so jung wie die?«

»Nein.«

»Gut. Und weißt du was? Du hattest recht. Das sind wirklich Kinder. Nicht nur die Mädchen, auch die Jungs. Julian mit seiner schicken Wohnung und seinen Stroboskoplichtern und seiner lauten Rockmusik; Jerry, der uns vertrauliche Informationen über seinen bedeutenden Schriftsteller gibt – ist dir aufgefallen, dass er den ganzen Abend dort drüben steht und den Mann fast ableckt? Gehen wir nach Hause.«

»Es ist noch nicht einmal zehn.«

»Ich weiß, aber es ist schrecklich hier. Mir ist es egal, wenn ich keinen von ihnen *je* wiedersehe. Und ich bin froh, dass es noch nicht spät ist, dann haben wir mehr Zeit für uns.«

Wie gewöhnlich schlief Janice schon, als er nach Hause kam, und bevor er ins Bett ging, suchte er im Bücherregal im Wohnzimmer noch nach *Verbrennt all eure Städte.* Da war es, knapp über dem Boden, ein leuchtend gelber Umschlag mit roter Schrift. Auf dem Umschlagfoto war Pratt kaum wiederzuerkennen: Es musste aufgenommen worden sein, als er nüchtern war.

Es verging fast ein Monat bis zu seinem nächsten Besuch bei Dr. Brink, und bis dahin blieb ihm nichts anderes übrig, als ein wenig zu lügen, was seinen Alkoholkonsum anbetraf.

»Ich habe ein bisschen was getrunken, seit wir uns zum letzten Mal gesehen haben, ja«, sagte er, während der Doktor etwas in seine Akte kritzelte. »Nicht viel, hin und wieder, mit sehr viel Soda.« Die Art und Weise, wie der Doktor gleichzeitig schrieb und zuzuhören schien, war beunruhigend.

»Nun, ich kann mir nicht vorstellen, dass ein paar ganz leichte Drinks Sie umbringen werden, Mr. Wilder.«

Er schrieb noch immer, blickte nur gelegentlich auf, als wollte er sich vergewissern, dass sein Patient noch da war. »Wie geht es Ihnen sonst? Fühlen Sie sich besser?«

»Es geht mir gut. Der Zusammenbruch in Vermont kommt mir vor wie ewig her, ich kann kaum mehr glauben, dass es passiert ist.«

»Gut, das ist die richtige Einstellung.«

»Doktor?«

»Mm?«

»Ich will ja nicht neugierig sein, aber können Sie wirklich zur gleichen Zeit zuhören und schreiben?«

Damit erntete er ein leises, trockenes Kichern. »Machen Sie sich wegen des Schreibens keine Gedanken, das ist Routine. Man lernt ein paar Dinge, wenn man so lange wie ich auf diesem Gebiet arbeitet.« Er legte die Aktenmappe beiseite und stand auf. »Jetzt werde ich für ein paar Minuten den Doktor spielen. Würden Sie bitte Ihr Jackett ausziehen und den linken Ärmel hochkrempeln? Ich möchte etwas ausprobieren.« Er näherte sich Wilder, packte sein Handgelenk und begann, seinen Unterarm am Ellbogen heftig auf und ab zu führen. »Nein, nein, entspannen Sie sich, lassen Sie den Arm locker. Gut, so ist es besser, sehr gut.... Gut.« Er kehrte zu seinem Stuhl zurück, notierte rasch etwas und schloss die Akte.

»Ich glaube, Sie entwickeln sich sehr gut, Mr. Wilder. Ich werde heute das Haldol absetzen – das ist das Neuroleptikum –, und Sie müssen mit dem Trinken nicht mehr ganz so vorsichtig sein. Trotzdem sollten Sie noch immer bedenken, dass sich keins der Medikamente mit Alkohol verträgt, also bitte nicht zu viel. Denken Sie daran, dass ein Drink von jetzt an in etwa die Wirkung von zwei haben wird, okay? Wenn Sie Alkoholiker wären, sähe die Sache anders aus, aber dafür halte ich Sie nicht. Alkoholiker sind nicht in der Lage, einen gut bezahlten Job bei einer angesehenen Zeitschrift zu halten. Wenn wir einmal mehr Zeit haben, wäre es mir sehr recht, wenn Sie mir etwas über den *American Scientist* erzählen würden.«

»Lesen Sie ihn?« Als er sein Jackett wieder anzog, war er so erleichtert wegen der Sache mit dem Trinken, dass ein Austausch harmloser Freundlichkeiten über seine Arbeit genau das Richtige zu sein schien. Er vergaß sogar, nach dem Sinn des Armbeugens zu fragen.

»Oh, ich bin seit Jahren Abonnent. Ursprünglich weil meine Frau die Titelseiten und die Illustrationen mag – sie ist Malerin –, aber dann wurde ich süchtig danach. Letztes Jahr habe ich sogar einen Artikel dafür geschrieben. Es ist erstaunlich: Für eine Publikumszeitschrift hat der *Scientist* ein sehr hohes wissenschaftliches Niveau.«

»In welcher Ausgabe wurde Ihr Artikel veröffentlicht, Doktor? Ich würde ihn gern nachlesen.«

»Ach, bemühen Sie sich nicht. Im August glaube ich. Ich will Sie nicht drängen, Mr. Wilder, aber heute habe ich sehr viel zu tun.« Und er stand auf, um Wilder die Hand zu schütteln und ihn zur Tür zu begleiten, bereit für den nächsten Patienten.

Ein paar Tage später lag ein Exemplar der Augustausgabe auf seinem Schreibtisch – er hatte eins der Laufmädchen gebeten, es aus dem Archiv zu holen –, und in der Inhaltsangabe prangte es in voller Größe: »Die neue Psychiatrie, von Dr. med. Myron T. Brink.« Im Büro hatte er keine Zeit, den Artikel zu lesen, aber er nahm das Heft mit nach Hause und nahm sich vor, es bald zu tun. Letztlich fand die Zeitschrift irgendwie den Weg in Pamelas Wohnung, und als er sie um Weihnachten herum – lange nachdem es noch von Bedeutung war – danach fragte, sagte sie, sie habe sie vermutlich weggeworfen.

Und plötzlich war es wieder Frühling, und Julian hatte den Film immer noch nicht geschnitten, ganz zu schweigen davon, dass er die »Orchestrierung« mit Blockflöten und Gitarren organisiert hätte. Soweit sie wussten, hatte er noch nicht einmal die Außenaufnahmen von den Straßen um das Bellevue herum gemacht. Und er redete sich auch nicht mehr darauf hinaus, dass er Geld verdienen musste; dieser Tage sprach er nur noch von Jerrys Adaption von *Verbrennt all eure Städte*. Er behauptete, dass es für sie beide sehr wohl den professionellen Durchbruch bedeuten könnte.

»Ich könnte ihn *erwürgen«,* sagte Pamela eines Abends zu Wilder, nachdem sie wieder einmal vergeblich mit Julian telefoniert hatte. »Er scheint zu glauben, dass er sich nicht einmal mehr bei uns entschuldigen muss. Ich dachte, Regisseure sind nur arrogant und herzlos, wenn sie schon berühmt sind.«

»Was ich nicht verstehe«, sagte Wilder, »ist, wieso Pratt sein Buch von zwei Kindern verfilmen lässt. Ich meine, wenn es ein so toller Roman ist, muss er doch Angebote von *richtigen* Filmleuten haben.«

»Nein, das glaube ich nicht. Das Buch hat sich nicht gut verkauft, und es ist eine sehr pessimistische Geschichte. Außerdem findet er es bestimmt schmeichelhaft, wenn ihm zwei eifrige junge Männer ständig die Aufwartung machen und seine ›Integrität‹ loben. Außerdem geht es nicht um Pratt. Es geht um Julian. Weißt du, was ich glaube? Ich glaube, er mag *Bellevue* nicht wirklich, und er ist zu feige, es zuzugeben.«

»Tja«, sagte er, »dagegen können wir wohl nicht viel tun.«

»Wir können ihm nur auf die Nerven gehen. Ich werde ihn Tag und Nacht anrufen, bis ich ihn kleingekriegt habe, und ich finde, du solltest ihn auch anrufen, aus dem Büro – versprichst du mir das?«

Er tat es – oder versuchte es zumindest: Dreimal war besetzt, und er wollte es gerade wieder probieren, als sein eigenes Telefon klingelte.

»John?« Es war Janice. »Es tut mir leid, dass ich dich bei der Arbeit störe, aber es ist wichtig. Könnten wir uns irgendwo zum Mittagessen treffen?«

»Leider nein, Liebling. George möchte, dass ich –«

»Okay, warte. Lass mich nachdenken.«

»Ist alles in Ordnung? Ist etwas mit Tommy?«

»Nun, es geht *um Tommy.*«

»Was? Was ist los?«

»Nicht am Telefon.«

Und so konnte er nichts weiter tun, als dasitzen und warten, während sie nachdachte. Irgendwo in einem anderen Büro übertönte eine der Sekretärinnen kreischend und lachend das Geklapper der Schreibmaschinen, und eine andere sagte: »Oh, Mr. Taylor, Sie sind schrecklich!« Er wollte aufstehen und die Tür schließen, aber das Telefonkabel war zu kurz.

»Janice? Bist du noch da?«

»Ja. Ich überlege. Warte – wir können heute Abend sprechen. Mir ist gerade eingefallen, dass du heute kein Treffen hast. Wir erzählen Tommy, wir wollen ins Kino, und dann gehen wir in dieses nette neue Café um die Ecke, wie heißt es noch gleich? Du weißt schon welches. Es ist rot und schwarz, und es gibt leckere Kuchen. Dort können wir in aller Ruhe so lange reden, wie wir wollen.«

Den ganzen restlichen Tag über, während des langweiligen Geschäftsessens und der vielen Telefonate am nicht enden wollenden Nachmittag machte er sich Sorgen wie ein pflichtbewusster Familienvater. Aber nicht Tommy war es, der ihn in Gedanken von der Arbeit fernhielt, sondern Janice. Was um Himmels willen sollte er nur wegen Janice unternehmen? Er kam nicht darüber hinweg, wie kläglich sie am Telefon geklungen hatte – wie sie von netten neuen Cafés ganz in Rot und Schwarz gesprochen hatte, wo sie leckeren Kuchen servierten und wo müde Eltern, sosehr sie sich auch entfremdet haben mochten, »in aller Ruhe« etwas schmerzhaft Herzbewegendes besprechen konnten.

»Oh, wie ich mich freue«, verkündete sie während des Abendessens. »Ich glaube, ich war schon seit Ewigkeiten nicht mehr im Kino.«

»Doch, Mom«, sagte Tommy. »Erst letzte Woche.«

»Das meine ich nicht«, sagte sie rasch. »Ich meine, dass ich mit deinem Vater im Kino war. Es wird wie ein richtiges altmodisches Rendezvous sein, nicht wahr, John?«

»Ja.«

»Willst du die Borgs anrufen, Liebling, und fragen, ob sie Zeit haben? Dann könnten wir zu viert ausgehen, das wäre noch netter.«

Nahm sie ihn auf den Arm? Was sollte er darauf antworten? Er blickte nervös zu seinem Sohn, bevor er antwortete. »Ist Paul diese Woche nicht auf Geschäftsreise?«

»Ach, ja, das stimmt. Wir könnten natürlich Natalie anrufen – sie würde bestimmt gern ausgehen –, aber zu dritt wird es nicht annähernd so viel Spaß machen, nicht wahr?« Und als er heimlich zu ihr blickte, kniff sie ein Auge zu in einem aufwendigen verschwörerischen Zwinkern. Das Absurde war, dass Tommy überhaupt nicht zuhörte.

»Darf ich aufstehen, Mom?«

»Natürlich darfst du das.«

Weil es eine warme Nacht war, trug sie ein Sommerkleid – dasselbe blau und braun gemusterte, die Brüste betonende Kleid, das sie bei ihrem Besuch im Bellevue getragen hatte, das Kleid, das sie immer als sein Lieblingskleid bezeichnete –, doch weil es später kühl werden könnte, legte sie sich eine leichte Stola über den Arm. Auch diese Stola konnte einem das Herz brechen. Er hatte sie ihr vor Jahren zum Geburtstag geschenkt, nachdem er im Büro eine hübsche Frau gesehen hatte, die sich eine Stola um die Schultern geschlungen hatte. Aber die Frau im Büro hatte gewusst, wie man so ein Ding trug: wie eine Art eleganten lockeren Schal, und Janice wusste es nicht. Kaum war sie von ihrer Geburtstagfeier vor den Spiegel in der Diele gestürzt, um damit zu posieren (»Oh, ich liebe sie, John ...«), war ihm klar, dass sie es nie lernen würde – sie hing und baumelte von ihren Unterarmen herab wie ein Seil –, und je öfter sie es versuchte, umso schlimmer wurde es.

»Wir gehen jetzt, Tommy«, flötete sie in der Diele. »Und du gehst sofort ins Bett, wenn die Sendung vorbei ist. Keine Mätzchen heute Abend, okay?«

»Was sollte das mit den Borgs?«, fragte er sie im Aufzug.

»Ach, ich weiß auch nicht, ich wollte unbedingt über irgendetwas reden, damit er nicht merkt, wie angespannt ich bin.«

Das Café ähnelte sehr dem anderen, in dem Bill Costello den Wert der Anonymen Alkoholiker dramatisiert hatte, doch dieser Abend sollte noch weitaus dramatischer werden.

»Warten Sie«, sagte sie zu dem gestressten jungen Kellner aus Puerto Rico. »Ich glaube, ich möchte Ihren wunderbaren Käsekuchen mit Kirschen und Kaffee mit sehr viel Sahne. Sind Ihre Kuchen auch wirklich frisch heute Abend?«

Der Kellner stand da mit seinem Bestellblock, schwitzte und blickte verwirrt drein.

»Einen Käsekuchen mit Kirschen, zwei Kaffee«, sagte Wilder.

»O Gott«, sagte sie, bevor der Kellner außer Hörweite war, »spricht denn in dieser Stadt niemand mehr Englisch?«

»Psst.«

»Ich weiß. Ich vergesse immer wieder, wie sehr sich New York verändert hat. Alles hat sich verändert. In Ordnung. Ich fange von vorn an. Letzten Freitag hat mich jemand von der Schule angerufen. Tommys Noten haben sich alle verschlechtert, und er wird es in zwei Fächern nicht schaffen. Er wird sitzen bleiben, John. Wenn es so weitergeht, wird er es *nie* aufs College schaffen – und das ist erst der Anfang.« Sie kramte in ihrer Tasche nach Taschentüchern, holte eine Handvoll heraus und putzte sich die Nase. »Tut mir leid«, sagte sie. »Ich wusste, dass ich heulen würde.« Und es blieb ihm nichts anderes übrig, als über den feuchten Plastiktisch zu langen und ihre Hand zu halten.

»Janice, das ist nichts, weswegen man sich so aufregen müsste. Kinder machen Phasen durch, mehr ist es nicht. Er kann in die Sommerschule gehen. Du hättest meine Noten sehen sollen, als *ich* so alt war wie er.«

»Ja, und wie wir alle wissen, warst du so überaus erfolgreich in Yale, nicht wahr? Du hast eine wunderbare, bemerkenswerte Karriere gemacht, nicht wahr? Oh, du verdienst gutes Geld, das bestreite ich nicht, aber seit wann wird ein Mann daran gemessen – entschuldige. Tut mir leid; war nicht so gemeint. Es ist nur so –«

»Okay, okay.«

»Ich bin so einsam, John, und nie ist jemand da, mit dem ich reden kann. Ich würde ja eine Analyse machen, wenn ich glauben würde, dass es was nützt. Oh, *vielen* Dank, Herr Ober, das ist wunderbar. Oh, und sieh nur, er ist wirklich frisch – sieht aus wie heute Morgen gebacken – danke. Das ist alles im Moment.«

»Missus, noch etwas?«

»Nein, ich habe nur gesagt –« Sie schloss die Augen und flüsterte durch zusammengebissene Zähne: »O Gott, o Gott.«

»Das ist alles«, sagte Wilder, und der Kellner zog sich unsicher lächelnd zurück.

»Aber das ist nur der Anfang«, sagte sie. »Das war *letzte* Woche und es war nur das Büro des Direktors. Gestern hat wieder jemand angerufen, und diesmal war es der Schülerberater.«

»Der was?«

»Der Schülerberater. Die gibt es jetzt in jeder Schule. Am Telefon wollte er nichts sagen; er hat gemeint, ich sollte herkommen, und das habe ich gemacht. Ich dachte, er wollte über die Noten sprechen, und so war es zum Teil auch, aber der Rest war noch viel, viel schlimmer. Er hat gesagt – oh, John, er hat gesagt, dass Tommy emotional gestört ist, und er glaubt, dass wir mit ihm zu einem Psychiater gehen sollen. Und zwar sofort.«

Wilder hatte einst – entweder in Grace Church oder in Yale – in einem wissenschaftlichen Einführungskurs gelernt, dass der Grund dafür, dass das Skrotum aller männlichen Säugetiere einziehbar ist, darin besteht, die Reproduktionsorgane in gefährlichen oder mit Stress verbundenen Situationen zu schützen: Die scharfen Halme des Urwaldgrases streifen zum Beispiel gegen die Oberschenkel eines laufenden Tieres, und die Testikel ziehen sich automatisch in den Rumpf zurück. Er war sich nicht sicher, ob er sich richtig erinnerte – erinnerte er sich überhaupt an irgendetwas, was er in der Schule gelernt hatte, richtig? –, doch die Grundidee schien stimmig. Wie auch immer, es passierte ihm jetzt: Seine Hoden zogen sich zurück in seinen Rumpf, hier in diesem Café.

»Was meint er damit, emotional gestört?«

»Er verhält sich feindselig und asozial«, sagte sie. »Er hat keine Freunde. In diesem Schuljahr hat er schon zweimal – oder vielleicht auch dreimal – anderen Jungen den Stuhl weggezogen, als sie sich setzen wollten, und ein Junge musste sich das Rückgrat röntgen lassen.« Sie hatte den Käsekuchen in ordentliche, saftig glänzende Stücke geschnitten; jetzt hob sie eines davon an die entblößten Zähne, doch es zerbrach und Krümel fielen auf ihr Kleid; und dieses kleine Unglück in Kombination mit dem geröntgten Rückgrat ließ sie erneut in Tränen ausbrechen.

»Zu einem *Kinder*psychiater meinst du?«, fragte Pamela. »Ist das nicht ein bisschen extrem?«

»Zuerst dachte ich das auch. Ich bin selbst hingegangen und habe mit dem Schülerberater gesprochen, und ich habe ein paarmal versucht, mit Tommy allein zu sprechen, so von Mann zu Mann, aber ich musste aufgeben. Es lässt sich nicht abstreiten: Er ist in sich gekehrt und verschlossen. Janice sagte, ich soll mehr Zeit zu Hause verbringen. Wahrscheinlich hat sie recht.«

»Ach, du denkst also, dass sie recht hat, ja? Also ich halte das für emotionale Erpressung.«

»Wie meinst du das?«

»Oh, John, nun tu doch nicht so. Glaubst du wirklich, sie weiß immer noch nicht, dass du eine Freundin hast? Nach dieser langen Zeit?« Sie setzte sich rasch im Bett auf – nicht um aufzustehen und einen Streit anzufangen, wie er befürchtet hatte, sondern nur um sicherzustellen, dass ihre Zigarette keine Löcher ins Laken brannte. »Manchmal bist du der sensibelste, intelligenteste Mann der Welt und manchmal bist du so begriffsstutzig und naiv wie – ich weiß nicht. Selbstverständlich weiß sie es. Wenn sie dich nicht direkt nach mir gefragt hat, dann ist das Teil ihrer Strategie.«

»Okay, ich bin also naiv«, sagte er. »Wirklich naiv von mir war allerdings zu glauben, dass ich mit dir darüber reden könnte.«

»Tja, das scheint etwas zu sein, was verheiratete Männer gern tun. Gott weiß, Frank hat genug Zeit damit verbracht, mit mir über *seine* öden häuslichen Probleme zu reden.«

Das war schlimm. Wenn sie schon anfing, ihn mit Frank Lacy zu vergleichen, dann würde er die Nacht vielleicht nicht überleben. Er stand aus dem Bett auf und zog sich den Bademantel aus Frottee über, den sie ihm zu Weihnachten geschenkt hatte, und allein das Gefühl des Mantels auf seiner Haut genügte, um ihn aufzuheitern. »Lass uns das Thema wechseln«, sagte er. »Ja, lass uns überhaupt aufhören zu reden. Wir singen.«

»Singen?«

»Ja. Wenn es etwas gibt, bei dem ich mich noch besser auskenne als bei alten Filmen, dann sind es alte Lieder. Habe ich dir das noch nicht erzählt? Warte. Wir müssen es richtig machen.« Vor dem Badezimmerspiegel befeuchtete und frisierte er sein Haar, zog das Revers des Bademantels gerade, und dann war er so weit. »Bist du bereit?«, rief er. »Schalt das Licht ein und schau zu.« Erst als er hörte, wie der Lichtschalter umgelegt wurde, riss er die Badezimmertür auf und näherte sich ihr mit kunstvollen kleinen Tanzschritten und aus voller Kehle singend:

Columbus discovered America
Hudson discovered New York
Benjamin Franklin discovered the spark
That Edison discovered would light up the dark
Marconi discovered the wireless telegraph
Across the ocean blue
But the greatest discovery
Was when you discovered me
And I discovered you

»Das ist *wunderbar*«, jubelte sie, nachdem sie aufgehört hatte zu lachen und zu klatschen. Während seiner Vorstellung hatte sie im Bett gesessen, die Arme wie ein kleines Mädchen um die Knie geschlungen, und jetzt strahlte sie. »Du singst richtig gut. Ich meine, du kannst nicht nur eine Melodie halten, du kannst wirklich *singen.*«

»Klar.« Gott sei Dank war sie nicht nahe genug bei ihm, um seinen rasenden Herzschlag spüren zu können. »Ich war nicht umsonst einmal Chorknabe.«

»Eine Art leichter, lustiger Eddie Fisher«, sagte sie, »oder ein gewichtiger Fred Astaire. Geh noch mal rein und komm noch mal raus. Sing noch ein Lied.«

»Nein. Das Geheimnis eines Entertainers besteht darin, dass er weiß, wann er aufhören muss. Außerdem ist es Zeit, dass ich – du weißt schon. Nach Hause gehe.«

»Oh, bitte. Versprichst du mir, dass du das nächste Mal wieder ein Lied singst?«

»Ja. Ich kenne Tausende.«

Er ließ sich schwer auf die Bettkante fallen, starrte auf seine leeren Schuhe, und die Haltung seines Rückens musste Bände gesprochen haben, denn sie schlang von hinten zärtlich die Arme um ihn und ihre Finger spielten mit seinem Brusthaar.

»Armer Liebling«, sagte sie. »Ich weiß, dass du dich schrecklich fühlen musst wegen Tommy.«

»Nein, das ist es nicht. Es ist – ach, du weißt schon. Dass ich nach Hause muss.« Denn nach Hause zu fahren bedeutete, zwischen all den verlorenen und geschlagenen Menschen der Stadt meilenweit mit der U-Bahn fahren zu müssen und sich an längst vergangene Nächte zu erinnern, in denen eine unscheinbare, sympathische junge Frau namens Janice Brady ihm sagte, dass sie die Brooklyn Bridge und die Fähre nach Staten Island liebte, und daran dass »Columbus Discovered America« das beste vieler, vieler Lieder gewesen war, die ihm dabei geholfen hatten, Janice Bradys Herz zu gewinnen.

Er begann, mehr Zeit zu Hause zu verbringen – Janice erzählte er, dass er nur noch zwei- oder dreimal statt fünfmal in der Woche zu AA-Treffen ging; zwar blieb ihm deswegen weniger Zeit für Pamela, doch fühlte er sich dafür wie ein verantwortungsbewusster Vater. Zweimal hörte er früher auf zu arbeiten, um mit Tommy zu einem Baseballspiel zu gehen (war das nicht etwas, was verantwortungsbewusste Väter taten?), und beide Male versuchte er danach, bei einem Bier in irgendeinem lauten Restaurant nahe des Stadions, ihn aus der Reserve zu locken.

»Wie läuft es in der Sommerschule, Tom?«

»Weiß nicht, ganz gut, glaube ich.«

»Meinst du, dass du nächstes Jahr ein bisschen besser sein wirst?«

»Weiß nicht.«

Einmal fragte er ihn nach dem Psychiater – »Kommst du klar mit Dr. Goldman?« –, bevor ihm einfiel, dass das ein Übergriff in seine Privatsphäre war, und er berichtigte sich rasch: »Du weißt schon, du brauchst nicht darüber zu reden, wenn du nicht willst.« Und Tommy kaute ernst an seinem Hotdog und behielt seine Meinung für sich.

»Spricht er mit dir über den Psychiater?«, fragte er Janice.

»Kein Wort – und ich weiß nicht, ob das ein gutes oder ein schlechtes Zeichen ist. Was meinst du?«

Pamela sah er nur zwei-, dreimal in der Woche, und sie schien jedes Mal voller Neuigkeiten zu sein, die nichts mit ihm zu tun hatten.

»Ich habe heute mit Chester Pratt zu Mittag gegessen«, sagte sie eines Abends, »oder vielmehr mit Jerry, und er hat Chester Pratt mitgebracht. Er ist wirklich sehr nett, wenn er nüchtern ist.«

»Ja?«

»Jerry hat sich wie ein Idiot verhalten, wie du dir vorstellen kannst – er hat versucht, die Unterhaltung an sich zu reißen, und hat ihn die ganze Zeit ›Chet‹ genannt –, aber wenn es Pratt mal gelungen ist, ein Wort einzuschieben, fand ich ihn charmant. Sehr intelligent und geistreich und – na ja, charmant.«

»Arbeitet er wieder an einem Roman?«

»Nein, das ist das Traurige. Er sagt, er kann es sich noch nicht leisten, ein neues Buch anzufangen, er hat zu viele Schulden. Er schuldet seiner Exfrau Geld und er hat Steuerschulden und ich weiß nicht, was noch alles. Er wird sich eine Arbeit suchen müssen; es ist eine Schande.«

»Warum? Die meisten Leute arbeiten, um leben zu können.«

»Ich weiß. Ich meinte nur – du weißt schon. Es ist eine Schande, weil er so schrecklich begabt ist. Du hast sein Buch nicht gelesen, deswegen kannst du es nicht verstehen.«

»Wenn er eine feste Arbeit haben will, sollte er besser beim Trinken kürzertreten.«

»Ach, das ist doch albern. Nur weil er auf Julians Party betrunken war, heißt das nicht – du trinkst auch viel und hast einen festen Job.«

»Was für eine Arbeit sucht er denn?«

»Er hat gesagt, dass er vielleicht wieder in Public Relations einsteigen will – das hat er schon mal gemacht –, oder er könnte sich einen Job in Hollywood suchen. Er hat gesagt, dass die Aussichten in beiden Bereichen trostlos sind.«

Doch Chester Pratt tat weder das eine noch das andere. Zwei oder drei Wochen später saß Wilder in Dr. Brinks Wartezimmer und blätterte in der *Newsweek,* wo er auf der »Periskop«-Seite auf folgende Meldung stieß:

> JUSTIZMINISTERIUM
> Nach monatelanger Suche ist es dem Justizminister gelungen, einen neuen Redenschreiber zu finden. Der 37-jährige Schriftsteller Chester Pratt *(Verbrennt all eure Städte)* wurde von dem Harvard-Kritiker T. J. Whitehead, einem Kennedy-Intimus, empfohlen.

»Ich weiß«, sagte Pamela an diesem Abend. »Jerry hat es mir erzählt. Er hat gemeint, dass Pratt sagt, dass er der einzige Mann im Team sein wird, der es nur der Bezahlung wegen macht.«

Es war der erste von mehreren Abenden, an denen sie auf sein Drängen im Bett nicht einging – »Tut mir leid, John, aber ich kann heute Abend nicht« –, und in der nächsten Woche rief sie ihn im Büro an und erklärte, dass sie wahrscheinlich eine Grippe habe; sie wollte wieder anrufen, wenn es ihr besserging.

Der Geschmack vom Ende ihres Verhältnisses lag ihm wie Galle auf der Zunge, während er routinemäßig arbeitete und zu Hause alles über sich ergehen ließ, und er quälte sich mit der Frage, an welcher Stelle er etwas falsch gemacht hatte. Es schien ihm jetzt klar, dass nach seinem Zusammenbruch in Marlowe die Dinge nie wieder zu ihrem ursprünglichen Zustand zurückgekehrt waren – und war das wirklich eine Überraschung? Wie konnte man von einer gesunden jungen Frau erwarten, einen psychisch labilen Mann zu lieben?

Ein- oder zweimal ging er abends tatsächlich zu einem AA-Treffen; an anderen Abenden zog er von Bar zu Bar oder war bei Janice und tat sein Bestes, sich an den endlosen Gesprächen über ihren Sohn zu beteiligen. An einem Abend ging Tommy beim Essen richtig aus sich heraus; er erzählte von einem lustigen Fernsehfilm, der ihm gefallen hatte, und hielt immer wieder inne, weil er lachen musste. Und Janice fasste Mut.

»Oh, ich fange wirklich an, Licht am Ende des Tunnels zu sehen, du nicht?«

Doch am nächsten Abend hatte sich ihre Stimmung wieder verdüstert: Die ersten Noten von der Sommerschule waren eingetroffen, und Tommy versagte noch immer in denselben zwei Fächern.

Als Pamela wieder genesen war, klang ihre Stimme am Telefon eher höflich als erfreut, dennoch belebte ihn das Wissen, dass er sie am Abend sehen würde; es half ihm dabei, das Abendessen mit den Borgs durchzustehen.

»Vielleicht könntest du mal mit ihm reden, Paul«, sagte Janice, kaum dass Tommy die Tür zu seinem Zimmer geschlossen hatte.

»Warum ich?«

»Weil er dich so liebt und bewundert. Seitdem er klein war, bist du für ihn so etwas wie ein Onkel.«

»Das höre ich gern, Janice, aber ich glaube, du übertreibst. Jedenfalls halte ich nicht viel davon, ›mal mit ihm zu reden‹, da bin ich mit John einer Meinung. Mir scheint, dass ihr alles in eurer Macht Stehende tut, jetzt müsst ihr einfach warten und das Beste hoffen.«

»Paul kann wunderbar mit Kindern umgehen«, sagte Natalie Borg. »Er wäre ein wunderbarer Vater gewesen, wenn nur …«

Nichts genoss sie so sehr wie die Gelegenheit, über die Hysterektomie zu sprechen, der sie sich schon in sehr jungem Alter hatte unterziehen müssen; und Wilder saß da, trank Kaffee und beglückwünschte sich zu seiner Langmut.

»Wenn ihr mich jetzt bitte entschuldigen würdet«, sagte er schließlich, »ich muss zu einem Treffen.«

Unterwegs in der U-Bahn versuchte er zu entscheiden, welches Lied er heute Abend singen würde. »You're the Top« und »I Get a Kick Out of You« und ein paar andere weithin bekannte Lieder hatte er bereits verbraucht; außerdem waren sie nicht so wirkungsvoll, weil Pamela den

Text kannte. Erst im Aufzug fiel ihm das perfekte Lied ein: eine alte und wenig bekannte Nummer von Al Jolson mit dem Titel »Where Did Robinson Crusoe Go with Friday on Saturday Night?« Er musste beinahe laut auflachen, als er sich vorstellte, wie er sie im Bademantel singen würde.

»Wir müssen etwas besprechen«, sagte sie, und so wie sie es sagte, wusste er, dass es kein normales Gespräch werden würde. Sie hatte ihm etwas mitzuteilen – etwas, was ihm nicht gefallen würde –, und es war besser, wenn er jetzt still war, sich setzte und ihr zuhörte. Er tat es und klammerte sich an das Glas mit Whiskey, als wäre es der letzte Drink vor dem Weltuntergang, während sie im Zimmer herumlief, die Arme vor der Brust verschränkt. »Ich ziehe um«, sagte sie. »Ich gebe meinen Job auf und die Wohnung und verlasse New York, wahrscheinlich für immer. Das bedeutet, dass es zwischen uns vorbei ist, und es tut mir leid, aber wir haben immer gewusst, dass es nicht ewig so gehen kann.«

»Ja«, sagte er, überrascht, wie leise und ruhig er sprach. »Ja, das haben wir vermutlich immer gewusst.« Er wollte wütend aufspringen und fragen, »Wer ist der Mann?«, oder auf die Knie fallen, die Arme um ihre Beine schlingen und sie bitten zu bleiben, aber er tat weder das eine noch das andere, weil es wichtig zu sein schien, die Szene auf ihre Art zu spielen. Und ein kleiner, irrationaler Teil seines Verstandes glaubte, wenn er seine Sache gut machte, wenn er nur »gesittet« blieb und seine Gefühle beherrschte, dann wäre sie so beeindruckt, dass sie es sich vielleicht noch einmal überlegen würde. Er trank bedächtig einen Schluck Whiskey, bevor er sagte: »Wohin gehst du?«

»Nach Washington.« Sie setzte sich und strich die Asche von ihrer Zigarette ab. Sie war sichtlich so erleichtert, das Schlimmste hinter sich gebracht zu haben, dass sie ein bisschen zu viel erzählte. »Ich habe dort einen Freund, der glaubt, ich würde mich für einen Job im Justizministerium eignen, und es ist eine so gute Gelegenheit, dass ich –«

»Moment. Es ist Chester Pratt.«

»Und wenn er es wäre?«

Zum Teufel mit der Gesittetheit, zum Teufel mit allem. Jetzt war er auf den Beinen und fiel mit eifersüchtiger Wut über sie her. »Wie lange schläfst du schon mit diesem Scheißkerl? Hm? Ich habe dir eine einfache Frage gestellt: Wie lange?«

»John, es bringt doch nichts, jetzt die Beherrschung zu verlieren. Es gibt wirklich –«

»Wie *lange*, verdammt noch mal? Antworte mir!«

»Diese Frage verdient keine Antwort.«

Und plötzlich war der Zorn verflogen und er versank in eine Agonie der Selbsterniedrigung und des Flehens: »Oh, Baby, geh nicht weg.« Er berührte sie mit der Hand an der Schulter. »Bitte, geh nicht weg. Ich brauche dich, ich brauche ...« Er hatte die beiden Dinge getan, die er sich geschworen hatte, nicht zu tun – er hatte geschrien und gebettelt –, und jetzt war nichts mehr übrig.

»Ich wusste, dass es schwierig werden würde«, sagte sie, »aber man kann nicht wiederaufleben lassen, was vorbei ist. Wir hatten eine gute Zeit zusammen, aber es ist – es ist vorbei.«

Jetzt war nur noch wichtig, von hier zu verschwinden, bevor sie ihn dazu aufforderte, und er schaffte es in einer Art Benommenheit, die als Würde durchgehen konnte. »Okay«, sagte er und ging zur Tür. Und er stand da mit der Hand auf dem Knauf, zählte zehn Herzschläge ab und gab ihr jede Chance, ihn zurückzurufen, bevor er »Mach's gut« sagte und ging.

Dann stand er in der irischen Kneipe mit dem großen Foto von Präsident Kennedy an der Wand (und Bobby mochte kleiner sein, aber es war unbestreitbar, dass alle Kennedys, die Männer und die Frauen, etwas sehr Großes hatten). Er trank doppelte Bourbons und starrte auf seinen Alan-Ladd-Haarschnitt und sein schmerzlich vertrautes Mickey-Rooney-Gesicht im Spiegel und fragte sich, wie er weiterleben sollte.

7. KAPITEL

Er hatte niemanden, dem er sich anvertrauen konnte, außer Brink.

»Es hat eine große Veränderung gegeben, Doktor. Ich habe meine Freundin verloren. Sie ist jetzt mit Bobby Kennedys Redenschreiber zusammen.«

»Tja, das ist natürlich schrecklich«, sagte der Doktor und schrieb rasch etwas in seine Aktenmappe. »Andererseits bedeutet es, dass Ihr Leben jetzt wesentlich weniger kompliziert ist, nicht wahr? Sie müssen die positive Seite sehen.«

Auf der positiven Seite war nicht viel zu sehen.

Er war froh, dass Tommy – auch wenn es mühsam gewesen war – die Sommerschule bestanden hatte und mit den anderen Schülern in die siebte Klasse versetzt wurde, und obwohl einiges von dem, was sein Sohn beim Abendessen erzählte, darauf schließen ließ, dass er Freunde gefunden hatte, vermochte er doch Janices Triumphgefühl nicht zu teilen. Schon jetzt war Tommy ein Fremder für sie, und es war erst der Anfang: Je näher die Pubertät rückte, umso unergründlicher würde er werden. Dreizehn, fünfzehn, siebzehn – Entspannung war erst angemessen, sobald Tommy einundzwanzig war und das College abgeschlossen hatte. Und bis dahin wäre er ein junger Mann geworden, der sich kaum oder gar nicht mehr mit seinem Zuhause verbunden fühlte.

Es war jetzt klar, dass Julian den Film wahrscheinlich nie fertigstellen würde – als Wilder einmal versuchte, ihn anzurufen, hieß es bei der Vermittlung, der Anschluss sei nicht mehr existent –, aber es fiel ihm nicht schwer, die ganze Sache zu verdrängen. Es schien absurd, dass er jemals geglaubt hatte, einen Film produzieren zu können; ohne Pamela war es sinnlos und er vergaß die Sache.

Zu Beginn des Herbstes hatte er eine Affäre mit einer Frau, die für einen seiner Kunden arbeitete, doch sie gefiel ihm nicht, weil sie überhaupt nicht wie Pamela war. Sie lachte die ganze Zeit und redete, während sie lachte; sie hatte raue Haut und Falten auf der Rückseite der Oberschenkel. Er vergnügte sich mit ihr an drei oder vier Abenden in der Varick Street; danach rief er sie nicht mehr an.

In der Arbeit war er sehr erfolgreich – noch vor Ende des Jahres war es ihm gelungen, zwei europäische Autohersteller als Anzeigenkunden für die Zeitschrift zu gewinnen; er holte nahezu doppelt so viel Geld herein wie andere Vertreter, was George Taylor dazu bewegt hatte, ihn »unentbehrlich« zu nennen –, doch er konnte sich nicht darüber freuen.

Nicht einmal die Politik interessierte ihn mehr. An mindestens einem Abend im Oktober beharrte Paul Borg darauf, dass die Art, wie Kennedy die Kubakrise bewältigt hatte, »vortrefflich« gewesen sei – und der Abzug der russischen Schiffe das Ende des Kalten Kriegs bedeute, »wie der Lauf der Geschichte beweisen wird« –, und Wilder widersprach ihm nicht, sondern fragte nur einmal mit kleinlauter Stimme, die sofort von den beiden Frauen übertönt wurde, was Borg denn glaube, was passiert wäre, wenn die Schiffe nicht abgezogen wären.

Einen oder zwei Monate später ließ sich Borg ausführlich über seine neue Bewunderung für den Bruder des Präsidenten, Bobby, aus: Er sei mit seinen Aufgaben als Justizminister »gewachsen« und habe sich zu einem verantwortlichen politischen Führer entwickelt. Er werde sicherlich ein Held der Bürgerrechtsbewegung werden – »Habt ihr seine jüngsten Reden gelesen?« –, und alles deute darauf hin, dass er in sechs Jahren ein würdiger Nachfolger im Präsidentenamt wäre.

»Das glaube ich auch«, sagte Janice. »Ist es nicht wunderbar, dass wir uns in so guten Händen befinden? Und sind sie nicht eine tolle Familie? Alle zusammen?«

Sie möchten ihn bitte entschuldigen, sagte Wilder, er müsse zu einem Treffen.

Und er ging tatsächlich zu ein paar Treffen – nicht nur zu dem in der West Houston, sondern auch Uptown. Einmal meinte er, seinen alten Betreuer Bill Costello unter den Anwesenden entdeckt zu haben, aber als er sich ihm anschließend näherte, stellte sich heraus, dass der Mann mit dem weißen Haar in der Gruppe von Leuten, die um die Kaffeekannen herum standen, ein anderer war und sich als ein schwermütiger polnischer Ingenieur entpuppte.

Am Abend vor Weihnachten saß er mit Janice im Wohnzimmer, die gerade dabei war, die letzten Geschenke zu verpacken und unter den schütteren Baum zu legen. Ihr Weihnachtsbaum schien jedes Jahr kleiner und bedauernswerter zu werden, aber er roch immer gleich – es war ein grüner, stechender Geruch, der ihn an seine frühe Kindheit erinnerte. Er wollte fragen, Warum haben wir keinen größeren Baum gekauft?, doch das hätte vermutlich die sanftmütige, unschuldige Stimmung des Abends verdorben. Stattdessen schlenderte er am Bücherregal entlang, bis er *Verbrennt all eure Städte* fand und es herauszog. »Taugt das was?«, fragte er.

»Ach, es wurde gut besprochen«, sagte sie und blickte auf. Sie saß auf dem Teppich und strich sich eine Haarsträhne aus den Augen. »Aber ich fand es ein bisschen – überdreht. Warum?«

»Kein besonderer Grund. Ich habe ihn mal kennengelernt. Den Autor.«

»Ja? Wo?«

»Bei einem AA-Treffen. Offenbar hatte er ein Alkoholproblem.«

»Hat er eine Rede gehalten?«

»Nein, ich wurde ihm nur vorgestellt.«

»Na ja, vielleicht gefällt dir das Buch ja, John. Ich will es dir nicht vermiesen.«

Es rührte ihn, dass sie zu glauben schien, es würde ihm »gefallen«, ein ganzes Buch zu lesen. »Nein«, sagte er, »ich glaube, die Mühe werde ich mir sparen. Ich mochte ihn nicht besonders.«

»Dann lies es nicht. Du hast immer einen so sicheren Instinkt, wenn es um Menschen geht. Das ist wahrscheinlich ein Grund, warum du so gut bist in deinem Beruf.«

»Ach, ich weiß nicht. Mit der Art von Arbeit, die ich mache, könnte so gut wie jeder seinen Lebensunterhalt verdienen.«

»Warum behauptest du das immer? Ich glaube, dass deine Arbeit sehr schwierig ist, und du erledigst sie extrem gut.« Sie stand auf und schaltete alle Lampen im Zimmer aus, sodass die bunten Lichter des Baums alles in ein mattes rosa Glühen tauchten. Dann setzte sie sich mit angezogenen Beinen aufs Sofa und fragte: »Wie sieht es aus?«

»Schön«, sagte er und setzte sich neben sie. »Es sieht wirklich schön aus, Janice.« Nach einer Pause fügte er hinzu und fühlte sich dabei so schüchtern wie ein kleiner Junge: »Du machst immer alles richtig an Weihnachten.«

»Soll ich Weihnachtslieder im Radio suchen?«

»Nein, bemüh dich nicht. Lass uns – einfach eine Weile hier sitzen.«

Und fast bevor es ihm bewusst wurde, lagen sie einander in den Armen. Sie keuchten und stöhnten und fielen übereinander her wie rasende Teenager.

»Oh, John«, sagte sie, als er sie ins Schlafzimmer führte, »es ist so lange her.«

»Nein, das stimmt nicht, das kommt dir nur so vor.«

»Das meine ich ja. So lange seit wir wirklich – seit wir beide *wirklich* – oh, John …«

Er dachte nur flüchtig an Pamela, als sie übers Bett rollten und sich aneinanderklammerten; dann vergaß er sie. Es war vorbei. Der Ort, an den er gehörte, war wohl hier.

Janice nannte es »unsere zweiten Flitterwochen«, was ihn jedes Mal zusammenzucken ließ, wenn sie ihn nicht ansah, und sie hielten den ganzen Winter über an bis weit in den Frühling hinein. Dass er nicht nur aus Pflichtgefühl mit ihr schlief, war eine Freude an sich, und es gab noch mehr, das ihn freute: Sie redete weniger oder zumindest enthielt sie sich des Redens, das dem alleinigen Zweck diente, das Schweigen zu füllen, und viele kleine Dinge an ihrem Verhalten ließen auf ein erneuertes Selbstwertgefühl schließen – auf eine neue Heiterkeit geradezu.

Dann war es wieder Sommer und er war fast neununddreißig Jahre alt. Als sie »aufs Land« fuhren, lag dort nicht nur eine Frau auf dem Floß, deren junges Fleisch eine tägliche Tortur für ihn war, sondern es waren gleich drei oder vier, und in der Küche stand nicht einmal eine Flasche Sherry zum Kochen.

»Ich glaube, ich werde heute Abend mal in die Stadt zu einem Treffen fahren«, sagte er, während Janice grüne Bohnen für das Abendessen brach.

»Gut«, sagte sie, »in Ordnung, aber du warst diese Woche doch schon bei drei Treffen. Meinst du wirklich, dass es nötig ist?«

»Manchmal«, sagte er, »musst du in dieser Sache meinem Urteil vertrauen.«

Kaum in der Stadt, suchte er die Bar des Biltmore auf, wo er bis nach Mitternacht blieb und trank; dann ging er in die Bar des Commodore – der Ort, von wo aus ihn Paul Borg damals ins Bellevue gebracht hatte – und trank dort weiter bis zur Sperrstunde. Als er unsicher nach oben in ein Hotelzimmer wankte, wusste er, dass seine Stimme nicht richtig klingen würde, wenn er sie anriefe, deswegen sparte er sich die Lüge bis zum Morgen auf: Es habe Probleme mit dem Wagen gegeben; der Mechaniker habe ihn über Nacht in der Werkstatt behalten; er habe nicht früher angerufen, weil er sie nicht hatte wecken wollen. Und offenbar glaubte sie ihm, doch wenn er später zurückblickte, schien es, dass mit dieser Nacht das Ende ihrer zweiten Flitterwochen eingeläutet worden war.

Im Herbst geschah nichts – bis Ende November, als er mit George Taylor vom Mittagessen zurückschlenderte und sie dabei auf eine Menschenmenge stießen, die vor einem Fernsehgeschäft den Gehweg blockierte. Mehrere Frauen weinten und ein paar Männer waren den Tränen nah, und bald erfuhren sie, dass man dem Präsidenten in den Kopf geschossen hatte. Die Kameras schwenkten über die geschockten, entsetzten Menschenmassen in Dallas, und dann folgte ein Schnitt zu Walter Cronkite, der die Nachricht sachlich wiederholte.

»Ich gehe lieber nach Hause, George.«

»Ja. Ich mache auch Feierabend.«

Und als er zu Hause ankam, war Kennedy tot.

»Das ist eins der schrecklichsten Ereignisse der Geschichte«, sagte Janice zum Fernseher. Ihre Augen waren gerötet, und sie blinzelte; in einer Hand hielt sie Taschentücher, mit denen sie sich die Augen wischte, den anderen Arm hatte sie um Tommy geschlungen, der von der Schule nach Hause geschickt worden war. »Ach, er war so ein großer Mann und er war so *jung*. Seine Karriere hatte gerade erst angefangen.« Bald würde sie Paul Borg anrufen, wenn sie es nicht schon getan hatte, um sich ihren Schmerz bestätigen zu lassen.

»... der Schock hat unser Land und die gesamte westliche Welt erschüttert«, sagte Walter Cronkite.

Und Wilder saß benommen da, sagte kaum etwas und fragte sich, was mit ihm los war.

Später am Nachmittag wurden Bilder aus Dallas übertragen, die zeigten, wie die Polizei einen Verdächtigen namens Oswald ins Gefängnis brachte – man sah nur, dass er dürr war und ein T-Shirt trug – und wie ein rechtschaffener Polizist ein Gewehr mit Zielfernrohr in die Kameras hielt. Erst jetzt begriff Wilder, was er empfand, und daraufhin musste er in die Küche und heimlich einen Schluck von dem Whiskey trinken, den Janice für Gäste aufbewahrte. Er empfand Mitgefühl für den Mörder und er glaubte, seine Motive zu verstehen. Kennedy war zu jung, zu reich, zu gut aussehend und zu erfolgreich gewesen; er hatte Eleganz,

Scharfsinn und diplomatisches Geschick verkörpert. Sein Mörder hatte aufseiten der Schwäche, des gefühlsgestörten Stumpfsinns, der hoffnungslosen Anstrengung und des selbstzerstörerischen Fanatismus der Dummheit Stellung bezogen – Kräfte, die John Wilder nur zu gut verstand. Er hatte beinahe das Gefühl, selbst auf den Abzug gedrückt zu haben, und war dankbar, dass er hier war, zitternd und sicher in seiner Küche, zweitausend Meilen vom Tatort entfernt.

»Es ist schrecklich«, sagte er, als er sich wieder zu seiner Frau und seinem Sohn setzte. »Es ist schrecklich, wirklich schrecklich.«

Alles veränderte sich im Februar.

Er saß im Büro und überlegte, ob er Feierabend machen und etwas trinken gehen sollte – jemand, der »unentbehrlich« war, konnte sich das leisten –, als das Telefon klingelte. Es war Pamela.

»Mein Gott«, sagte er. »Wo bist du?«

Sie klang schüchtern, als wäre sie unsicher gewesen, ob sie ihn anrufen sollte oder nicht. »Ich wohne im Plaza. Ich habe mich gefragt, ob du heute Nachmittag hier mit mir vielleicht etwas trinken gehen willst.«

Sie hatte sich ein bisschen verändert – das fiel ihm als Erstes auf, als er sie in der Cocktailbar traf. Ihre Augen und ihr Mund waren anders – älter, »intellektueller« –, und die Art, wie sie dasaß und sprach, strahlte eine neu gewonnene Autorität aus, doch statt sich damit aufzuhalten, konzentrierte er sich auf etwas, was er schon vor langer Zeit bemerkt hatte: Ihre Nasenspitze hüpfte bei jedem P, B und M leicht auf und ab. Sie sei, sagte sie, »fertig« mit Washington, und das schien zu implizieren, dass sie auch mit Chester Pratt fertig war.

»Ich meine, es war ziemlich aufregend, im Justizministerium zu arbeiten«, fuhr sie fort. »Ich war in der Presseabteilung – auf der anderen Flurseite, direkt gegenüber, war das Büro des Ministers –, und wahrscheinlich werde ich nie wieder so einen interessanteren Job haben. Das Problem war vor allem Chets Trinkerei – er ist wirklich ein Säufer und wäre bestimmt nie eingestellt worden, wenn Bob davon gewusst hätte.«

»Wer ist ›Bob‹?«

»Kennedy. Nur die Familie nennt ihn ›Bobby‹. Wie auch immer, er hat Chet in aller Eile eingestellt, weil er dringend einen Redenschreiber brauchte, und es dauerte zwei oder drei Monate, bis sein FBI-Bericht kam. Es standen lauter Sachen über seinen Alkoholismus drin, aber Bob brachte es nicht übers Herz, ihn zu feuern, und ließ ihn bleiben. Und Chet hat es versucht – er hat ein paar gute Reden geschrieben –, aber er schien zu glauben, dass er sich abends und an den Wochenenden zu Tode saufen durfte, wenn er unter der Woche tagsüber nüchtern blieb. Das war ziemlich schwierig für mich. Dann, gegen Ende, kurz vor dem Attentat, war seine Trunksucht nicht mehr zu übersehen: Er sah fürchterlich aus und zitterte – er schlich sich immer wieder heimlich nach draußen, um schnell einen Wodka zu trinken und so den Tag zu überstehen. Auf eine schreckliche Weise war das Attentat das Beste, was ihm passieren konnte: Viele Leute haben ihre Kündigung eingereicht, und ihm gab es die Möglichkeit, auf respektable Weise zu gehen. Ich habe auch gekündigt.«

»Wo ist er jetzt?«

»Irgendwo hier in der Stadt vermutlich. Ich weiß es wirklich nicht und es ist mir auch egal. Ich habe mich letzten Monat von ihm getrennt, bevor ich zu meinem

Vater gefahren bin. Es kommt mir vor, als wäre es Jahre her.«

Kein Wunder, denn der Besuch bei ihrem Vater hatte ihr Leben verändert. »Ich vergesse immer, wie alt er ist«, sagte sie. »Er ist jetzt über sechzig und manchmal wirkt er sogar noch älter. Ich glaube, seit dem Tod meiner Mutter ist er nie wieder richtig glücklich geworden, jedenfalls sagt er immer, dass Mark und ich alles sind, was ihm auf der Welt geblieben ist. Habe ich dir von Mark erzählt?«

»Nur dass er ein absolutes Klaviergenie ist.«

»Das habe ich gesagt? Na ja, es stimmt vermutlich auch. Seit vier oder fünf Jahren studiert er in Rom und letzten Sommer hat Daddy ihn besucht. Ich glaube, er war der Ansicht, dass Mark nicht mehr studieren, sondern auftreten sollte. Und Daddy hat ihn gefunden – John, versprichst du mir, nicht zu lachen oder etwas Blödes zu sagen, wenn ich es dir erzähle? Du musst es mir versprechen.«

»Okay.«

»Er hat ihn in einem Hotel gefunden, wo Mark für die Touristen in der Cocktailbar Klavier gespielt hat; und es kam sogar noch schlimmer. Er lebt mit einem anderen Mann zusammen in einer Wohnung, die vor allem mit Spiegeln und schwarzem Samt behängt ist. Er ist homosexuell geworden.«

»Oh.«

»Ein anderer Vater hätte es vermutlich verkraftet, aber nicht Daddy. Das ist für ihn Sodom und Gomorrha. Er sagt, er will mit Mark nichts mehr zu tun haben, und ich glaube, er meint es ernst. Wie auch immer, die Sache hat ihn zu einer Art Übervater für mich gemacht, falls du verstehst, was ich meine.«

»Ich glaube schon.«

»Als ich ihn besucht habe, hat er gesagt: ›Was willst du, Pamela? Was willst du erreichen in dieser Welt?‹ Ich glaube, er hat gehofft, ich würde sagen, heiraten und eine Familie gründen, aber dazu bin ich noch nicht bereit; vielleicht werde ich es nie sein. Ich habe ein paar Tage lang darüber nachgedacht – ich meine, das ist doch eine Frage, über die man einfach nachdenken *muss* –, und dann habe ich zu ihm gesagt, dass ich etwas mit Film machen will. Ich habe ihm sogar ein bisschen was über dich erzählt.«

»Über mich?«

»Nicht wirklich *über* dich, nur dass ich – na ja, mal einen Mann gemocht habe, der sich für dasselbe interessiert, und dass wir zusammen einen experimentellen Film gedreht haben, der noch nicht fertig ist. Und an dieser Stelle hat er praktisch schon nach seinem Scheckbuch gegriffen, John. Ich meine, ich *weiß*, er hat mehr Geld, als er ausgeben kann, aber das hatte ich nicht erwartet. Er hat gesagt: ›Willst du nach Hollywood gehen?‹ Ich habe gesagt, dass es neben Hollywood noch alle möglichen anderen Orte gibt, an denen Filme gemacht werden, und er hat gesagt, dass es neben Detroit auch noch jede Menge andere Orte gibt, an denen Autos gebaut werden. Er hat gesagt, wenn etwas die Mühe lohnt, dass man es tut, dann lohnt es auch die Mühe, es richtig zu tun. John, er hat angeboten, mich bis zu einem Betrag von fünfzigtausend Dollar zu finanzieren.«

»Das ist ziemlich viel.«

»Ich konnte es nicht glauben.« Einen Augenblick lang sah sie aus wie ein kleines Mädchen, das mit dem extravaganten Geburtstagsgeschenk seines Vaters angibt. »Aber er hat gesagt, dass ich kein Kind mehr bin und dass man mir Verantwortung anvertrauen kann. Und er hat gesagt:

›Wenn du dort hinwillst, solltest du nicht mittellos sein.‹ Und, John« – sie nahm eine Zigarette und zündete sie mit einem goldenen Feuerzeug an, das wahrscheinlich auch ein Geschenk ihres Vaters war oder vielleicht von Chester Pratt –, »John, ich will nach Hollywood, aber ich will nicht allein gehen. Ich möchte, dass du mitkommst.«

»Du meinst, bis Chester Pratt wieder nüchtern ist?«

»Ich wusste, dass du so etwas sagen würdest. Wie kann ich dich überzeugen? Hör mal, ich habe neulich Abend Jerrys *Bellevue*-Drehbuch gelesen, und als ich an dich gedacht habe, musste ich weinen. Ach, und hör mal.« Sie legte die Zigarette in den Aschenbecher und neigte sich zu ihm hinüber, um sein Handgelenk fest in beide Hände zu nehmen, und plötzlich wusste er, was es war, das ihn von Anfang an zu ihr gezogen hatte, mehr noch als ihr makelloser Körper: Es war ihre Stimme. »Hör mal. Was spricht dagegen? Weißt du etwas Besseres mit deinem Leben anzufangen?«

»Janice«, sagte er ein paar Abende später, »ich muss dir etwas sagen.«

Er schaute ihr erst ins Gesicht, nachdem er den härtesten Teil hinter sich gebracht hatte: Er wollte die Trennung; er würde nach Kalifornien gehen; er hatte die Gelegenheit, Filmproduzent zu werden; es gäbe da eine Frau –, und als er einen Blick riskierte, sah er, dass ihre Miene ausdruckslos war. Er konnte nicht sagen, ob sie sich »gesittet« verhielt oder ob sie einfach nur sprachlos war.

»Und auf der Bank ist genug Geld für dich und Tommy für die nächsten zwei Jahre«, sagte er, »nicht dass ihr so viel brauchen werdet. Mit ein bisschen Glück werde ich euch innerhalb eines Jahres regelmäßig Geld schicken können, vielleicht schon in einem halben Jahr, und natürlich werde ich immer …«

»Du hast dich also entschieden«, sagte sie schließlich.

»Ja. Das habe ich.«

»Dann brauche ich wohl nichts mehr dazu zu sagen, oder?« Sie stand aus ihrem Lesesessel auf und entfernte sich ein paar Schritte von ihm, die Schultern gerade. Als sie sich umdrehte, rechnete er damit, in ein Gesicht zu blicken, das hässlich und wutverzerrt war, aber es war auf eine unauffällige Weise nahezu hübsch. Ihre Augen glänzten. »Oh, John«, sagte sie. »Und ich habe gedacht, dass wir so gut miteinander auskommen.«

»Und ich bleibe eine lange Zeit weg«, sagte er zu Tommy am Abend darauf. »Vielleicht ein halbes Jahr, vielleicht länger. Aber wir bleiben in Verbindung.«

»Okay, Dad.«

»Und wenn ich mich eingerichtet habe, kannst du vielleicht zu einem Besuch rüberfliegen. Würde dir das gefallen?«

»Klar, das wäre toll.«

»Wäre vielleicht ein Spaß für dich, allein zu fliegen. Und in Los Angeles gibt es viel zu sehen – viel guten Baseball.«

»Okay, Dad.«

»Das ist der größte Blödsinn, den ich je gehört habe«, sagte George Taylor. »Du bringst verdammt noch mal nicht nur *mich* in eine Bredouille, indem du alle deine Kunden im Stich lässt, sondern du handelst einfach vollkommen – vollkommen verantwortungslos. Verziehst dich nach Kalifornien, ohne von Tuten und – John, ein Mann baut nicht jahrelang etwas auf, um es dann mutwillig kaputt zu treten. Was ist mit Janice, um Himmels willen? Was ist mit deinem Jungen?«

»Für sie ist gut gesorgt.«

»Darum geht es nicht. Ein Mann braucht ein Zuhause. Du willst deine kleine Freundin, okay, gut, du sollst deine kleine Freundin haben, aber – um es ordinär auszudrücken, man scheißt nicht in den eigenen Vorgarten.« Sein gerötetes Gesicht und sein Schmollmund deuteten darauf hin, dass er es zwar bedauerte, es so ausgedrückt zu haben, andererseits aber auch froh darüber war. »In Ordnung!« Er hielt eine Hand hoch, als wollte er einen Schlag abwehren. »In Ordnung, der Teil geht mich vielleicht nichts an, aber das hier« – er stieß mit ausgestrecktem Zeigefinger gegen seinen Schreibtisch – »das geht mich sehr wohl was an. Du wirfst deine ganze Karriere weg.«

»Ich habe es nie als ›Karriere‹ gesehen, George. In Wahrheit habe ich den Job nie gemocht.«

Und Taylor verdrehte die Augen. »Nie gemocht. Erst arbeitest du dich ganz nach oben und dann beschließt du, dass du es nie – ach, du langweilst mich. Du benimmst dich wie ein verrückter Halbwüchsiger. Filme! Was in Gottes Namen verstehst *du* schon von Filmen?«

»Mal sehen«, sagte Dr. Brink und blätterte in einem dicken Buch, das wie eine Enzyklopädie aussah. »Los Angeles. Ich kenne dort niemanden persönlich, den ich empfehlen könnte, aber mit der UCLA können Sie nichts falsch machen. Notieren Sie sich diesen Namen: Burton L. Rose. Muss ein fähiger Mann sein, wenn er es bis zum Abteilungsleiter geschafft hat.« Er legte das Buch weg.

»Gut. Was Ihre Medikamente anbelangt, glaube ich nicht, dass eine Veränderung angezeigt ist. Wenn Ihnen die Tabletten ausgehen, gibt Rose Ihnen neue. Wäre es nur eine normale Geschäftsreise, dann würde ich es dabei belassen, aber ich mache mir ein bisschen Sorgen wegen – der Unbestimmtheit Ihrer Pläne.«

»Ich auch.«

»Sie werden in Situationen geraten, die Sie sich jetzt nicht einmal ansatzweise vorstellen können, und Sie werden eine ganze Menge Stress aushalten müssen.«

»Das ist es, weswegen ich mir Sorgen mache, Doktor. Ich meine, nicht wirklich Sorgen, ich habe Bedenken.«

»Bedenken, genau«, sagte der Doktor, als wäre es das Wort, nach dem er gesucht hatte, und er tippte sich mit seinem silbernen Kugelschreiber gegen die Zähne. Dann schrieb er etwas auf seinen Rezeptblock. »Wir wollen kein Risiko eingehen. Wir tun Folgendes. Ich verschreibe Ihnen drei zusätzliche Medikamente, die Sie nur nehmen, wenn Sie das Gefühl haben, dass Sie am Rande eines Nervenzusammenbruchs stehen. Denken Sie daran, sie sind nur für schlechte Zeiten. Tun Sie ein Gummiband darum, bewahren Sie sie in einem separaten Fach Ihres Koffers auf. Betrachten Sie sie als Notfallausrüstung. Wie hört sich das an?«

»Gut. Und hören Sie, Doktor, da ich Sie vielleicht nicht wiedersehen werde, möchte ich Ihnen danken für Ihre – Sie wissen schon – für Ihre Hilfe.«

»Nichts zu danken«, sagte Brink, stand auf und schüttelte ihm die Hand. »Es war mir ein Vergnügen.«

8. KAPITEL

Der Flughafen von Los Angeles war so unübersichtlich, dass Pamela den Tränen nahe war, als er ihren Leihwagen in das Labyrinth der Schnellstraßen manövrierte.

»Wonach soll ich Ausschau halten?«, fragte er sie, als die riesigen grün-weißen Schilder über ihren Köpfen vorbeizogen.

»Halt nach dem Sunset Boulevard Ausschau«, sagte sie. »Das ist zumindest – pass *auf,* John –, das ist zumindest mal ein Anfang.«

Von zwei kurzen Geschäftsreisen wusste er nur, dass es nicht wirklich eine Stadt war. Los Angeles erstreckte sich meilenweit in alle Richtungen, ohne jemals zu einer Stadt zu werden, und der Teil namens Hollywood war der am schwersten zu fassende von allen; aber am Sunset Boulevard zu beginnen klang besser, als Hollywood Ecke Vine Street.

»Gut«, sagte sie, als er die Ausfahrt gefunden hatte und sie die freundliche, palmengesäumte Straße entlangfuhren. »Wenn wir jetzt eine Weile auf dieser Straße bleiben, sollte sie zum Sunset Strip werden.«

So war es, und sie nahmen sich ein Zimmer in einem Motel nicht weit von Cyrano's. Bald war er dabei, Whiskey über die kleinen Moteleiswürfel zu gießen, und sie lag auf dem Kingsize-Bett und zog sich die Schuhe aus. Zumindest waren sie hier.

»Prost«, sagte er.

»Ich denke, als Erstes sollten wir uns eine Wohnung suchen«, sagte sie, »noch bevor wir Edgar Freeman anrufen. Meinst du nicht auch?«

Edgar Freeman war ihr einziger »Kontakt«. Er war Produzent und Regisseur bei Columbia Pictures und sein Onkel ein Bekannter ihres Vaters. Er hatte auf ihren Brief mit einer freundlichen Einladung zu »einem Mittagessen im Studio« reagiert.

»Ja«, sagte Wilder. »Und für die Wohnungssuche nehmen wir uns zwei Tage. Höchstens drei.«

Sie brauchten vier, und mit der Wohnung, die sie fanden, waren sie nicht zufrieden. Sie war in einer Straße, die vom Sunset Strip aus nach Süden führte, und ihr einziger wirklicher Vorteil bestand darin, dass sie sich im Erdgeschoss befand und über einen eigenen Eingang verfügte. Das Wohnzimmer war überwiegend in den Farben Cantaloupe und Honigmelone eingerichtet; es war einigermaßen bewohnbar, nachdem sie die großäugigen Keene-Reproduktionen von den Wänden genommen hatten; das Schlafzimmer war besser, aber insgesamt wirkte die Wohnung genauso unpersönlich und behelfsmäßig wie eine Hotelsuite.

»Himmel, es ist ja nur für eine kurze Zeit«, sagte er, als sie am fünften Tag Bettdecken und -wäsche, Küchenutensilien und Lebensmittel aus dem Auto holten. »Wir suchen uns was Besseres, sobald wir uns hier auskennen. Außerdem ist sie billig und praktisch, und es gibt ein Telefon. Mehr brauchen wir jetzt nicht.«

»Ich bin bloß froh, dass wir keinen Mietvertrag für zwei Jahre unterschrieben haben«, sagte sie.

Er sah ihr zu, als sie Edgar Freeman anrief, und betrachtete ihr angespanntes, gekünsteltes Lächeln, als sie sagte: »Ich freue mich ja *so,* dass Sie sich an mich erinnern ...« Und dann das freudige Senken und Heben ihres Kopfes, als sie sagte: »Heute? Also, das wäre großartig, wenn Sie ... In Ordnung, gut. ... Um halb eins. ... Gut, Mr. Freeman. ...«

Dann fuhren sie auf den Parkplatz vor dem großen, abweisenden Koloss des Gebäudes von Columbia Pictures. Auf ihrem Schoß lag ein Exemplar von *Bellevue.*

»Freeman?«, erkundigte sich der uniformierte Mann, der gleich hinter der Tür saß und die Besucher kontrollierte. »Dritter Stock, vierte Tür links.« Und auf dem kleinen Schild aus Metall stand: »The Freeman Company.«

»Einen Augenblick«, sagte die hübsche junge Sekretärin, offenbar eine Engländerin, und nach einem Augenblick kam er heraus – ein großer, schlanker Mann, elegant gekleidet im Stil der New Yorker Madison Avenue. Er zog seine Manschetten zurecht und lächelte, als wären Pamela und Wilder die beiden Personen, die zu sehen ihn an einem geschäftigen Tag am meisten freute.

»Kommen Sie, kommen Sie, nehmen Sie Platz. Ich habe gleich Zeit für Sie«, sagte er und führte sie in einen großen, sonnendurchfluteten Raum, in dem vier oder fünf weitere Männer standen. Er stellte sie so rasch vor, dass Wilder sich keinen Namen merken konnte, und dann nahm er ein offenbar unterbrochenes Gespräch wieder auf. Sie setzten sich auf eins der großen Sofas und warteten.

»Ich glaube, das ist es, Edgar«, sagte einer der Männer. »Wenn wir hier keine Unterstützung bekommen, dann gehen wir damit nach Japan.«

»Es ist nur ein Versuch«, sagte Edgar Freeman, »aber es könnte sich lohnen. Holen wir Sarah.« Er setzte sich an seinen großen Schreibtisch und drückte auf einen Knopf, und die junge Engländerin kam herein.

»... einen Brief an Mr. E. C. Moyoto, Geschäftsführender Produzent, Japanese World Films, Inc. Tokio, Japan. Sehr geehrter Mr. Moyoto, gern erinnere ich mich an unser angenehmes Gespräch während der Internationalen Konferenz der Filmproduzenten im letzten Juni und hoffe, dass Sie sich für das beigefügte Drehbuch – *Okinawa* – interessieren und mit mir der Ansicht sein werden, dass es sich hierbei um ein hervorragendes Projekt für eine japanisch-amerikanische Koproduktion handelt. Absatz.«

»Wunderbar«, sagte einer der Männer.

»Wie Sie sehen werden, sind alle Aspekte des Drehbuchs, welche die historische Schlacht betreffen, gründlich recherchiert, und zwar, was beide Seiten angeht. Einige der bewegendsten und denkwürdigsten Momente zeigen den Heroismus und die Opfer – nein, streichen Sie das, Sarah – zeigen die Menschlichkeit, den Heroismus und die Opferbereitschaft der japanischen Streitkräfte. Ich würde mich freuen, bald von Ihnen zu hören. Mit freundlichen Grüßen, Ihr und so weiter.«

»Wunderbar«, sagte der Mann noch einmal. »Das ist ein großartiger Brief, Edgar.«

Es folgte noch ein Gespräch, dem Wilder nicht zu folgen vermochte, dann verließen die Männer das Büro und Freeman stand auf. »Entschuldigen Sie, dass ich Sie habe warten lassen«, sagte er. »An manchen Vormittagen ist es eben so. Bereit zum Mittagessen?«

Im Speiseraum für die Geschäftsführer wurde kein Alkohol serviert – das war die erste Enttäuschung für Wilder –, und Fenster hatte er auch keine, aber zwei Tische weiter saß eine italienische Sexgöttin und ein paar bekannte Sternchen waren ebenfalls anwesend.

»Ich sollte eigentlich feiern«, sagte Edgar Freeman. »Ich werde heute vierzig, das ist so etwas wie ein Meilenstein. Vermutlich bedeutet es in Wirklichkeit nur, dass ich mich nicht mehr als ›jungen Regisseur‹ bezeichnen kann. Ich muss Platz machen für die nächste Generation.«

»Wie viele Filme haben Sie gedreht, Mr. Freeman?«, fragte Pamela.

»Mal sehen.« Und er betrachtete eine in Soße getauchte Garnele auf den Zacken seiner Cocktailgabel, während er darüber nachdachte. »Zweiundsiebzig. Nein, warten Sie – vierundsiebzig.«

»*Vierundsiebzig* Filme?«

»Der Rekord liegt höher. Aber ich bin nahe dran, für einen Mann meines Alters, vor allem weil fast alle Filme einen Gewinn abgeworfen haben. Die meisten habe ich in den letzten zwölf Jahren für Bonanza International gemacht. Es gibt eine Menge Leute, die nicht viel halten von B. I., aber meine Beziehung zu ihnen war sehr zufriedenstellend.«

»Warten Sie«, sagte Pamela. »Sind das die Leute, die diese Teenager-Strandfilme drehen?«

»Strandfilme und Motorradfilme, ja. Und Horrorfilme. B. I. waren die Ersten, die diesen Markt verstanden und ausgeschöpft haben, und das extrem erfolgreich. Es sind sehr vernünftige, clevere Geschäftsleute. Wenn man in dieser Stadt jemanden auf B. I. rumhacken hört, ist es im Allgemeinen schlicht und einfach aus Neid. Schrecklich viele Leute würden gern wissen, wie sie es anstellen. Ich bin zu Columbia gegangen, weil ich dachte, es wäre an der Zeit, etwas ehrgeiziger zu werden und vielleicht meinem europäischen Ruf Rechnung zu tragen – ich habe eine ziemlich große Fangemeinde unter den Kritikern in Europa, müssen Sie wissen, vor allem in Frankreich und vor allem für meine Horrorfilme –, aber ich muss sagen, dass ich bislang mit diesem Studio nicht sehr zufrieden bin.« Er nahm die letzte Garnele in den Mund und schob die mit Eis gekühlte Schale penibel auf die Seite. »Zumindest nicht mit gewissen Führungskräften. Wir scheinen uns über die *Projekte* nicht einigen zu können«, sagte er. »Wir haben drei oder vier gute Drehbücher entwickelt – was *ich* für gute Drehbücher halte –, und keins davon hat große Begeisterung hervorrufen können. Als Erstes habe ich ihnen einen wirklich aufregenden Bürgerkriegswestern geliefert.«

»Was ist ein Bürgerkriegswestern?«, fragte Wilder.

»Nordstaatenkavallerie, Militärgefängnisse, geflüchtete Südstaatenhäftlinge, Indianer, Verfolgungsjagden, Schießereien, eine Vergewaltigung – danke«, sagte er zu dem Kellner und nahm einen Teller Eintopf mit Rindfleisch und Nieren entgegen. »Dann habe ich ihnen das Script zu einem guten, soliden Gangsterfilm geliefert, das auf dem Massaker am Valentinstag beruht, und jetzt eines über den Zweiten Weltkrieg – *Okinawa*. Es ist wie beim Zähneziehen. Wenn wir uns nicht bald verständigen können, werde ich zu einem anderen Studio gehen. Aber erzählen Sie mir von sich. Was haben Sie da?« Und er langte über den Tisch und griff nach *Bellevue,* das neben Pamelas Teller lag.

»Ich glaube nicht, dass es etwas für Sie ist«, sagte sie rasch. »Es ist ein kurzer experimenteller Film. Wir – ein paar Freunde von uns –«

»›Drehbuch von Jerome Porter‹«, las er laut. »Ist das derselbe Jerome Porter, der *Verbrennt all eure Städte* geschrieben hat?«

»Ja. Ich wusste nicht, dass er –«

»Er ist noch nicht angelaufen«, sagte Edgar Freeman, »aber alle Welt spricht bereits darüber. Der Regisseur ist ein junger Mann namens Julian Feld. Offenbar hat er gute Arbeit geleistet.«

»Ja? Also, Julian hat auch bei diesem Film Regie geführt, wir haben ihn an der Ostküste gedreht, aber nie geschnitten. Wir –«

»Tatsächlich?«, fragte er und blätterte im Drehbuch. »Gut. Sie befinden sich in guter Gesellschaft.«

»Sind sie hier?«, fragte sie. »Jerry und Julian?«

»Entweder hier oder in New York. Sie arbeiten wahrscheinlich schon am nächsten Projekt. Ich nehme an, sie werden von jetzt an viel beschäftigte junge Männer sein. Wie wäre es mit Nachtisch? Rumkuchen oder Schokoladenparfait?«

»O Gott!«, sagte Pamela, als sie wieder auf dem Parkplatz standen. »Strandfilme, Motorradfilme, Horrorfilme. So viel zu Mr. Edgar Freeman.«

»Macht nichts. Er ist nicht der einzige Produzent in Hollywood.«

Aber er war der einzige, den sie kannten, und dieses Wissen lastete auf ihnen, während sie nach Hause fuhren. Die Fahrt ging durch einen angemessen trostlosen Teil der Stadt – ein Orange-Julius-Fruchtsaftstand, Tankstellen, eine gigantische Drogerie, das schmutzig weiße Gebäude des Hollywood Palladium –, und Wilder fuhr sehr umsichtig, weil er so schnell wie möglich sicher nach Hause kommen und sich einen Drink genehmigen wollte.

»Selbst wenn Jerry und Julian tatsächlich in der Stadt sind«, sagte Pamela und ging mit ihrem klimpernden Glas durch die Wohnung, »wie sollen wir uns mit ihnen in

Verbindung setzen? Und selbst wenn es uns gelänge, was könnten sie tun?«

»Ich weiß es nicht, Baby. Wir müssen einfach – improvisieren.« Er wusste nicht genau, was er damit meinte *(was* sollten sie improvisieren?), aber es klang wie eine gute Antwort, und er vertraute darauf, dass der Whiskey ihnen den restlichen Nachmittag erleichterte.

Verbrennt all eure Städte lief in der folgenden Woche in zahllosen Kinos im ganzen Land an – sie lasen darüber in der *Los Angeles Times* – und erhielt sehr positive Kritiken.

> Bei seinem Erstlingsfilm erweist sich der junge Julian Feld als ein großartiges Regietalent. Jerome Porters kraftvolles Drehbuch ist ein getreues Abbild von Chester Pratts Roman, und Feld weiß seine Vorlage zu nutzen. Kaum einen Besucher wird *Verbrennt all eure Städte* kaltlassen; viele werden erkennen, dass es sich um einen der wichtigsten Filme dieses Jahres handelt …

Pamela schrieb Briefe an beide, adressiert an ihre Produktionsfirma, und während sie auf Antwort warteten, erforschten sie die Stadt. Beverly Hills wirkte angemessen wohlhabend, doch die Häuser – zumindest die, die von der Straße aus zu sehen waren – standen zu nahe nebeneinander. In den Hügeln von Hollywood war es hübscher, und von manchen hatte man einen schönen Ausblick, doch die Canyons gingen zu schnell in die weitläufige Ödnis der Vorstädte im San Fernando Valley über. Die Innenstadt von Los Angeles barg keine Überraschungen und schien darauf hinzudeuten, dass sich die besten Stadtteile weiter im Westen befanden, aber an den Stränden fanden sie nur sandige, verwitterte Slums. Immer wieder kehrten sie hungrig und nach einem Drink gierend nach Hause zurück und fühlten sich bedrückt. Sie hatten viel Zeit und viel Geld, aber beides war kein großer Trost.

»Wir fahren nach Hause, um uns einen Drink zu genehmigen«, sagte Pamela eines Nachmittags. »Mehr tun wir nicht. Wir fahren nach Hause, um uns einen Drink zu genehmigen, oder drei oder vier Drinks, und dann probieren wir ein neues Restaurant aus und genehmigen uns noch mal zwei oder drei, und dann gehen wir ins Bett. Wenn es nur jemanden gäbe, den wir anrufen oder besuchen könnten – einfach irgendjemanden.«

Er hätte sie daran erinnern können, dass die verrückte Idee, hierherzukommen, ohne eine Perspektive zu haben, von ihr stammte, aber er wollte keinen Streit riskieren. Es war schlimm genug, gemeinsam in diesem Schlamassel zu stecken; es würde unerträglich werden, wenn sie sich gegenseitig an die Gurgel gingen.

»Immer mit der Ruhe, Baby«, sagte er. »Irgendetwas muss sich ergeben.«

Endlich kam ein Brief von Jerry, mit einem New Yorker Poststempel. Sie riss den Umschlag mit zitternden Fingern auf.

> Ich freue mich, dass Ihr beide in L. A. seid, und hoffe, Euch zu sehen, wenn ich wiederkomme. *Städte* war so etwas wie ein Hit, wie Ihr vielleicht gehört habt, und Julian und ich arbeiten jetzt an anderen Projekten. …

> Ich kenne einen Mann, der vielleicht daran interessiert ist, als Koproduzent bei *Bellevue* einzusteigen. Er ist sehr reich, so was wie ein Film-Mäzen und immer auf der Suche nach künstlerischen Projekten, wie er es nennt, und kein schlechter Typ. Er heißt Carl Munchin und lebt in Malibu. Ich werde ihm heute noch schreiben und ihm von Euch berichten; dann könnt Ihr übernehmen …

Und sie zählten immer noch die Tage, bis es sicher wäre, Carl Munchin anzurufen, als Carl Munchin sie anrief – das Netteste, was ihnen in Los Angeles bislang passiert war.

»Warum schicken Sie mir nicht ein Exemplar Ihres Drehbuchs mit der Post, Mr. Wilder?«, schlug er vor. »Dann werde ich es lesen und mich wieder bei Ihnen melden.«

Das bedeutete weitere Tage des Wartens und der Angst, die Wohnung zu verlassen, weil das Telefon läuten könnte, doch Munchin meldete sich tatsächlich wieder bei Ihnen.

»Ich glaube, es hat Potenzial«, sagte er. »Mir war klar, dass es gut geschrieben sein würde, weil Jerry Porter gut schreiben kann, aber ich hatte nicht damit gerechnet, dass die Geschichte an sich so interessant ist. Können Sie heute Nachmittag vorbeikommen, damit wir drüber sprechen?«

Er lebte in einem Teil von Malibu, den sie auf ihren hoffnungsvollen Ausflügen zur Küste nie von sich aus hätten finden können – viele Meilen nördlich der öffentlichen Strände gelegen, in einem Haus, das von der Straße aus nicht zu sehen war. Das Gebäude bot eine erstaunliche Mischung von luxuriöser Innen- und Außeneinrichtung: Es standen so viele Möbel auf der breiten Terrasse, dass sie wie ein Wohnzimmer wirkte, und so viele Pflanzen im Wohnzimmer, dass es eine Terrasse hätte sein können. Munchin selbst war ein großer, braungebrannter, kahler Mann mit einer kleinen, braungebrannten Frau, und sie trugen die gleichen Safarijacken. Wenn er sprach, hing Helen Munchin unverwandt an den Lippen ihres Mannes und schien völlig in ihm aufzugehen. Nur wenn er eine Pause machte, gestattete sie ihrem Blick, zu den Besuchern zu schweifen, und das auf eine Weise, die besagte: Ist Carl nicht wundervoll? Bin ich nicht die glücklichste Frau der Welt?

»So wie die Dinge im Moment liegen, haben Sie da einen netten kleinen Kunstfilm«, sagte er. Sie tranken Gin-Tonic auf der Terrasse, während die Sonne im glitzernden Pazifik versank. »Man könnte ihn zusammen mit einem kurzen ausländischen Film zeigen. In New York würden sich wahrscheinlich ein paar Kinos dafür finden, vielleicht ein, zwei in San Francisco, den Rest des Landes können Sie vergessen. In Europa hätte er vielleicht mehr Chancen, aber auch nicht viele. Ich dagegen denke an etwas, was sich sowohl verkaufen lässt als auch künstlerischen Wert hat. Ich spreche von einem kommerziell rentablen Produkt. Lassen Sie es mich erklären. Zuerst einmal hat Ihr Drehbuch eine entscheidende Schwäche. Ihr Protagonist – der Mann, dem diese ganze Bellevue-Geschichte *passiert* – wird nie wirklich charakterisiert.«

»Das war unsere Absicht«, sagte Wilder. »Wir wollten, dass er ein namenloser Beobachter ist, verstehen Sie, eine Art Jedermann.«

»Unmöglich. Mit einem Jedermann braucht man gar nicht erst anzufangen.« Und Carl Munchin bewegte den erhobenen Zeigefinger von links nach rechts und lächelte gerissen wie ein Highschool-Englischlehrer, der gleich ein entscheidendes Argument anführen würde. »Nur durch das Besondere gelangen Sie zum Allgemeinen.« Er hielt inne, um es wirken zu lassen; dann stand er auf und begann in seinen sauberen Wüstenstiefeln auf den Steinplatten hin und her zu gehen. »Ich meine, wer *ist* der Typ?«, fragte er. »Wie ist er, wenn er *nicht* im Bellevue ist? Wie verändert die Zeit im Bellevue sein Leben? Ich möchte eine überarbeitete, gekürzte Version Ihres Drehbuchs als Teil eins. Dann möchte ich einen Teil zwei und einen Teil drei. Können Sie mir folgen?«

»Ich bin nicht sicher«, sagte Wilder. »Was passiert in Teil zwei und drei?«

»Wir brauchen einen guten Autor und müssen es ausarbeiten. Ich würde sagen, dass wir den Protagonisten in Teil zwei für einen weiteren Zusammenbruch aufbauen – einen wirklichen Zusammenbruch –, und im dritten Teil soll er ihn haben. Wir ziehen alle Register. Ja, wenn wir neunzehnhundertfünfundvierzig oder -sechsundvierzig hätten, würde ich sagen, wir machen's anders, schicken ihn zu einem brillanten Psychiater, und er soll sich in Teil drei zu einer wundersamen Genesung durchkämpfen – der Analytiker hilft ihm, sich an ein Kindheitserlebnis zu erinnern, das alle seine Probleme erklärt –, aber so etwas kaufen die Leute nicht mehr. Heutzutage sind die Zuschauer anspruchsvoller. Ich würde sagen, er soll komplett verrückt werden. Wir löschen ihn aus.«

»Sollte er ein Verbrechen begehen?«, fragte Wilder. »Kennedy ermorden zum Beispiel?«

»Das könnte funktionieren, wenn nicht alle Welt wüsste, wer Kennedy ermordet hat. Außerdem glaube ich nicht, dass er ein Verbrechen begehen muss. Er soll nur so werden, dass er nicht mehr in einer zivilisierten Gesellschaft leben kann. Machen wir ihn zu einem richtigen Schizophrenen. Wenn unser Autor nicht weiß, wie das geht, schicken wir ihn mit einem Tonband nach Camarillo.«

»Wohin?«

»Camarillo. Die Nervenheilanstalt. Er soll mit einem Aufnahmegerät hinfahren, sich anhören, wie die Leute dort reden. Vielleicht kommt er auf ein paar gute Ideen.«

»Mm«, sagte Wilder. »Gut. Was meinst du, Pamela?«

Bevor sie antwortete, trank sie einen kleinen Schluck und wandte sich dann an Munchin. »Ich verstehe immer noch nicht, warum man mit dem Film in seiner jetzigen Form nichts anfangen kann«, sagte sie. »Ich weiß nicht, ob John sich klar ausgedrückt hat, Mr. Munchin, aber das Script wurde bereits verfilmt. Der Film wurde nie fertiggestellt – das heißt, nicht geschnitten –, aber es wurde unter der Regie von Julian Feld verfilmt, dem Mann, der *Verbrennt all eure Städte* gemacht hat. Und auch wenn sich wirklich nur ein Verleih für Programmkinos findet, besteht dann nicht die Chance, dass daraus mehr wird? Größeres?«

»Natürlich«, sagte Munchin. »Diese Hoffnung gibt es immer. Aber im Augenblick sprechen wir darüber, was mich interessiert, nicht wahr?« Er lächelte verbindlich und entblößte dabei viele kräftige weiße Zähne. »Mich interessiert die dreiteilige Version. Die kurze Version interessiert mich nicht.«

Sie ließ nicht locker. »Nun gut, aber kennen Sie dann jemanden – oder wissen Sie von jemandem –, der sich dafür interessieren könnte?«

»Schätzchen«, sagte er noch immer lächelnd, »selbst wenn es so wäre, würde ich es Ihnen nicht sagen.«

Sie blickte einen Augenblick betroffen drein, bis Helen Munchins fröhliches Lachen verkündete, dass er nur Spaß gemacht hatte, und während ihr Mann neue Drinks einschenkte, kehrte er zu seinem Plan zurück.

Man stecke einen Mann ins Bellevue, lasse ihn zu den Problemen zurückkehren, deretwegen er dort eingeliefert wurde, lasse die Probleme in ihm arbeiten, bis er den Punkt erreicht, an dem er zerbricht, und dann schaue man zu, wie er zerbricht – man schaue zu, wie er so tief sinkt, dass ihn keine psychiatrische Hilfe mehr erreichen kann – das, so Carl Munchin, sei eine Geschichte, die Art von Stoff, in den sich ein guter Autor verbeißen konnte. Und einen solchen aufzutreiben sei kein Problem. »In dieser Stadt wimmelt es von Autoren. Wenn wir Jerry Porter nicht kriegen, gehen wir zu einem Agenten – ich habe Kontakte zu den zwei, drei besten Agenturen der Stadt –, und in null Komma nichts wird ein erstklassiger Autor für uns arbeiten.«

»Also, ich weiß nicht, Mr. Munchin«, sagte Wilder. »Wir müssen darüber nachdenken und uns dann noch mal zusammensetzen.«

»Selbstverständlich. Vielleicht sehen Sie die Möglichkeiten nicht sofort, weil Sie an dieser kurzen Version hängen, diesem Bellevue-Teil, aber seien Sie unvoreingenommen. Ich glaube, wir haben hier die Voraussetzungen für einen absolut hervorragenden Spielfilm.« Und bei den letzten drei Worten erschauderte seine Frau wohlig. Dann stand sie auf, um anzudeuten, dass die Cocktailstunde vorbei war.

»Wir sehen uns bald wieder«, sagte Munchin. »Können Sie mir ein Exemplar des Drehbuchs dalassen? Ich möchte es ein paar Leuten zeigen, sie aushorchen. Also, es war mir ein Vergnügen. Wir sprechen uns.«

»Und wir wissen nicht einmal, wer der Mann *ist«,* sagte Pamela, als sie auf dem Pacific Coast Highway zurückfuhren. »Jerry behauptet, er wäre ›so was wie ein Film-Mäzen‹, aber was soll das bitte schön sein? Außerdem finde ich seine großartige Idee absolut bescheuert, du nicht?«

»Ich weiß nicht. Ich denke darüber nach.«

»Ach, ich bin *so* enttäuscht. Ich dachte, er würde sich für *Bellevue* interessieren, wie es ist, stattdessen fährt er auf dieser völlig neuen Schiene ab. John, ist dir klar, wo wir jetzt stünden, wenn Julian den Film fertig gemacht hätte? Wir wären hierhergekommen mit einer fertigen Sache – wir hätten mit *Verleihern* verhandeln können, statt uns mit den Edgar Freemans und Carl Munchins dieser Welt herumzuschlagen.«

Er riet ihr, Edgar Freeman zu vergessen. Munchin sei anders. Munchin habe gesagt, er werde es ein paar Leuten zeigen, und daraus könne sich alles Mögliche ergeben. »Es war kein schlechter Tag, Baby«, schloss er, und als er die Schnellstraße verließ, überlegte er, womit er sie weiter aufheitern könnte: Sie würden ins beste Restaurant gehen, das sie finden konnten, und genau so viel trinken, dass das Wohlgefühl vom Gin der Munchins, das langsam nachließ, wiederhergestellt wäre; dann würden sie bestellen, was immer auf der exklusiven Speisekarte am teuersten war, dazu Wein, und währenddessen würde er ihr erklären, warum Munchins Idee vielleicht gar nicht so bescheuert war.

»Doch, das ist sie«, beharrte sie und drehte den Stiel ihres Brandyglases zwischen den Fingern. »Sie ist idiotisch. Sie legt nahe, dass jeder, der eine Woche im Bellevue verbracht hat, zwangsläufig dem Wahnsinn verfallen muss. Was für ein Blödsinn ist das denn?«

Er hatte das Gefühl, als müsste er sie erneut davon überzeugen, dass *Aufstand in Sidi Hakim* der beste Jungsfilm aller Zeiten war. »Ich finde nicht, dass er das nahelegt«, sagte er, »oder zumindest muss es nicht so sein, wenn wir einen guten Autor finden. Ja, du hast recht, Munchin war ziemlich albern, aber er hat doch nur ins Blaue hinein fantasiert. Ein guter Autor könnte den Mann ausführlich beschreiben, eine Figur aus Fleisch und Blut mit ganz eigenen Problemen aus ihm machen. Dann würde die Geschichte seines Absturzes ihrer eigenen Logik folgen. Verstehst du?«

»Nein.«

»Du bist einfach nicht in der richtigen Stimmung. Ich halte Munchin auch für einen Dummkopf, aber er könnte uns trotzdem von Nutzen sein. Bleiben wir – unvoreingenommen.«

»Okay«, sagte sie. »Vermutlich bleibt uns gar nichts anderes übrig.«

Zwei Wochen später saßen sie wieder auf Munchins Terrasse, und diesmal waren noch vier andere Männer anwesend. Einer war ihr Anwalt, von Pamelas Vater empfohlen, einer Munchins Anwalt, und die anderen beiden – zwei kleine, dunkelhaarige Männer, die genau gleich auszusehen schienen – wurden als Munchins Geschäftspartner vorgestellt. Und am Ende des Nachmittags, nachdem sie mehrere schwergewichtige Dokumente geschwenkt und mehrere Unterschriften daruntergesetzt hatten, hatten sie eine Produktionsfirma gegründet.

»Wird das wirklich so gemacht?«, fragte Pamela. »Es scheint so einfach.«

»Es scheint einfach, weil wir gute Anwälte haben«, sagte Munchin und neigte den Krug mit Martinis über ihr Glas.

»Jetzt müssen wir nur noch das Geld auftreiben und den Film drehen.«

»Wir sind also im Geschäft«, sagte Wilder, als sie am Abend nach Hause fuhren. »Wir sind Produzenten.«

»Ich weiß. Vermutlich ist das ein Grund zum Feiern, aber ich habe noch immer ein komisches Gefühl. Mir gefällt Munchins Idee nicht.«

Bald – wie es schien, fast zu bald – fand eine Besprechung mit dem Autor statt, den Munchin über eine der zwei, drei besten Agenturen aufgetan hatte, ein großer, fetter, nervöser Mann namens Jack Haines.

»Ich stelle ihn mir als verheirateten Mann vor«, sagte er und schritt lautlos über Munchins Terrasse in Wüstenstiefeln, die einmal genau wie Munchins ausgesehen haben mussten, als sie neu waren. »Er ist unglücklich verheiratet und hat Kinder, zu denen er keine Beziehung hat, und er glaubt, in der Falle zu sitzen. Solide Mittelklasse. Mir ist noch nicht klar, wie er seinen Lebensunterhalt verdient, aber nehmen wir an, es ist ein gut bezahlter und eigentlich sinnloser Job, Werbebranche, zum Beispiel. Als er aus dem Bellevue entlassen wird, hat er Angst und fühlt sich verloren, aber er weiß nicht, an wen er sich wenden soll. Vielleicht lässt er sich mit einem Quacksalber von Psychoanalytiker ein, das würde uns Gelegenheit für etwas Humor geben – schwarzen Humor –, und dann lernt er eine Frau kennen. Die Frau –«

»Einen Moment, Jack«, sagte Carl Munchin. »Wie ich sehe, haben Sie gründlich darüber nachgedacht, aber ich habe das Gefühl, dass alles, was Sie bislang gesagt haben, etwas Klischeehaftes an sich hat. Unglücklicher Werbemensch, grauer Anzug und so weiter. Mit einer Figur, die aus lächerlichem, billigem *Weltschmerz* heraus abstürzt, kommen wir nicht weiter. Es ist eine *düstere* Geschichte. Wir brauchen einen Mann, der dem Untergang geweiht ist.« Und Helen Munchin sagte: »Oh, ja.«

Jack Haines blinzelte und blickte gekränkt drein, aber nicht lange. »Okay, Carl, ich denke, die Qualität, die Sie erreichen wollen, entsteht beim Schreiben. Ich gebe Ihnen jetzt nur die allerkürzeste Zusammenfassung. Ich verstehe nicht, wie Sie ein Urteil fällen können, wenn Sie doch nur – kann ich weitermachen? Okay. Die Frau versucht ihm zu helfen. Sie macht ihm Hoffnung, und eine Weile lang ist es eine glückliche Affäre – das gibt uns die optimistische Note, die wir für das Ende von Teil zwei brauchen, und dann, im dritten Teil: bumm!, zerbricht alles. Er kann mit der Hoffnung, die ihm die Frau gegeben hat, nicht umgehen; er ist emotional an die Vergangenheit gebunden. Er ist tatsächlich eine ›düstere‹ Gestalt, und er sorgt dafür –«

»Begeht er Selbstmord?«

»Nein, schlimmer, auf gewisse Weise. Er macht systematisch alles kaputt, was in seinem Leben erfreulich und vielversprechend ist, auch die Liebe des Mädchens, und versinkt in einer tiefen, unheilbaren Depression. Er endet in einer Irrenanstalt, gegen die das Bellevue harmlos war. Und, Carl, ich glaube, wenn das Ding zu Papier gebracht ist, werden Sie sehen, dass die Geschichte etwas Unvermeidliches hat. Der Keim der Selbstzerstörung ist von Anfang an in ihm.« Seine Vorstellung war beendet, und nur seine zitternden Hände – rasch überspielt durch das Anzünden einer Zigarette – verrieten seine Nervosität.

»Ich weiß nicht«, sagte Munchin. »Irgendetwas fehlt. Irgendwo hapert es. Was meinen Sie?«

Wilder hatte der erste Teil des Vortrags so sehr beunruhigt (Wer zum Teufel war dieser Haines? Woher wusste er das alles?), dass er die Möglichkeit, ihn in seine Schranken zu weisen, nahezu begrüßte – sie könnten sich einen anderen Autor suchen, der neue Ideen hätte –, aber er wollte nichts Unbedachtes sagen. »Ich verstehe, was Sie mit ›klischeehaft‹ meinen, Carl. Aber es ist schwer, etwas zu beurteilen, was noch nicht geschrieben ist.«

»Ich finde, es klingt interessant«, sagte Pamela, und Wilder schaute sie überrascht an. Er war sich sicher gewesen, dass sie es schrecklich finden würde.

»Und wo soll das alles spielen?«, fragte Munchin. »In New York?«

»Überwiegend. Darüber habe ich mir noch keine großen Gedanken gemacht. Wenn Sie den Schauplatz wechseln wollen, könnte er mit der Frau irgendwo anders hingehen. Egal, wohin.«

Nachdem Jack Haines herzlich verabschiedet worden war (»Wir sprechen uns, Jack«, sagte Munchin), fuhr er in einem staubbedeckten weißen Volkswagen davon, der zu kurz für seine Beine zu sein schien.

»Wie findest du es wirklich, Pamela?«, fragte Wilder.

»Wie gesagt, ich finde, es klang interessant. Zum ersten Mal kann ich mit Carls Idee einer dreiteiligen Geschichte etwas anfangen.«

»Nun gut«, sagte Munchin, »aber vergessen Sie nicht, dass wir auf Haines verzichten können. Alles, was ich von ihm weiß, ist, dass er vor ein paar Jahren zwei obskure Romane veröffentlicht hat und dass sein Name so oft im Abspann irgendwelcher Filme auftaucht, dass die Liste so lang ist wie Ihr Arm. Wir finden jemand Besseren. Heute früh habe ich in der Zeitung gelesen, dass Chester Pratt in der Stadt ist. Er mag mit anderen Dingen beschäftigt sein, aber das werde ich herausfinden. Wenn wir einen Autor von diesem Kaliber kriegen, dann kommt vielleicht etwas wirklich Einfallsreiches dabei heraus.«

»Nein, das ist ausgeschlossen, Carl«, sagte Wilder, der befürchtete, dass alle sein rotes Gesicht bemerkten. »Chester Pratt wollen wir nicht.«

»Warum denn nicht, um Himmels willen?«

»Ich habe ihn einmal getroffen. Ich habe gehört, dass er unzuverlässig ist. Er ist Alkoholiker.«

Pamela inspizierte ihre Fingernägel.

»Er war jedenfalls lange genug nüchtern, um ein ziemlich herausragendes Buch zu schreiben«, sagte Munchin.

»Ach, ich weiß nicht«, sagte Wilder. »Ich fand es ein bisschen überdreht.«

»Hast du es gelesen?«, fragte Pamela. »Ich wusste nicht, dass du es gelesen hast.«

Auf der Fahrt nach Hause sagte sie: »Warum hast du wegen Pratt so ein Theater gemacht? Es wäre wirklich eine Chance, wenn Munchin ihn kriegen könnte.«

»Ich will nicht, dass er dabei ist. Ich muss sagen, ich bin überrascht, dass *du* ihn dabeihaben willst.«

»Ach, John, er wäre doch gar nicht *dabei.* Er säße irgendwo und würde das Drehbuch schreiben, und sobald es fertig ist, sehen wir ihn nie wieder. Abgesehen davon, was wir von dem Mann persönlich halten, ist er zufälligerweise ein hervorragender –«

»Okay«, sagte er und umklammerte mit beiden Händen das Lenkrad, um zu beweisen, dass er nicht wütend war. *»Okay.«*

»Und außerdem ist es albern, auch nur darüber nachzudenken. Ich glaube nicht, dass Munchin ihn kriegen wird.«

Später am Abend, als sie vom Essen nach Hause gingen, kaufte sie zwei Fachzeitschriften.

»Was soll das?«, fragte er.

»Ich will nur die Meldung über Pratt nachlesen. Ich will wissen, was sie über ihn schreiben.«

»Nein, das willst du nicht.« Er blieb auf dem Gehweg stehen. »Du wirst diese Scheißzeitschriften nicht mit in unsere Wohnung nehmen.«

»Hast du den Verstand verloren?«

Es war nicht ihr erster Streit in Hollywood, doch es war der überraschendste und der erste, der auf der Straße stattfand.

»Na gut, *lies* es!«, schrie er. *»Lies* es – was du wissen willst, wird nicht drin stehen. Seine *Telefon*nummer werden sie nicht abgedruckt haben.«

»John, das ist die sinnloseste, lächerlichste – wenn du nicht aufhörst, ich schwöre, ich werde –«

»Du wirst *was?* Das Geld von deinem Daddy nehmen und ausziehen? Gut! Zieh wieder mit Chester Pratt zusammen! Bring ihn mit Munchin zusammen, und dann könnt ihr drei einen Film über *mich* machen! O ja, ich bin ein *düsterer* Charakter, Baby, ich bin dem Untergang geweiht, der verdammte Keim der Selbstzerstörung wächst mir aus den *Ohren* …«

Sie ließ ihn stehen. Mehrere glotzende Halbwüchsige in bunten T-Shirts – zwei Jungen und ein Mädchen – waren stehen geblieben. Ihm blieb nichts anderes übrig, als sich umzudrehen und in die entgegengesetzte Richtung davonzumarschieren, schnell, um die nächste Bar zu suchen und sich zu verstecken.

Er fand eine billige, laute, überfüllte Kneipe, die offenbar ein Treffpunkt für junge Schauspieler war – hinter den aufgereihten Flaschen befand sich kein Spiegel, sondern eine viel genutzte Anschlagtafel –, und nachdem er sich zur Bar durchgekämpft hatte, trank er zwei Whiskeys und ein Bier und ging wieder. Die zweite Kneipe war besser, und die dritte am besten – so angenehm dunkel und trist, dass er ewig hätte bleiben, den höflichen Kellner darum bitten, sein Glas nachzufüllen und zuhören können, wie Tony Bennett sein Herz in San Francisco verloren hatte.

Bald würde er nach Hause gehen und sich entschuldigen – wenn nötig, würde er sie wecken –, aber noch nicht sofort. Es war sehr wichtig, die Dinge zu überdenken.

»Sir?«

»Ja, bitte. Noch einen Doppelten.«

Er war so betrunken, dass er nur noch schwankte und torkelte, als er nach Hause kam. Anstatt sie zu wecken und sich zu entschuldigen, wollte er erst einmal neben sie ins Bett kriechen und schlafen, aber nicht einmal dazu war er imstande. Er war nicht müde.

Er setzte sich aufs Wohnzimmersofa, trank Bier und wartete auf den Schlaf. Und er saß noch immer da und flüsterte vor sich hin, als das erste Tageslicht durch die Jalousien sickerte.

»Gute Nachrichten«, sagte Munchin ein paar Tage später am Telefon. »Es ist noch nicht endgültig, aber ich glaube, wir kriegen Pratt.«

»Ah«, sagte Wilder.

»Sein Agent hat gestern um das Drehbuch gebeten, und Pratt liest es heute. Vorausgesetzt, ihm gefällt das Projekt, wann können Sie beide rauskommen? Um ihn zu treffen und darüber zu sprechen.«

»Also, Carl, zählen Sie nicht auf mich«, sagte er, und der Hörer zitterte in seiner Hand. »Ich will ihn nicht sehen. Warten Sie, ich frage Pamela.«

Sie saß in einem Sessel auf der anderen Seite des Zimmers. Sie hatte in *Sight and Sound* gelesen, die Zeitschrift jedoch gesenkt, als das Telefon klingelte, und als er ihr jetzt die Botschaft übermittelte, saugte sie die Unterlippe zwischen die Zähne und kaute darauf herum. Ihre Augen waren groß. »O Gott«, sagte sie. »Ich weiß es nicht.«

»Sie weiß es nicht, Carl«, sagte er. »Sie wird Sie in ein paar Minuten zurückrufen, wenn sie sich entschieden hat, okay?« Und nachdem er aufgelegt hatte, sagte er: »Okay, Baby. Es ist deine Entscheidung.«

»Ich werde nicht hinfahren, wenn du es nicht willst«, sagte sie. »Das weißt du.«

Er hatte es nicht gewusst, und es freute ihn, aber er wollte es sich nicht anmerken lassen. »Nein, du fährst besser hin«, sagte er. »Du gehörst zu den Produzenten.«

»Du auch. Wenn du alleine kommst, wird er nicht einmal erfahren, dass ich etwas damit zu tun habe.«

»Er weiß es bereits. Dein Name steht auf dem Drehbuch.«

»Oh. Daran habe ich nicht gedacht.«

Schließlich rief sie Munchin an und erklärte sich bereit zu kommen, wann immer er wollte.

An dem verabredeten Nachmittag brauchte sie länger als gewöhnlich, um sich anzuziehen, und probierte mehrere Kleider an, bis er sagte: »Man könnte meinen, du legtest besonderen Wert auf dein Aussehen.«

»Ach, du hast recht«, sagte sie. »Es ist albern. Ich ziehe einfach eine Bluse und eine alte Hose an. Bist du sicher, dass du nicht mitkommen willst?«

»Ganz sicher.«

Doch als sie fort war, ging er auf und ab und biss sich in die Faust. Warum war er nicht mitgefahren? Wäre es nicht besser gewesen, wenn Pratt gesehen hätte, dass sie mit einem anderen Mann zusammen war? Er trank etwas – nur einen Drink, nahm er sich vor, denn er wollte seine fünf Sinne beisammenhalten – und setzte sich, um auf sie zu warten.

Als sie zurückkam, betrachtete er sie eingehend, untersuchte jede Antwort und jeden Blick auf Anzeichen von Unredlichkeit, und er musste zugeben, dass es keine gab.

»Wie war's?«

»Ach, es war – angenehm. Zumindest war er nüchtern.«

»Wie hat er reagiert, als er dich gesehen hat?«

»Er war sehr diskret. Er hat nur gesagt, ›Wir kennen uns‹, als Munchin uns vorstellen wollte, und danach ging es nur noch um die Arbeit. Ich finde, er hat ein paar interessante Ideen. Ich wünschte, du wärst dabei gewesen.«

Chester Pratt wurde angeheuert, um das Drehbuch zu schreiben, und weil er dazu ein paar Monate brauchen würde, hatten sie nichts zu tun. Manchmal fuhren sie zu Munchin und lernten verschiedene Regisseure kennen, manchmal verbrachten sie Zeit bei Immobilienmaklern auf der vergeblichen Suche nach »einem hübschen kleinen Haus in den Hügeln«, doch zum größten Teil waren ihre Tage leer und unausgefüllt.

»Wir könnten genausogut irgendetwas anfangen mit der vielen Zeit«, sagte sie. »Wie wär's, wenn wir für ein paar Tage nach San Francisco fahren? Oder nach Mexiko?«

Aber sie taten weder das eine noch das andere.

9. KAPITEL

»Und was ist das Problem, Mr. Wilder?«, fragte Dr. Burton L. Rose von der UCLA.

»Eigentlich gibt es gar kein Problem, Doktor, aber vermutlich kann man sagen, dass es eins geben könnte. Ich bin gekommen, um meine Medikamente nachzufüllen – hier, schauen Sie, ich habe die Fläschchen mitgebracht –, und auf dem Weg hierher habe ich mir gedacht, dass ich über ein paar Dinge mit Ihnen sprechen möchte.«

Kaum hatte er das gesagt, bereute er es. Dr. Rose konnte nicht älter sein als dreißig; er war ein sehr kleiner, schlanker, blasser Mann mit humorlosen Augen, aus denen er seinen Besucher blinzelnd anstarrte. Sein Büro tief in dem labyrinthischen Komplex der medizinischen Fakultät war gerade groß genug, um einen Schreibtisch, zwei Stühle und eine Couch aufzunehmen, die auf obszöne Weise fehl am Platz wirkte. Wie sollte jemand mit diesem ernst dreinblickenden Jungen in solch einem klaustrophobischen Zimmer »sprechen«?

Der Doktor runzelte die Stirn, als er die Etiketten auf den Tablettenfläschchen las, und griff nach seinem Rezeptblock. »Wie lange nehmen Sie die Medikamente schon?«

»Meinen Sie diese vier oder Medikamente im Allgemeinen?«

»Erst mal diese vier.«

»Mal sehen. Ungefähr seit drei Monaten. Davor habe ich andere genommen, eine andere Kombination. Dr. Brink hat mir immer wieder andere verschrieben. Insgesamt nehme ich Tabletten seit zweieinhalb Jahren.«

»Und worüber wollten Sie mit mir sprechen?«

Wilder hob unwillkürlich die Hand an die Stirn, und neben seinem Auge begann es zu zucken. »Ich weiß nicht, es ist sehr kompliziert. Wenn ich Ihnen alles erzählen würde, bräuchten wir den ganzen Tag.«

»Leiden Sie häufig unter Angstzuständen?«

»Ich bin nicht sicher, ob ›Angst‹ das richtige Wort ist. Doch, ja, ich denke, darum geht es. Es ist nur so, ich müsste Ihnen so viel erzählen, um es zu erklären – um auch nur anzufangen, es zu erklären. Zum einen schlafe ich sehr schlecht, und ich glaube, dass ich zu viel trinke.«

»Hat Ihnen Dr. Brink nicht gesagt, dass Sie nichts trinken dürfen, wenn Sie diese Medikamente nehmen?«

»Er hat gesagt, ein Drink würde ungefähr so wirken wie zwei. Egal, vielleicht will ich doch nicht reden. Vielleicht brauche ich nur wieder andere Medikamente. Können Sie mir da helfen? Können Sie mir ein stärkeres Antidepressivum oder ein stärkeres Aufputschmittel oder so etwas verschreiben?«

»Ich bin kein Zauberer, Mr. Wilder. Und außerdem kann ich Ihre Medikation nicht einfach ändern, ohne mehr über Sie zu wissen. Wenn Sie schriftlich einwilligen, Dr. Brink von seiner Schweigepflicht zu entbinden, dann kann er mir eine Kurzfassung Ihrer Krankengeschichte schicken.«

»Okay.«

Der Doktor zog eine Schublade auf und suchte nach den Formularen, und jetzt, da er nicht mehr von ihm angestarrt wurde, ließ Wilder den Blick durch sein winziges Büro schweifen. Auf der Schreibunterlage lag ein halbes Dutzend in bunte Folie gewickelter Schokolade-Minz-Bonbons, von der Sorte, wie sie für zwei Cent das Stück an Supermarktkassen verkauft wurden, und als er sich vorneigte und über den Schreibtisch spähte, sah er viele zerknüllte Bonbonpapiere auf dem Boden des blechernen Papierkorbs liegen. Vielleicht versuchte Dr. Rose ja mit dem Rauchen aufzuhören. Oder vielleicht war er süchtig nach Süßem; vielleicht verbrachte er seine freie Zeit damit, anstelle der Patienten die Wand anzustarren, die Schokolade und die billige Cremefüllung zu lutschen und auf diese Weise zwanghaft seine eigenen geheimen und dunklen Neurosen zu lindern.

»Wenn Sie Termine für eine psychotherapeutische Behandlung vereinbaren möchten«, sagte Rose, »dann lassen Sie es mich wissen. In der Zwischenzeit rate ich Ihnen dringend, mit dem Alkohol aufzuhören.«

Auf dem Heimweg schlug Wilder mehrmals mit der Faust aufs Lenkrad und sagte: »Scheiße! ... Scheiße!«

»Wie ist er?«, fragte Pamela.

»Er ist ein Trottel. Er ist nicht viel älter als du und hat ein Büro, das ungefähr so groß ist wie eine Telefonzelle, und er schiebt sich dauernd Bonbons in den Mund. Zum Teufel mit ihm. Zumindest hat er meine Medikamente nachgefüllt.«

»Hast du gefragt, ob er dir was Stärkeres verschreiben kann?«

»Er sagt, das kann er erst, wenn er Brink konsultiert hat.«

»Oh.« Sie las in einer Ausgabe der *Newsweek,* wahrscheinlich die Filmkritiken.

Er machte sich einen Drink, ohne sie zu fragen, ob sie auch einen wollte; er war sich ziemlich sicher, dass sie sagen würde, es sei noch zu früh dazu.

»Ich habe eine Idee«, sagte er nach einer Weile. »Lass uns in eins dieser großen, opulenten Restaurants auf dem La Cienega Boulevard gehen, wo es Springbrunnen und Geigenspieler und so gibt. Einfach zum Spaß.«

»Nein«, sagte sie. »Wir gehen zu oft aus. Ich werde heute selbst kochen. Willst du mit mir einkaufen gehen und helfen?«

Supermärkte hatte er schon immer gehasst, und der, in dem sie nun einkaufen gingen, war gigantisch – mehr Gänge und Kassen, als er zählen konnte, und Tausende von Deckenlichtern, die auf Eier und Karotten und Toilettenpapier herunterstrahlten. Sie schob den zweistöckigen Einkaufswagen auf der Suche nach Fleisch forsch einen Gang entlang, und er folgte ihr und blickte auf die vorbeiziehenden Waren und in die gereizten, verwirrten Gesichter der Kunden. Er vermutete, dass er den Wagen für sie schieben sollte – hatte sie das mit »helfen« gemeint? –, doch als er es ihr anbot, sagte sie: »Nein, so ist es einfacher. Ich weiß, was ich haben und wo ich stehen bleiben will.« Doch sie hatte die vielen Stopps nicht bedacht, die sie an den Stellen machen musste, an denen Wagen und Leute den Gang blockierten.

»Entschuldigung«, sagte sie hilflos. »Entschuldigung.«

»Herrgott«, sagte er. »Wenn das so weitergeht, kommen wir hier nie mehr raus.«

»Ich brauche nur noch ein paar Dinge. Hab noch ein bisschen Geduld.«

Er wollte einen Drink, und auch dadurch, dass er eine Zigarette nach der anderen rauchte, während er ihr durch den riesigen Laden folgte, wurde sein Durst nicht gelindert. Die Musikanlage spielte »I'll Never Smile Again«, und als es vorbei war, spielte es »All the Things You Are«.

»Bist du immer noch nicht fertig?«, fragte er.

»Nein. Ich brauche noch Brot und Papierservietten und Sachen für den Salat. Außerdem brauchen wir Scheuermittel und Zahnpasta und noch ein paar andere Dinge. Warum wartest du nicht bei den Kassen auf mich?«

»Nein, ist schon okay.«

»Bitte«, sagte sie. »Ich möchte nicht, dass du hinter mir herläufst und leidest. Du bist wie ein kleines Kind.«

Auf dem Weg zu den Kassen (»Entschuldigung... Entschuldigung...«) kam er zuerst an Waschmitteln der Marke Duz und an Reinigungsmitteln von Oxydol und Brillo vorbei; dann an Frühstücksflocken diverser Marken und vielen anderen bunten Dingen, bis er sah, was er, wie ihm plötzlich klar wurde, von Anfang an befürchtet hatte: ein großes Drehgestell mit Marjorie Wilders Pralinen. Das Gestell hatte sechs Seiten und wurde von einem geheimnisvollen Motor irgendwo in seinen Tiefen gedreht; es enthielt Hunderte von Schachteln und schien im selben langsamen, tröpfelnden Rhythmus wie die Musik zu rotieren. »Beschenken Sie sich und Ihre Lieben«, stand auf dem Pappschild, und: »Die Aristokraten unter den guten Pralinen.«

Was würde passieren, wenn er das verdammte Ding umstieße? Würden Frauen kreischen? Würden Männer angelaufen kommen? Würde jemand die Polizei rufen? Er ballte die Hände in den Taschen zu Fäusten, um den Impuls zu unterdrücken. In jeder Reihe waren verschiedene Schachteln geöffnet, um ihren runden, üppigen Inhalt zu entblößen – Nougat, Kokoscreme, Mandel, Nuss –, und er erinnerte sich daran, wie er vor vielen Jahren in Großhandelsbüros gesessen hatte, neben dem Vertreter, der sagte: »Probieren Sie eine – probieren Sie einfach. Bedienen Sie sich.« Wie schön es wäre, wenn das ganze kompliziert gebaute Ding auf dem Boden läge, die Schachteln zerbeult und zerdrückt, überall Pralinen, die im Dreck den Leuten unter die Füße rollten.

»Ich bin gleich fertig«, sagte Pamela und kam mit dem Wagen zu ihm. »Was schaust du dir da an? Oh.«

»Warum«, sagte er, nahm eine Pralinenschachtel aus dem Gestell und warf sie in den Wagen, »bringen wir Rose nicht einfach mal *anständige* Pralinen mit.«

»Was? Wem?«

»Rose. Meinem kleinen Freund von der UCLA. Hier, er soll zwei haben.«

Und da passierte es. Er stützte sich mit einer Hand auf den Wagen; mit der anderen langte er zu einer zweiten Schachtel, und als der Wagen unter seinem Gewicht vorwärtsrollte, taumelte er schwer gegen das Gestell und es fiel um, verstreute mit einem spektakulären Krach Schachteln und einzelne Pralinen auf dem Linoleumboden. Eine Frau schrie tatsächlich auf – eine junge Kassiererin –, und zwei oder drei junge Männer in weißen Kitteln kamen eilig aus unterschiedlichen Richtungen angelaufen.

»Komm, schnell«, sagte er und fasste sie am Arm. »Wir müssen hier raus.« Und er lotste sie durch die Leute, um die letzte Kasse in der Reihe herum und durch die großen automatischen Türen mit der Aufschrift AUSGANG.

»John, das ist *verrückt*«, sagte sie atemlos auf dem Gehweg.

»Schnell. Beeil dich. Steig in den Wagen. Die Idioten werden die Polizei rufen.«

»Warum sollten sie das tun? Es war ein Unfall.«

»Der Unfall war beabsichtigt. Seit Jahren schon will ich mal eins dieser Scheißgestelle umwerfen. Ich hatte nur nie den Mumm dazu.« Er legte krachend den Gang ein; fuhr rasch vom Parkplatz und stieß dabei gegen die Stoßstange eines anderen Wagens.

»Würdest du bitte vorsichtig fahren? John, ich habe meine ganzen *Einkäufe* da drin gelassen.«

»Pech. Ich habe zufälligerweise keine Lust, drei Stunden lang einem Supermarktmanager die Geschichte meines Lebens zu erzählen, während sich ein Polizist Notizen macht. Wenn dir auch nur ein bisschen an mir liegen würde, würdest du verstehen, was ich meine.«

Er fuhr wild, schnell und riskant durch den Verkehr zum La Cienega und suchte sich ein Restaurant, wie er es ursprünglich vorgehabt hatte: opulent, mit einem tröpfelnden Springbrunnen in der Eingangshalle und einer Gruppe Geigenspieler, die zwischen den üppig gedeckten Tischen herumschlenderte.

»Etwas von der Bar, Sir?«

»Ja.«

»Oh, bitte. Können wir nicht einfach nur etwas zu essen bestellen?«

»Nein. Ich möchte einen doppelten Bourbon on the rocks.«

»Etwas so Dummes habe ich noch nie im Leben getan«, sagte sie. »Wir sind aus dem Laden gerannt wie zwei Diebe. Wie soll ich je wieder dort einkaufen?«

»Niemand wird dich wiedererkennen. Es ist eine große Stadt.«

»Ich mache mir Sorgen um dich, John«, sagte sie. »Es ist nicht nur der Alkohol, obwohl du weiß Gott zu viel trinkst. Es ist etwas anderes. Etwas Schlimmeres. Ich weiß nicht – ich glaube, es geht dir nicht gut.«

»Danke für die Information«, sagte er. *»Ich* glaube, ich möchte noch einen Whiskey.«

Sie bestand darauf, dass jeder von ihnen ein »New York Strip Sirloin« bestellte, was sich als das schwerste Stück Steak entpuppte, das er je gesehen hatte. Er starrte auf seine Portion und wusste, der Abend würde vielleicht wieder ins Lot kommen, es würde sich vielleicht ein Akt der Selbstrettung vollziehen, wenn er nur das Steak anschneiden und essen könnte, doch der Anblick war ekelerregend. Auch vor der riesigen Ofenkartoffel, deren Masse in einem Meer von Quark und Schnittlauch ertrank, ekelte es ihn, und vor der glänzenden Fülle des Salats. Pamela neben ihm widmete sich ihrem Essen mit offensichtlichem Vergnügen, und er wollte ihr nicht dabei zusehen. Das Einzige auf dem Tisch, was ihn reizte, war sein halb leeres Glas mit Whiskey. Er nahm es, schwenkte das Eis und trank; dann schnitt er ein kleines Stück Fleisch ab und kaute kräftig darauf herum, doch es war ihm nahezu unmöglich, es herunterzuschlucken.

»Schmeckt es dir?«, fragte er sie.

»Ja, es ist köstlich.«

»Gut. Ich habe keinen Hunger. Iss weiter. Ich will dir nur nicht zusehen. Wenn ich dir zusehe, wird mir nämlich schlecht.«

Sie legte Messer und Gabel weg, kaute und schluckte. »In Ordnung, spuck's aus«, sagte sie dann. »Was ist los?«

»Sie tun es schon wieder.«

»Wer tut was?«

»Alle hier. Sie starren mich an. Schau dir den fetten Kerl in dem seidenen Anzug da drüben an. Nicht jetzt. Und die zwei angemalten alten Huren dort hinten in der Ecke. Und den Haufen verdammter Schwuchteln neben der Tür.«

»John, niemand ›starrt‹ dich an. Du halluzinierst.«

»Ich ›halluziniere‹ also, hm? Das Wort gefällt dir, was? Hast du vor, Chester Pratt dazu zu bringen, es in das Drehbuch einzuarbeiten? Jetzt schau hin. Schau dir den Kerl im seidenen Anzug an. Schau dir jede einzelne Person in diesem –«

»John, das ist absurd. Du bist –«

»›Paranoid‹, stimmt's? Ist das auch eins deiner Lieblingswörter?«

»Das wollte ich überhaupt nicht sagen.«

»Gut, schau *jetzt,* wenn du mir nicht glaubst. Alle in diesem Scheißrestaurant –«

»Das tun sie *nicht.«*

»Doch, sie tun es, Herrgott noch mal. Wofür zum Teufel hältst du mich, für *verrückt?«* Und aus dem Augenwinkel sah er, wie sich der Kellner mit raschen Schritten ihrer Nische näherte.

»Sir, ich muss Sie bitten, leiser zu sprechen.« Der Kellner, ein Italiener, war alt und sanftmütig.

»In *Ordnung«,* sagte er. Weit weg auf der anderen Seite des Raumes schienen die Geigenspieler ihr Tempo zu steigern.

»Möchtest du gehen, John?«

»Nein, ich möchte *nicht* gehen. Ich möchte hier sitzen und mein Glas austrinken. Verdammte Scheiße. Nur zu, iss. *Iss,* verdammt noch mal.«

Doch statt zu essen, schlug sie beide Hände vors Gesicht.

»Herrgott«, sagte er. »Das ist wirklich der Gipfel. Ich warne dich: Wenn du hier anfängst zu heulen, gibt es Ärger. Hör sofort auf. Ich sagte, hör *auf,* verdammt noch mal. Willst du, dass ich hier rausgeworfen werde? Das können sie nämlich tun. Wenn du weiter weinst und ich dich weiter anbrülle, werfen sie mich aus diesem beschissenen Tuntenlokal raus. Hör *auf*, habe ich gesagt!«

Der alte italienische Kellner war wieder da und hielt flehentlich beide Hände hoch, und hinter ihm standen jetzt drei jüngere, kräftigere Kellner. »Sir«, sagte er, »ich habe es Ihnen schon einmal gesagt. Ich *muss* Sie bitten, leise zu sprechen.«

Wilder legte einen Zehn-Dollar-Schein auf den Tisch, dann einen zweiten und einen dritten. Das sollte reichen. »Da«, sagte er. »Und jetzt verpissen Sie sich.«

»John!«, sagte Pamela.

Der alte Kellner stand da, als habe man ihn vor den Kopf gestoßen, öffnete und schloss den Mund, und plötzlich näherten sich ihm die drei jüngeren Männer, einer zog den Tisch aus der Nische. »Und das war's, Mister«, sagte er.

Wilder war auf den Beinen, holte zu einem Schlag gegen den Mann aus, der gesprochen hatte, doch seine unkontrolliert schlingernde Rechte wurde vom Unterarm des Mannes sauber abgeblockt, und dann stürzten sich mit einem Mal alle drei Kellner auf ihn, einer nahm ihn in einen schmerzhaften Halbnelson. Sie hoben ihn hoch, während er sich zu wehren versuchte, schleppten und trugen ihn an den erschrockenen Gästen vorbei, während die Musiker weiter auf ihren Geigen spielten. »Das war's«, sagte ein Kellner immer wieder zwischen zusammengebissenen Zähnen hindurch, bis eine von Wilders fuchtelnden Händen seinen Hals fand und mit aller Kraft den Adamsapfel des Mannes mit dem Daumen einzudrücken versuchte. Hinter sich hörte er Pamela weinen. »Nicht! Warten Sie! Halt!«

Sie trugen ihn durch den dunklen Korridor und an dem tröpfelnden Springbrunnen vorbei; er meinte einen

Anschein von Würde bewahren zu können, solange er den Druck auf die Luftröhre des Mannes, der »Das war's« gesagt hatte, aufrechterhielt. Dann schwang die schwere Eingangstür auf und sie warfen ihn auf den Gehweg. Er rappelte sich hoch, strauchelte und stürzte noch einmal, bevor er wieder stehen konnte.

Als Pamela herauskam, sagte er: »Der Wagen – wo zum Teufel ist der Wagen?«

»Der Türsteher hat ihn geparkt«, sagte sie. »Warte, ich ...«

Aber der Türsteher lief bereits los, um ihn zu holen, und in weniger als einer Minute waren sie unterwegs und er fuhr viel zu schnell den La Cienega Boulevard entlang.

»Ich möchte, dass du anhältst«, sagte sie mit einer Stimme, die überraschend kräftig war für jemanden, der kurz zuvor noch geweint hatte, »und mich fahren lässt, bevor du uns beide umbringst.«

Er bestand darauf, selbst zu fahren, während sie sich ängstlich an die Beifahrertür drückte. Er bog mehrmals falsch ab, gab anderen Autofahrern Anlass zu hupen, weil er zu abrupt die Spur wechselte, und streifte einmal den Kotflügel eines anderen Wagens.

Als sie endlich zu Hause waren, machte er sich einen Drink. Auch sie trank einen Whiskey. Dann rückte sie damit heraus.

»Ich ziehe aus, John«, sagte sie und ging mit dem Glas in der Hand hin und her. »Ich ertrage es nicht mehr. Ich habe heute eine andere Wohnung gefunden, während du beim Arzt warst, und ich habe die Kaution gezahlt. Morgen früh ziehe ich aus.«

Er war entsetzt – »Oh, Baby, tu das nicht, bitte, tu es nicht« –, aber zugleich war er auch ein wenig erleichtert:

Wenn sie nicht mehr da wäre, könnte er zu jeder Tageszeit trinken, sogar morgens. Außerdem müsste sie in ständiger Verbindung mit ihm bleiben, um kein Treffen mit Munchin zu versäumen. Er würde sie zurückbekommen.

»Ich habe noch kein Telefon«, sagte sie, »aber sobald ich eins habe, lasse ich es dich wissen. Damit wir wegen Munchin nichts versäumen. Es tut mir leid, John, aber so kann ich einfach nicht leben.«

»Hör doch«, sagte er. »Ich nehme meine Notfalltabletten.«

»Deine was?«

»Brink hat mir extra Tabletten gegeben, die ich im Notfall einnehmen soll – wenn ich das Gefühl habe, dass ich – ich nehme sie jetzt.«

»Ach, John. Glaubst du wirklich, dass Tabletten die Antwort auf alles sind? Du kannst nicht dein ganzes Wesen mit *Tabletten* verändern.«

»Ich will mein Wesen nicht verändern. Ich will nur so sein, dass du mit mir leben kannst.«

»Das solltest du besser vergessen. Das schafft keine Tablette der Welt. Willst du auf dem Sofa schlafen oder soll ich?«

»Ich«, sagte er. Auf dem Sofa hätte er zumindest leichteren Zugang zum Alkohol. »Pamela, bitte denk noch mal drüber nach.«

»Ich denke seit Wochen darüber nach. Jetzt habe ich mich entschlossen.«

Es war die vierte – oder die fünfte? – Nacht in Folge, in der er kaum schlief. Keine noch so große Menge Whiskey machte ihn müde, wenn er auf dem Sofa saß oder lag und versuchte, nachzudenken, und durch die geschlossenen Jalousien zusah, wie der Morgen heraufzog.

»Ich mache nur Kaffee«, sagte Pamela, die müde aussehend aus dem Schlafzimmer kam. »Ich will keine *Frühstücksszene* erleben, bevor ich gehe.« Sie erlebten überhaupt keine Szene. Sie entschieden, dass sie den Wagen behielt – er könnte sich einen leihen –, dann half er ihr mit den Koffern und sie war fort. Er hatte nicht einmal Gelegenheit, sich zu fragen, ob er ihr einen Abschiedskuss geben sollte.

Als er allein war, holte er als Erstes Dr. Brinks Notfalltabletten aus dem Koffer: drei Fläschchen mit Tabletten, deren Namen er sofort wieder vergaß, nachdem er sie vor dem Waschbecken im Bad geschluckt hatte. Dann fand er im Kühlschrank ein hart gekochtes Ei und verschlang es, und als Nächstes setzte er sich mit einem mit Wasser verdünnten Whiskey aufs Sofa und versuchte, Pläne zu machen.

Es war am dritten Tag, als ihn die Dinge zu bedrängen begannen. Seine Armbanduhr war stehen geblieben, doch durch die geschlossene Jalousie sah er, dass es nach Mittag sein musste, und er beschloss auszugehen. Kaum dass er draußen war und den Santa Monica Boulevard entlanglief, entschied er sich dazu, etwas essen zu gehen. Seitdem Pamela weg war, hatte er nichts als Reste aus dem Kühlschrank und billige Hamburger von einem Stand an der Ecke zu sich genommen. Es gab ein Restaurant, in dem er oft mit Pamela gegessen hatte, es war zu Fuß gut zu erreichen und hatte den ganzen Tag geöffnet; dorthin ging er jetzt, entschlossen, sich den Bauch vollzuschlagen: Er würde ein großes Western-Frühstück mit Steaks und Eiern bestellen.

»Etwas von der Bar, Sir?«

»Nein, danke. Oder warten Sie – doch. Ich hätte gern eine Bloody Mary.«

Und er war schon bei der zweiten Bloody Mary – während er versuchte, den Mut aufzubringen, sein kalt werdendes Essen in Angriff zu nehmen –, als er feststellte, dass alle ihn anstarrten. Diesmal bildete er es sich nicht ein; doch diese Leute wirkten im Gegensatz zu denen im anderen Restaurant nicht unfreundlich. Vielmehr schienen sie ihn zu bedauern. Sie wandten rasch den Blick ab, wenn er sie ansah, aber in ihren Mienen war deutlich zu lesen, dass sie ihn angestarrt hatten, als wollten sie sagen: Seht euch *den* armen Kerl an.

Er setzte sich aufrechter hin, legte die Hände auf den Tisch, um sie still zu halten, und versuchte sich vorzustellen, was es war, das die anderen sahen. Er war anständig gekleidet – sauberes Hemd, sauberes Kordsamtjackett und saubere Hose –, und er meinte, dass auch mit seinem Gesicht alles in Ordnung war, wenn man davon absah, dass er sich am Morgen nicht rasiert hatte. Dennoch, jedes Mal, wenn er aufblickte, um es zu überprüfen, schaute jemand weg und schüttelte kaum wahrnehmbar den Kopf oder atmete sichtbar aus: Der arme Kerl muss *wirklich* leiden.

Besonders ein dicklicher, glatzköpfiger Mann, der allein an einem Tisch saß und vorgab, eine zitternde Zeitung zu lesen, hatte ihn ständig mitfühlend im Blick. Und es waren noch mehr: Zwei langhaarige Jugendliche in T-Shirts und Jeans schienen flüsternd über ihn zu reden, als wollten sie entscheiden, ob sie zu seinem Tisch gehen und ihn ansprechen sollten, und eine mütterlich wirkende Frau mit bläulichem Haar in einem rosa Hosenanzug schien kurz davor zu stehen, seinetwegen in Tränen auszubrechen.

Als ihm die Kellnerin die Rechnung brachte, wirkte es so, als näherte sie sich ihm nur ungern, und ihre stark geschminkten Augen sagten: Geht es Ihnen gut, Sir? Er wollte ihr versichern, dass alles in Ordnung war oder es zumindest sein würde, wenn die Leute nur aufhörten, ihn anzustarren, stattdessen fixierte er jedoch seinen Teller.

»Ist etwas nicht in Ordnung, Sir?«

»Nein, nein, es geht mir gut. Ich habe nur keinen großen Hunger.«

Als sie gegangen war, legte er die große, zerknüllte Papierserviette auf den Teller, um zu verbergen, wie wenig er gegessen hatte, ließ zu viele Silbermünzen als Trinkgeld auf dem Tisch zurück und blickte wieder auf. Da waren sie wieder, die Köpfe, die sich rasch abwandten. Er stand auf und ergriff die Flucht und spürte die vielen Blicke in seinem Rücken.

Draußen blendete ihn die nachmittägliche Sonne. Er ging durch das Licht, als wäre es ein Sandsturm, und schirmte die zusammengekniffenen Augen mit der Hand ab.

Ein Mann mit grauen Locken saß wartend vor seiner Tür, und nach mehrmaligem Blinzeln erkannte er, dass es der Hausverwalter war, von dem er die Wohnung gemietet hatte.

»Ist alles in Ordnung, Mr. Wilder?«, fragte er.

»Wie meinen Sie das?«

Der Hausverwalter war verlegen. »Ich meine nur, geht es Ihnen gut? Die Damen in der Wohnung neben Ihnen glauben, dass es Ihnen vielleicht nicht gut geht.«

»Warum glauben sie das?«

»Sie sagen, dass Sie letzte Nacht laut gestöhnt haben, sie sagen, es hat sich angehört, als hätten Sie große Schmerzen.«

»Oh.«

»Und ich weiß, dass Sie neu in der Stadt sind. Wir haben einen Arzt, Dr. Chadwick, der sich um alle Mieter im Haus kümmert. Ich könnte ihn anrufen, wenn Sie –«

»Nein, ist schon okay. Mir geht es gut. Trotzdem danke.«

Endlich war er allein und sicher in seiner Wohnung, die Tür abgeschlossen. Er musste telefonieren, und nachdem er sich einen Drink gemacht hatte, damit seine Hände nicht länger zitterten, setzte er sich vors Telefon und wählte.

»Neuropsychiatrie.«

»Dr. Rose bitte.«

»Spreche ich mit Mr. Wilder?«

»Woher wissen Sie das?«

»Einen Augenblick, bitte.«

»Hier Dr. Rose.«

»Doktor, hier ist John Wilder. Hören Sie, Sie müssen mir helfen, wenn Sie können. Ich war gerade in einem Restaurant und alle haben mich so komisch angestarrt, und als ich zurückkam, hat der Hausverwalter gesagt – hören Sie. Können Sie nicht vorbeikommen und mir eine Spritze geben oder so?«

»Mr. Wilder, diese Anrufe werden allmählich etwas bizarr.«

»Was meinen Sie? Es ist das erste Mal, dass ich Sie –«

»Gestern haben Sie mich viermal angerufen, dreimal im Büro und einmal zu Hause, und vorgestern zweimal. Sie haben viel von ›Notfalltabletten‹ und ›Spritzen‹ geredet und eine Menge zusammenhangloses Zeug erzählt und ich habe Ihnen jedes Mal den gleichen Rat gegeben: Hören Sie auf zu trinken. Wenn Sie kommen und sich für ein paar Tage in die Abteilung einweisen lassen wollen, dann können wir das morgen besprechen, wenn Sie zu Ihrem Termin kommen.«

»Die ›Abteilung‹? Welche ›Abteilung‹, verdammt noch mal?«

»Die Station hier. Ich kann ein Bett für Sie organisieren, wenn Sie das –«

»O *Gott,* nein, das ist nicht, was ich will.«

»Hören Sie mit dem Alkohol auf, Mr. Wilder. Wir sehen uns morgen.«

Ein paar Sekunden lang saß er schwer atmend vor dem Telefon, dann sagte er, »Okay, Rose – danke für nichts«, und knallte den Hörer auf die Gabel.

Danach musste er eingeschlafen sein, denn als er wieder aufblickte, glühten hinter der Jalousie die Farben des Sonnenuntergangs.

»Vermittlung, ich möchte mit Dr. Myron T. Brink in New York City sprechen. Ich weiß die Nummer nicht, aber es ist in Manhattan.«

»Praxis Dr. Brink.«

»Ferngespräch für Dr. Myron T. Brink.«

»Wer ist der Anrufer, Vermittlung?«

»Schon okay, Vermittlung, ich spreche mit der Dame. Hallo?«

»Spricht dort Mr. Wilder?«

»Habe ich gestern mit Ihnen telefoniert?«

»Ja, Sir. Mehrmals. Ich habe Ihnen erklärt, dass Dr. Brink bis zur zweiten Juniwoche außer Landes ist.«

»Ist das wahr? Okay, hören Sie, habe ich darum gebeten, mit einem der anderen Ärzte zu sprechen?«

»Sir, ich habe Ihnen erklärt, dass Dr. Grady Dr. Brinks Patienten betreut, aber Sie wollten nicht mit ihm sprechen.«

»Tatsächlich? Okay, vergessen Sie das. Jetzt kommen wir weiter. Stellen Sie mich durch.«

»Dr. Grady«, meldete sich eine Stimme mit irischem Akzent, und Wilder tat sein Bestes, um ihm zu erklären, wo das Problem lag. Als er von den Notfalltabletten erzählte, unterbrach ihn der Arzt, ließ ihn die Fläschchen holen und die Etiketten vorlesen. Dann sagte er: »Sie wollen sagen, dass Sie *diese* Tabletten einnehmen und gleichzeitig Alkohol trinken? Das ist eine sehr schlechte Idee, Mr. Wilder. Ich kann Ihnen nur raten, sofort mit dem Alkohol aufzuhören. Abgesehen davon kann ich auf diese Entfernung nichts für Sie tun.«

Der Himmel vor der Jalousie war schwarz, als er den nächsten Anruf machte – oder zumindest glaubte er, dass es der nächste war. »Ferngespräch mit Mr. Paul R. Borg, New York City, Vermittlung. Ich habe die Nummer nicht. Ich wusste sie mal auswendig, aber ich habe so vieles vergessen.«

»John! Wo bist du?«

»In Los Angeles. Hör mal. Die Lage hier ist nicht besonders gut, Paul. Überhaupt nicht gut.«

»Hast du Schwierigkeiten, die Filmindustrie zu knacken?«

»Ganz im Gegenteil, es ist viel zu einfach. Das Problem ist, dass die Filmindustrie dabei ist, mich zu knacken. Ich bin Koproduzent eines Films, der mich knacken wird wie eine Nuss.«

»Ich kann dir nicht folgen, John.«

»Nein? Das ist komisch, weil alle anderen mir folgen wie Hunde. Noch was. Meine Freundin ist weg. Ich kann sie wahrscheinlich zurückholen, wenn ich sie zurück will, aber im Moment ist sie jedenfalls weg. Ausgezogen. Habe ich gerade gesagt, ›wenn ich sie zurück will‹?«

»So hat es geklungen.«

»Scheiße. Ich dachte, ich wäre verrückt nach der Frau – sie hat mich schon einmal verlassen und da wäre ich verdammt noch mal fast gestorben –, aber jetzt weiß ich nicht wirklich, ob ich sie zurück will oder nicht. Komisch. Das Problem ist, sie ist viel zu ehrgeizig für mich. Sie ist auf Abenteuer aus. Nicht im sexuellen Sinne, das meine ich nicht, obwohl das wahrscheinlich auch zutrifft. Ich meine, sie wird sich durch nichts aufhalten lassen, bis sie – bis sie der erste weibliche Samuel Goldwyn oder so was ist. Aber hör mal, Paul. Ich möchte dir eine Frage stellen. Was meinst du, soll ich Janice anrufen?«

»Also, John, das hängt ganz davon ab, was du ihr zu sagen hast. Und auch wie du es sagst. Wenn du getrunken hast, halte ich es für keine gute Idee. Warum wartest du nicht und schläfst erst mal, und dann –«

»Machst du Witze? Wer schafft es bitte, zu ›schlafen‹, wenn seine Nerven Alarm schlagen? Hör mal. Erinnerst du dich noch daran, wie du mich ins Bellevue gebracht hast? Höre ich mich jetzt so an wie damals?«

»Du klingst sehr aufgeregt, John, und sehr – verwirrt. Hast du Kontakt zu einem Arzt dort drüben?«

»Ach, Scheiße, ja. Ich habe Kontakt zu mehr Ärzten, als du zählen kannst. Du meinst also, dass ich Janice jetzt besser nicht anrufen soll?«

»Nicht heute Abend, würde ich sagen. Wenn du mich fragst.«

»Okay. Weißt du was, Paul? Du bist wahrscheinlich der beste Freund, den ich habe, aber ich habe dich nie besonders gemocht. Grüß Natalie von mir.«

Und er legte auf. Er würde niemanden mehr anrufen. »Pamela«, sagte er zu seinem Drink, »dich mag ich auch nicht besonders.« Er stand auf und schleuderte das Glas mit aller Kraft in hohem Bogen gegen die Wand; es folgte ein zufriedenstellender Krach und der Whiskey floss die Wand hinunter, auf der er einen langen nassen Fleck hinterließ. »Tut mir leid, Baby«, sagte er und nahm seine letzte Flasche Bourbon, die noch zu zwei Dritteln gefüllt war. »Tut mir leid, Baby, aber jetzt ist es so weit. In den Abfluss mit dir.« Zuerst langsam, dann immer schneller leerte er die Flasche in das Waschbecken im Badezimmer. »In den Abfluss«, sagte er, als der Rest gurgelnd abfloss. »In den Abfluss, Pamela, Liebling. Ich habe dich vielleicht wahnsinnig geliebt, aber ich habe dich nie besonders *gemocht.*« Mit der leeren Flasche wusste er nichts weiter anzufangen als sie zu zerschlagen, was einen weiteren lauten Krach zur Folge hatte. Dann wollte er zum Telefontischchen zurückkehren, doch der Wohnzimmerboden schlug ihm ins Gesicht. Das Glas seiner Armbanduhr zerbrach; es war das Letzte, was er sah.

Als er die Augen wieder öffnete, war alles weiß und grün. Er war nackt und lag um sich schlagend in einem Krankenhausbett, drei oder vier weiß gewandete Menschen beugten sich über ihn, hielten ihn fest und versuchten, ihm etwas in den Arm zu stechen. Eine von ihnen war eine junge Krankenschwester, deren linke Brust vor seinem Mund hing. Er biss hinein und sie sagte »Au«, so leise, als würde ihr die Schwesternausbildung absolute Zurückhaltung gebieten; das erschien ihm so komisch, dass er noch immer lachte, als er das Bewusstsein verlor.

Dann kämpfte er nicht mehr und er war allein, abgesehen von einem Pfleger, der den Tropf über seinem Kopf adjustierte.

»Entschuldigen Sie«, sagte Wilder. »Können Sie mir sagen, wo ich bin?«

»Sie sind im Hollywood Presbyterian, Sir.«

»Und bin ich in der Psychiatrie oder auf Normalstation?«

»Auf der Inneren, Sir.«

»Gut. Danke.«

Eine Abteilung für Innere. Vielleicht hatte er sich bei dem Sturz verletzt, bei dem seine Uhr zu Bruch gegangen war; vielleicht war er schlicht wegen Erschöpfung eingeliefert worden und musste gar nicht psychiatrisch behandelt werden. Jedenfalls war es eine normale Station. Niemand dokterte hier an seinem Hirn herum und die Tür war nicht abgesperrt.

»Mr. Wilder?«

Der Pfleger war verschwunden, stattdessen stand nun Dr. Burton L. Rose neben seinem Bett. Er wirkte sehr klein.

»Woher wissen Sie, dass ich hier bin?«

»Dr. Chadwick hat mich angerufen. Offenbar hat er meine Nummer neben Ihrem Telefon gefunden.«

»Dr. wer?«

»Der Arzt, der Sie hergebracht hat. Er heißt Chadwick. Soweit ich weiß, ist er für die Mieter in Ihrem Haus zuständig.«

»Oh. Was wollen Sie von mir?«

»Ich denke, wir sollten einen neuen Termin vereinbaren, sobald Sie – dazu in der Lage sind.«

»Okay, ich werde Sie anrufen.« Und er schloss die Augen, um den Mann loszuwerden.

Als er wieder erwachte, fühlte er sich gut – völlig gesund und bei Kräften, als sei er auf wundersame Weise geheilt worden –, und er wollte aufstehen, sich anziehen und raus hier.

»Entschuldigen Sie«, sagte er zu dem Pfleger – ein anderer als der, der vorher da gewesen war. »Bin ich noch im Hollywood Presbyterian?«

»Ja, Sir.«

»Wie lange bin ich schon hier?«

»Seit vorgestern Abend, glaube ich.«

»Und ich liege auf einer medizinischen Station, nicht wahr? Heißt das nicht, dass ich mich jederzeit selbst entlassen kann?«

»Ich glaube schon, Sir, aber Sie waren sehr –«

»Ich weiß, ich war krank, aber jetzt bin ich wieder gesund. Wie wäre es, wenn Sie das Bett hochkurbeln?«

»Gewiss doch.«

»Und Sie können mir auch den Schlauch aus dem Arm nehmen, ich brauche ihn nicht mehr.«

»Das muss die Schwester machen, Sir, ich kann nicht –«

»Okay, dann holen Sie eben die Schwester.«

Bald war er angezogen, stand unten an der Kasse, schrieb einen Scheck aus und verließ das Hollywood Presbyterian so mühelos, als wäre es ein Hotel.

»Wo finde ich ein Taxi?«

»Ich kann eins für Sie rufen, Sir.«

»Danke.« Und im Taxi fühlte er sich, als gehörte ihm ganz Los Angeles; er fühlte sich, als gehörte ihm die ganze Welt. Aus irgendeinem Grund hatte er eine Menge Geld in der Brieftasche – weit über zweihundert Dollar –, und ihm war danach, etwas davon auszugeben.

»Halten Sie bei einem Blumenladen an«, sagte er zu dem Fahrer. »Bei irgendeinem.«

Er kaufte einen teuren Strauß Frühlingsblumen, und nach kurzem Nachdenken kaufte er noch einen zweiten. Dann ließ er sich nach Hause fahren, wo er auf die Klingel des Hausverwalters drückte.

»Hallo, Mr. Wilder, Sie sehen viel besser aus. Wie geht es Ihnen?«

»Es geht mir gut, danke. Es tut mir leid wegen der ganzen Aufregung neulich Nacht.«

»Kein Problem. Ich habe mir gedacht, dass Sie medizinische Betreuung brauchen, und deswegen habe ich Dr. Chadwick gerufen.«

»Sie haben das Richtige getan. Hier, die sind für Ihre Frau.«

»Ach, das ist aber nett. Also, das ist sehr – aufmerksam, Mr. Wilder. Wollen Sie kurz reinkommen?«

»Nein, danke, ein anderes Mal. Wissen Sie, ob die Damen zu Hause sind? Die Damen von nebenan? Ich möchte mich auch bei ihnen entschuldigen.«

»Das ist sehr nett von Ihnen. Ich glaube, sie sind zu Hause, ja. Klingeln Sie doch einfach.«

Er hatte zwei alte Damen erwartet, doch die ältere der beiden war erst um die fünfzig, eine sympathische, clever wirkende Frau mit hennagefärbtem Haar, und die andere, offenbar ihre Tochter, war eine hübsche Blondine in den Zwanzigern. Vielleicht waren sie nach Hollywood gekommen, um die Tochter beim Film unterzubringen.

»Entschuldigen Sie«, sagte Wilder. »Ich bin John Wilder, ich wohne nebenan. Ich wollte mich nur wegen dem Lärm und dem Ärger entschuldigen – hier, die sind für Sie.«

Die ältere Frau betrachtete ihn von oben bis unten, bevor sie erfreut lächelte. »Wie nett. Joy? Komm und schau. Sind die nicht wunderschön?«

Endlich war er allein in seiner Wohnung, erfüllt von dem wohligen Gefühl, seine Schulden beglichen zu haben. Die Glasscherben mussten weggeräumt und ein paar Stühle aufgestellt werden, und irgendwann müsste er etwas wegen des braunen Whiskeyflecks an der Wand unternehmen, aber im Großen und Ganzen war alles in Ordnung. Er konnte sich nicht daran erinnern, wann er sich das letzte Mal so gut gefühlt hatte. Den Whiskey in den Abfluss zu gießen war das Klügste gewesen, was er je getan hatte.

Aber es war ein viel zu schöner Vormittag oder Nachmittag, um in der Wohnung zu bleiben; bald war er draußen, hemdsärmlig, und schlenderte den Santa Monica Boulevard entlang, und am liebsten hätte er alle Passanten angelächelt und ihnen zugewinkt. Als er zu einem besonders sonnigen Stück Gehweg kam, blieb er stehen und drehte sich eine Weile langsam auf der Stelle, das Gesicht der Gesundheit verheißenden Sonne zugewandt. Dann kam er zu einem Orange-Julius-Stand und kaufte einen Pappbecher von dem Zeug. Es schmeckte süß und billig, doch der Orangengeschmack erinnerte ihn an all die guten gesunden Dinge, die er in den vielen Jahren des Trinkens vernachlässigt hatte. Er blieb vor einem kleinen Supermarkt stehen – eigentlich nur ein Tante-Emma-Laden, ganz anders als das Riesending, in das Pamela ihn geschleppt hatte – und beschloss zu kaufen, was ihm verlockend erschien. Als er wieder herauskam, trug er in einem Arm eine Tüte mit zwölf duftenden Pfirsichen und zwölf kleine Flaschen Mineralwasser im anderen. Genau das, was er an diesem Tag brauchte.

In der Wohnung biss er gierig in einen Pfirsich; er holte Eis und goss sich ein Glas Wasser ein. »In den Abfluss«, sagte er, zog sich die Schuhe aus und setzte sich in einen Sessel. »Tut mir leid, Pamela, aber alles, was zwischen dir und mir war, habe ich den Abfluss runtergespült.«

Als das Telefon klingelte, dachte er, es könnte Pamela oder Munchin sein, und er ließ sich Zeit, bis er abnahm; er wollte für alles bereit sein.

»Mr. Wilder? Hier spricht Dr. Chadwick.«

»Oh, hallo. Wir haben uns zwar nicht offiziell kennengelernt, aber ich möchte Ihnen danken. Mir geht es ausgezeichnet.«

»Sehr gut. Ich war überrascht, als ich erfahren habe, dass Sie nicht mehr im Krankenhaus sind.«

»Ich habe keinen Grund gesehen, länger dortzubleiben. Dafür fühle ich mich zu gut.«

»Ich verstehe. Und was machen Sie jetzt?«

»Was ich jetzt mache? Ich esse Pfirsiche.«

»Sehr gut.«

»Und ich trinke enorme Mengen Wasser.«

»Sie trinken was?«

»Mineralwasser.«

»Ah, sehr gut.« Und der Doktor lachte leise. »Ich werde morgen früh bei Ihnen vorbeischauen, in Ordnung?«

»Wenn Sie wollen, okay. Und noch einmal danke, Doktor.«

Das war die einzige Art von Arzt, die er brauchte – die einzige Art, die er je gebraucht hatte: einen aufmerksamen Allgemeinmediziner, der ihn ins Krankenhaus einlieferte, wenn er bewusstlos war, und anerkennend lachte, wenn es ihm wieder gut ging. Zum Teufel mit der Psychiatrie! John Wilder konnte sich sehr gut um sich selbst kümmern.

Das Telefon, das mächtig und bereit auf seinem Tischchen stand, bedrückte ihn ein wenig. Es konnte jede Sekunde klingeln – oder, schlimmer noch, es verlockte ihn dazu, jemanden anzurufen, so wie es ihn verführt hatte, Paul Borg anzurufen. Munchin etwa oder womöglich Dr. Rose; und wenn er nicht sehr aufpasste, Janice und Tommy.

Als es Abend wurde, war er müde, aber nicht schläfrig, und das angenehme Glühen des Wohlgefühls begann nachzulassen. Ohne einen Drink würde er nie einschlafen – nur einer oder zwei, als Medizin –, und er ging zum Spirituosenladen und kaufte eine Dreiviertelliterflasche.

»He, Sie haben das Wechselgeld vergessen«, rief ihm die Stimme hinter der Kasse nach. »He, Mister, Ihr *Geld.«* Doch John Wilder kümmerten diese Banalitäten nicht; er hatte Wichtigeres zu tun. Er musste sich nicht nur überlegen, wie es ihm gelingen könnte, sich aus Munchins und Pamelas Film herauszuhalten, sondern auch, wie er verhindern könnte, dass der Film überhaupt gedreht wurde – und darüber hinaus gab es noch schwerwiegendere Dinge, Probleme, die sich noch nicht herauskristallisiert hatten, derer er sich jedoch am Morgen würde annehmen müssen.

Er zog sich nackt aus und stellte die Flasche neben das Bett; nach einer Weile kroch er zwischen die Laken und lag da wie eine Leiche, bis ihn der Schlaf überkam.

Es schienen nicht mehr als ein paar Minuten vergangen zu sein, als er wieder erwachte mit dem Gefühl, dass die Welt dabei war, aus den Fugen zu geraten. Er konnte nicht mehr bis zum Morgen warten. Er sprang aus dem Bett, noch bevor er wusste, was er zu tun hatte; und als er es wusste, blieb ihm keine Zeit mehr, sich anzuziehen. Nackt lief er in die Küche und holte ein Fleischmesser; dann rannte er zum Telefon und schnitt das Kabel durch. Gerade noch rechtzeitig: Hätte er nur einen Augenblick länger gewartet, dann hätte das Telefon geklingelt und eine Stimme wie die von Mr. Epstein damals in Marlowe hätte ihm verkündet, dass er der neue Messias sei.

Von draußen, von den nächtlichen Straßen, hörte er den Schrei eines Kindes und dann eine Polizeisirene, und urplötzlich wurde ihm die Tragweite dessen, was er getan hatte, klar. Das Telefonnetz war im ganzen Land – auf der ganzen Welt – zusammengebrochen, und er musste rasch handeln. Er zog seine Hose an und schloss den Reißverschluss, doch für mehr Kleidung war keine Zeit; er war draußen auf der toten, menschenleeren Straße und lief barfuß zum Santa Monica Boulevard; er hörte nichts außer dem Wind in seinen Ohren und seinem eigenen keuchenden Atem. Auf dem Gehweg zwei Blocks entfernt befand sich eine Telefonzelle; er rannte, stolperte hinein und riss den Hörer von der Gabel.

»Hören Sie, Vermittlung, *ich* bin es gewesen. *Ich* habe die Telefonleitung gekappt, *ich* war es, *ich, ich.* Ich heiße John C. Wilder, und ich bin nur ein Mensch, verstehen Sie? Nur ein Mensch ...«

Und er wagte es kaum, sich umzusehen, doch es schien, als wären die Straßen wieder zum Leben erwacht; die Leute waren in Bewegung, manche sprachen sogar und lächelten, als wäre nichts geschehen.

»He, Kumpel ...« Ein langhaariger junger Mann in einer Jeansjacke, der gleichzeitig lächelte und die Stirn runzelte, folgte ihm, nachdem er die Telefonzelle verlassen hatte. »Kumpel, ich kann dich nicht allein lassen nach dem, was du gerade gesagt hast.«

Wilder wich vor ihm zurück, bedeutete ihm mit Gesten, den Abstand zu wahren. »Doch, das kannst du, Kumpel«, sagte er. »Doch, das *kannst* du.«

Denn es war sehr wichtig, so lange wie möglich allein zu bleiben. Wenn es nicht stimmte, sollten sie ihn in Ruhe lassen. Wenn es stimmte, sollten sie ihn suchen. Sollten sie alle hören, was der junge Mann gerade gehört hatte; dann sollten sie ihn suchen. Er entfernte sich immer weiter von seiner Wohnung, ging auf dem Santa Monica Boulevard nach Westen, den Kopf gesenkt, den Blick auf seine bloßen Füße gerichtet, die über das Pflaster liefen. Einmal stolperte er, stürzte und fing sich mit einer Hand ab, und an seinem Daumen blieb ein wenig Hundekot kleben. Er wischte ihn an der Hose ab, doch der Geruch blieb und diente ihm bald als einziger Beweis dafür, dass er sterblich und der Erde verhaftet war – nur ein Mensch. Kein wiedergekehrter Christus hatte Hundescheiße am Daumen.

»Der Mann soll sich angeblich in Los Angeles aufhalten«, sagte Walter Cronkite auf Fernsehbildschirmen in ganz Amerika, »wo er angeblich allein durch die Straßen geht. Die Polizei dort wurde gewarnt, sich nicht von Hochstaplern hinters Licht führen zu lassen …«

Die einzige Möglichkeit, die Stimme zum Schweigen zu bringen, war, an seinem Daumen zu riechen. Ein halbwüchsiger Junge saß auf einer Türschwelle und spielte Gitarre, und Wilder setzte sich neben ihn. Auch der Junge war barfuß und er spielte sterbliche, der Erde verhaftete Musik.

»Ich will dich nicht stören«, sagte Wilder, »das klingt schön. Spiel, und ich mache weiter mit dem, was ich tue.«

»Was tun Sie?«

»Ich rieche an meinem Daumen.«

Und der Junge stand auf und ging davon.

Wenn es nicht stimmte, machte er sich zum Narren. Doch was, wenn es stimmte? Er ging jetzt Richtung Sunset Strip und erklomm eine lange, flache Anhöhe. Ein Polizist mit Schutzhelm stand angespannt über sein Motorrad neben dem Bordstein gebeugt, sein Funkgerät krächzte, und Wilder näherte sich ihm – zuerst lächelnd und mit beiden Händen winkend, um ihm zu bedeuten, dass er keine Gefahr darstellte, dann auf seine eigene Brust deutend. »Ich bin es, Officer«, sagte er.

»Fassen Sie mich nicht an, Mister, kommen Sie nicht näher.« Der Polizist legte die Hand an den Waffengürtel.

»Nein, nein, Sie verstehen nicht. Ich bin es. Ich bin es.«

»Gehen Sie weiter, Mister.... Ich sagte, gehen Sie *weiter.*«

Er ging weiter, auf die Lichter des Strip zu. Wenn die Polizei Angst hatte, von Hochstaplern hinters Licht geführt zu werden, wie sollte er dann je beweisen, wer er war? Er ließ seinen Schlüsselbund auf den Gehweg fallen; dann zog er seine Brieftasche heraus und begann, im Gehen eine Spur aus Identitätsnachweisen hinter sich zu legen: sein Führerschein, seine Kreditkarten, sein Sozialversicherungsausweis. Dann ging er zu Geldscheinen über, die er in regelmäßigen Abständen fallen ließ – zuerst Eindollarscheine, dann Fünf-, Zehn-, Zwanzigdollarscheine. Er war jetzt auf dem Sunset Strip, ging nach Osten in Richtung seiner Wohnung. Die Leute saßen in Straßencafés oder schlenderten im Schein der Straßenlampen in beide Richtungen, und niemand schien zu bemerken, was er tat.

»Noch keine Neuigkeiten aus Los Angeles«, sagte Walter Cronkites Stimme. »Der Mann ist noch immer auf freiem Fuß...«

Bis er in seine Straße bog, die er mehr aus Instinkt als einem Plan folgend gefunden hatte, hatte er sein ganzes Geld weggeworfen. Die Tür zu seiner Wohnung stand offen, und er trat ein, schloss sie hinter sich und verriegelte sie. Er hatte ihnen jede nur erdenkliche Chance gegeben; sollten sie kommen und ihn hier finden.

»... entweder eines der größten Ereignisse aller Zeiten«, sagte Walter Cronkite, »oder ein himmelschreiender Betrug. Die Zeit wird es zeigen.«

Er tigerte in der Wohnung hin und her, die Hände auf die Ohren gepresst, doch sobald er die Augen schloss, sah er die Überschrift einer Boulevardzeitung vor sich:

ERLÖSER ODER BETRÜGER?

Er konnte nichts anderes tun, als durch die Wohnung zu tigern und zu warten. »Kommt schon«, sagte er. »Kommt schon, kommt schon.«

Als es anfing zu dämmern, hörte er einen Polizeihubschrauber über dem Gebäude kreisen, und er musste lange an seinem Daumen riechen, bevor der Lärm nachließ, doch erst als es hell wurde, drückte er zwei Lamellen der Jalousie auseinander und spähte hinaus, um nachzusehen, ob sich eine Menschenmenge eingefunden hatte. Dem war nicht so – zumindest noch nicht –, und er schritt wieder auf und ab, während sich die Welt vor seinem Fenster langsam von Blau zu Gelb verfärbte.

»Die Suche wurde auf einen Häuserblock in Los Angeles eingegrenzt«, sagte Walter Cronkite, »doch die Polizei gibt nicht bekannt, um welchen es sich handelt, aus Furcht, eine Menschenmenge könnte sich versammeln, die sich als unkontrollierbar erweist. Kameraleute von CBS stehen bereit für den vielleicht größten Moment in der …«

WIRD ER SICH ZU ERKENNEN GEBEN?

»Nein, einen Augenblick«, sagte Wilder. »Hört zu: Ich bin nur ein Mensch.« Und er wäre wieder hinaus auf die Straßen gegangen, um es zu beweisen, wenn er nicht solche Angst davor gehabt hätte, die Tür zu öffnen.

Bald hörte er die Menschenmenge – ein dichtes, schweres Geräusch wie der Ozean –, und er drückte die Lamellen gerade so weit auseinander, dass er die Barrikaden sehen konnte, die die Polizei auf der anderen Straßenseite errichtet hatte. Er ging zur Tür, öffnete sie und schaute blinzelnd einen Sekundenbruchteil lang hinaus, bevor er sie wieder zuknallte und sein Hin- und Hertigern wieder aufnahm.

EIN FLÜCHTIGER BLICK!

Während er ging, fuhr er fort, darauf zu beharren, dass es nicht stimmte. Wenn es stimmte, würde die Wohnung nicht so unordentlich aussehen: Die Aschenbecher würden nicht überquellen vor Kippen und an der Wand befände sich kein brauner Whiskeyfleck. Die Kleider in seinem Schrank gehörten John C. Wilder – das konnte jeder sehen –, und auch die schmutzigen Füße, die über den Teppich schlurften, waren John C. Wilders Füße. John C. Wilder war klein. Er war neununddreißig Jahre alt und er stammte aus New York, wo er Anzeigenseiten für den *American Scientist* verkauft hatte, und sein Daumen roch leicht nach Hundescheiße.

Doch was hatte ihn gestern Abend auf die Straße getrieben? Was hatte ihn veranlasst, so weit zu gehen und sein ganzes Geld wegzuwerfen? Was war das für ein Anruf gewesen, dem er nur zuvorgekommen war, indem er die Leitung durchgeschnitten hatte?

Die Wohnungstür übte eine unwiderstehliche Anziehungskraft auf ihn aus. Er ging wieder zu ihr, öffnete sie, und diesmal zeigte er sein schüchternes, blinzelndes Gesicht eine ganze Sekunde lang.

Die Menschenmenge hielt kollektiv den Atem an – ein Geräusch wie eine große Welle –, und er hörte das Schwirren und Klicken vieler Kameras, bevor er die Tür wieder schloss.

IST ER ES ODER IST ER ES NICHT?

Und wieder tigerte er über den Teppich, die Hände am Kopf. »Zweimal haben wir den Mann nun kurz sehen können, genug, um viele Skeptiker davon zu überzeugen, dass es sich bei dieser unglaublichen Geschichte um eine Ente handelt.«

»Nein!«, sagte Wilder. »Ich meine *ja!* Ich meine, einen Moment, nur einen *Moment.«* Er stand mit den Händen auf dem Türknauf da und atmete schwer; dann öffnete er sie, schaute hinaus und duckte sich rasch zum dritten Mal außer Sichtweite.

ALLMÄHLICH WIRD ES ALBERN

Jetzt hüpfte und sprang er wimmernd durchs Zimmer. Die Tür hatte er einen Spaltbreit offen gelassen. Eine scheinbar lange Zeit stand er da, an die Wand mit dem Whiskeyfleck gepresst, und versuchte, Mut zu fassen, bis eine heitere innere Stimme zu ihm sagte: Mach schon, John.

EINEN MOMENT ...

Und in der Art und Weise, wie er zur Tür ging, lag mehr als nur Würde; es war eine Art Grandezza. Er öffnete sie weit und trat hinaus in den Sonnenschein, ließ es zu, dass die Menschen und die Kameras sich an ihm ergötzten. Eine

Weile stand er mit herunterhängenden Armen da; dann hob er zwei Finger zum Segen, und dann, um die letzten Zweifel auszuräumen, hob er seine beiden nackten Arme, als hinge er am Kreuz, und ließ den Kopf zur Seite sinken.

DAS TAUSENDJÄHRIGE REICH!

Eine Zeit lang blieb er in der Haltung des Gekreuzigten stehen, dann ließ er die Arme wieder sinken und wandte den Kopf langsam nach links und dann nach rechts. Er hörte keinen Jubel, sondern eine tiefe, feierliche Stille, nur durchbrochen von dem Geräusch vieler laufender Kameras.

Ein Schwarzer mittleren Alters, der eine kleine schwarze Tasche trug, trat in den Vordergrund und näherte sich ihm, gefolgt von einer dicken schwarzen Frau, die gekleidet war wie ein Dienstmädchen und sich eine Hand vor den Mund hielt. »Mr. Wilder?«, fragte der Mann. »Ich bin Dr. Chadwick. Können wir in Ihre Wohnung gehen?«

Es war nur normal, dass sie das Wunder beglaubigen wollten: Der Arzt würde wahrscheinlich seinen Herzschlag und andere Lebenszeichen kontrollieren und das Dienstmädchen war als Zeugin zugegen. Als sie eintraten, erfüllten sie die Wohnung mit Sonnenlicht.

»Sie haben eine Menge durchgemacht, Mr. Wilder«, sagte Dr. Chadwick, »und Sie sind sehr müde. Sie müssen sich einmal richtig ausruhen.« Er stellte seine schwarze Tasche auf den Tisch, öffnete sie und holte eine Spritze heraus.

»Wollen Sie mich k.o. spritzen?«

»Ich sorge nur dafür, dass Sie sich besser fühlen.« Er blinzelte die Nadel an und stach sie Wilder in den Arm. »Alles in Ordnung«, sagte er zu dem Dienstmädchen, das noch immer die Hand vor den Mund hielt. Dann griff er nach dem Telefon und sagte »Oh«, als er das durchschnittene Kabel sah. »Ich werde den Anruf im Büro machen müssen.« Das Dienstmädchen sagte etwas, was Wilder nicht hören konnte, und der Arzt erwiderte: »Gut. Das machen wir jetzt gleich. Mr. Wilder? Würden Sie bitte mitkommen?« Sie geleiteten ihn zum Telefontischchen, und er stieß so heftig dagegen, dass das kaputte Telefon krachend auf den sonnenbeschienenen Boden fiel. »Wenn Sie hier bitte unterschreiben würden«, sagte der Doktor, »dann füllen wir den Rest aus.« Zuerst glaubte Wilder, er würde ihm die Spritze zum Schreiben reichen, dann sah er, dass es ein Kugelschreiber war.

»Ich verstehe«, sagte er. »Ich soll bestätigen, dass ich lebe, nicht wahr?«

»Sie sollen bestätigen, dass Sie leben und gesund und im Vollbesitz Ihrer Kräfte sind.«

Als er zu unterschreiben versuchte, formte sich sein Name in zittrigen Großbuchstaben, als habe ein Kind es geschrieben. »Das ist nicht gut«, sagte er. »Ich probiere es noch mal.« Beim zweiten Versuch sah es wie eine richtige Unterschrift aus und beim dritten war es noch besser. Ihm ging durch den Kopf, dass es vielleicht nicht die Identität des neuen Messias war, die er hier beglaubigte; vielleicht beglaubigte er auch, dass er der erste Mensch in der Geschichte war, der sich ohne psychiatrische Behandlung ganz und gar vom Wahnsinn kuriert hatte. Und vielleicht waren die beiden Dinge auch ein und dasselbe.

Erst nachdem er vier- oder fünfmal unterschrieben hatte, bemerkte er, dass die Papiere, auf die er seine Unterschrift gesetzt hatte, die Seiten seines Scheckbuchs waren, jede einzelne vom Dienstmädchen geduldig umgeblättert und gehalten.

»Er wird schon wieder«, sagte Dr. Chadwick und ließ seine Tasche zuschnappen. »Bleiben Sie einfach ein paar Minuten bei ihm, ich bin gleich wieder da.« Und er ging.

»Wollen Sie sich setzen und ausruhen, Mr. Wilder?«, fragte das Dienstmädchen.

»Nein.« Er marschierte noch immer entschlossen hin und her, und sie nahm seinen Arm, damit er langsamer ging.

»Wollen Sie sich anziehen? Ein schönes sauberes Hemd?«

»Nein.« Sie standen vor der offenen Tür. »Wo sind die vielen Leute hin?«, fragte er. »Was ist aus ihnen geworden?«

»Welche Leute, Mr. Wilder? Zu dieser frühen Stunde sind hier keine Leute.«

»Es war eine große – es waren ganz viele – da waren Kameras und – o mein Gott!«

»Jetzt entspannen Sie sich, Mr. Wilder. Ich kenne mich aus mit Leuten wie Ihnen.«

»O mein Gott!«

»Ich *weiß*, was gut für Sie ist«, sagte sie. »Ich *kenne* Leute wie Sie.« Sie führte ihn strauchelnd zur Badezimmertür, ging hinein und drehte beide Hähne an der Wanne voll auf. Und er konnte es sich nicht erklären – zog er sich die Hose aus, oder tat sie es für ihn? –, doch als Nächstes lag er in der Wanne, schlug mit Armen und Beinen um sich und verspritzte warmes Wasser.

»O mein Gott!«, sagte er wieder und wieder, denn jetzt war ihm klar, dass er sich eines ungeheuerlichen Verbrechens schuldig gemacht hatte. Wo war er letzte Nacht gewesen und was hatte er getan? Die vorletzte Nacht? Die Nacht davor?

»Der Schwindler, der sich am Morgen einen Spaß erlaubt und leichtfertig mit dem Glauben von Millionen Menschen in der gesamten jüdisch-christlichen Welt gespielt hat«, sagte Walter Cronkite, »wird sich womöglich auch als Verbrecher, vielleicht sogar als Mörder erweisen.«

Das Dienstmädchen konnte ihm nicht dabei helfen herauszufinden, was er getan hatte: Sie wusste es vermutlich nicht, und falls doch, würde sie ihm nur gut zureden und warten, bis Dr. Chadwick die Polizei gerufen hätte und zurückkäme. Er stemmte sich hoch und stieg aus der Wanne.

»Bleiben Sie drin. Nach einem schönen warmen Bad werden Sie sich besser fühlen.«

»O mein Gott!«

Er zog die Hose an, ohne sich abzutrocknen, und wollte zur Wohnungstür laufen, doch sie stellte sich ihm in den Weg, und als sie zusammenstießen, legte sie ihre dicken Arme um ihn. Sie war sehr weich und stark.

»Ich will nicht davonlaufen«, sagte er. »Ich will mich *stellen.*«

Er befreite sich und schaffte es bis zur Tür, doch sie folgte ihm auf dem Fuße. Sie erwischte ihn, als er über die Schwelle trat, und sie klammerten sich auf dem kurzen Weg zum Gehsteig kämpfend aneinander. Auf der Straße waren mehrere Personen stehen geblieben, um ihnen zuzusehen.

»Ich habe – ich habe Kennedy umgebracht«, sagte er.

»Nein, das haben Sie nicht, Mr. Wilder. Lee Harvey Oswald hat Kennedy umgebracht.«

»Ich habe Neger umgebracht. Ich habe in ganz Los Angeles Neger umgebracht …«

»Nein, das haben Sie nicht.«

Noch immer mit ihr raufend, überlegte er, was das Schlimmste sein könnte, was er hätte tun können, und sprach es aus: »O mein Gott, ich habe meine Frau und mein Kind umgebracht.«

Ihre Miene veränderte sich. »Ja, das haben Sie getan, Mr. Wilder«, sagte sie, »und deswegen versuchen wir, Ihnen zu helfen.«

Endlich konnte er sich aus ihrem Griff befreien. Er lief den Gehweg entlang und rannte direkt in wartende Arme – nicht in die der Polizei, sondern in die Arme von vier weiß gekleideten jungen Schwarzen.

»So ist es gut, Mr. Wilder«, sagte einer von ihnen, »und jetzt kommen Sie mit.« Zwei packten seine Arme und zwei seine Beine, und als sie ihn in den Krankenwagen hievten, war das Letzte, was er sah, Dr. Chadwick, der vor der Tür des Hausverwalters stand und ihnen mit einem strengen, Billigung ausdrückenden Blick zusah.

»Und hinein mit Ihnen, Mr. Wilder.« Sie schlugen die Türen zu und der Krankenwagen fuhr schnell davon. Er konnte nicht hinausschauen; er sah nur die vier Sanitäter – zwei von ihnen lächelten, weil sie ihn erfolgreich eingefangen hatten, zwei blickten finster drein. Hatte er wirklich Janice und Tommy ermordet? Wie das?

Es war keine sehr lange Fahrt. Bald zerrten sie ihn wieder hinaus und schoben ihn taumelnd einen schwankenden, schrägen Korridor entlang; dann wurde eine Tür zu einem Raum geöffnet, der wie ein Krankenhauszimmer aussah und in dem ein weiterer Schwarzer neben einem Bett mit hochgestelltem Kopfteil stand. »Ist das Mr. Wilder?«, fragte er. »Bringt ihn rein. Willkommen in El Dorado.« In null Komma nichts hatten sie ihn ins Bett verfrachtet; er saß aufrecht, trug ein Krankenhaushemd und war an den Handgelenken und Knöcheln mit weißen Gurten am Bett festgeschnallt. Er dachte an den blinden Mann im Bellevue, den Mann, der gerufen hatte, »Ich hab Luzidationen!«, doch es war klar, dass das hier kein Krankenhaus war: Dafür war das Lächeln der Männer zu finster. Er war ein Gefangener.

»... gesucht wegen Mordes an seiner Noch-Ehefrau Janice und ihrem kleinen Sohn Thomas«, sagte Walter Cronkite, »wurde, nachdem er der Polizei entkommen war, von Mitgliedern einer Untergrundzelle der Black Nationalists entführt, die Lösegeld fordern ...«

»Ich heiße Randolph, Mr. Wilder«, sagte der Schwarze. »Ich bin hier zuständig.«

»Ich muss nach Hause«, sagte Wilder. »Ich muss nachsehen, ob ich –«

»Sie müssen nirgendwohin, Mr. Wilder. Sie bleiben hier bei uns. Haben Sie bemerkt, dass ich perfektes Englisch spreche?«

»Habe ich meine Frau und mein Kind umgebracht?«

»Fragen Sie das nicht mich. Das müssen Sie mit Ihrem Gewissen ausmachen. Und es ist zwecklos, an diesen Gurten zu zerren. Sie sind gefesselt.«

»Wie lange – wie lange werden Sie mich hierbehalten?«

»Bis wir Sie satthaben. Wahrscheinlich länger.«

»Was werden Sie mit mir tun?«

»Wir lassen Sie so lange angegurtet, bis Sie sich wieder normal verhalten. Dann werden wir sehen. Wir könnten alles Mögliche mit Ihnen anstellen. Möchten Sie ein bisschen fernsehen?«

»Nein. Schalten Sie nicht ein. Bitte, schalten Sie nicht ein.«

Aber der große Bildschirm hing genau vor ihm, listigerweise so an der Wand befestigt, dass er direkt auf das Bett hin ausgerichtet war, und Randolph machte sich an den Knöpfen zu schaffen. Als das Bild eingestellt war, sah er die Fußsohle eines kleinen Kindes, die an vier oder fünf Stellen mit dünnen schwarzen Linien markiert war, um zu zeigen, wo der Fuß gebrochen war.

»Schalten Sie aus! Schalten Sie *aus!*«

»Mr. Wilder, wenn Sie nicht den Mund halten, werde ich ihn *stopfen* müssen.«

»O Gott, lassen Sie mich sterben. Lassen Sie mich einfach sterben.«

»Das ziehe ich gerade in Betracht, Mr. Wilder. Ich ziehe es in Betracht.«

Der tote Fuß war noch da, wurde langsam für die Kamera gedreht, doch Walter Cronkites Stimme war gnädigerweise nicht zu hören.

»Ich kriege den Ton nicht rein«, sagte Randolph. »Verdammt. Heißt das etwa, dass ich den ganzen Nachmittag *Ihnen* zuhören muss?« Er schaltete den Fernseher aus und Tommys Fuß löste sich auf.

Bald kam ein untersetzter Schwarzer ins Zimmer, runzelte die Stirn und sagte: »Okay.«

»Das ist Henry, Mr. Wilder«, stellte Randolph ihn vor. »Er wird eine Weile auf Sie aufpassen. Henry, das ist Mr. Wilder. Er sagt, dass er sterben will.«

»Das lässt sich leicht arrangieren«, sagte Henry, und als Randolph gegangen war, setzte er sich neben das Bett. »Sie haben doch vom elektrischen Stuhl gehört, Mr. Wilder«, sagte er. »Es gibt auch ein elektrisches Bett. Ich muss nur auf diesen Knopf hier drücken.« Er hielt ein kleines Bedienteil hoch, das über ein dick ummanteltes Kabel mit dem

Bett verbunden war. »Ich glaube nicht, dass ich jetzt schon draufdrücken werde. Ich habe zuerst ein paar Fragen an Sie. Sie können mit Schwarzen nicht viel anfangen, nicht wahr, Mr. Wilder?«

»Das stimmt nicht. Ich habe immer –«

»Ja, Sie haben immer die Demokraten gewählt, ich weiß, und Sie glauben an die Bürgerrechte und andere gute Dinge und Sie bewundern Dr. King und Sie finden die Sache mit Emmett Till einfach schrecklich, aber das meine ich nicht. Ich meine tief in Ihrem Innersten, dort, wo es wirklich zählt. Tief in Ihrem Innersten hätten Sie gern, dass wir alle verschwinden. Sie finden unsere Lippen zu dick und unsere Nasen zu flach, und vor unserem krausen Haar ekeln Sie sich. Ist es nicht so, Mr. Wilder?«

»Nein … Nein …«

»Ja, wenn wir perfektes Englisch sprechen wie Ihr alter Freund Charlie im Bellevue, dann finden sie uns nicht ganz so schlimm, nicht wahr? Ich habe eine Nachricht von Charlie für Sie, und er hat gesagt, er bedauert es, dass er sie nicht persönlich überbringen kann. Das ist die Nachricht.« Er hielt das Bedienteil hoch und drückte auf einen Knopf. Es folgte ein Brummen und der hochgestellte Teil des Betts begann, sich zu senken. Auf halber Strecke nahm er den Finger vom Knopf und das Bett kam zum Stillstand. »Und ich habe noch eine Nachricht für Sie, Mr. Wilder«, sagte er. »Von Clay Braddock – erinnern Sie sich an ihn? Der Mann, den Sie dazu gebracht haben, in Ihrem kleinen Kunstfilm mitzuspielen? Im Marlowe College? Von Clay Braddock soll ich Ihnen Folgendes ausrichten – und er hat es in perfektem Englisch gesagt.« Wieder brummte es und das Bett senkte sich weiter; dann stand es wieder still. Henry neigte sich über ihn und brachte sein großes

Gesicht direkt vor das von Wilder. »Wissen Sie, was Sie sind?«, fragte er. »Sie sind der schlimmste Feind, den ein Revolutionär haben kann. Sie sind ein Liberaler. Und jetzt die letzte Nachricht. Sie wird Ihnen den Rest geben. Sind Sie bereit, Mr. Wilder? Es ist die ganz große Nachricht. Sie ist von uns allen.«

Erneut setzte das Brummen ein und das Bett sank, bis es flach war. Er konnte den Strom in seinem Körper nicht spüren, genauso wenig wie jemand, der sich den Lauf einer Schrotflinte in den Mund hält, den Schuss hören kann, wenn er abdrückt. Er spürte nichts und hörte nichts und sah nichts. Es überraschte und verwirrte ihn, als er feststellte, dass er immer noch atmete.

»Wie geht es ihm?«, fragte Randolph, als er zurückkam.

»Er hat die ganze Zeit gequasselt, als du weg warst, bis vor einem Augenblick«, sagte Henry. »Er hat was von Liberalen und Revolutionären und Emmett Till und was weiß ich gefaselt. Jetzt ist er still, vielleicht wird er schlafen.«

»Nein«, sagte Randolph, »er soll jetzt nicht schlafen, sonst schläft er nachts nicht. Mr. Wilder?«

»Bitte. Lassen Sie mich sterben.«

»Auf keinen Fall. Das verdienen Sie nicht. Wir haben uns was Schlimmeres für Sie ausgedacht, Mr. Wilder.« Wieder brummte es und das Kopfteil wurde langsam wieder in Sitzposition gebracht. »Etwas viel, viel Schlimmeres. Sie werden *leben.*«

»Und das Hollywood Presbyterian wollte ihn nicht wieder aufnehmen«, sagte Dr. Chadwick, »weil sie dort keine Alkoholiker behandeln – und die Diagnose lautet Alkoholismus –, deswegen musste ich ihn ins El Dorado schicken.«

»Was ist El Dorado?«, fragte Pamela.

»Ach, es ist sehr nett dort, allerdings haben sie dort keine Möglichkeit, jemanden wie ihn zu behandeln. Es ist ein privates Altersheim – ein Pflegeheim. Er ist jetzt seit fast zwei Wochen dort. Er wird rund um die Uhr versorgt, aber das ist auch schon alles. Und man hat mir gesagt, dass er Schwierigkeiten mit der Disziplin hat: Er macht so viel – Krach und so weiter, dass er die regulären Patienten stört. Wissen Sie, es ist absolut geboten, ihn dort herauszuholen, damit wäre allen gedient.«

»Ich verstehe«, sagte Pamela und biss sich auf die Lippe. Sie saßen im Büro des Hausverwalters, und der Hausverwalter und seine Frau waren im Nebenzimmer. Ihr Fernseher war eingeschaltet, doch sie nahm an, dass sie nicht fernsahen, sondern auf jedes Wort dieses Gesprächs hörten.

»Dr. Rose hat mir das hier gegeben.« Er legte ein gedrucktes Formular auf den Tisch. »Er muss es nur unterschreiben, und dann kommt er auf freiwilliger Basis in die UCLA. Das ist eindeutig der beste Ort für ihn. Aber ich war dreimal – nein, warten Sie – viermal mit diesem Papier bei ihm, und er weigert sich, es zu unterschreiben. Er scheint es für einen Scheck zu halten. An dem fraglichen Morgen habe ich ihn ein paar Schecks unterschreiben lassen, für mein Honorar und was immer das Dienstmädchen fürs Aufpassen haben wollte, und wenn er mich jetzt sieht, glaubt er, dass ich Geld von ihm will. Jedenfalls habe ich gedacht, dass Sie vielleicht helfen können. Wenn Sie damit zu ihm gehen, wird er vielleicht unterschreiben.«

»In Ordnung«, sagte sie, »aber was, wenn auch ich es nicht schaffe, ihn dazu zu bringen?«

»Einen Versuch ist es wert. Fahren wir?«

»Ich muss zuerst noch einen Anruf machen«, sagte sie, und nachdem sie die Nummer gewählt hatte: »Chet? Hör mal, die Sache ist etwas komplizierter. Ich muss – ich erkläre es dir, wenn ich nach Hause komme. Allerdings kann es etwas dauern. Es kann spät werden …«

Sie fuhr mit ihrem Wagen, in dem sich ein Koffer mit Wilders Sachen befand, hinter dem von Chadwick her und nach ein paar Minuten bogen sie auf den Parkplatz vor dem großen, dreistöckigen Gebäude des El Dorado ein.

Dr. Chadwick nahm ihr den Koffer ab und führte sie einen Korridor entlang, der mit einem dicken Teppich belegt war. Sie kamen an mehreren weiß gekleideten Schwarzen vorbei, die alle sehr beschäftigt schienen, und durch die offenen Türen zu beiden Seiten sah sie Vasen mit Blumen, die glänzenden Speichen von Rollstühlen und gelegentlich den weißen Kopf eines sehr alten Mannes oder einer sehr alten Frau.

»O Gott«, flüsterte sie. »Ist das nicht sehr teuer?«

»Das ist ein weiterer Nachteil«, sagte der Doktor. »Es ist wirklich sehr teuer. Hier, sein Zimmer ist gleich um die nächste Ecke.«

Sie hörten ihn bereits aus einiger Entfernung. Er sang und seine Stimme klang schrecklich, überhaupt nicht wie ein leichter, lustiger Eddie Fisher oder ein gewichtiger Fred Astaire, sondern sie war heiser und überschlug sich und traf keinen einzigen Ton. Es klang, als würde ein Penner singen. »… Buy me some peanuts and Cracker Jack; I don't care if I never get back …«

Er saß aufrecht, beide Handgelenke waren ans Bett gegurtet; er sang das Lied dem ausgeschalteten Fernseher vor, und er war so konzentriert bei der Sache, dass er sie nicht bemerkte.

»Hallo, Randolph. Wie geht es ihm heute?«

»Schwer zu sagen, wenn er so ist, Doktor.«

»... For it's one, two, three strikes you're out at the old – ball – game.« Nachdem er geendet hatte, neigte er sich vor, zerrte dabei an den Gurten und sprach, als hätte er ein Mikrofon vor sich. »Okay, Tommy, mein Junge. Das reicht für heute Abend. Du schläfst jetzt, Junge. Cut!« Und er schloss die Augen.

»Er hält den Fernseher für eine Kamera«, sagte Randolph, »und er singt seinem Sohn etwas vor. Aber wenn wir den Fernseher einschalten, ist es noch schlimmer. Jedes Mal, wenn diese Schuhwerbung kommt, glaubt er, das sei sein toter Sohn. Kennen Sie die Werbung für Kinderschuhe? Wo sie einen kleinen Kinderfuß hochhalten? He, Mr. Wilder? Mr. Wilder. Sie haben Besuch.«

»Hallo, John«, sagte Pamela.

»Du arbeitest jetzt also für Chadwick und seine Freunde, was? Und für Munchin und Chester Pratt?«

»Natürlich nicht. Das weißt du doch. Ich will dich nur besuchen.« Und sie wandte sich an Randolph. »Ist es wirklich nötig, ihn festzubinden?«

»Das wäre es nicht, wenn er sich benehmen würde, Miss. Als wir die Gurte das letzte Mal abgenommen haben, hat er einen Stuhl gepackt und den Fernseher kaputt geschlagen. Wir mussten einen neuen anbringen lassen.«

»Oh. Aber jetzt können Sie sie doch abnehmen. Er wird schon nichts kaputt machen.« Als Wilders Hände frei waren, setzte sie sich neben ihn und massierte sanft seine rot gefleckten Handgelenke. Sie hoffte, dass er sich dadurch besser fühlen würde, doch zugleich konnte sie einen leisen Widerwillen, sein Fleisch zu berühren, nicht unterdrücken. Sie blickte ihm ins Gesicht, aber das half nicht. Er war sauber und frisch rasiert, doch seine glänzenden, hervorstehenden Augen blickten – verrückt; und in einem Winkel seines ausdruckslosen Mundes hing nach der Anstrengung des Singens ein Speichelfaden. Wie war es möglich, dass sie diesen Mann einmal geliebt hatte?

»John«, sagte sie, »möchtest du hier raus?«

»Und wohin?«

»An einen viel besseren Ort, wo sie dir Medizin geben werden – die Medizin, die du brauchst, damit diese schrecklichen Träume aufhören. Ist das nicht eine gute Idee? Und ich habe deine Sachen mitgebracht, wir können gleich gehen, wenn du willst.«

Er schwieg eine lange Zeit. Dann sagte er »Okay«, und sie spürte Dr. Chadwick und Randolph hinter sich zufrieden lächeln.

»Du musst nur hier unterschreiben«, sagte sie. »Hier, ich habe sogar einen Stift.«

»Nein. Vergiss es. Ich unterschreibe keine Verträge mehr mit dir und Carl Munchin und Chester Pratt. Macht eure bescheuerten Filme alleine, ich will damit nichts mehr zu tun haben. Ist das klar?«

»Ach, John, red doch keinen Unsinn. Ich *weiß*, dass du es besser weißt. Es hat nichts mit Filmen zu tun. Es ist nur ein Blatt Papier, damit es dir besser geht.«

Und es dauerte zwanzig Minuten oder länger, aber dann stand auf der entsprechenden Linie des gedruckten Formulars endlich ein Gekrakel, das sich als »John C. Wilder« deuten ließ.

»Wunderbar«, sagte sie. »Und jetzt ziehen wir dir was an.«

»Ich werde anrufen«, sagte Dr. Chadwick. »Und ihnen sagen, dass wir kommen.«

»Er sollte baden«, sagte Randolph, »aber als wir es das letzte Mal versucht haben, mussten ihn drei Männer in der Wanne festhalten. Er hat geglaubt, wir wollten ihn ertränken. Ich habe noch nie so ein Gebrüll und Geschrei gehört. Im ganzen Haus haben sie sich beschwert.«

Als er angezogen war und aufrecht dastand, sah er besser aus; fast wie ein normaler Mensch, nur dass man dem Sitz der Kleidung ansah, dass er sich nicht selbst angekleidet hatte. Pamela nahm seinen einen Arm und Randolph den anderen, und sie führten ihn vorsichtig aus dem Zimmer. Chadwick wartete in der Eingangshalle.

Randolph kam mit zur UCLA, er saß neben Wilder auf dem Rücksitz und hielt seinen Arm. Chadwick saß vorn neben Pamela, die fuhr.

»Geht es zum Flughafen?«, fragte Wilder.

»Nein, John. Ich habe es dir doch gesagt. Wir fahren dorthin, wo du die Medizin kriegst, die dich wieder gesund macht.«

»Warum ist Randolph dabei?«

»Weil er dich mag. Wir mögen dich alle, John.«

»Leck mich am Arsch.«

»So spricht man nicht mit einer Dame«, sagte Randolph.

Erst glaubte sie, sie würde den Weg durch Westwood zum Campus der Universität nie finden, geschweige denn das richtige Gebäude, doch Dr. Chadwick übte einen beruhigenden Einfluss aus: Er lotste sie zum richtigen Parkplatz und steckte die richtige Anzahl von Münzen in die Parkuhr. Dann standen sie zu viert im Aufzug und dann waren sie in der Neuropsychiatrie.

»Rose«, sagte Wilder. »Was zum Teufel macht *Rose* hier?«

»Wenn Sie bitte mitkommen würden«, sagte Rose, »ich bringe ihn in sein Zimmer.« Doch er wirkte nervös, als er sie durch den öffentlich zugänglichen Teil der Station geleitete, vorbei an einer Frau mit Lockenwicklern, die Halma mit einem Jungen spielte, der an die vierhundert Pfund wiegen musste. Als alle in dem Zimmer standen, das für Wilder vorbereitet worden war, kam eine Schwester mit einer Spritze.

»Gut, Mr. Wilder«, sagte Rose, »ziehen Sie bitte Ihre Jacke aus und krempeln Sie den Ärmel hoch.«

»Zur Hölle mit Ihnen, Rose. Gehen Sie und essen Sie ihre Schokobonbons. Sie sind nicht *groß* genug, um mir eine Spritze zu verpassen, und Sie sind auch nicht schlau genug. Und zur Hölle auch mit *Ihnen,* Chadwick, Sie alberner Scheißneger. Wischen Sie sich Ihr Scheiße fressendes Grinsen aus dem Gesicht und sagen Sie Ihrem Freund, dass er seine schwarzen Hände von meinem Arm nehmen soll. Arschlöcher! Arschlöcher! Und weißt du, was *du* bist?« Er wandte die wilden Augen und den feuchten Mund Pamela zu. »Du bist eine *Fotze.* Eine *Fotze.* Du bist eine *Fotze.*«

Am Ende musste Randolph ihn auf den Boden werfen. Die Schwester holte eine Zwangsjacke; Randolph und Chadwick stopften seine Arme in die Ärmel, rollten ihn auf den Bauch und zurrten die Jacke hinten zu. Als sie fest genug saß, gingen sie alle hinaus in den Flur und Rose schloss die Tür, die mit einem effizienten Klicken ins Schloss fiel.

»Jetzt wird er sich beruhigen«, sagte Chadwick.

»Nicht unbedingt, Doktor«, sagte Randolph. »So wie *ich* ihn erlebt habe, kann er tagelang so weitermachen.«

»Wie auch immer«, sagte Rose und zog sich mit zitternden Händen den Kittel zurecht, »ich bezweifle, dass wir ihn hierbehalten können.«

Dem Krachen und Beben der verschlossenen Tür war es nicht anzuhören, ob Wilder mit der Schulter oder mit dem Kopf dagegenschlug.

Über Freunde – und es überraschte ihn oft, wie viele Freunde ihm geblieben waren – war es Chester Pratt gelungen, ein hübsches kleines Haus in den Hügeln zu finden. Es stand am Rand eines dunstigen Canyons, Palmen raschelten direkt unter der Veranda, und es erfüllte perfekt seinen Zweck: Es war ein guter Ort, um zu arbeiten, ein guter Ort, um zu schlafen, ein guter Ort, um mit einer Cola mit Zitrone in der Hand dazusitzen und den Sonnenuntergang zu betrachten.

In seinem Körper war kein Gift mehr. Er arbeitete gut, wenn man das Verfassen eines Drehbuchs »Arbeit« nennen konnte, und sobald dieser Job erledigt war, würde er an seinem zweiten Roman weiterschreiben. Er würde viel von dem, was er in New York, und fast alles, was er in Washington geschrieben hatte, wegwerfen müssen – schlechte Arbeit, wirklich schlechte Arbeit –, doch wenn er Glück hatte und gewissenhaft vorging, konnte er das Buch in einem Jahr fertig haben. Und es würde gut werden; vielleicht sogar besser als *Verbrennt all eure Städte*.

Wenn er sich mit Munchins Drehbuch langweilte, hatte er manchmal einen Einfall für das Buch; dann ließ er alles stehen und liegen, bis er ihn notiert und abgelegt hatte, auf dem kleinen Stapel mit anderen Notizen, die unter einem Briefbeschwerer in einer Ecke seines Schreibtischs lagen. Und er freute sich wie ein Schneekönig über das Anwachsen dieses Stapels: Er nahm ihn gern in die Hand, um mit den Fingern seine Dicke zu messen. Damit war er gerade beschäftigt, als das Telefon klingelte.

»Hallo, Baby«, sagte er. »… Natürlich, das ist okay; lass dir Zeit. Wir sehen uns später. … Okay.«

Kaum saß er wieder an seinem Schreibtisch, klingelte es erneut.

»Oh, hallo, Bill«, sagte er. »… Heute Abend? Aber natürlich, sehr gern, ich weiß nur nicht, wann Pam zurück sein wird. Sie hat gerade angerufen und gesagt, dass es spät werden könnte. Hör mal, machen wir es doch so: Wenn du bis um sechs nichts von mir gehört hast, dann schaffen wir es. Im Beverly Brown Derby um halb acht. … Okay, Bill, danke für den Anruf. Wir freuen uns. … Genau. Okay, Bill.«

Endlich hatte er Ruhe und konnte sich wieder der Arbeit an Munchins Drehbuch widmen. Wie wurde ein netter Werbemensch aus der Mittelschicht verrückt? Ganz einfach: Auf hundertfünfundzwanzig Drehbuchseiten, das erste Drittel davon eine mühelose Überarbeitung von Jerry Porters schwülstigem kleinen *Bellevue*-Script.

Anfänglich hatte er nur so lange in Hollywood bleiben wollen, bis er genug Geld verdient hätte, um an die Ostküste zurückzukehren, doch vor Kurzem hatte er es sich anders überlegt. Er würde bleiben. Hier hatte sich schließlich sein Schicksal gewendet: das angenehme Klima, das schöne Haus, der lukrative Job für Munchin, und das Beste war der großartige Zufall gewesen, der seine kleine New-Frontier-Frau zu ihm zurückgebracht hatte. Er traute ihr nicht ganz – sie hatte ihn schließlich schon einmal verlassen und könnte es wieder tun, und es gefiel ihm nicht, wie sie diesen armen Kerl Wilder behandelt hatte, obwohl es zu seinem Vorteil gewesen war –, im Augenblick aber war es gut, sie für sich zu haben. Sie war wie das Glas kalte Milch, das er jeden Vormittag um elf Uhr trank: Sie gab ihm das Gefühl, jung und stark und gesund zu sein. Die Zukunft würde für alles andere sorgen. Bei den AA hatte er gelernt, immer nur einen Tag in die Zukunft zu planen.

Er arbeitete zwei, drei Stunden lang ohne Unterbrechung; dann hörte er ihren Wagen vorfahren und stand vom Schreibtisch auf.

»O *Gott,* war das ein Nachmittag«, sagte sie. »Ich weiß nicht, ob ich es dir überhaupt erzählen kann.«

»Natürlich kannst du es mir erzählen«, sagte er, »nachdem du was getrunken hast.«

Er machte die Drinks – Bourbon on the rocks für sie und eine Cola mit Zitrone für sich –, während sie es sich in einem Segeltuchstuhl auf der Veranda bequem machte.

»Ah, das tut gut«, sagte sie nach dem ersten Schluck, »das habe ich gebraucht.« Und sie erzählte ihm alles: Chadwick, El Dorado, UCLA. Und Rose, der gesagt hatte: »Ich bezweifle, dass wir ihn hierbehalten können.«

»Wohin werden sie ihn bringen?«

»Ich weiß es nicht.« Sie schloss die Augen und drückte mit Daumen und Zeigefinger den Nasenrücken zusammen. »O Chet, ich weiß es nicht, und ich weiß, dass es schrecklich von mir ist, aber eigentlich ist es mir egal. Es sind Ärzte, sie werden sich etwas einfallen lassen. Zumindest ist er in guten Händen.«

»Ja«, sagte Chester Pratt. Und nahm an, dass sie recht hatte – es gab wohl wirklich nichts, was sie hätte tun können –, doch er musste ihr erst kurz ins Gesicht blicken, bevor er sich dafür entschied, dass er sie noch mochte.

»Und ich fühle mich einfach ungeheuer erleichtert«, sagte sie. »Seine Probleme sind – sie sind einfach zu groß für mich, das ist es, sie überfordern mich. Er braucht professionelle Hilfe, und die wird er bekommen.«

Die Sonne stand tief. Das Licht auf der Veranda hatte die Farbe trockenen Wermuts und es schmeichelte ihrem Gesicht. Wie konnte jemand eine Frau, die solche Wangenknochen und Wimpern hatte, nicht mögen?

»Essen wir heute Abend zu Hause oder gehen wir aus?«

»Wir gehen aus. Wir treffen uns um halb acht mit Bill Costello.«

»Mit diesem schrecklichen kleinen Fernsehmenschen? Dem Typen von *Fragen wir Daddy?*«

»Komm schon, Pam, das ist nicht fair. Er ist ein guter Freund. Keine Ahnung, wo ich jetzt wäre, wenn ich ihn nicht als meinen Betreuer gehabt hätte, zuerst in New York und dann hier. Er hat mehr für mich getan, als ich jemals –«

»Ach, das ist Unsinn. Das hast du alles allein geschafft.«

»Nicht ohne seine Hilfe. Und außerdem wird er alt und ist einsam. Das Mindeste, was wir tun können, ist –«

»In Ordnung. Wenn du heute sentimental bist, kann ich nichts dagegen tun. Habe ich Zeit, um zu duschen?«

»Natürlich.«

»Was soll ich anziehen?«

»Egal. Du siehst immer gut aus.«

Doch darauf, wie sie aussah, als sie in einem kurzen, rückenfreien Kleid aus dem Schlafzimmer kam, war er nicht vorbereitet gewesen: Sie sah umwerfend aus. Er wollte ihr das Kleid vom Leib reißen, sie in die Arme nehmen und ins Bett tragen, doch stattdessen begnügte er sich mit einem höflichen kleinen Kuss auf ihren Nacken.

»Ach, Chet«, sagte sie und stellte sich auf die Zehenspitzen, um den Kuss entgegenzunehmen. »Du bist so nett und so groß.«

10. KAPITEL

Janice Borg war mit ihrem Mann einer Meinung, dass der Süden Kaliforniens wesentlich uninteressanter war, wesentlich weniger stimulierend als der Norden. In San Francisco waren sie im Fairmont Tower abgestiegen: Sie waren mit der Trambahn gefahren und in North Beach gewesen, wo sie sich im City Light Bookstore umgeschaut und zu alten Caruso-Aufnahmen Espresso in einem italienischen Café getrunken hatten. In Einklang mit dem gemächlichen Tempo dieses langen und glücklichen Sommerurlaubs fuhren sie langsam die Küste hinunter. Janice kürte Big Sur zum absolut schönsten Ort, den sie je gesehen hatte, und Paul brachte sie zum Lachen, weil er sagte, dass sie ihn sich gut anschauen und einprägen sollte, weil es nur noch Plastik und palmengesäumten Schmutz zu sehen gäbe, sobald sie in L. A. wären.

Weil sie es in New York ausführlich besprochen hatten, erwähnte keiner von beiden, dass sie in Los Angeles Zeit für sich brauchen würde, um allein ihren Exmann zu besuchen.

Es war 1970, ein in vieler Hinsicht schwieriges Jahr, doch Janice Borg schätzte sich glücklich. Der unsägliche Krieg in Vietnam dauerte noch an, doch sie dankte Gott dafür, dass Tommy als Student zurückgestellt worden war. Richard Nixon hatte es ins Weiße Haus geschafft – was sicherlich nicht der Fall gewesen wäre, wenn sie Robert Kennedy nicht auch ermordet hätten –, aber Paul meinte, dass er vielleicht mit seiner Aufgabe wachsen würde.

Paul schwieg schon lange, als sie auf den Sunset Boulevard abbogen, und sein Gesicht, von dem sie nur das Profil sah, wirkte ein wenig grimmig, doch Janice war klug genug, das Schweigen nicht zu brechen. Oft bedeutete es, dass er an Natalie dachte, und das war verständlich: Es gab Zeiten, immer seltener, in denen sie still war, weil sie an John dachte. Doch dieser kleine Kommunikationszusammenbruch dauerte nie lange; das war eins der vielen wunderbaren Dinge an ihrer Ehe.

»Was klingt besser?«, fragte er schließlich. »Das Beverly Wilshire oder das Beverly Hilton?«

»Entscheide du. Du kennst dich mit Hotels besser aus.«

Er wusste immer alles am besten. Das sprach sie nie laut aus, aus Angst, albern zu klingen, aber es stimmte. Sie hatte nie zuvor jemanden gekannt, auf dessen Urteil man sich so vollkommen verlassen konnte.

»Oh, wie charmant«, sagte sie, als die Palmen an ihrem Wagen vorüberzogen, und als sie vor dem Hilton vorfuhren, fand sie es »wunderschön«.

Auch ihr Zimmer war wunderschön und dasselbe galt für das Abendessen. Alles war wunderschön, bis zum nächsten Nachmittag, als es Zeit wurde, Paul zu verlassen und allein nach Camarillo zu fahren.

»Ich werde nicht fahren, wenn du es nicht willst«, sagte sie. »Er wird nie erfahren, dass wir hier gewesen sind.«

»Nein«, sagte Paul. »Du fährst. Es ist das Richtige.«

Während sie über die Schnellstraßen und dann über die eintönigen Landstraßen fuhr, fürchtete sie sich nicht davor, ihn wiederzusehen, sehr wohl aber machte es ihr Angst, dass sie nicht wusste, was sie erwartete. Das erklärte, warum ihr auf der Stirn und unter den Armen der Schweiß ausbrach.

Aus der Entfernung wirkte das staatliche Krankenhaus durchaus angenehm, doch aus der Nähe sah man, was es wirklich war. Patienten in grauer oder grüner Anstaltskleidung aus Drillich trieben sich müßig im Sonnenschein vor dem Eingang des Gebäudes herum, und auf dem Rasen neben dem Parkplatz waren zwei dicke Eltern damit beschäftigt, gemächlich ihren erwachsenen Sohn zu waschen. Sie hatten ihm das Hemd ausgezogen und benutzten einen eingeseiften Waschlappen und einen Eimer mit dampfend heißem Wasser; nachdem der Vater ihn so umgedreht hatte, dass er zum Gebäude schaute, zog die Mutter ihm die Hose herunter und wusch ihn sorgfältig zwischen den Beinen.

»He, Lady, geben Sie mir Kleingeld für eine Tasse Kaffee?«, fragte sie ein zahnloser alter Mann am Eingang, und bevor sie den Aufzug erreichte, zupfte ein anderer alter Mann sie am Ärmel.

»He, Lady, geben Sie mir Kleingeld für ein Stück Kuchen?«

Ein zorniger schwarzer Mann wischte mit einem Mopp den Linoleumboden im Wartezimmer vor Johns Station und führte dabei ununterbrochen Selbstgespräche. Nur drei oder vier Besucher saßen um die Tische aus Chrom und Plastik, die im Raum herumstanden. Ein kleiner, grauhaariger Mann in Grün kam herein, und sie erkannte ihn erst, als er einen Stuhl unter ihrem Tisch hervorzog.

»Hallo, Janice«, sagte er.

Es lag nicht nur daran, dass er grau geworden war; sein Gesicht war erschlafft und seine Augen blickten stumpf. Er sah aus wie ein Mann mittleren Alters, der nie etwas erlebt hatte.

»Schön, dich zu sehen, John«, sagte sie. »Du siehst sehr gut aus.«

»Du auch. Was machst du in Kalifornien?«

»Nur Urlaub.« Es folgte eine Pause. »Ich soll dich herzlich von Tom grüßen. Und warte – schau.« Sie war erleichtert darüber, dass sie in ihrer Handtasche kramen konnte. »Hier, ich habe dir ein paar Fotos von ihm mitgebracht.« Sie legte drei Schnappschüsse auf den Tisch. »Ich habe sie in Harvard gemacht. Ist er nicht ein gut aussehender junger Mann? Ich weiß, seine Haare sind ein bisschen komisch, aber sie tragen sie jetzt alle so.«

»Ja. Ja, er sieht gut aus. Er sieht groß aus.«

»Eins siebenundsiebzig, fast eins achtzig.«

»Wow. Das ist toll.«

»Und in einem Jahr wird er anfangen, Jura zu studieren. Ist das nicht wunderbar?«

»Ja. Willst du sie wieder mitnehmen?«

»Nein, sie sind für dich. Ich möchte, dass du sie behältst.«

»Danke.« Er steckte die Fotos in die Hemdtasche. »Wie geht es Paul?«

»Oh, Paul geht es gut. Er hat gesagt, ich soll – dich von ihm grüßen.«

»Kommt ihr gut miteinander aus?«

»Sehr gut.«

»Schön.«

Eine Weile saßen sie da wie zwei Fremde an einem Tisch in einer billigen Cafeteria. Dann fragte sie: »John? Brauchst du irgendetwas? Irgendwas, was ich dir besorgen könnte, während ich hier bin?«

»Nein, danke.«

»Hast du genügend Zigaretten?«

»Ja. Außerdem rauche ich kaum noch.«

»Also, das ist wunderbar. Hast du hier – irgendwas zu tun?«

»Oh, hier ist immer was los. Vormittags haben wir meistens BT.«

»Was ist das?«

»Beschäftigungstherapie. Ich arbeite in der Schreinerei. Ich repariere Tische, Stühle und so Sachen.«

»Aha.«

»Und am Nachmittag machen wir Sport. Ich bin in der Softball-Mannschaft.«

»Ja? Heißt das, dass ihr gegen Mannschaften von anderen – anderen Krankenhäusern oder so spielt?«

»Nein. Nur hausintern.«

»Aha.«

»Und wenn es regnet, machen wir was anderes. Manchmal haben wir Tanztherapie.«

»Ich kann mir vorstellen, dass dir das gefällt. Du warst immer ein guter Tänzer.«

»Wir tanzen keine Gesellschaftstänze. Es ist interpretativ.«

»Ich verstehe.«

Sie wusste, dass die nächste Frage schwierig werden würde, aber sie beschloss, sie dennoch zu stellen. Vielleicht sah sie ihn nie wieder. Sie musste warten, bis sich der Kloß in ihrem Hals aufgelöst hatte und sie ihrer Stimme wieder trauen konnte. »John«, sagte sie, »hast du Pläne gemacht oder – darüber nachgedacht, was du tun willst, wenn du hier rauskommst?«

Er blickte ratlos drein, als hätte sie ihm ein Rätsel gestellt. »Wenn ich hier rauskomme?«

Doch da trat ein Pfleger ein und verkündete das Ende der Besuchszeit.

Das Porträt eines amerikanischen Sommers

Long Island in den 1940er-Jahren: Charles und Grace Shepard sorgen sich um Sohn Evan, der nach einer wilden Pubertät und einer früh gescheiterten Ehe nicht recht auf die Beine kommt. Da lernen sie zufällig Familie Drake kennen, und Evan verliebt sich in die stille, schöne Rachel. Nach einer kurzen Verlobungszeit heiraten sie, doch das Haus in Cold Spring Harbor müssen sie sich mit Rachels Mutter Gloria teilen ... Bald liegen die Nerven blank.

Ein Roman über Väter und Söhne, Mütter und Töchter, die Liebe und die Fehler der Jugend – von »einem der wichtigsten amerikanischen Autoren des 20. Jahrhunderts« *FAZ*.

Das Meisterwerk eines der wichtigsten amerikanischen Autoren des 20. Jahrhunderts

1955, in einer Vorstadt nahe New York: Hinter dem gepflegten Vorgarten tobt ein Ehekrieg. Frank und April Wheeler, einst ein junges, hoffnungsfrohes und vielversprechendes Paar, drohen unter dem Druck der allgemeinen Erwartungen an eine glückliche Ehe und ein erfolgreiches Berufsleben zugrunde zu gehen. Harmlose Äußerungen entzünden sich zu Hasstiraden und steigern sich zu bedrohlicher Wortlosigkeit.

Richard Yates' Debütroman machte ihn in den USA schlagartig bekannt und sorgte auch in Deutschland dafür, dass Jahre nach dem Tod des Autors das Yates-Fieber ausbrach.

PENGUIN VERLAG